CHÈRE PETITE

“Actes noirs”

Titre original :
Liebes Kind
Éditeur original :
dtv

ISBN 978-2-330-15010-5

ROMY HAUSMANN

Chère petite

roman traduit de l'allemand
par Stéphanie Lux

ACTES SUD

Pour Caterina, évidemment.

Rien n'est plus triste que la mort d'une illusion.
Arthur Koestler

Étudiante (23 ans) portée disparue

Munich (LR) – La police de Munich est à la recherche de Lena Beck (23 ans), domiciliée dans le quartier de Haidhausen. Des témoins ont vu l'étudiante dans la nuit de mercredi à jeudi dans le quartier de Maxvorstadt, où elle s'est rendue à une soirée qu'elle a quittée vers 5 heures du matin. Elle a appelé une amie en rentrant chez elle ; son téléphone est éteint depuis. Les recherches entreprises par la police ce vendredi dans la ville sont restées vaines. La dernière fois qu'elle a été vue, Lena Beck, 1,65 m, mince, cheveux blonds mi-longs, portait un haut argenté, un jean noir, des bottines noires et un manteau bleu marine.

Le premier jour, je perds la notion du temps, ma dignité et une molaire. En revanche, j'ai désormais deux enfants et un chat. J'ai oublié les noms, sauf celui du chat, Miss Tinky. J'ai un mari, aussi. Il est grand, brun, les cheveux courts, les yeux gris. Assise contre lui sur le canapé défoncé, je le regarde du coin de l'œil. Sous son étreinte, les blessures qui courent le long de mon dos semblent avoir chacune leur propre pulsation. Une coupure me brûle le front. De temps en temps, ma vue se brouille ou je vois des éclairs blancs. Alors je m'efforce seulement de respirer.

Difficile de dire si c'est vraiment le soir ou si c'est lui qui en a décidé ainsi. Les fenêtres sont murées par des plaques isolantes. Il fait le jour et la nuit. Comme Dieu. J'essaie de me persuader que le pire est passé, mais je me doute qu'on va bientôt se retrouver au lit, tous les deux. Les enfants sont déjà en pyjama. Celui du garçon est un peu trop petit, tandis que les manches de la petite fille lui tombent sur les poignets. À genoux par terre à quelques pas du canapé, ils tendent leurs paumes vers le reste de chaleur émanant du poêle à bois. Le feu n'est plus qu'un tas noir parcouru çà et là de veines de braise. Les voix aiguës des gamins, leur bavardage joyeux contrastent avec cette situation complètement aberrante. Je ne comprends pas ce qu'ils disent. Je les entends comme à travers un nuage d'ouate, tout en me demandant comment je vais m'y prendre pour tuer leur père.

LA NUIT DE L'ACCIDENT

Hannah

Au début, c'est facile. Je me tiens bien droite et je respire à fond. Je monte dans l'ambulance. Je dis aux messieurs en veste orange le nom de maman et que son groupe sanguin est AB–. Le groupe AB– est le plus rare des groupes sanguins. Il se caractérise par son absence d'anticorps contre les groupes sanguins A et B. Ça veut dire que maman peut recevoir du sang de tous les autres groupes sanguins. Je le sais, parce qu'on a vu les groupes sanguins en cours. Et parce que c'est écrit dans le gros livre. Je crois que j'ai fait tout ce qu'il fallait. Mais quand je pense à mon frère sans faire exprès, mon genou se met à trembler, le genou droit. Jonathan va sûrement avoir peur sans moi.

Concentre-toi, Hannah. Tu es une grande fille, maintenant.

Non, aujourd'hui je suis petite et bête. Il fait froid, il y a trop de lumière, et ce bip. Je demande d'où il vient, et un monsieur en veste orange me dit : "C'est le cœur de ta mère."

Mais le cœur de ma mère n'a encore jamais bipé.

Concentre-toi, Hannah.

La route est mauvaise, je ferme les yeux. Le cœur de ma mère bipe.

Elle a crié, il y a eu un grand choc. Si le cœur de ma mère arrête de biper, ce sera la dernière chose que j'aurai entendue d'elle, un cri, un choc. Et elle ne m'aura même pas dit bonne nuit.

L'ambulance fait un petit bond, puis s'arrête.

— On est arrivés, dit l'homme.

Il veut dire : à l'hôpital. Un hôpital est un établissement où on soigne par assistance médicale des maladies ou des blessures.

— Allez, petite, viens, dit l'homme.

Mes jambes marchent automatiquement et si vite que je n'arrive pas à compter mes pas. Je suis les hommes qui poussent bruyamment le brancard, passent une grande porte vitrée surmontée d'un panneau lumineux "Urgences" puis continuent dans un long couloir. Comme téléguidés, des infirmiers accourent de gauche et de droite et plein de voix nerveuses s'entremêlent.

— Tu ne peux pas entrer ici, me dit un gros monsieur en blouse verte en me poussant un peu de côté au moment où nous arrivons devant une deuxième grande porte au bout du long couloir. On va envoyer quelqu'un s'occuper de toi.

Son index vole vers une rangée de chaises contre le mur.

— Assieds-toi là, en attendant.

Je voudrais dire quelque chose, mais les mots ne sortent pas, et de toute façon le monsieur a déjà disparu de l'autre côté de la porte avec les autres infirmiers. Je compte les chaises le long du mur : sept. Il n'a pas dit sur quelle chaise je devais m'asseoir, le gros monsieur en blouse verte. Sans m'en rendre compte, j'ai commencé à me ronger l'ongle du pouce.

Concentre-toi, Hannah. Tu es une grande fille, maintenant.

Assise sur la chaise du milieu, les genoux repliés, j'enlève les aiguilles de pin et les petits bouts d'écorce marron plantés dans le bas de ma robe. Je me suis vraiment salie ce soir. Je repense à Jonathan. Pauvre petit Jonathan qui est resté à la maison et doit tout nettoyer. Je l'imagine en train de pleurer parce qu'il ne sait pas comment nettoyer les taches sur le grand tapis du séjour. Je suis sûre qu'on a tout ce qu'il faut comme produits dans la réserve, mais papa a mis deux cadenas sur la porte. Une de nos nombreuses mesures de précaution. Il faut toujours être prudent.

— Bonjour.

Une voix de femme. Je bondis de ma chaise.

— Je m'appelle Ruth, je suis infirmière, me dit-elle avec un sourire, en prenant ma main pour la serrer dans la sienne.

Je lui dis que je m'appelle Hannah et que Hannah est un palindrome. Un palindrome est un mot que l'on peut lire à l'endroit comme à l'envers et qui est identique. Pour le lui prouver, je lui épelle mon nom de gauche à droite puis de droite à gauche. Ruth, qui sourit toujours, dit :

— Je vois.

Elle est plus vieille que maman, elle a déjà des cheveux gris et elle est un peu ronde. Elle porte une blouse jaune pâle et un gilet de plusieurs couleurs qui a l'air de tenir bien chaud, sur lequel est fixé un badge avec une tête de panda. "Be happy", dit le badge. C'est de l'anglais, ça veut dire "Sois heureux". Je sens un tressaillement aux coins de la bouche.

— Mais tu n'as pas de chaussures, ma petite, constate Ruth, et j'agite le gros orteil gauche par le trou de mon collant.

Dans un de ses bons jours, maman me l'a déjà raccommodé à cet endroit. Elle me gronderait sûrement si elle savait que je l'ai de nouveau abîmé.

Ruth sort un mouchoir de la poche de sa blouse parce qu'elle croit que je pleure. À cause du trou dans mon collant ou à cause de maman. Je ne lui dis pas que c'est juste la lumière trop vive des néons au plafond qui m'éblouit, je dis :

— Merci, c'est très aimable à vous.

Il faut toujours être poli. Il faut toujours dire s'il vous plaît et merci. Mon frère et moi, on dit toujours merci quand maman nous donne une barre énergétique, même si on déteste ça. Elles ne sont vraiment pas bonnes. Mais importantes, à cause des vitamines. Calcium, kalium, magnésium et vitamine B pour le métabolisme et la production du sang. On en mange trois par jour, sauf quand on n'en a plus en réserve. Quand ça arrive, on espère que papa rentrera bientôt et qu'il aura fait les courses en chemin.

Je prends le mouchoir, m'essuie les yeux et me mouche avec un bruit de trompette, puis je le rends à Ruth. Il nc faut pas garder ce qui ne nous appartient pas. Sinon c'est du vol. Ruth rit et range le mouchoir dans la poche de sa blouse.

Évidemment, je demande aussi des nouvelles de maman, mais Ruth dit juste :

— Elle est entre de bonnes mains.

Je sais que ce n'est pas vraiment une réponse, je ne suis pas stupide.

— Quand est-ce que je pourrai la voir ? je demande, mais elle ne répond pas.

Ruth déclare qu'elle m'emmène dans la salle de détente pour voir si une paire de mules pourrait m'aller. Les mules, c'est des sortes de pantoufles. Jonathan et moi aussi, on doit mettre des pantoufles à la maison, parce que le sol est toujours froid, mais le plus souvent, on oublie et on salit nos chaussettes. Alors maman nous gronde parce que ce n'est pas le jour de la lessive, et papa gronde maman parce qu'elle n'a pas bien nettoyé le sol. La propreté, c'est important.

La salle de détente est une grande pièce, au moins cinquante pas de la porte au mur d'en face. Au milieu, il y a trois tables, avec quatre chaises disposées autour. Trois fois quatre, douze. L'une des chaises est de travers. Sûrement quelqu'un qui n'a pas remis sa chaise en place quand il est parti. J'espère qu'il s'est fait disputer. Parce que l'ordre aussi, c'est important. Le mur gauche de la pièce est rempli par une armoire en métal avec plein de casiers qu'on peut fermer à clé, mais les petites clés sont presque toutes là, et des lits superposés, en métal aussi. En face, il y a deux grandes fenêtres, par lesquelles on voit la nuit. Noire et sans étoiles. À droite, un coin cuisine. Il y a même une bouilloire sur le plan de travail. Alors que ça peut être très dangereux, l'eau bouillante. La peau est brûlée dès quarante-cinq degrés. À partir de soixante degrés, les protéines coagulent dans les cellules de la peau, et elles meurent. Avec une bouilloire, on peut chauffer l'eau jusqu'à cent degrés. Nous aussi, on a une bouilloire à la maison, mais elle est sous clé.

— Tu peux t'asseoir, dit Ruth.

Trois fois quatre, douze. Douze chaises, il faut que je réfléchisse. Le noir sans étoiles derrière la vitre me déconcentre.

Concentre-toi, Hannah.

Ruth se dirige vers l'armoire, ouvre plusieurs casiers, les referme. Elle fait plusieurs fois "hmm", entre deux claquements de portes en métal. Puis elle jette un œil par-dessus son épaule, et répète :

— Vraiment, tu peux t'asseoir, ma petite.

Je commence par me dire que je devrais peut-être prendre la chaise qui est déjà de travers. Mais ce ne serait pas juste. Chacun doit ranger ses affaires. Prendre ses responsabilités. *Tu es une grande fille, Hannah.* J'acquiesce et ploufe discrètement, am stram gram. Reste une chaise d'où je peux voir la porte et que je remettrai bien à sa place contre la table quand Ruth me dira qu'il est temps de me lever.

— Ah, voilà, dit-elle avec un sourire.

Elle se tourne vers moi, une paire de mules en plastique rose à la main.

— Elles sont un peu grandes, mais c'est mieux que rien.

Elle pose les mules devant mes pieds, attend que je les glisse dedans.

— Écoute-moi, Hannah, dit-elle en ôtant son gilet. Ta maman n'avait pas de sac à main quand elle a eu son accident. Ce qui veut dire que nous n'avons pas trouvé sa carte d'identité, ni aucun autre papier.

Elle prend mon bras, le maintient tendu et enfile la manche de son gilet dessus.

— Nous n'avons aucun nom, aucune adresse. Et, malheureusement, personne à prévenir en cas d'accident.

— Elle s'appelle Lena, je dis, comme tout à l'heure dans l'ambulance.

Il faut toujours être serviable. Mon frère et moi, on aide toujours maman quand elle a les doigts qui tremblent. Ou quand elle oublie des choses, nos noms, par exemple ou l'heure d'aller aux toilettes. On l'accompagne dans la salle de bains pour ne pas qu'elle tombe des toilettes ou fasse d'autres bêtises.

Ruth est passée au deuxième bras. Le reste de chaleur du gilet se déploie agréablement sur mon dos.

— Je sais, dit-elle. Lena. Formidable. Une Lena sans nom de famille. Le secouriste l'a déjà noté.

Elle pousse un soupir et son haleine sent le dentifrice. Elle tire sur ma chaise, qui grince sur le sol, jusqu'à ce qu'elle puisse se mettre accroupie devant moi sans se cogner la tête contre le bord de la table. Ça peut être très dangereux, un bord de table. Maman s'est souvent cogné la tête contre le bord de la table quand elle avait une crise.

Ruth se met à boutonner le gilet. Mes doigts reportent sur mes cuisses le dessin de sa raie en zigzag. À droite, tout droit, à gauche, tout droit, puis encore à gauche, comme un éclair tordu. Ruth lève brusquement les yeux, comme si elle avait senti mon regard sur ses cheveux.

— Est-ce qu'on peut appeler quelqu'un, Hannah ? Ton papa, peut-être ? Tu connais votre numéro de téléphone par cœur ?

Je secoue la tête.

— Tu as bien un papa ?

J'acquiesce.

— Et il habite avec vous ? Avec toi et ta maman ?

J'acquiesce encore.

— Tu ne veux pas qu'on l'appelle ? Il faut bien qu'on lui dise que ta maman a eu un accident et que vous êtes ici à l'hôpital. Il va se faire du souci, si vous ne rentrez pas à la maison.

À droite, tout droit, à gauche, tout droit, puis encore à gauche, comme un éclair tordu.

— Dis-moi, Hannah, tu es déjà allée à l'hôpital ? Ou bien ta maman ? Peut-être même qu'elle est déjà venue dans cet hôpital-ci ? Parce qu'avec notre ordinateur super intelligent, on pourrait rechercher votre numéro de téléphone.

Je secoue la tête.

— En cas d'urgence, on peut désinfecter une plaie ouverte avec de l'urine ; l'urine a un effet antiseptique, coagulant et analgésique, point.

Ruth prend mes mains dans les siennes.

— Bon, tu sais quoi, Hannah ? Je vais nous préparer une tisane et on va discuter un peu toutes les deux. Qu'est-ce que tu en dis ?

— Discuter ? De quoi ?

Ah bon, elle veut que je lui parle de ma maman, mais là tout de suite rien ne me vient. Je pense juste au grand choc, quand la voiture a percuté maman, et quand j'ai rouvert les yeux elle était allongée sur le sol dur et froid dans la lumière des phares de la voiture, les jambes et les bras tout tordus. Sa peau était bien trop blanche et le sang qui sortait de toutes les petites coupures au visage, bien trop rouge. Carmin. Le verre des phares a volé en éclats en plein dans le visage de maman. Je me suis assise au bord de la route, j'ai fermé les yeux et cligné juste quelques fois en douce, jusqu'à ce que la lumière bleue de l'ambulance apparaisse dans la nuit.

Mais je n'ai pas besoin de raconter tout ça à Ruth. Elle sait bien que ma maman a eu un accident. Sinon elle ne serait pas là. Ruth me fixe. Je hausse les épaules et souffle sur ma tasse, un creux tremblotant à la surface de la tisane. Baie d'églantier, a dit Ruth, et que c'était la tisane préférée de sa fille quand elle était petite.

— Avec une grosse cuiller de miel. Un vrai bec sucré.

Bec sucré. Je ne crois pas que ça existe vraiment. Mais ça me plaît.

— Ma fille s'appelle Nina, dit Ruth. Comme Nina Simone, une célèbre chanteuse de jazz. *My baby don't care for shows*, se met-elle à chanter, pas très bien. *My baby don't care for clothes. My baby just cares for me.* Jamais entendu ?

Je secoue la tête.

— Ça ne m'étonne pas, dit-elle en riant. Ce n'est pas le genre de musique qu'on écoute à ton âge. Ou alors je chante vraiment mal. Bref, en tout cas, quand ma Nina était petite, comme toi, on allait presque tous les jours à l'aire de jeux, dès que le temps le permettait. Sinon, on restait à la maison et on faisait des puzzles, ou des biscuits. Mon Dieu, elle adorait manger la pâte crue. Elle en mangeait tellement que souvent, il en restait à peine assez pour la moitié d'une fournée.

Ruth rit encore une fois. Je crois qu'elle aime beaucoup sa fille.

— Nous aussi, on fait des puzzles, je dis. Mais pas de biscuits. Parce que ma maman est vraiment empotée parfois, alors il vaut mieux qu'elle ne touche pas au four.

Je mets la main devant la bouche. Il faut que j'arrête de dire que maman est empotée.

— Hannah ?

Il faut toujours respecter ses parents.

— Je crois qu'on devrait vraiment appeler ton papa tout de suite, dit Ruth. Réfléchis, peut-être que le numéro de téléphone de la maison va te revenir.

— On n'a pas le téléphone.

— Alors votre adresse, au moins ? Le nom de la rue où vous habitez ? Comme ça, on pourrait envoyer quelqu'un chercher ton père.

Je secoue la tête, très lentement. Ruth ne comprend pas.

— Il ne faut pas qu'on nous trouve, je murmure.

Lena

L'air juste après la pluie. Le premier et le dernier carré d'une tablette de chocolat, les meilleurs. Le parfum des freesias. L'album Low *de David Bowie. Une saucisse au curry après une nuit blanche. Une nuit blanche. Le bourdonnement d'un gros bourdon. Tout ce que fait le soleil, qu'il se lève, se couche ou brille, tout simplement. Un ciel bleu. Un ciel gris. Un ciel noir. N'importe quel ciel. Ma mère qui lève les yeux au ciel quand elle vient à l'improviste et constate que la vaisselle n'est pas faite. La vieille balancelle qui grince dans le jardin de mes grands-parents, qui chante un peu faux quand on se balance. Les poids de nappe en forme de fraises ou de citrons, ridicules. Une brise d'été sur le visage, dans les cheveux. La mer, le bruit des vagues. Le sable blanc et fin entre les orteils…*

— Je t'aime, gémit-il en détachant son corps poisseux du mien.

— Moi aussi je t'aime, dis-je à voix basse en me recroquevillant sur moi-même comme une biche à l'agonie.

— … Fracture des deuxième à quatrième côtes gauches. Hématome sous-périosté…

— Tu veux dire que tu ne veux pas me dire où vous habitez.

Ruth sourit, mais ce n'est pas un vrai sourire, plutôt une moitié, avec juste un coin de la bouche, le droit.

— Ma fille aussi adorait jouer à ce genre de jeux quand elle était petite.

— Nina, je dis, pour qu'elle voie que je l'ai écoutée, il faut toujours bien écouter. Le bec sucré.

— Exactement, le bec sucré, dit-elle avant de repousser sa tasse et de se pencher vers moi par-dessus la table. Et bien sûr, ça peut être drôle, de jouer à ce genre de jeux. Mais parfois, tu sais, Hannah, ce n'est pas le moment. Parce que la situation est grave. Quand quelqu'un a un accident et arrive à l'hôpital, il faut prévenir sa famille. C'est notre devoir.

J'essaie de ne pas cligner des yeux tandis qu'elle me fixe de son drôle d'air. Je veux que ce soit elle qui cligne des yeux en premier. Ça voudrait dire qu'elle a perdu.

— Parfois, quand quelqu'un est gravement blessé, comme ta maman, il faut prendre des décisions importantes.

La première qui cligne des yeux a perdu ; c'est la règle du jeu.

— Des décisions que la personne blessée ne peut pas prendre elle-même. Tu comprends, Hannah ?

Ruth a perdu.

— Bon, soupire-t-elle.

Je mets la main devant la bouche et mords ma lèvre inférieure pour ne pas qu'elle voie que je souris. Parce qu'il ne faut jamais se moquer, même de quelqu'un qui perd au concours de clignements.

— Je me disais juste qu'on pourrait discuter un peu avant que la police arrive.

La police est un organe exécutif de l'État. Sa mission est d'enquêter sur les actions illégales et répréhensibles. Parfois, elle vient aussi prendre les enfants à leurs parents. Ou les parents à leurs enfants.

— La police ?

— C'est normal. Il faut qu'on sache comment est arrivé cet accident qui a blessé ta maman. Tu sais déjà ce qu'est un délit de fuite, Hannah ?

— On parle de délit de fuite en cas de départ non autorisé d'un usager du lieu d'un accident de circulation qu'il a lui-même causé, point.

Ruth acquiesce.

— C'est un crime et la police doit enquêter.

— Alors le monsieur qui était là va avoir des ennuis ?

Ruth plisse les yeux.

— C'était donc un homme qui conduisait la voiture ? Pourquoi tu me demandes ça, Hannah ?

— Parce qu'il était gentil. Il s'est occupé de tout et il a appelé les secours. Il a dit que tout allait s'arranger. Et il m'a prêté une veste parce que j'avais froid en attendant l'ambulance. Il est parti juste quand l'ambulance arrivait. Je crois qu'il a eu aussi peur que maman et moi.

Je ne veux plus regarder Ruth dans les yeux.

— En plus, l'accident, c'était pas sa faute, je dis de ma voix de souris.

Papa a inventé la voix de souris pour les mauvais jours de maman, il pensait que ça l'énervait si on parlait trop fort. "Maman a besoin de calme, il répétait. Maman ne se sent pas très bien aujourd'hui."

— Comment ça, Hannah ?

On dirait que Ruth connaît la voix de souris elle aussi : elle parle exactement pareil.

— C'était la faute de qui, alors ?

Il faut que je réfléchisse à la manière de le dire.

Concentre-toi, Hannah. Tu es une grande fille.

— Ma maman a déjà fait des bêtises sans faire exprès.

Ruth a l'air surprise. On parle de surprise quand on entend ou qu'on voit quelque chose d'inattendu. Il y a les bonnes surprises, comme recevoir un cadeau alors que ce n'est pas notre anniversaire. Mon chat, Miss Tinky, c'était une bonne surprise. Ce jour-là, quand papa est rentré à la maison et m'a dit qu'il avait quelque chose pour moi, j'ai pensé à un nouveau livre ou à un jeu de société pour jouer avec Jonathan. Mais il m'a montré Miss Tinky. Depuis elle m'appartient pour toujours, à moi toute seule.

Mais il y a aussi les mauvaises surprises. Maman qui part de la maison en courant en pleine nuit, c'était une très mauvaise surprise. Je préfère vite repenser à quelque chose d'agréable. À Miss Tinky et son pelage tout doux, tigré roux, qui devient tout chaud quand on est assises par terre devant le poêle, elle sur mes genoux, mes mains qui la caressent, mon nez froid qui s'enfonce dans son cou tout chaud, ses jolies petites pattes.

— Hannah ?

Je ne veux pas. Je veux penser à Miss Tinky.

— Est-ce que tu as des problèmes à la maison, Hannah ?

Maman n'aime pas trop Miss Tinky. Elle lui a même donné un coup de pied, un jour.

— Des problèmes avec ta maman, peut-être ?

Elle est vraiment empotée, même si papa n'est pas d'accord. Elle n'arrive même pas à allumer le poêle sans lui.

— Hannah ?

Une fois, il a fait froid dans la maison pendant plus d'une semaine, on était tellement frigorifiés qu'on était tout le temps épuisés. Mais bon, c'est ma maman. Et quand je pense à elle, je sais que je l'aime. L'amour, c'est un peu comme le bonheur. C'est un sentiment très chaud qui fait rire, comme ça, même quand personne n'a raconté de blague. Comme Ruth qui rit quand elle parle de Nina. Le bec sucré.

— Hannah, parle-moi !

— Je veux pas que la police emmène ma maman ! je crie de ma voix de lionne.

Hannah

Parfois, on joue à un jeu, mon frère et moi. Ça s'appelle "C'est comment ?". Ça fait longtemps qu'on y joue. Je ne me rappelle plus vraiment depuis quand, depuis que maman nous a parlé pour la première fois de "bonheur", je crois.

"Le bonheur est un hasard particulièrement heureux, un alignement favorable du destin, point." J'avais lu à haute voix ce qu'en disait le gros livre qui sait toujours tout. Jonathan avait acquiescé, comme d'habitude quand je lis une définition. Mais ensuite il avait plissé les yeux et demandé ce que ça voulait dire, exactement. Je lui ai dit qu'il n'était qu'un idiot et qu'il n'avait pas bien écouté. Il faut toujours bien écouter. C'est impoli de ne pas écouter. Mais je lui ai quand même relu l'article, après tout, idiot ou non, Jonathan est mon frère. “Le bonheur est un hasard particulièrement heureux, un alignement favorable du destin”. Puis j'ai répété “Point” lentement, distinctement, pour qu'il comprenne que c'était la fin de l'article.

Mais Jonathan, qui faisait toujours ses yeux plissés, m'a dit : “Idiote toi-même, j'avais compris. Je veux dire : c'est comment, qu'est-ce que ça fait dans le corps, tu vois.”

Alors on a demandé à maman “C'est comment, le bonheur ?”, et elle nous a pris dans ses bras et elle a dit : “Comme ça.”

“C'est chaud”, a constaté Jonathan, estimant que maman avait un peu de température. J'ai enfoncé mon nez dans le creux entre son cou et son épaule. Elle sentait les champs. Le bonheur, c'est chaud, un peu fiévreux, ça a un parfum et une pulsation comme la trotteuse de l'horloge de la cuisine.

Jonathan et moi, on s'est aussi demandé comment c'est, une frayeur. “Une frayeur, c'est comme une gifle”, a proposé Jonathan.

“Qui arrive par surprise”, j'ai ajouté.

Et on avait raison. La frayeur, c'est exactement ça. Et elle se voit parfaitement sur un visage. Les yeux agrandis par la surprise et les joues écarlates, comme giflées par une main dure et invisible.

Voilà à quoi ressemble Ruth en ce moment même. Je lui ai crié dessus avec ma voix de lionne. “Je veux pas que la police emmène ma maman !” j'ai crié.

— Hannah.

La voix de Ruth grince un peu. Sûrement à cause de la frayeur. Je me dis qu'il faut que je raconte ça à Jonathan, il faut qu'on retienne que frayeur = gifle + surprise + voix qui grince. Puis je me rappelle qu'il doit être en train d'essayer de nettoyer le tapis, et ce que Ruth vient de me dire : que la police arrive. Et maintenant je suis triste, avec des larmes.

La tristesse n'est pas un sentiment agréable. Je l'imagine comme un petit animal avec plein de petites dents pointues que tout le monde a dans le corps. La plupart du temps, il dort, mais parfois il se réveille et il a faim. Et on le sent vraiment quand il vous ronge le cœur. Ça ne fait pas terriblement mal, mal à crier, mais ça rend un peu faible, alors on a envie de se reposer. Ruth a sans doute remarqué que je me sens un peu faible justement, et elle en oublie sa frayeur. Sa chaise crisse sur le sol quand elle se lève, puis elle fait le tour de la table et presse ma tête contre sa grosse poitrine douce.

— Je sais, ça fait un peu beaucoup pour une si petite personne. Mais il ne faut pas avoir peur, Hannah. Personne ne veut te faire du mal ou faire du mal à ta maman. Il arrive parfois qu'une famille ait besoin d'aide et qu'elle ne s'en rende pas compte.

Sa main chaude fait une cavité contre mon oreille, j'entends le bruit de la mer, je ferme les yeux.

"On dit qu'il faut tenir un coquillage contre son oreille pour entendre la mer, nous a expliqué maman un jour, il y a longtemps. Mais en fait, ça marche avec n'importe quel corps creux qu'on porte à son oreille. Une boîte de conserve, ou sa main, tout simplement."

"Mais comment est-ce que la mer fait pour entrer ?" j'ai voulu savoir.

"Eh bien, en réalité, le bruit que tu entends, c'est celui de ton propre sang qui circule dans ton corps. Mais c'est plus joli quand on s'imagine que c'est la mer, pas vrai ?"

J'ai hoché la tête et lui ai demandé ce que c'était, une boîte de conserve. J'étais encore toute petite et je ne savais pas qu'une boîte de conserve, ça peut être très dangereux. Qu'elle est en métal et que les arêtes du couvercle, quand on le découpe avec un ouvre-boîte, sont tellement vives qu'on peut se blesser gravement, ou blesser gravement quelqu'un avec.

Ruth ôte sa main de mon oreille, la mer disparaît.

— Est-ce qu'il se peut que vous ayez besoin d'aide à la maison, Hannah ?

Elle se met accroupie à côté de ma chaise, prend mes mains, que j'ai posées sur mes genoux, dans les siennes.

— Non, je dis. On sait comment tout fonctionne. On a tout un tas de règles. C'est juste que maman les oublie parfois. Heureusement qu'elle nous a pour les lui rappeler.

— Mais elle fait quand même des bêtises ? C'est ce que tu as dit tout à l'heure, non ? Que parfois, sans faire exprès, elle fait des bêtises.

Je me penche en avant et mets mes mains en entonnoir à secrets. L'entonnoir à secrets, c'est Jonathan et moi qui l'avons inventé, mais on n'a pas le droit de l'utiliser quand papa est à la maison. Ruth tourne la tête pour que je puisse mettre l'entonnoir à secrets contre son oreille.

— Sans faire exprès, elle a voulu tuer notre papa, je murmure.

La tête de Ruth se tourne d'un coup vers moi. La frayeur, je le vois bien. Je secoue la tête, prends son visage dans mes mains et le remets en position pour l'entonnoir à secrets.

— Pas besoin de le dire à la police. Jonathan s'occupe des taches sur le tapis.

Lena

Il dit qu'il en veut trois, et commence à couper un oignon. Il l'écorche le plus calmement du monde, le bruit est celui d'un sparadrap qu'on arrache sur la peau. Ça me fait mal. Debout à côté de lui dans la cuisine, je fixe le couteau dans sa main. Un couteau avec une petite lame fine, crantée. Suffisamment aiguisée.

— Lena, tu m'écoutes ?

— Bien sûr, répond cette femme que je commence à haïr de toute mon âme.

Il obtient tout ce qu'il veut d'elle, et il ne se gêne pas, il s'est déjà copieusement servi. De son corps, de sa fierté, de sa dignité. Et malgré tout, elle lui sourit. Cette femme me rend malade.

— Tu en veux trois.

— J'en ai toujours voulu trois. Et toi ?

Elle aussi en a toujours voulu trois. Moi je n'en ai jamais voulu, mais mon avis ne compte pas. Certains jours, j'espère parvenir à m'habituer. D'autres, je sais qu'il ne faut surtout pas que ça arrive. Je rassemble mes dernières réserves, les minuscules débris d'une volonté brisée, les souvenirs, les raisons, et je les cache en lieu sûr. Comme un écureuil qui enterre ses réserves pour l'hiver. Il ne me reste plus qu'à espérer que personne, ni lui ni la femme faible, ne découvre jamais ma cachette. Ce lieu secret où il y a un ciel et des poids à nappe ridicules.

— Tu veux un verre de vin ?

Il pose son couteau, avec lequel il vient de couper son oignon en quartiers, à côté de la planche en bois, se tourne vers moi. Le couteau, là, sur la table. Une quinzaine de centimètres à peine, un geste. Je me force à cesser de le regarder. À me tourner vers lui, le sourire idiot de la femme faible aux lèvres.

— Oui, je veux bien.

— Formidable, dit-il, souriant lui aussi.

Il fait un pas vers la table où se trouvent toujours les deux sacs en papier brun des courses, pas encore déballées.

— Rouge ou blanc ? J'ai pris les deux, je ne savais pas ce que tu préférais avec les spaghettis.

Comme il se tient, là, penché au-dessus des courses, me tournant à moitié le dos, la main droite déjà plongée dans un des sacs. Et le couteau à côté de la planche, une quinzaine de centimètres, un seul geste. Maintenant ! me crient les voix intérieures.

— Lena ?

Le bruit du papier quand il sort la première bouteille du sac. Maintenant !

— Plutôt rouge, alors, si j'ai le choix.

— Oui, je préfère le rouge, moi aussi.

Il se retourne, la bouteille à la main, satisfait. La femme faible se cramponne au plan de travail. Un de ses doigts tressaille, pathétique, comme pour attraper le couteau. Entre eux, quelques centimètres à peine et toujours la même impossibilité. Il me fait la cuisine. Nous mangeons ensemble, trinquant avec notre verre de vin rouge, espérant que je serai bientôt enceinte. Il veut trois enfants. Nous serons une famille très heureuse.

— Fibrillation auriculaire !

Hannah

Ruth est sortie de la pièce, en se dépêchant tellement qu'elle a même trébuché. Elle m'a dit de rester bien assise et de l'attendre, alors je ne bouge pas. Il faut toujours faire ce que disent les adultes, même quand on est intelligente comme moi. J'aimerais bien mesurer la pièce, mais je dois rester assise, alors je me mets tout simplement à compter. J'aime bien compter quand je ne dois pas bouger et que je ne trouve rien à quoi réfléchir. Ça passe le temps. Mon frère fredonne toujours une chanson quand il s'ennuie, mais c'est encore plus ennuyeux, je trouve, parce que c'est toujours la même chanson. Ce qui est intéressant, quand on compte, c'est qu'on ne sait jamais jusqu'à quel chiffre on arrivera avant que le temps soit écoulé.

Quand Ruth revient, j'ai compté jusqu'à 1128 et j'en oublie presque de me lever. Il faut toujours se lever quand la porte s'ouvre, et montrer ses mains. On doit avoir les ongles propres et ne rien cacher dans sa main qui pourrait servir à se blesser ou à blesser quelqu'un. Mais Ruth ne regarde pas vraiment, elle me dit juste de me rasseoir. Elle a apporté un bloc à dessins et des crayons de couleur tout pointus et elle dit :

— J'ai une bonne idée, Hannah.

Ah bon, elle veut que je fasse un dessin. Je ne suis pas sûre que ce soit vraiment une bonne idée. Les crayons ont de belles couleurs, c'est vrai. Rouge et jaune et bleu et noir et violet et orange et rose et brun et vert. Mais les mines sont vraiment très pointues. Je prends le rayon rouge, passe doucement mon pouce sur la mine : oui, vraiment pointue. À la maison, on dessine aussi, mais avec des crayons gras. On écrit avec des crayons gras, aussi.

— Pourquoi est-ce que je dois faire un dessin ?

Ruth hausse les épaules.

— Eh bien, premièrement, ça nous fera passer le temps jusqu'à ce que tu puisses voir ta maman, et deuxièmement, si la police arrive et veut nous poser des questions idiotes, on pourra dire qu'on est très occupées. Qu'est-ce que tu en penses ?

— Je dois dessiner quoi ?

Ruth hausse les épaules une nouvelle fois.

— Eh bien, tu peux peut-être dessiner ce que tu as fait aujourd'hui avant d'arriver ici avec ta maman.

J'ai commencé à mordiller le bout du crayon sans m'en rendre compte. Maintenant des copeaux de bois minuscules sont collés sur ma langue. Je lèche le dos de ma main pour m'en débarrasser.

— Non, je dis. J'ai une meilleure idée. Je vais faire un dessin pour ma maman. Comme ça, je pourrai lui donner tout à l'heure.

— OK, c'est bien. Et tu as déjà une idée de ce que tu vas lui dessiner ?

— Oui, peut-être. Quelque chose qui la rendra joyeuse, je le sais.

Ruth est curieuse de voir ça. Elle me le dit, et ça se voit sur son visage. Ses yeux sont tout ronds et ses sourcils tellement hauts que son front fait des plis. Je repose le crayon rouge, prends le bleu. Je le pose prudemment sur la feuille. Ça peut être très dangereux, une mine pointue. Je commence par dessiner le visage de ma maman. Ruth me demande pourquoi en bleu. Je fais claquer ma langue, lève les yeux au ciel. On dirait que parfois, Ruth est aussi idiote que mon frère.

— Ben parce que j'ai pas de crayon blanc. Et que de toute façon, le crayon blanc, on ne le verrait pas sur le papier, je lui explique.

Ensuite, je dessine le corps de maman, dans une belle robe longue, bleue aussi, même si elle devrait être blanche, puis ses beaux cheveux en jaune et ensuite, les arbres noirs, avec des branches comme des doigts de monstres noueux qui essaient d'attraper ma maman.

— Ça a l'air dangereux, Hannah, dit Ruth. Décris-moi un peu ton dessin.

— Alors, c'est l'histoire de ma maman et de mon papa, de comment ils sont tombés amoureux. Ma maman était dans la forêt en pleine nuit. Vous voyez comme la lune fait scintiller ses cheveux ?

— Oui, elle est vraiment très jolie, Hannah. Elle était seule dans la forêt ?

— Oui, et elle avait terriblement peur, c'est pour ça que sa bouche ne sourit pas, vous voyez ?

— De quoi est-ce qu'elle avait si peur ?

— Elle s'était perdue. Mais c'est là…

Je dessine mon papa qui sort de derrière un arbre.

— Là que mon papa arrive et la trouve. C'est le meilleur moment de l'histoire. Il arrive, comme surgi de nulle part, et il la sauve.

Je rectifie la bouche de ma maman pour la faire rire. Je lui fais un tout grand sourire, comme une belle grosse banane rouge.

— Et ils tombent tout de suite amoureux.

Contente de moi, je pose à côté de ma feuille le crayon rouge, avec lequel je viens de dessiner plusieurs cœurs. Le cœur rouge est un symbole de l'amour. J'ai dessiné six cœurs rouges, pour encore plus d'amour.

— Eh bien, s'étonne Ruth. On dirait presque un conte de fées.

— Non. Ce n'est pas un conte de fées, c'est une histoire vraie. Exactement comme ma maman la raconte toujours. Si c'était un conte de fées, elle devrait commencer par "Il était une fois". "Il était une fois" est la formule d'usage qui introduit les contes et les légendes. Je lui demande souvent de me raconter son histoire, surtout quand je vois qu'elle est triste. Elle a toujours un beau sourire quand elle me la raconte.

Pour preuve, je montre la grosse bouche en banane rouge de maman.

Ruth se penche un peu plus au-dessus de la table.

— Et ton papa, qu'est-ce qu'il tient dans la main ?

— Un foulard, parce qu'il va lui bander les yeux, pour lui faire une surprise. Il ne faut pas qu'elle sache où ils vont aller.

— Et où est-ce qu'ils vont aller, Hannah ?

— Ben, à la maison, je dis. Dans la cabane.

Lena

Sois reconnaissante.
Tu es bénie de Dieu.

Tu as une belle maison.
Tu as une famille.
Tu as tout ce que tu as toujours souhaité.

La voix dans ma tête ne fait qu'égratigner la surface. Une brûlure à l'estomac, un vide. Le vide ne peut pas brûler. Et comment, qu'il peut brûler, ce vide. Mes mâchoires crispées par l'effort tandis que j'essaie d'ouvrir de mes doigts tremblants le couvercle de la boîte de cacao. Il est coincé. Il est coincé, putain. Je sens la sueur qui s'accumule à la naissance des cheveux, la brûlure de ma cicatrice. Sur le plan de travail, deux tasses sont prêtes à côté de la brique de lait, une rouge et une bleue, à pois blancs toutes les deux, incassables, en mélamine. Les enfants doivent petit-déjeuner. Maintenant. À sept heures et demie, petit-déjeuner. Qu'est-ce qu'il y a de si difficile à comprendre, là-dedans ? Les enfants ont besoin d'un quotidien structuré. Les enfants ont besoin d'un petit-déjeuner équilibré.

Tu es vraiment une mauvaise mère, Lena.
Tu es vraiment un monstre.

Dans mon dos, je les entends faire les fous – Moins fort, les enfants ! *La cuisine, le coin repas et le salon ne sont qu'une seule pièce. Leur vacarme fuse d'un coin à l'autre comme une balle rebondissante tandis qu'ils se poursuivent dans la pièce* – Allez, calmez-vous ! *Régulièrement, l'un des deux saute par-dessus l'accoudoir du canapé et se laisse retomber sur le coussin, un bruit comme un profond soupir, qui revient* – J'ai dit : arrêtez ! *Mon crâne semble prêt à exploser, la pression dans ma tête devient insupportable. Le couvercle est coincé. Ce putain de couvercle est coincé.*

— Maman ?

Je sursaute. Ma fille apparaît à côté de moi, tend un menton curieux au-dessus du plan de travail. Comme elle est petite. Une minuscule petite fille toute frêle aux fines boucles blondes, à la peau diaphane. Un petit ange. Mais pas comme les chérubins potelés aux joues rouges que collectionne ma mère sous forme de porcelaines sur la console du séjour. Plutôt un ange avec une petite anomalie. Le prototype presque réussi, mais pas tout à fait.

— Hannah, dis-je.

Il n'y a rien d'affectueux dans ma voix, c'est juste un constat.

— Tu veux que je t'aide, maman ?

Ses yeux ronds, bleu délavé, me montrent qu'elle ne m'en veut pas de ma froideur, ou simplement qu'elle refuse de m'en vouloir. J'acquiesce d'un air las, pousse la boîte de cacao dans sa direction. Elle l'ouvre en une seconde, s'exclame, radieuse :

— Tada !

— Merci, parviens-je à articuler.

Hannah veut retourner jouer mais je la saisis par le bras, trop fort sans doute, elle est si petite, si fragile. Je la lâche immédiatement.

— Désolée. Je t'ai fait mal ?

Elle fronce les sourcils, fait la moue, comme si je venais de dire quelque chose de complètement stupide.

— Non, bien sûr que non. Tu ne me ferais jamais de mal, maman.

Un instant, un sentiment vient se poser sur mon vide intérieur comme une lourde et chaude couverture. Je m'efforce de sourire.

— Tu pourrais peut-être m'aider encore un peu ?

Comme pour lui prouver que j'ai besoin d'elle, je lève mes mains tremblantes, mais Hannah a déjà acquiescé et, se mettant sur la pointe des pieds, saisit la cuiller en plastique vert fluo également prête à l'emploi sur le plan de travail. Elle met deux cuillers de cacao dans chaque tasse, verse doucement le lait et remue en comptant d'une voix posée, monotone, les tours que fait la cuiller en cliquetant dans la tasse.

— Un, deux, trois…

Les chiffres, le cliquetis. La voix dans ma tête qui gratte obstinément la surface jusqu'à créer une première entaille. La voix qui dit : C'est ta fille, et tu dois l'aimer. Que tu le veuilles ou non.

— … sept, huit…

J'ai de plus en plus de mal à respirer. Mes genoux sont en coton. Je tends la main vers le bord du plan de travail pour me raccrocher à quelque chose, le vide.

— … treize, quatorze…

Au ralenti le plafond se renverse, le sol ondule, je sombre dans ma faiblesse, glisse presque avec volupté dans l'obscurité qui me libère, merci.

— Papa !

La voix de Hannah comme sous l'eau.

— Maman fait une crise !

— Il faut stabiliser le pouls !

Hannah

Ruth me demande ce que j'entends par "cabane".

J'ai d'abord envie de lui taper sur la tête, pour qu'elle réfléchisse, mais finalement je me dis que je devrais plutôt l'aider. Il faut toujours être serviable.

— Une cabane est une petite maison en bois. Dans la forêt.

Ruth acquiesce, comme si elle avait compris, mais elle a les sourcils froncés et la mâchoire un peu plus basse que tout à l'heure, comme si elle s'était décrochée. On peut voir beaucoup de choses dans un visage, quand on est intelligente.

— Tu veux dire que vous habitez dans la forêt ? Dans une cabane ?

J'acquiesce lentement et dis :

— Très bien.

Moi aussi, j'aime que maman me complimente quand elle m'interroge et que je trouve la bonne réponse. Elle dit toujours "Très bien, Hannah", et ça m'amuse encore plus de réfléchir. Peut-être que c'est pareil pour Ruth.

— Tu as déjà habité ailleurs, Hannah ? Dans une vraie maison ?

— Une cabane est une vraie maison ! Mon papa l'a construite exprès pour nous. On a même du vrai air. Le système de circulation est tombé en panne seulement deux ou trois fois. On doit toujours entendre une légère vibration, sinon c'est qu'il y a un problème. Heureusement, j'ai l'ouïe fine. Je remarque tout de suite quand il y a un problème avec le système de circulation, bien avant qu'on ait mal à la tête. Mais mon papa l'a réparé tout de suite. Il a dit que c'était juste un petit faux contact, rien de grave. C'est vraiment un bon bricoleur.

Ruth cligne très souvent des yeux.

— Comment…, dit-elle, puis plus rien.

Moi non plus je ne dis rien, je crois qu'elle a enfin compris qu'elle devait faire travailler son cerveau elle aussi. Maman attend toujours un peu quand je ne trouve pas la bonne réponse. Elle me dit : "Si je te donne la solution tout de suite, ça ne servira à rien. Tu dois t'habituer à utiliser ton cerveau. Réfléchis, Hannah. Concentre-toi. Tu vas y arriver."

— Comment, répète Ruth. Comment ça, un système de…

— Un système de circulation, un mot compliqué, pas vrai ? Vous savez comment je fais, avec un nouveau mot difficile ?

Ruth ne dit rien.

— Je me le répète dans ma tête jusqu'à ce que je l'aie enregistré. Ce qui fait que j'apprends beaucoup mieux les nouveaux mots de vocabulaire que Jonathan. Parfois, il suffit de me dire le mot deux fois dans ma tête, mais parfois aussi, il faut que je me le répète dix fois.

Ruth ne dit toujours rien. Peut-être qu'elle est en train d'essayer mon truc, qu'elle se répète le mot difficile dans sa tête.

Ça y est, il se passe enfin quelque chose, ses lèvres bougent.

— Et tu peux me dire ce que c'est exactement, ce… – elle prend sa respiration avant de prononcer le mot – système de circulation ?

— Très bien, je la complimente une nouvelle fois.

Je suis contente des progrès de Ruth, et de moi-même. Je suis une bonne enseignante. C'est grâce à ma maman.

— Le système de circulation nous fournit l'air, j'explique à Ruth en parlant le plus lentement possible pour ne pas l'embrouiller. L'être humain ne peut pas vivre sans oxygène. Il inspire et expire entre dix et vingt mille litres d'air par jour. Ce qui représente dix à vingt mille fois la contenance d'une brique de lait. L'air qu'on inspire contient environ vingt et un pour cent d'oxygène et zéro virgule trois pour cent de dioxyde de carbone. L'air qu'on expire contient environ dix-sept pour cent d'oxygène et quatre pour cent de dioxyde de carbone, point. Le système de circulation fait en sorte que le bon air entre dans la cabane et que le mauvais air soit évacué. Autrement, évidemment, on étoufferait.

Ruth met la main devant la bouche. Je vois qu'elle tremble un peu. Pas seulement la main, Ruth tout entière.

— Mais pourquoi vous n'ouvrez pas la fenêtre quand vous avez besoin d'air, Hannah.

Je crois que c'est une question, mais ça n'y ressemble pas. Normalement, la voix monte à la fin de la phrase quand on veut demander quelque chose. Je me mets à ranger les crayons devant moi en une longue ligne toute droite, du plus clair au plus foncé, je commence par le jaune, pour arriver au noir tout à la fin.

— Hannah ?

Cette fois, la voix de Ruth monte à la fin, bon. Je lève les yeux de ma ligne de crayons pour la regarder.

— Tu peux me dire au moins qui est Jonathan ?

— Ben, mon frère.

— Et il vit dans la cabane lui aussi ? Avec toi et tes parents ?

— Oui, évidemment. Il n'a rien fait de mal. Pourquoi est-ce qu'on l'aurait chassé ?

— Parle-moi de ces taches sur le tapis.

Ruth a l'air très sévère d'un coup, et elle gagne même le concours de clignements. Mais uniquement parce que mes yeux se sont remis à pleurer. La faute à la lumière et à la fatigue.

— Hannah ? Tu m'as dit tout à l'heure que Jonathan s'occupait des taches sur le tapis. Quelles taches, Hannah ?

Je secoue la tête et je dis :

— Je suis fatiguée. Et je veux voir ma maman.

Ruth tend la main par-dessus la table, prend la mienne. Ce geste fait bouger deux de mes crayons qui sortent de la ligne, le bleu et le vert.

— Je sais. Mais crois-moi, les médecins nous préviendront vraiment aussitôt que tu pourras la voir. Tu veux faire un autre dessin en attendant ? Il est vraiment gros, dit-elle en lâchant ma main pour tapoter le bloc. Tu as encore plein de pages blanches.

Je hausse les épaules. Je n'ai plus vraiment envie de dessiner.

Ruth fait un visage qui réfléchit, avec de tout petits yeux et une bouche pincée.

— Et si tu dessinais toute votre famille ? Avec ton frère. Jonathan, dit-elle avec un sourire, elle a bien écouté et retenu son nom. Vous vous entendez bien, Jonathan et toi ? Ou est-ce que vous vous disputez parfois ?

— On se dispute seulement quand c'est un idiot.

Ruth fait entendre un petit rire.

— Je vois. Et dis-moi, ton frère est plus âgé que toi, ou plus jeune ?

Je détache du bloc le dessin de maman et papa dans la forêt pour le mettre de côté. Puis je reprends le crayon bleu et commence à dessiner le visage de Jonathan sur une nouvelle page.

— Plus jeune, je dis, il a deux ans de moins.

— OK, ne me dis rien, laisse-moi deviner. Donc il a..., commence Ruth, qui semble réfléchir. Hmm, pas évident. Alors je dirais qu'il a... six ans ?

Je lève les yeux de ma feuille. Pauvre Ruth, si bête qu'elle ne sait même pas compter correctement.

— Treize moins deux, je dis, pour essayer de l'aider, mais elle me fixe seulement avec des yeux comme des soucoupes. Il a onze ans, évidemment.

Ruth a vraiment encore beaucoup à apprendre.

Hannah

C'est important d'apprendre. On n'a pas le droit d'être bête. Moi j'apprends mieux que Jonathan, depuis toujours. Lui n'a su vraiment lire qu'à quatre ans. Bien sûr qu'on sait ce que c'est, une école. Une école est une institution qui transmet un savoir aux enfants et aux adolescents. Mais heureusement, on n'est pas obligés d'y aller. Le chemin est très dangereux. On pourrait se perdre ou se faire attaquer. Et puis de toute façon c'est seulement les enfants vraiment bêtes qui vont à l'école, ceux qui ne savent pas apprendre tout seuls. Je pense que Ruth a dû aller à l'école quand elle était petite, et je crois aussi que j'ai raison de penser que l'école fait juste semblant d'apprendre des choses importantes aux enfants. En réalité, ils restent bêtes. Il n'y a qu'à regarder Ruth. Une soustraction tellement facile, treize moins deux. Je pense aussi que Ruth a honte de ne pas avoir réussi un exercice aussi facile. Elle me demande même si tout ce que je viens de lui dire est bien vrai. Alors j'arrête de dessiner le pantalon de Jonathan, je retourne ma feuille et je trace treize bâtons. Puis j'en barre deux et je compte lentement et distinctement ceux qui restent. Onze, évidemment. Treize moins deux égalent onze, c'est tout. D'ailleurs je ne trouve pas ça très joli qu'elle pense que c'est *moi* qui mens, alors que c'est *elle* qui est un peu bête. Je ne mens jamais. On n'a pas le droit de mentir. Je le lui dis, elle ne sait sans doute pas ça non plus, cette pauvre idiote de Ruth.

— Hannah.

On dirait qu'elle va se mettre à pleurer.

— La cabane. Et ce système de…

— Système de circulation ! je dis de ma voix de lionne.

Ruth sursaute. Encore une frayeur. Grands yeux, joues écarlates. Mais cette fois, elle ne m'apitoie pas. Elle refuse juste de faire un effort.

— C'est inadmissible ! poursuit ma voix de lionne, tandis que ma main s'abat sur la table.

Les crayons tressautent, le vert roule même jusqu'au bord de la table, tombe par terre. On n'a pas le droit de faire l'idiote. Je me penche sous la table pour ramasser le crayon vert et quand je réapparais, elle s'excuse. C'est déjà ça. Il faut toujours s'excuser quand on s'est trompé.

— Je ne voulais pas te mettre en colère, Hannah, dit-elle. La situation doit être pénible pour toi. Je le comprends. Mais tu sais, j'aimerais aussi comprendre le reste. J'aimerais vraiment savoir comment c'est, chez vous à la maison. Je ne connais personne d'autre qui vit dans une cabane dans la forêt.

Je retourne ma feuille, me remets à dessiner le pantalon de Jonathan. C'est son pantalon préféré, le bleu, qu'il n'a le droit de mettre que le dimanche.

— Hannah ?

Je lève les yeux.

— Tu veux bien me pardonner ?

J'acquiesce et me remets à mon dessin. J'ai aussi mis à Jonathan son t-shirt préféré, le rouge. Quand il était neuf, la couleur était vraiment vive. Je crois qu'il serait content s'il savait qu'il porte ses habits préférés sur mon dessin. Pour finir, je dessine ses cheveux frisés. Ils sont presque noirs, comme ceux de papa. Juste à côté de lui, à hauteur de son épaule, je commence à dessiner mon visage à moi. Je vais me mettre ma robe préférée, la blanche à fleurs. On va tous être très beaux sur mon dessin.

— Vous ne pouvez pas ouvrir les fenêtres à la maison, n'est-ce pas, Hannah ? C'est pour ça que vous avez besoin de cet appareil.

— Le système de circulation, je marmonne.

— La cabane n'a pas de fenêtres ?

— Si, évidemment.

Pour mes boucles à moi, il me faut le crayon jaune.

— Mais vous ne les ouvrez pas. Pourquoi pas, Hannah ?

— Trop dangereux. C'est pour ça qu'on a fixé les plaques dessus.

Je me demande si ce serait un mensonge de me dessiner un bandeau rouge dans les cheveux. Je n'ai pas de bandeau rouge, juste un bleu foncé. Mais un rouge irait beaucoup mieux avec les fleurs de ma robe.

— C'est ton papa qui a fait ça, Hannah ? Tu m'as dit qu'il était bon bricoleur ?

— Oui.

Ma main s'approche tout doucement du crayon rouge. Je regarde Ruth dans les yeux. Elle ne peut pas savoir, elle, que je n'ai pas de bandeau rouge, mais je suis un peu inquiète, elle pourrait voir sur mon visage que je suis sur le point de tricher. L'inquiétude, ce n'est pas vraiment de la peur, mais ce n'est pas non plus vraiment agréable. L'inquiétude, c'est un peu comme la nausée, comme quand on a mal au ventre et qu'on ne sait pas si on va vomir ou non.

Mon papa s'est déjà beaucoup inquiété, quand maman est partie. Il nous a dit qu'il n'était pas sûr qu'elle allait revenir, et puis il a pleuré. Mon papa n'avait encore jamais pleuré. J'ai tendu la main vers son visage pour toucher les petits sillons poisseux de larmes. Il ne nous l'a pas dit, mais j'ai tout de suite su que c'était aussi ma faute si maman était partie, à cause de cette histoire avec Sara. Jonathan aussi le savait. Il n'arrêtait pas de me fixer et il ne m'a pas parlé pendant plusieurs jours, jusqu'à ce que je lui rappelle que lui non plus ne l'aimait pas spécialement, Sara.

— Tu sais, Hannah, je suis en train de réfléchir. Tu t'es donné tellement de mal pour dessiner ton frère. On voit que tu l'aimes beaucoup. On devrait peut-être envoyer quelqu'un chez vous pour voir comment il s'en sort avec le tapis ? Ou pour l'aider ?

Je m'empare du crayon rouge sans quitter Ruth des yeux. Mais ça ne semble pas la déranger que je veuille tricher avec les couleurs.

— Ou alors, poursuit-elle, imperturbable, on pourrait le faire venir ici, avec toi. Comme ça, vous pourriez attendre votre maman ensemble. Certaines choses sont beaucoup moins pénibles quand on est avec quelqu'un qu'on aime.

— Je ne suis pas sûre que ça plairait à Jonathan, ici, je dis. Le bandeau rouge que je me suis inventé va vraiment bien avec ma robe à fleurs.

— Je crois qu'il se mettrait à trembler s'il devait rester ici.

— Mais toi, tu es forte, tu ne trembles pas.

— Oui, c'est vrai, je dis, mais peut-être que je suis tout simplement plus courageuse que Jonathan. Parce que je suis plus âgée, ou un peu plus intelligente, ou les deux. Il a eu beaucoup plus peur du sang que moi. Et du bruit, aussi.

— Quel bruit ?

— Ben, elles viennent d'où à votre avis, les grosses taches sur le tapis ?

Ruth a l'air de réfléchir, mais je sais maintenant que ce n'est pas son fort.

— Comme quand on fait tomber une pastèque par terre, je lui explique pour lui éviter de se prendre la honte une deuxième fois. C'est le bruit que ça fait quand on frappe sur le crâne de quelqu'un. *Bam !* je dis avec ma voix de lionne puis, revenant à normale : Et après, il y a un grand silence.

Matthias

4 825 jours.

J'ai compté et maudit chacun d'entre eux. Mes cheveux sont devenus encore plus gris, mon cœur irrégulier. La première année, j'ai parcouru chaque jour en voiture son dernier trajet. J'ai imprimé des affiches, les ai collées sur absolument tous les réverbères que je croisais. J'ai interrogé quelques soi-disant amis et passé quelques savons. J'ai appelé plusieurs fois par jour mon vieil ami Gerd, Gerd Brühling, le commissaire de police en charge de l'enquête. J'ai annoncé à M. Brühling, qui s'avérait incapable de la retrouver, qu'il n'était plus mon ami. Et quand j'ai commencé à me sentir inutile, j'ai voulu qu'au moins les mensonges cessent. Alors j'ai donné un certain nombre d'interviews, une bonne cinquantaine.

Lena a disparu il y a 4 825 jours. 4 825 nuits. Presque quatorze ans. Quatorze années au cours desquelles chaque coup de téléphone pouvait apporter la nouvelle qui allait tout changer. On avait enlevé notre fille et on demandait une rançon. On avait repêché notre fille dans l'Isar, bleue, gonflée, méconnaissable. On l'avait retrouvée, violée, assassinée et jetée comme un sac d'ordures quelque part à l'étranger peut-être, vers les pays de l'Est.

— Matthias, tu es là ?

La voix de Gerd, fébrile.

Je ne réponds pas, j'essaie simplement de respirer. Le combiné tremble dans ma main droite trempée de sueur. La gauche avance à tâtons vers la commode pour s'y raccrocher. La pièce tout entière, l'entrée de notre maison, perd ses contours, l'escalier, le tapis, l'armoire semblent onduler vers moi, comme portés par des vagues. Le sol se dérobe sous mes pieds. Karin apparaît, encore à moitié endormie ; ne me voyant pas revenir me coucher, elle est descendue à son tour. Tripotant nerveusement la ceinture de son peignoir crème, elle me presse de questions :

— Qu'est-ce qui se passe, Matthias ? Qu'est-ce qui se passe ?

Je me force à avaler cette boule dans ma gorge, cette nouvelle et ce qu'elle signifie, ces presque quatorze années. Cent fois, Karin et moi avions imaginé la pire des morts pour Lena, nous nous étions torturés avec un millier de possibilités. Nous n'en avions négligé qu'une seule, au bout d'un moment : et si le téléphone sonnait et qu'on nous disait qu'on l'avait retrouvée, vivante ?

— Lena, je souffle.

Karin ferme les yeux, recule de quelques pas, touche le mur et se laisse glisser au sol. Elle enfouit son visage dans ses mains, éclate en sanglots. Pas en gros sanglots dramatiques, non. Il s'est passé trop de temps, sans doute, 4 825 jours qui ont laissé trop peu d'espoir. Elle émet une série de petits bruits, des sortes de hoquets tristes, épuisés.

— Non, non.

J'arrive enfin à prononcer un mot, tends la main vers elle.

— Matthias ?

Gerd, au téléphone.

— Comment, non, non ?

Karin, contre le mur.

— Ils pensent qu'elle a été enlevée. Mais ils l'ont retrouvée. Elle est vivante, dis-je d'une voix qui m'atteint à peine moi-même. Elle est vivante, je répète.

— Quoi ?

Karin se relève maladroitement. Elle vacille sur ses jambes, menace de tomber, je prends son bras.

— Oui, me confirme la voix enrouée de Gerd à l'autre bout du fil.

Les informations qu'il vient de me donner sont vagues. Je ne sais pas s'il ne peut pas ou ne veut pas m'en dire plus. Mais ils ont comparé avec le fichier des personnes disparues et il y a des similitudes. Il partira à la première heure pour l'hôpital de Cham, à la frontière tchèque, pour confirmer l'identité de Lena. Cham, à seulement deux heures et demie de Munich, si près d'ici. Lena est si près d'ici, l'a peut-être été pendant tout ce temps. Et je ne l'ai pas retrouvée.

— Je viens avec toi, j'explose. On y va. Pas à la première heure, tout de suite.

— Non, Matthias, ce n'est pas possible, dit Gerd sur le ton de l'adulte qui essaie de calmer un gamin buté. On ne peut pas…

— Je m'en fous, s'obstine le gamin, je m'en fous complètement ! Je m'habille. Passe me prendre.

J'entends Gerd soupirer dans le combiné.

— Tu me dois bien ça, j'ajoute avant qu'il se lance dans un exposé aussi détaillé qu'inutile sur la voie hiérarchique. On y va.

Gerd soupire encore une fois, je raccroche. Je lui laisse une demi-heure pour passer me prendre. S'il ne vient pas, j'irai sans lui, basta. À Cham, voir Lena. Je prends Karin dans mes bras. Ses larmes chaudes trempent le tissu de mon pyjama.

— Elle est vivante, je murmure dans ses cheveux.

Quelle phrase formidable : elle est vivante.

Un quart d'heure plus tard, nous sommes habillés, Karin s'est même coiffée. Nous trépignons d'impatience dans l'entrée, les yeux rivés sur la porte dont le verre opale nous signalera immédiatement la présence des phares de la voiture de Gerd. Soudain, Karin dit à haute voix le fond de ma pensée :

— N'attendons pas, allons-y.

J'acquiesce vivement, attrape les clés de la voiture sur le tableau.

À Cham, voir Lena. Elle est vivante.

Nous sommes sur la bretelle d'autoroute, dans notre vieille Volvo, lorsque la bulle qui m'entoure depuis l'appel de Gerd éclate. Je me demande soudain si nous n'aurions pas mieux fait de l'attendre. Si j'ai bien fait d'emmener Karin. Les phrases de Gerd se déroulent une nouvelle fois dans ma tête : "Écoute, Matthias, ce n'est pas sûr. Mais j'ai eu un appel de mes collègues de Cham. Une jeune femme a été renversée par une voiture dans une forêt à la frontière tchèque. Elle s'appellerait Lena. Les collègues pensent que l'accident a un lien avec une affaire d'enlèvement, alors ils ont épluché le fichier des personnes disparues. Plusieurs éléments coïncident, comme la cicatrice sur son front. Mais elle a été gravement blessée dans cet accident. Elle est en traumatologie, et on ne peut pas lui parler pour l'instant. Matthias ? Tu es encore là ?"

"Lena", j'ai soufflé à Karin.

"Voilà, a repris Gerd. Je pars pour Cham à la première heure. Tant qu'on ne peut pas confirmer avec certitude l'identité de cette jeune femme…"

Et moi : "Je viens avec toi."

— Karin, je crois qu'il faut que je te prévienne, dis-je en comprenant que les réserves de Gerd ne concernaient peut-être pas exclusivement le non-respect de la voie hiérarchique. J'aurais dû lui dire plus tôt, pendant qu'on se préparait, mais je n'arrivais pas à prononcer grand-chose d'autre que ces quelques mots, hésitants, stupéfaits : "Elle est vivante."

— Gerd a dit qu'elle était en traumatologie. Elle est peut-être grièvement blessée. Est-ce que tu vas supporter de la voir dans cet état ?

— Tu es fou ? C'est notre fille !

Karin a raison. Lena a besoin de nous, davantage encore dans son état. J'appuie sur l'accélérateur, poussant la Volvo au maximum. Après presque quatorze ans, cent quatre-vingts kilomètres à peine nous séparent de notre enfant.

"Ciao, papa ! À un de ces jours ! Et encore merci !"

J'entends sa voix claire, je la revois sauter les quelques marches du perron. L'après-midi de sa disparition, elle était passée prendre un café. On venait de lui voler son vélo sur le campus. Nous avions fait en sorte que Karin ne voie pas que je lui donnais de l'argent. Elle était d'avis que sa fille devait devenir plus autonome et chercher un petit boulot, comme la plupart des étudiants. Moi, j'étais d'avis que c'était hors de question. Ma fille devait se concentrer sur ses études. Elle avait besoin d'un nouveau vélo. Alors je lui avais donné trois cents euros.

Ciao, papa ! À un de ces jours !

Ciao, mon ange, à dans 4 825 jours…

— Matthias ?

Karin agite mon portable. Je m'aperçois qu'il est en train de sonner, la lumière bleue de l'écran éclaire l'habitacle encore sombre il y a un instant.

— Ça doit être Gerd, dis-je en l'imaginant devant la porte de notre maison : il a sonné plusieurs fois, vient de constater que nous sommes partis sans lui.

Je regarde l'heure sur le tableau de bord : il serait ponctuel.

— Tu peux répondre.

Gerd braille tellement fort dans l'oreille de Karin que je l'entends moi aussi.

— On ne pouvait pas attendre, essaie de comprendre, nous excuse Karin.

Il lui dit de me dire que je suis toujours un imbécile, et je ne peux pas m'empêcher de sourire en l'entendant, mais soudain, une bouffée de nostalgie m'envahit. Gerd était mon meilleur ami, autrefois, dans une autre vie.

— Oui, oui, ne t'inquiète pas, dit Karin à Gerd avant de raccrocher, plongeant de nouveau l'habitacle dans l'obscurité. Il a dit qu'on se retrouvait à l'hôpital. Et qu'on ne devait pas faire de vagues jusqu'à ce qu'il arrive, à cause de ses collègues, notamment.

Je m'esclaffe, la nostalgie s'est envolée.

— Comme si j'en avais quoi que ce soit à faire, des collègues de M. Brühling. On veut savoir comment va notre fille, basta.

J'entends Karin fouiller dans son sac à main. Je pense qu'elle range juste mon téléphone, mais je perçois le bruit caractéristique du paquet de mouchoirs qu'on ouvre. Du coin de l'œil, je la vois se tamponner le visage.

— Un enlèvement…, sanglote-t-elle. Mais si c'était un enlèvement, pourquoi personne ne nous a jamais demandé de rançon ?

Je hausse les épaules.

— Ce ne serait pas la première fois qu'un taré enlève une jeune femme juste pour l'enfermer.

Je pense aussitôt à Mark Sutthoff. Et s'il avait quelque chose à voir avec la disparition de Lena, finalement ? Bon Dieu, il était juste là, devant moi…

— *Enfermer*, quel mot affreux !

La voix de Karin vient se mêler aux images dans ma tête. Mes mains sur le col de Mark Sutthoff, son dos plaqué contre le mur, son visage écarlate.

Où est-elle, espèce de salaud ?

— Je sais, dis-je.

Karin renifle.

— Tu crois qu'elle va s'en remettre ? Je ne parle pas de l'accident.

— Elle est forte, elle l'a toujours été.

Je tapote le genou de Karin avec un sourire encourageant.

Nous ne disons plus un mot pendant le reste du trajet. De temps en temps, l'un de nous s'éclaircit la gorge. Mais je sais ce qui se passe dans la tête de Karin. Elle se demande si la personne que nous allons retrouver aujourd'hui peut encore être notre fille, après toutes ces années, tout ce qu'elle a probablement enduré. Karin a souvent dit des choses comme "J'espère qu'au moins c'est allé vite" ou : "Je prie pour qu'elle ait été épargnée." Par *épargnée*, elle entendait que Lena ait eu une mort rapide, sans tourments physiques, ni psychiques, sans souffrances. Je me retenais de lui sauter à la gorge quand elle disait ça, même si au fond je pensais la même chose. Assis tous les deux dans cette voiture, séparés uniquement par un accoudoir, je sens que nous sommes à des kilomètres l'un de l'autre. Karin a peur, Karin doute. Alors que moi, je me dis juste qu'il y a des médecins pour tout, pour le corps et pour l'âme. Que maintenant tout va s'arranger. Pourquoi Lena aurait-elle survécu si elle n'était plus capable de vivre ? Si elle ne tenait pas terriblement à la vie ? Peut-être que je suis naïf, peut-être que Karin est trop pessimiste, et que la vérité est entre les deux, simple et pratique comme cet accoudoir.

— Elle est forte, je répète.

Karin s'éclaircit la gorge.

Lena

Quelqu'un crie. "Non !" et "Mon Dieu !"

Mon corps raide se soulève. On le secoue. Chaleur, étreinte.

"Lena ! Mon Dieu, Lena !"

Je cligne des yeux. Souris faiblement. Il est rentré, finalement, au dernier moment. Les enfants sont en vie, pendus à son cou. Il me tient dans ses bras. Son visage blême de frayeur. Je tends ma main froide. Touche une larme.

"Je suis vraiment désolé", dit-il, et je dis : "Tu nous as sauvés."

— Patiente stable.

Je crois que j'ai fait une bêtise. Je le sais parce que j'ai déjà compté jusqu'à 2 676 et Ruth n'est toujours pas revenue. J'ai imité le bruit de la pastèque. *Bam !* Et là, elle a dit qu'il fallait tout de suite qu'elle aille demander si on pouvait aller voir maman, et que je devais continuer à dessiner ma famille le temps qu'elle revienne. J'ai dessiné une tache rouge sur le côté de la tête de papa, mais maintenant, je ne sais plus quoi faire.

Je suis fatiguée. De l'autre côté des fenêtres, la nuit est déjà un peu grise. Je n'ai pas souvent veillé aussi longtemps, à part quand Sara était encore chez nous et qu'elle nous empêchait de dormir parce qu'elle n'arrêtait pas de pleurer. Il faut toujours dormir suffisamment, pour que le corps puisse se régénérer. Je pose la tête sur la table, ferme les yeux. Maman dit toujours qu'on peut décider de ce qu'on rêve, qu'il suffit de penser assez fort à quelque chose de précis avant de s'endormir. Je veux faire un très beau rêve. Je veux rêver de maman et moi, et qu'on repart enfin faire une sortie, juste elle et moi, parce que je suis sa préférée.

Alors je pense aussi fort que je peux à la première fois que nous sommes parties toutes les deux. Au début, j'étais un peu inquiète, mais maman m'a dit : "C'est un endroit magnifique, Hannah. Tu vas adorer." Elle a ajouté qu'on ne devait raconter à personne qu'on était sorties.

"Chut, elle a fait en mettant le doigt sur ses lèvres. Nos sorties, c'est notre secret."

"Mais on n'a pas le droit de mentir, maman !"

"On ne ment pas, Hannah. On ne le raconte à personne, c'est tout."

"Et Jonathan ? Il va sûrement avoir peur s'il se réveille et qu'il n'y a personne à la maison."

"Ne t'inquiète pas. Il dormira longtemps. On sera rentrées avant qu'il se réveille, promis."

On s'est faites belles. J'ai même eu le droit de mettre ma robe préférée, la blanche à petites fleurs. Puis on est sorties de la maison à pas de souris et on a pris la voiture. Je me suis assise à l'avant, à côté de maman. On a roulé sur une route lisse comme du papier et qui brillait au soleil. Par endroits, elle tremblait dans la chaleur, ça faisait comme des petits feux incolores. Je pressais mon nez contre le verre frais de la vitre. Le ciel était une toile, avec des nuages blancs comme neige sur fond bleu. J'ai dessiné les contours d'une vache en nuage sur la vitre et maman a ri. La radio passait une chanson qu'on connaissait et le rire de maman a éclaboussé la mélodie, et puis elle s'est mise à chanter. On a quitté la grande route pour entrer dans un lotissement. Maman a garé la voiture à l'ombre d'un grand arbre. C'était un érable. On le reconnaît à sa feuille à cinq lobes qui ressemble à une grande main verte.

Nous étions invitées à une fête, et cette fête avait lieu dans un jardin. Maman avait raison, l'endroit était magnifique. Nous étions attendues : les gens nous ont souri, nous ont fait signe de la main : "Ah, vous voilà !" Maman a voulu me présenter, mais j'étais tellement excitée que je ne tenais pas en place. Je me suis débarrassée de mes sandales et j'ai couru pieds nus dans le jardin, humant les hortensias gros comme des choux, et me jetant finalement à plat ventre dans l'herbe. Elle sentait pareil que notre lessive. J'ai cueilli des brins d'herbe et des pâquerettes et regardé une coccinelle courir sur le dos de ma main. Un monsieur avec les yeux bleu tout clair et les cheveux gris s'est assis dans l'herbe à côté de moi et il m'a dit : "Je suis content que tu sois venue toi aussi, Hannah."

Je lui ai montré la coccinelle sur ma main et il m'a expliqué que les coccinelles étaient très utiles, parce qu'elles mangeaient les pucerons et les araignées rouges. Une si petite bête, c'était étonnant.

"On dit aussi que les coccinelles portent bonheur", a dit le monsieur. Ça m'a plu.

Quelqu'un a appelé tout le monde à table. Une grande table était dressée au fond du jardin. J'ai marché en posant le talon du pied droit contre les orteils du pied gauche, droite, gauche, droite, gauche, et ainsi de suite, et la table était longue de trente pas. Il y avait du gâteau au chocolat et de la tarte aux fraises et du pudding à la vanille avec des framboises grosses comme le pouce et des biscuits et des sticks salés et des saucisses grillées. J'aurais tellement aimé tout goûter, mais maman a dit qu'on devait rentrer. Que Jonathan allait bientôt se réveiller. Le somnifère ne fait jamais effet aussi longtemps qu'on le voudrait.

"Je peux au moins prendre un morceau de gâteau au chocolat, maman ? Juste un petit morceau, s'il te plaît. Je me dépêcherai de le manger."

Mais maman a secoué la tête. Elle a sorti une barre énergétique de son sac à main, l'a tirée de son emballage et me l'a tendue. "De toute façon, ce n'est pas bon de manger trop de sucre, Hannah. Quand on sera à la maison, on lira les effets que le sucre peut avoir sur ton corps. Et maintenant, va chercher tes sandales, il faut vraiment qu'on y aille."

Puis elle est partie à grands pas vers le portail du jardin sans dire au revoir à personne. Je l'ai rattrapée juste devant la voiture, et je me suis retournée. Près du portail, le monsieur qui m'avait parlé des coccinelles m'a fait signe. J'ai levé discrètement la main, pour ne pas que maman me voie. Et on est rentrées à la maison.

"La consommation excessive de sucre et d'aliments sucrés peut déclencher les symptômes suivants", m'a lu maman. Nous étions à peine rentrées qu'elle était allée chercher le gros livre qui sait toujours tout sur l'étagère du séjour. "Fatigue, léthargie, angoisses, problèmes digestifs, ballonnements, diarrhée ou constipation, nervosité, insomnies, difficultés à se concentrer, caries. Tu vois, a-t-elle dit en refermant bruyamment le gros livre. Sois contente de ne pas avoir été obligée de manger ce gâteau."

J'ai acquiescé. Ma maman veille vraiment sur moi. Elle ne veut que mon bien.

Jonathan est apparu sur le seuil de la porte. Il venait de se réveiller.

"Qu'est-ce que vous faites ?" il a demandé en frottant ses yeux encore tout endormis.

"Rien, Jonathan", a dit maman en me faisant un clin d'œil.

Ma maman et moi, on avait un secret. Ma maman et moi, on formait une équipe, pour toujours...

— Hannah ?

Je cligne des yeux.

— Hannah ?

Je lève la tête de la table.

Devant moi, deux inconnus. Un monsieur en costume gris et une grande dame toute mince avec les cheveux bruns, courts. Mon corps sursaute de frayeur. Je me remets bien assise, le dos bien droit, comme on doit s'asseoir à table pour prendre ses repas. La dame me tend la main. Je lui tends aussitôt les miennes et les tourne lentement, pour qu'elle puisse d'abord voir mes ongles, puis mes paumes. Je n'ai pas fini de les lui montrer qu'elle prend ma main droite et la serre dans la sienne.

— Bonjour, Hannah, disent la dame et le monsieur, et ils disent aussi que Ruth ne reviendra pas tout de suite, qu'elle fait une petite pause. Elle s'est bien occupée de toi pendant tout ce temps, dit la dame avec un sourire.

Puis elle dit qu'elle s'appelle Dr Hamstedt, mais elle n'a pas du tout l'air d'un médecin. Elle ne porte pas de blouse. Je suis sur le point de le lui dire, peut-être qu'elle l'a oubliée, sa blouse, et qu'elle pourrait s'attirer des ennuis. Mais je n'ai pas le temps car le monsieur se présente à son tour. Lui non plus ne veut pas voir mes mains, pourtant il est policier. Il me montre même son insigne et rit parce qu'il a une autre tête en vrai que sur la photo.

— Tu vois, j'étais encore jeune et beau, à l'époque.

Je crois que c'est censé être une blague, mais juste quand les coins de ma bouche se lèvent, le monsieur redevient sérieux.

— Hannah, il faut absolument que je puisse aller voir chez toi si tout va bien, dit-il en prenant la chaise de Ruth.

Puis il tend le cou vers mes dessins, pose le doigt juste à l'endroit où papa a une tache rouge sur la tête.

— D'après ce que Ruth m'a dit, je crois qu'il s'est passé quelque chose de très grave chez vous cette nuit. Que ta mère et toi avez peut-être eu tellement peur que vous vous êtes sauvées en courant, et que c'est comme ça qu'elle a eu son accident.

Il prend maintenant mon premier dessin, celui de maman et papa dans la forêt, désigne le foulard que papa tient dans la main.

— Tu n'as aucune raison d'avoir peur, Hannah. Dis-moi où se trouve la cabane. Je m'occupe de tout. Il ne t'arrivera plus rien de mal, je te le promets.

— Fais ce que te dit le commissaire Giesner, Hannah. Tu peux nous faire confiance, ajoute la dame.

— Où se trouve la cabane, Hannah ? Tu peux me décrire le chemin ?

Le policier de nouveau, puis la dame :

— N'aie pas peur, tu es en sécurité ici.

Je ne trouve pas qu'ils sont malpolis, le policier en particulier est beaucoup plus sympathique que je n'aurais cru. Mais je n'ai quand même pas envie de leur parler. Je veux que Ruth revienne, ou alors, au moins, dormir. Je crois qu'ils ont compris, parce qu'ils me laissent tranquille quand je repose la tête sur la table et ferme à nouveau les yeux. Au début, j'essaie de penser à quelque chose d'agréable, mais ça ne marche pas parce que je tends l'oreille, guettant un signe m'indiquant qu'ils se lèvent enfin et sortent de la pièce. Mais ils restent assis jusqu'à ce que j'aie compté jusqu'à 148. Alors enfin, j'entends le bruit de leurs chaises qu'ils repoussent et, juste après, celui de la porte qui se referme.

Matthias

Il est presque quatre heures du matin lorsque nous nous garons sur le parking de l'hôpital.

Karin prend ma main. La sienne est froide, moite. Elle dit quelque chose. Je n'entends rien d'autre que le battement de mon cœur. Nous ne courons pas, nous ne le prenons pas d'assaut, ce lieu, nos pas sont mesurés, prudents. Nous sommes en pilote automatique. Nous passons une porte. Faisons quelques pas dans le hall. Jusqu'à l'accueil, une femme assise derrière un bureau. Mes lèvres bougent. Je veux lui dire que nous sommes les parents de Lena Beck, qui a été transférée ici après un accident. Que nous devons aller en traumatologie. Je ne sais pas ce que je dis. Si mes phrases sortent telles que je les ai pensées dans ma tête. La dame de l'accueil bouge les lèvres à son tour, décroche son combiné. Karin me tire par la manche pour m'éloigner de quelques pas du cube de verre dans lequel la dame est au téléphone. Le visage de Karin est livide, ses yeux tremblent dans leurs orbites lorsqu'elle me regarde. Je me rends compte qu'elle danse nerveusement d'un pied sur l'autre, la prends par les épaules. Je veux lui dire de se calmer, et c'est ce que je fais apparemment, puisqu'elle hoche la tête. Un médecin arrive, ou un infirmier, je ne sais pas, en tout cas il porte une blouse. Il est flanqué d'un homme en costume gris. Des noms que je ne retiens pas, ma main qu'on serre. Nous suivons les deux hommes jusqu'à un ascenseur. Nous montons, nous descendons, je n'en sais rien. Le temps s'étire. L'ascenseur s'arrête, l'un des deux hommes touche mon épaule, sans doute pour m'indiquer qu'il faut descendre. Karin a repris ma main, la serre fort dans la sienne. Nous parcourons en procession la moitié du couloir, puis nous arrêtons. Karin lâche brusquement ma main. Le geste me déconcerte, je redeviens attentif.

— Il vaudrait mieux que seul l'un de vous deux m'accompagne, dit le médecin. Elle a reçu les premiers soins, mais elle est toujours inconsciente. Nous voulons la laisser revenir à elle tranquillement, d'autant que nous ne pouvons pas exclure qu'elle soit en état de choc.

— Donc je ne pourrai pas lui parler, dis-je stupidement.

— Dans un premier temps, nous avons besoin de votre aide pour l'identifier formellement, dit l'homme en costume gris, dont j'ai entre-temps compris qu'il est commissaire de police. Nous parlerons de tout le reste plus tard.

— J'y vais, dis-je d'un ton décidé à Karin, qui acquiesce. C'est ce que nous avions prévu, il y a des années. Que c'est moi qui me chargerais d'identifier le corps de notre fille, recouvert d'un drap sur une table d'autopsie. Que je tiendrais sa main une dernière fois, que je déposerais un dernier baiser sur son front froid. Que je lui dirais que nous l'aimons.

À ceci près que nous ne sommes pas dans un sous-sol, à la morgue, mais dans un hôpital, et que notre fille est vivante. Le médecin me prend par le bras et me guide vers une autre porte, qui sépare le couloir d'un espace à part. Derrière moi, Karin demande au commissaire ce qui va se passer maintenant.

Je n'entends pas sa réponse, la porte s'est déjà refermée sur le médecin et moi. Soudain je doute, je me demande à quoi va ressembler notre fille, avec les blessures que cet accident de voiture, que tout ça a pu lui laisser. Au moment de sa disparition, elle terminait sa deuxième année de fac, elle allait être prof, elle n'était qu'une jeune fille qui venait à peine de déployer ses ailes. Aujourd'hui elle a trente-sept ans, c'est une femme, et si on ne l'avait pas brutalement arrachée à sa vie une nuit, elle serait peut-être mariée, aurait peut-être elle-même des enfants.

— Ne vous effrayez pas, me dit le médecin lorsque nous arrivons devant la porte de sa chambre ; la main sur la poignée, il hésite encore. Elle a plusieurs blessures au visage, des coupures, surtout. C'est assez impressionnant, mais moins grave qu'il n'y paraît.

J'émets une sorte de grognement. L'air me manque pour faire davantage. Je suis complètement oppressé. Le médecin tourne la poignée. La porte s'entrouvre.

Je ferme les yeux et des images m'envahissent. Ma petite Lena, cette toute petite chose dans les bras de Karin. Cinquante centimètres, 3 430 grammes, une main minuscule qui attrape mon pouce. Je lui dis : "Bienvenue sur cette planète, mon ange. Ton papa prendra toujours soin de toi." Ma petite Lena avec sa dent manquante et son énorme cornet surprise pour sa première rentrée. Ma petite Lena qui ne veut plus qu'on l'appelle petite, parce qu'elle n'est plus un bébé. Lena sur le canapé du salon, qui a teint ses beaux cheveux blonds en noir et fait des trous dans son jean avec une épingle à nourrice. Lena qui est redevenue blonde et dont je suis si fier. Qui est si belle dans sa robe longue au bal de fin d'année, son bac avec mention en poche et tant de projets en tête. Lena qui est étudiante à présent, Lena la dernière fois que je la vois avant sa disparition. Qui saute les quelques marches du perron, se retourne une dernière fois en me faisant signe joyeusement : *Ciao papa ! À un de ces jours ! Et encore merci !*

Ça y est, j'entre dans la chambre.

Son lit est au milieu de la pièce. J'entends des appareils qui bipent. Elle a les yeux fermés. Effectivement, elle est blessée au visage. Il est constellé de coupures en forme de petits triangles. La moitié gauche est bleuâtre, enflée. Sa lèvre est fendue. On dirait qu'on l'a recousue à l'arcade sourcilière. Malgré ça, la petite cicatrice à la naissance des cheveux, à droite, est reconnaissable. Et pourtant…

Le premier regard aurait suffi. Mais il faut que le sens se sédimente, il lui faut un certain temps pour se solidifier, définitivement. Alors, soudain, je mets la main devant la bouche et m'éloigne du lit en titubant.

— Ce n'est pas Lena, je souffle dans ma main, ce n'est pas ma fille.

Le médecin me prend par le coude, me maintient sur mes jambes ou me force à sortir de la chambre, ou les deux en même temps.

— Ce n'est pas elle.

Cette phrase répétée à l'infini.

— Je suis désolé, dit le médecin.

Je suis désolé, comme s'il n'y avait plus rien d'autre à dire.

Hannah

Si j'avais le choix, je préférerais être au bord de la mer, maintenant. Avec ma maman – juste elle et moi, je suis sa préférée – dans le plus bel endroit du monde. En plus, en principe, elle m'en doit encore une, de sortie à la mer, parce que la dernière ne s'est pas trop bien passée. Il faut toujours être de bonne humeur, quand on part en voyage. J'ai pris toutes les vagues, je me suis jetée dedans à plat ventre de toutes mes forces, comme si je sentais que c'était peut-être la dernière fois qu'on allait quelque part ensemble. Maman avait changé. Allongée sur le dos dans le sable, elle fixait le ciel. Je me suis dit que c'était à cause de papa. Chaque fois qu'il partait, elle avait peur qu'il ne revienne pas. Elle ne le disait pas, mais ça se voyait. Elle était nerveuse, agitée, elle comptait les barres énergétiques et n'arrêtait pas de me demander si le système de circulation fonctionnait bien normalement. J'ai l'ouïe très fine, la meilleure de nous quatre.

Je voulais vraiment lui changer les idées, alors j'ai lutté contre les vagues pour revenir sur la plage. Je me suis retournée une dernière fois vers la mer, au cas où on devrait s'en aller tout de suite, à cause de Jonathan et du somnifère qui ne fait jamais effet aussi longtemps qu'on le voudrait. J'ai vu le soleil scintiller sur la mer comme si on y avait renversé toute une cargaison de diamants. Le ciel et l'eau ne faisaient qu'un, tout était bleu, de haut en bas, *grave ça dans ta mémoire, Hannah, ne l'oublie pas, ce beau bleu, ce bleu infini.* J'ai fermé les yeux et inspiré l'air salé qui venait se coller à mes poumons. *N'oublie pas, Hannah, n'oublie surtout pas.* La mer, *das Meer, the sea* recouvre presque les trois quarts de la surface terrestre. La flore marine produit environ soixante-dix pour cent de l'oxygène présent dans l'atmosphère. Une fois sûre d'avoir tout enregistré, j'ai marché dans le sable brûlant jusqu'à l'endroit où s'était installée maman.

"Maman ?"

Elle n'a rien dit. J'ai secoué mes cheveux au-dessus d'elle comme un chien ses poils mouillés, espérant qu'elle se lève d'un bond et me poursuive sur la plage. Comme d'habitude. Mais ce jour-là, elle est restée couchée, toute raide, à fixer le ciel comme si elle n'était pas vraiment là.

"Toi aussi, tu voulais aller à la mer", j'ai marmonné en me laissant tomber dans le sable à côté d'elle.

"Ah, Hannah, elle a dit en roulant sur le côté pour me regarder, je suis vraiment désolée."

"De quoi tu parles, maman ?"

"Vous avez vraiment la vie dure, à cause de moi."

Elle parlait de l'œil au beurre noir. "Tu n'as pas fait exprès. C'est pas grave."

"Tu es intelligente, Hannah. Et tu grandis. Un jour, tu trouveras ça grave." Elle a pris ma main, l'a serrée trop fort dans la sienne. "Si on te pose des questions sur moi, tu diras la vérité, tu m'entends ?"

"Tu sais bien que je ne mens pas. Papa dit toujours que mentir..."

Elle m'a interrompue : "Je sais." En principe, on n'a pas le droit d'interrompre. C'est malpoli. Elle a émis une sorte de rire. "Bah, oublie ce que je viens de te dire, Hannah. C'est sûrement les hormones." Les hormones sont des transmetteurs biochimiques qui déclenchent certains processus biologiques. Le fait qu'elle pleure un peu, là, par exemple, et que sa bouche fasse des petits sons aigus. Je ne l'avais encore jamais entendue pleurer avec le son, même si le son qu'elle faisait était très faible. J'ai l'ouïe fine.

Maman a tiré sur mes bras jusqu'à ce que je sois dans la bonne position pour un câlin.

"Je t'aime, Hannah."

"Pour toujours ?"

"Pour toujours toujours toujours..."

Je lève les yeux en entendant la porte qui s'ouvre. Cette fois, enfin, c'est Ruth qui revient.

— Eh bien, Hannah ? Ça va ? elle me demande avec une moitié de sourire.

C'est le sourire bête qu'elle fait quand elle a un peu honte. Sans doute parce qu'elle m'a laissée seule et qu'elle a envoyé deux inconnus à sa place.

— Je suis contente que vous soyez revenue, je dis.

— Oui, moi aussi, sourit Ruth.

Sans demander l'autorisation de me lever, je fais le tour de la table et je me blottis contre elle. Ruth caresse mes cheveux. Sa main est de nouveau sur mon oreille et j'entends la mer. La mer, *das Meer*, *the sea*, le plus bel endroit du monde.

— J'ai une bonne nouvelle pour toi, dit Ruth à travers le bruissement des vagues. Nous pouvons aller voir ta maman, maintenant, si tu veux. Elle n'est pas encore réveillée, mais les médecins ont fini de s'occuper d'elle, pour l'instant.

J'acquiesce contre son ventre doux. Je veux voir ma maman, mais je veux aussi que Ruth me serre contre elle encore un peu.

— Tu entends ? me demande Ruth.

Je détache ma tête de son ventre. Elle parle d'un bruit. Un drôle de battement d'ailes, quelque part au loin, mais qu'on entend tout de même distinctement. Ruth désigne la fenêtre. Dans la nuit grise, un clignotement rouge et blanc apparaît. Rougeblancrougeblancrougeblanc.

— Qu'est-ce que c'est ?

— Un hélicoptère. La police est en train de survoler la zone où ta maman a eu son accident.

Ruth se met accroupie devant moi, prend mon visage dans ses mains chaudes.

— Ils vont trouver la cabane, Hannah. Ils vont tirer ton frère de là.

Ruth sourit d'un vrai sourire, cette fois, et comme je ne sais pas quoi faire, je souris moi aussi.

— Qu'est-ce que tu en penses ? On va voir comment va ta maman ?

J'acquiesce. Ruth me prend par la main et nous quittons la pièce.

Matthias

La compassion. Les mots de réconfort. Je sais depuis presque quatorze ans le peu d'importance que ça a. Que les gens disent des choses par politesse. Mais Karin se donne encore la peine d'acquiescer au milieu de ses sanglots tandis que le commissaire nous abreuve de ses formules creuses.

— Je suis vraiment désolé, monsieur et madame Beck.

Gerd est là lui aussi, dans ce demi-cercle funeste qui s'est formé à l'entrée du service de traumatologie. Je regarde sa chemise, sous sa veste en cuir usée : dans la précipitation, il l'a boutonnée de travers.

— Voilà pourquoi je voulais venir sans vous, ose-t-il dire.

Je me retiens de lui hurler dessus.

— La déception est d'autant plus grande pour vous maintenant.

J'encaisse le coup encore une fois.

— Mais alors, qui est cette femme ? sanglote Karin.

Il lui a suffi de voir mon visage quand je suis revenu dans le couloir principal avec le médecin pour comprendre. "Ce n'est pas elle, n'est-ce pas ?" J'ai essayé de secouer la tête, mais même ça, je n'y arrivais pas.

— Madame Beck, commence le collègue de Gerd. L'enquête est en cours. Vous comprendrez, j'espère, que nous ne pouvons vous donner aucune information.

— Parce que soudain, ça ne nous regarde plus, Karin.

Je traduis pour elle.

— Ce n'est pas notre fille, alors ils ne peuvent rien nous dire.

— Ce que Giesner veut dire…, essaie d'intervenir Gerd.

Il parle d'une voix très calme, mais qui pour moi touche les mauvaises fréquences.

— Tu nous as tirés du lit en pleine nuit en nous disant que vous aviez retrouvé notre fille !

— J'ai dit qu'il y avait des similitudes à vérifier, rétorque Gerd.

L'autre commissaire s'éloigne de quelques pas. La situation lui est manifestement désagréable.

— Je t'ai dit dès le début qu'il n'était pas sûr que cette jeune femme soit Lena.

Gerd se passe la main sur le front, soupire, se tourne vers Karin.

— Je suis terriblement désolé, Karin. Je n'aurais pas dû vous faire de faux espoirs. Ce n'était pas professionnel de ma part. Tu sais que je tiens personnellement à…

— Ça fait quatorze ans que ton comportement n'est pas professionnel, dis-je, mais les deux autres ignorent mon assaut.

— Qu'est-ce que ça signifie pour nous ? demande Karin, toujours en pleurs.

Gerd soupire une nouvelle fois.

— Ça signifie que…

— Qu'on peut l'attendre encore quatorze ans, dis-je en l'interrompant brusquement, je n'en peux plus des formules, des politesses, des exhortations à tenir le coup. Qu'elle ne reviendra jamais.

Je sens la colère brûler mon visage de l'intérieur, mes joues écarlates, comme si j'avais la fièvre.

— Matthias…

Karin saisit mon bras, mais il est hors de question que je me calme. Gerd n'a qu'à voir ce qu'il a fait.

— Nous n'avons plus de fille, voilà ce que ça signifie ! Elle est morte ! Morte depuis quatorze ans, sans doute ! Seulement ce génie de Brühling n'est même pas capable de nous ramener son corps pour que nous puissions l'enterrer dignement !

— Matthias…

Les ongles de Karin s'enfoncent dans le tissu de ma veste. D'un seul coup, son visage est livide, elle fixe quelque chose de ses yeux écarquillés.

— Là, murmure-t-elle.

Je ne comprends pas.

— Là, elle est là.

Je suis le regard de Karin dans le couloir. Ma respiration, mon cœur s'arrêtent.

— C'est… Lena…

Karin a raison : c'est elle. Elle tient la main d'une infirmière, elle vient vers nous. Notre fille, notre Lena, ma petite Lena.

Lena

Je me rappelle vaguement le crissement des freins, ma propre voix qui crie et meurt d'un coup, je me rappelle l'impact et la surprise de ne sentir aucune douleur, du moins pas tout de suite. Mais elle est arrivée, la douleur, déferlant sur moi avec une telle violence que je me suis évanouie. Je ne sais pas combien de temps – dix minutes ? une heure ? – avant que je revienne brusquement à moi. Comme si je me trouvais dans une pièce plongée dans l'obscurité et que quelqu'un venait soudain d'allumer la lumière. J'étais consciente, parfaitement lucide.

J'ai tout de suite su que j'avais eu un accident. J'ai tout de suite su que j'étais dans une ambulance. J'ai entendu le bip qui traduisait les battements de mon cœur pour le monde extérieur. J'ai entendu les sirènes. Je savais que nous roulions vite, je sentais les irrégularités de la route, l'ambulance qui penchait dans les virages. Je sentais mon corps, la douleur inexprimable. J'ai quand même essayé de bouger, pour voir si j'avais des sensations dans les membres. Une sensation – même si c'est de la douleur – c'est le signe que la vie peut encore être réparée, je me disais. En faisant un effort, j'ai réussi à bouger les orteils, à serrer les doigts, c'était bon signe. Seule ma tête restait immobile, le cou tendu, calé par quelque chose. Ils m'avaient mis une minerve. Je ne voyais pas ce qui se passait à côté de moi. Il n'y avait ni droite ni gauche, juste un en haut figé, le plafond jauni de l'ambulance. Juste au-dessus de moi, un morceau de ruban isolant gris métallisé masquait peut-être une fissure, un petit trou ou une tache de sang récalcitrante, démotivante. Je sentais une légère pression sur la poitrine et sous les genoux, les sangles sans doute. Il ne fallait pas que je tombe de mon brancard pendant le trajet. Que je me blesse encore plus. Absurde, non ?

"Je crois qu'elle revient à elle", a dit une voix d'homme.

Un secouriste s'est penché au-dessus de mon champ de vision limité, a éclairé mes yeux avec une lampe. M'a demandé de suivre le point lumineux. Je me suis efforcée de le faire, mais ma vue s'est troublée, le point lumineux est devenu une surface claire aux contours vagues. La douleur, liquide, débordait.

"N'ayez pas peur, nous vous emmenons à l'hôpital", a dit le secouriste en reposant sa lampe.

J'ai senti son pouce, dans un gant en latex, essuyer une larme sur ma joue. Le bip qui traduisait mon cœur s'est accéléré, est devenu irrégulier.

"Calmez-vous." Le secouriste s'est excusé, s'est rassis.

Mes sangles étaient beaucoup trop serrées soudain, j'ai commencé à m'agiter.

"Calmez-vous, ça va aller, vous m'entendez ? Vous avez été renversée par une voiture, mais nous serons à l'hôpital dans une minute. Tenez bon."

Le secouriste a maintenu mes jambes. J'avais envie de crier, je me tortillais sous mes sangles. "Je lui donne quelque chose pour la calmer."

Un instant après, le bip de mon cœur a ralenti, est redevenu régulier. Tout sonnait faux.

"Vous pouvez me dire votre nom ? m'a demandé le secouriste. Vous vous souvenez de votre nom ?"

Mes paupières se sont mises à trembloter.

"Je crois que ça ne sert à rien." Sa voix, lointaine à présent. "Elle est en état de choc."

"Lena", a dit une deuxième voix. Une voix qui n'était pas réelle, ne pouvait pas l'être, une voix qui était un effet du calmant, du choc.

"Elle s'appelle Lena", a répété la voix, comme pour affirmer sa réalité.

J'ai essayé de bouger la tête, mais elle était calée, dirigée vers le haut, vers le plafond jauni. Et puis elle était fatiguée, cette idiote de tête. Tellement fatiguée. Mes paupières se sont fermées. Hannah, une dernière pensée s'est formée dans le brouillard, avant l'obscurité. C'est la voix de Hannah que je venais d'entendre. Hannah était avec moi dans l'ambulance…

J'étouffe un gémissement. Ils ne doivent pas se rendre compte que je suis réveillée. Le temps a passé, je le sais. Il me manque un bout de film entre mes dernières pensées dans l'ambulance et maintenant. Je suis allongée sur un lit d'hôpital. Ma tête est toute légère, sans doute gavée de médicaments. Je sens un pincement au creux du coude droit. Ils m'ont posé une perfusion. Je sens une odeur de désinfectant, entends le bip familier de l'électrocardiographe. Autour de moi des voix, on s'agite.

— Vous m'entendez ? Est-ce que vous pouvez me faire un signe, bouger un doigt ?

Je ne fais rien du tout. Je me concentre sur ma respiration, garde les yeux fermés comme une enfant butée. Je ne bronche même pas quand ton fou de père pète un plomb juste à côté de moi.

— Ce n'est pas elle ! Ce n'est pas ma fille !

Je crois qu'il faut le soutenir, l'aider à marcher pour sortir.

Je reste couchée là comme un morceau de viande, comme je l'ai fait pendant toutes ces nuits où ton mari a abusé de moi. Les yeux bien fermés. Je sais que dès que je les ouvrirai, ce sera l'enfer. J'ai peur, Lena. Terriblement peur.

Matthias

Le regard de Karin. Son visage livide, ses yeux écarquillés.

Lena qui s'avance vers nous dans le couloir, tenant la main d'une infirmière.

Notre fille, notre Lena, ma petite Lena, qui a six ou sept ans. Qui est bien trop petite pour son énorme cornet surprise le jour de la rentrée, ajoute ma tête confuse tandis que les images d'alors remontent à la surface pour se mêler à la réalité. Ces boucles blondes, ce petit menton pointu, ces yeux, mon Dieu, ces yeux.

Je cherche à me retenir quelque part. Ironie du sort, ma main trouve le bras de Gerd.

— Lena…

— Mon Dieu…

La voix de Karin, Gerd qui me retire son bras. Un geste brusque qui me fait tourner les yeux, voir qu'il vient de rattraper Karin, qui allait tomber dans les pommes.

— Qu'est-ce que… dit-il avant de tourner lui aussi la tête vers la gauche, en direction de la petite fille. Comment… comment est-ce possible ?

Giesner, son collègue de Cham, qui s'était éloigné dans le couloir, se précipite vers nous.

— Lena ! s'exclame Karin.

L'infirmière qui tient Lena par la main se fige. Ma petite Lena se cache derrière son dos. Elle semble effrayée par tout ce bruit.

— Chut ! Taisez-vous ! Taisez-vous ! dis-je, mais Karin ne se contrôle plus.

— Qu'est-ce que ça veut dire ? souffle-t-elle avant de crier d'une voix aiguë : Lena !

L'infirmière repousse la petite fille dans le couloir.

— Non, non, attendez !

Je me précipite vers elle, avant d'être retenu en arrière par des bras inconnus.

— Ma petite Lena ! dis-je encore d'une voix éraillée, avant que Giesner me plaque au sol comme un animal en furie.

Je tressaille piteusement sous son poids. Lena a disparu. Le couloir est désert, il n'y a plus que nous. Et le silence.

— Venez, monsieur Beck, finit par dire Giesner, en m'aidant à me relever.

Gerd et lui, précédés d'un infirmier, nous emmènent dans une chambre libre. Gerd dirige Karin vers le lit, où elle se laisse tomber comme un robot qu'on aurait débranché. L'infirmier nous demande si nous voulons qu'un médecin lui donne quelque chose pour la calmer.

— Non, merci, dis-je sans vraiment prendre en compte l'état de Karin, ça va aller.

Une fois l'infirmier parti, Giesner nous presse :

— Expliquez-moi ce qui se passe.

— Lena.

Karin et moi avons parlé d'une seule voix.

— La petite fille, dans le couloir, elle ressemble à notre fille. Petite, je m'empresse d'ajouter, me rendant compte que nous devons lui paraître complètement fous.

Des parents en état de détresse psychique qui importunent une petite fille inconnue, voilà ce que doit se dire Giesner. À ceci près que cette petite fille ne peut pas être une inconnue, puisqu'elle est le sosie de notre fille. N'est-ce pas ?

— C'est vrai, intervient Gerd, m'apportant un soutien inattendu. Elle lui ressemble comme deux gouttes d'eau.

Giesner le gratifie lui aussi d'un regard soupçonneux.

— Je suis un ami de la famille. Je connais Lena depuis toujours.

Un ami de la famille, je rumine, avant de me ressaisir. L'important, ce n'est pas ma relation avec Gerd, c'est Lena. Non, c'est cette petite fille.

— Une seconde.

Je viens d'avoir une idée. Je prends mon portefeuille dans la poche de ma veste. Comme à chaque fois que je l'ouvre, un peu délavée déjà derrière le plastique transparent, ma petite Lena me sourit avec sa dent manquante et son énorme cornet surprise. J'attrape la photo, la tends à Giesner.

— Tenez, regardez.

Giesner l'examine attentivement.

— Hmm, fait-il, plusieurs fois de suite.

— Qui est cette petite fille ? demande Karin d'une voix cassée, derrière nous.

— Elle déclare être la fille de la victime de l'accident.

Je secoue la tête.
— Mais ça n'a aucun sens. Cette jeune femme – je désigne vaguement la porte du menton – n'est pas Lena.
— Tu es sûr, Matthias ? dit Karin. Peut-être que tu ne l'as pas reconnue, après toutes ces années. Est-ce qu'elle a la cicatrice ?
Elle esquisse un trait maladroit sur son propre front, à droite, à la naissance des cheveux.
— Tu veux que j'aille voir ?
— Elle a une cicatrice. Mais ce n'est pas elle. Je suis quand même capable de reconnaître ma propre fille, dis-je sur un ton plus brusque que je ne le voudrais. Je suis désolée, chérie. Ce n'est vraiment pas elle.
— Et si j'allais voir, juste pour être sûre ?
— Ce n'est pas elle, Karin !
— Du calme, intervient Gerd. Karin, tu n'entres pas dans cette chambre. C'est moi qui vais y aller. Si c'est Lena, je la reconnaîtrai.
— Vous n'allez pas me faire croire que je serais incapable de reconnaître ma fille ?!
Je suis abasourdi.
— Évidemment que tu la reconnaîtrais, Matthias, dit Gerd de sa voix mielleuse. Mais le fait est que quelque chose ici nous échappe. Il faut que nous sachions qui est cette jeune femme et pourquoi cette petite qui ressemble tant à Lena se prend pour sa fille.
— Hmm, fait Giesner en me rendant la photo de Lena.
Il se tourne vers Gerd.
— Savez-vous si nous avons le profil ADN de Lena Beck ?
Gerd acquiesce vivement, comme un bon élève.
— Nous l'avions fait établir grâce à un échantillon prélevé sur sa brosse à dents.
— Eh bien, reprend Giesner, s'adressant cette fois à Karin et moi. Ça veut dire qu'il nous faut juste un échantillon de la petite fille. Ce sera vite fait, un simple test salivaire. Ça nous permettra d'établir son profil ADN, puis de comparer les deux. Comme ça, nous verrons déjà si la petite a un lien de parenté avec votre fille. Reste à savoir quel est le lien entre elle et la victime de l'accident…

— Interrogeons la petite, propose Gerd sur ce ton résolu que je lui ai entendu pour la dernière fois il y a quatorze ans. “Nous allons retrouver ta fille, Matthias, affirmait-il à l'époque, les pieds sur son bureau, une cigarette au coin des lèvres, comme un flic tout droit sorti d'un mauvais film américain. Je n'abandonnerai jamais. Je ramènerai notre Lena.”

Giesner pousse un soupir.

— Je lui ai déjà parlé, en présence d'une spécialiste. Ça n'a pas donné grand-chose.

— Vous lui avez parlé ? je m'exclame. Comment ça : ça n'a pas donné grand-chose ?

— Le Dr Hamstedt ne peut pas établir de diagnostic sûr en si peu de temps. Nous n'avons pas encore toutes les pièces du puzzle, mais j'espère que nous en saurons davantage une fois que nous aurons trouvé la cabane dont nous a parlé Hannah. J'ai envoyé un hélico, il est en train de survoler la forêt, plus une patrouille qui fouille les alentours du lieu de l'accident.

— Hannah, dis-je à voix basse.

Elle s'appelle Hannah. Je cherche les yeux de Karin, mais elle regarde Giesner.

— Quelle cabane ? dit-elle. Est-ce que Lena y est, est-ce qu'elle est dans cette cabane ?

Giesner s'éclaircit la gorge.

— Le commissaire Brühling a raison, il faut que vous vous reposiez un peu.

Il fait signe à Gerd de le suivre.

Lorsqu'ils ont quitté la chambre, Karin me dit :

— Mais qu'est-ce qui se passe ici, bon sang ?

Lena

J'envisage un instant de m'enfuir, mais comment faire ? J'arrive à peine à bouger, je suis branchée à des appareils qui sonneraient sûrement l'alarme si je me mettais à tripoter mes électrodes, et il y a sans cesse des gens qui s'affairent dans ma chambre. Comme s'ils voulaient me forcer à me réveiller. Au début, c'est le personnel de l'hôpital qui passe changer la poche de perfusion ou vérifier l'électrocardiogramme – c'est supportable, je garde simplement les yeux fermés et je respire.

Mais voilà que les deux policiers ont décidé de prendre leurs quartiers devant mon lit. Je comprends au milieu de leurs chuchotements que l'un d'eux est venu exprès de Munich, tandis que l'autre est en poste à Cham. Ils n'arrêtent pas de parler de "la petite fille".

Hannah. Je n'ai pas rêvé, elle était là, avec moi, dans l'ambulance. Hannah est ici, à l'hôpital.

J'attrape des mots, "enlèvement", "cabane". L'électrocardiographe sur lequel je suis branchée traduit mon agitation soudaine en une suite de sons nerveux. Juste à côté de ma tête, l'un des deux policiers, celui de Cham, je crois, presse le bouton d'appel d'urgence. Puis je les entends tous les deux piétiner à côté de mon lit, attendant manifestement l'arrivée d'un infirmier.

Un homme arrive, il vérifie la pince à mon majeur, pose la tête froide d'un stéthoscope sur ma poitrine.

— Tout va bien, dit-il à "Cham" et "Munich". Sans doute un cauchemar.

L'un des deux policiers émet une sorte de grognement.

J'entends la porte, l'infirmier est reparti, puis le bruit d'une chaise qu'on pousse vers mon lit, suivi d'une autre. On dirait qu'ils comptent littéralement s'installer ici jusqu'à ce que je reprenne conscience et que je puisse répondre à leurs questions.

J'en ai passé des nuits à réfléchir à tout ça, quand sa proximité, son souffle chaud sur ma nuque, sa peau poisseuse contre la mienne me tenaient éveillée. Qu'est-ce que je raconterais, si je sortais un jour de cette cage ?

J'ai fait le tri. Certains détails se sont d'emblée retrouvés sur la pile des choses inracontables, des atrocités qu'on ne peut pas mettre en mots, qui feraient de lui un monstre, mais surtout de moi sa victime. Je ne voulais pas rester toute ma vie la pauvre jeune femme de la cabane. Je serais forte, je ne raconterais que l'essentiel, le dos droit, le regard clair. Je compte muettement trois respirations, un dernier et bref sursis, puis j'ouvre les yeux. Le moment est venu, Lena.

Aussitôt, l'un des deux hommes, celui qui porte un costume gris, se précipite dans mon champ de vision. L'autre aussi bondit de sa chaise. Ils se penchent sur moi, des questions se dessinant déjà sur leur visage, et l'électrocardiographe s'emballe.

— Bonjour, dit le type en costume. Restez calme, je vous en prie, tout va bien. Je suis Frank Giesner, de la police de Cham, et voici mon collègue Gerd Brühling, de Munich. Vous comprenez, oui ? Nous sommes de la police.

J'essaie d'acquiescer, n'y arrive pas.

— Vous m'entendez ?

— Rappelez plutôt l'infirmier, dit "Munich" en désignant le bouton d'appel d'urgence.

"Cham" obtempère.

— On vous a emmenée à l'hôpital, vous avez été renversée par une voiture. Vous pouvez me dire comment vous vous appelez ?

Je roule les yeux, gémis de douleur.

— Écoutez, nous sommes au courant pour la cabane. Nous sommes en train de la chercher. Il ne vous arrivera rien. Vous êtes en sécurité, ici.

La porte s'ouvre, c'est l'infirmier qui revient. "Cham" et "Munich", comme synchronisés, s'éloignent de mon lit.

— Elle vient de se réveiller, dit "Munich" à l'infirmier.

Celui-ci prend mon pouls, puis déclare :

— Je vais envoyer le Dr Schwindt pour qu'il lui fasse une piqûre. Mais ça peut prendre un moment, l'équipe de jour vient juste d'arriver, c'est un peu le bazar.

J'ouvre la bouche pour protester mais elle émet un drôle de bruit, entre gémissement épuisé et rire hystérique. Lorsque je me suis à peu près ressaisie, l'infirmier est déjà reparti. Il faut que je reste lucide, cette idée m'obsède. J'articule à grand-peine :

— Vous l'avez trouvé ?

"Cham" fait un signe de tête indéfini ; "Munich", quant à lui, fixe la cicatrice sur mon front.

— Nous sommes en train de chercher la cabane. Mais ne vous inquiétez pas, vous êtes en sécurité. Vous voulez bien me dire comment vous vous appelez ?

Je me raisonne : sa demande est simple et parfaitement logique. Il n'y a rien de mauvais ni de menaçant là-dedans, au contraire. Quand la police saura qui je suis, elle pourra prévenir ma famille. Dire à ma mère que je suis en vie, lui dire de venir me chercher, de m'emmener loin d'ici. D'ailleurs je veux bien répondre, j'ai pris une inspiration, ouvert la bouche. Mais rien ne sort à part quelques sons hystériques. J'ai avalé mon identité et ça me fait rire.

Ça dure un bon moment. Les policiers patientent. Sur leur visage, une nouvelle expression vient rejoindre le désarroi : la pitié. Pour eux, je suis déjà la jeune femme de la cabane. Lorsque j'en prends conscience, l'envie de rire me passe. Pas tout de suite, pas d'un seul coup, plutôt par saccades. Je fais encore un instant le bruit d'un moteur qui tousse. Puis enfin, c'est le silence. Et ma réponse.

— Lena. Je m'appelle Lena.

Hannah

En fait, je l'ai reconnu tout de suite, de la fête dans le jardin, ma première sortie avec maman. Il m'avait dit à quoi servaient les coccinelles, et qu'elles portaient bonheur. Je me suis tout de suite souvenue de ses cheveux gris et de ses yeux bleu tout clair, de la même couleur qu'une des robes d'été de maman. À part que la robe, elle a des rayures blanches. Mais d'un coup, je n'étais plus si sûre, parce que les gens qui étaient avec lui dans le couloir se sont mis à parler tous en même temps, très fort, et Ruth a pris peur. Elle m'a ramenée dans la salle de détente. On a marché tellement vite que je devais serrer les orteils pour ne pas perdre les mules en plastique rose.

Elle m'avait promis qu'on allait voir maman, mais à présent, elle referme la porte derrière nous et dit :

— Je crois qu'on va devoir attendre encore un peu avant de la voir, Hannah.

Je baisse les yeux, découvre un mouton, par terre. Il est violet : il vient sans doute du gilet de Ruth, que je porte encore.

— Ne sois pas triste, ma petite, dit-elle en me relevant le menton. On ira la voir dès qu'on pourra, promis. Mais d'abord, je veux comprendre ce qui vient de se passer dans le couloir.

Elle retire sa main, me fait avancer dans la pièce, vers notre table de tout à l'heure.

— Non mais ils sont complètement fous.

Je crois qu'elle ne me dit pas ça à moi, mais plutôt à elle-même, parce qu'elle marmonne bizarrement sans me regarder. Il faut toujours regarder les gens quand on leur parle.

— Ils crient, ils font peur à tout le monde. Comme si tu n'en avais pas déjà assez vu aujourd'hui. Qu'est-ce que c'est que ces gens ?

Elle secoue la tête plusieurs fois.

— Assieds-toi, Hannah, je vais te refaire une tisane, et je vais aller voir ce que c'était que ce cirque.

J'acquiesce et m'assois. Ruth se dirige vers le coin cuisine. Je l'entends ouvrir le robinet derrière moi, la bouilloire.

— Je crois que je sais, je dis.

— Hmm ?

Ruth ne m'a pas entendue, à cause de l'eau qui coule.

— Je crois que je sais ! je répète, plus fort, mais elle a déjà fermé le robinet.

— Qu'est-ce que tu veux dire, Hannah ?

Clac, fait le couvercle de la bouilloire, *tac* le bouton pour l'allumer.

— Ce que c'est que ces gens, je dis.

Silence derrière moi. À mon avis, Ruth ne comprend rien, comme tout à l'heure.

— Je crois que c'est mon grand-père qui criait comme ça.

— Ton… quoi ?

— Un grand-père est le père d'un père ou d'une mère ou, dans le langage familier, un vieil homme, point.

Je me retourne vers Ruth pour voir sur son visage si elle a compris. Non, évidemment. Elle me regarde avec de grands yeux. Je soupire.

— Ils ont dit *Lena*, j'explique à la pauvre Ruth, qui est vraiment un peu bête. C'est le prénom de ma maman, vous avez déjà oublié ? Et en plus je l'ai reconnu.

Je n'attends même pas que Ruth essaie de penser par elle-même : je lui raconte tout de suite notre première sortie. Qu'on a pris la voiture avec maman, sur la route scintillante, pour aller dans un jardin où l'herbe sentait comme notre lessive et où les hortensias étaient gros comme des choux, pour aller à cette fête où il n'y avait que des trucs pas bons pour la santé à manger. Je lui parle donc aussi de mon grand-père, qui s'est assis avec moi dans l'herbe pour me parler des coccinelles. Je répète ses paroles.

— Les coccinelles sont très utiles, parce qu'elles mangent les pucerons et les araignées rouges. On dit aussi qu'elles portent bonheur.

Ruth s'est rassise à notre table. Elle est revenue du coin cuisine à pas de souris, s'est laissée tomber sur sa chaise. L'eau a bouilli depuis longtemps dans la bouilloire, elle est en train de refroidir sans que Ruth m'ait préparé ma tisane.

— Tu l'as déjà rencontré, vraiment ?

C'est la première chose qu'elle me demande une fois que j'ai fini de raconter.

J'acquiesce.

— On a fait beaucoup de sorties, maman et moi. On est allées à la mer et à Paris aussi. La tour Eiffel a été construite à l'occasion du centième anniversaire de la Révolution française et fait trois cent vingt-quatre mètres de haut.

Je me penche au-dessus de la table et je chuchote :

— Mais il ne faut le dire à personne.

— Je ne comprends pas…

Ruth se remet à bafouiller.

— Ben, qu'on a fait des sorties. C'est un secret. Sinon, maman et moi, on va avoir des ennuis.

— Avec ton papa ?

— Oui, je dis. Parce que maman est vraiment empotée. Elle ne sait même pas allumer la gazinière toute seule. Papa dirait sûrement que c'est beaucoup trop dangereux qu'elle conduise, avec moi en plus, et si loin. Et Jonathan serait sûrement en colère lui aussi.

Je ne voulais plus penser à Jonathan, en fait, il me fait trop de peine avec tout ce maudit travail qu'il a pour faire partir les taches sur le tapis. Pour penser à autre chose, je me mets à lisser le bas de ma robe. Elle a deux poches, une de chaque côté. Comme la couture de la poche droite se défait, on peut seulement mettre des trucs dans la poche gauche.

— Pourquoi est-ce qu'il serait en colère contre vous ? Vous ne l'emmeniez pas ?

— Bah, de toute façon, il ne se serait pas amusé.

Ruth penche la tête sur le côté.

D'abord je ne veux pas le dire, parce que j'ai un peu honte. Mais ensuite je me dis que je n'y peux rien, moi, si je suis la préférée de maman et qu'elle aimait mieux partir en voyage rien qu'avec moi.

— C'est plutôt parce que… je crois qu'il serait en colère s'il savait qu'on lui donnait des somnifères, je dis en regardant toujours ma robe plutôt que le visage de Ruth.

Il faut absolument que maman me recouse la poche droite quand on rentrera à la maison.

Lena

J'ai disparu de ce monde un jeudi de mai. On a poussé Alice dans le terrier du lapin, elle est tombée la tête la première et le choc l'a mise KO. Il a dû m'injecter un anesthésiant avant de me traîner jusqu'à la cabane. La première chose dont je me souviens, c'est la puanteur, une odeur d'urine, de sueur et d'air vicié. Puis, comme au loin, le bruit d'une clé qui tourne dans la serrure, le clic d'un interrupteur. J'ai réagi en sentant son pied taper plusieurs fois contre ma jambe.

"Comment ça va, Lena ?" m'a demandé le type qui, au-dessus de moi, souriait.

Mon regard a fusé dans la pièce, vers une étagère qui occupait la plus grande partie du mur d'en face, des provisions, des bocaux, des sacs de pommes de terre, un objet sombre dans lequel j'ai reconnu mon sac de voyage grâce à ses fermetures argentées, plusieurs jerricans, un tas de bois dans le coin, l'ampoule au plafond, puis, en bas, mes pieds nus, l'adhésif brun autour de mes chevilles, en remontant le long de mon corps mon jean sale, mon top trempé de sueur, mes bras, mes poignets ligotés à la conduite d'évacuation d'un vieux lavabo avec des attache-câbles, puis, enfin, vers le type qui souriait toujours et m'a répété sa question d'une voix patiente : "Comment ça va, Lena ?"

Lena, ce n'était pas moi, je ne m'appelais pas comme ça.

Mes neurones se sont mis à chauffer. C'était un malentendu, il m'avait confondue avec quelqu'un. Je me suis mise à gémir dans mon bâillon comme un chien battu, essayant d'expliquer ce qui était manifestement une erreur. J'ai tiré tellement fort sur les attache-câbles qu'ils m'ont cisaillé la peau des poignets.

Il a secoué la tête d'un air de pitié, a tourné les talons et s'est dirigé vers la porte. *Clic*, la lumière. Puis le bruit de la porte, du métal dans la serrure, trois tours de clé.

Moi, seule, dans l'obscurité totale. Je me suis mise à crier, j'ai continué à tirer sur les attache-câbles, ce qui était complètement inutile. À travers le bâillon, mes cris n'étaient qu'un grognement étouffé, et les attache-câbles étaient solidement fixés. J'avais été enlevée. Ligotée à une conduite d'évacuation. Cruelle méprise. Et pour couronner le tout, cette obscurité qui rendait pire encore ce qui était en train de se passer ici. L'espace, dans ma perception, s'était dissous. Je partais à la dérive dans une sphère noire indéfinie, mes pensées ne s'ancraient nulle part. J'ai convoqué le visage du type. Ses yeux gris, son nez un peu busqué, son sourire, ses cheveux bruns, ondulés. Je ne l'avais vu qu'un instant et pourtant l'image était parfaitement nette, gravée dans mon cerveau, comme sa voix.

Comment ça va, Lena ?

Lena, Lena, Lena… je connaissais une Lena. Une stagiaire dans l'agence de pub où je travaillais, une jeune effrontée, pourrie gâtée. Des parents riches, très riches. Je comprenais, maintenant. C'est *elle* qu'il voulait ! Cette Lena dont les parents étaient riches. Pour leur demander une rançon. Qu'est-ce qui allait se passer maintenant ? Est-ce qu'il allait me tuer quand il se rendrait compte de son erreur ? Me laisser partir ? Demander une rançon pour moi à la place ? J'ai imaginé mon père ranger des liasses de billets dans un attaché-case. Un attaché-case qu'il n'avait plus, une somme d'argent qu'il n'avait jamais eue. J'ai vu ma mère en robe noire et chapeau noir, qui se mordait la lèvre en se demandant ce qu'il y avait d'autre à dire sur moi, à part que j'avais été une déception pour elle, quasiment toute ma vie, et Kirsten, qui pour la première fois était d'accord avec elle. J'ai même pensé à la vieille Mme Bar-Lev du deuxième étage. Qui rejoignait le chœur des mécontents en se plaignant de moi qui ne respectais jamais le planning de nettoyage de la cage d'escalier de l'immeuble. Le diable vient chercher les méchantes petites filles. Mes pensées tournaient en rond, faisaient rage, se déchaînaient dans cette sphère obscure, il n'y avait que cette puanteur, cette odeur d'urine, de sueur, d'air vicié, je dérivais – je partais à la dérive –, je sombrais.

Je me suis réveillée. J'étais revenue. J'étais toujours là.

Je clignais des yeux larmoyants vers l'ampoule qui pendait du plafond, au bout d'un câble sommairement coupé.

"Comment ça va, Lena ?"

Il était revenu, et comme tout à l'heure, au-dessus de moi, il me souriait.

Je me suis dit que ça devait faire un peu plus d'une demi-journée que j'étais enfermée là. Même si mes sensations me disaient tout autre chose. Dans l'obscurité, le temps s'était arrêté. Malgré tout, j'allais presque trop bien pour être là depuis plus longtemps. Certes, j'étais fatiguée et j'avais mal à la tête, ce que j'ai interprété comme le signe d'un début de déshydratation, mais mon cerveau fonctionnait encore. Même s'il n'avait pas grand-chose d'autre à me dire que : *Deux ou trois jours sans eau et tu seras morte.*

"Tu t'es calmée ?"

J'ai résisté à la tentation de crier, me suis contentée de hocher la tête.

Il a dit "Très bien", a tourné les talons et s'est dirigé vers la porte.

J'ai attendu le clic de l'interrupteur.

Mais il n'est pas venu. La lumière est restée allumée. Mieux encore, en sortant, il a laissé la porte entrouverte.

J'ai oublié de respirer, je fixais la porte, elle était ouverte. Je me suis mise à tirer par à-coups sur mes liens, sans quitter la porte des yeux, la porte ouverte, à cinq ou six pas à peine, inaccessible.

J'ai cligné des yeux pour chasser quelques stupides larmes. Je n'irais pas bien loin de toute façon. Il allait revenir, ça n'avait aucun sens sinon qu'il laisse la lumière allumée, la porte ouverte. Il n'y avait rien d'autre à faire qu'attendre. J'ai entrepris, tant bien que mal, de modifier la position dans laquelle j'étais assise, pour autant que le jeu limité de mes liens me le permettait. Mon corps était devenu une gêne. Une cloison de bois brut butait contre mon dos. J'avais les jambes lourdes, la nuque raide, les épaules qui brûlaient à force d'être dans cette position, les bras tendus sur le côté. La conduite d'évacuation du lavabo à laquelle il m'avait attachée se trouvait sur ma droite. La position de mes bras était à peu près celle du joueur de base-ball qui attend de frapper la balle derrière le marbre. Qui attend. Qui attend. Mon cœur s'est emballé. Où était-il passé ?

Il est allé chercher son couteau.

C'était bien ce qu'ils faisaient, ces espèces de tarés. Ces psychopathes. Ils allaient chercher un couteau, une hache, une tronçonneuse, et ils le faisaient en souriant. Ils avaient leurs propres codes de tarés, et sa question, là, “Comment ça va, Lena ?” voulait dire tout autre chose, en réalité.

Dans sa réalité à lui, il m'avait demandé si j'étais prête à mourir, et en hochant la tête, je lui avais signifié mon accord. Je lui avais donné l'autorisation. Il devait être en train d'admirer la longue lame bien large de son couteau préféré. De tourner le manche dans sa main à la recherche du bon angle pour refléter son visage dans la lame. Il s'imaginait avec quelle facilité elle allait s'enfoncer dans ma chair, sectionnant sans peine les muscles récalcitrants, les veines, les artères.

Je me suis mise à hyperventiler dans mon bâillon. Il allait revenir d'un instant à l'autre, franchir cette porte, un couteau à la main. Je serais morte avant même qu'on ait commencé à me chercher. “Évidemment”, se dirait ma mère quand je ne viendrais pas prendre le café ce week-end, comme prévu. Juste “Évidemment”, et pas : “Ce n'est pas normal.” Et Kirsten ? Kirsten irait peut-être même jusqu'à me prêter de mauvaises intentions. J'entendais sa voix dans ma tête : "Elle a toujours été une *drama queen*..."

D'un instant à l'autre.

Maintenant. La porte. Il est revenu.

Mes paupières se sont mises à clignoter. Mon cœur, ma respiration étaient si rapides que j'en avais le vertige. J'ai replié mes jambes, me suis reculée le plus possible contre le mur. Comme à travers une épaisse paroi de verre dépoli, je l'ai vu s'approcher – de plus en plus près – jusqu'à ce qu'il s'arrête juste devant moi, un objet à la main, le couteau.

"Tu as soif, Lena ?"

Il a fallu plusieurs secondes pour que le sens des mots me parvienne, pour que je me rende compte que l'objet dans sa main n'était pas un couteau, mais une bouteille d'eau.

Encore une fois : "Tu as soif, Lena ?"

J'ai hoché la tête au rythme des coups violents dans ma poitrine lorsqu'il m'a tendu la bouteille, grognant comme un animal affamé dans l'espoir qu'il allait m'enlever mon bâillon. Mais il ne semblait pas disposé à le faire. Il restait planté devant moi. À agiter lentement la bouteille devant mes yeux. En souriant.

J'ai secoué la tête, perplexe. Il a baissé la main droite, tendu la gauche, qui tenait une boîte de teinture pour cheveux. Sur l'emballage, une femme qui avait l'air très heureuse avec ses nouveaux cheveux blond clair. Cette vision a déclenché une sensation en moi, une sensation très désagréable, dans l'estomac d'abord, avant d'engloutir mon corps tout entier.

Il a hoché la tête, posément.

"On va d'abord te teindre les cheveux. Ensuite tu pourras boire."

J'ai évalué mes chances. *Deux ou trois jours sans eau et tu seras morte.*

"Prends ton temps, réfléchis-y si tu veux."

Il a haussé les épaules, a fait mine de vouloir partir.

J'ai coassé dans mon bâillon, tapé par terre de mes pieds attachés.

Il s'est retourné, tranquillement.

"C'est la bonne décision. Et comme les bonnes décisions sont toujours récompensées, tu peux déjà boire une gorgée maintenant."

Il a posé la boîte de teinture sur le bord du lavabo, s'est accroupi, a posé la bouteille d'eau à côté de moi et m'a enlevé mon bâillon. Puis il a pris la bouteille, a ouvert le bouchon. D'une main, il l'a portée à ma bouche, tandis que de l'autre il soutenait ma tête. Une gorgée, c'était une gorgée, comme j'ai pu le constater. Je l'ai quand même remercié, avant de sucer ma lèvre inférieure à la recherche d'une dernière goutte égarée.

"Et maintenant, on va te faire belle."

Il s'est relevé en faisant craquer ses genoux et s'est dirigé vers l'étagère derrière lui. Quand il s'est retourné, il avait une paire de ciseaux dans la main.

"Je crois que c'est un énorme malentendu, j'ai dit d'une voix éraillée tandis qu'il coupait l'un après l'autre les attache-câbles qui enserraient mes poignets. Vous avez dû me confondre avec quelqu'un. Je ne suis pas Lena."

Il s'est figé dans son geste, entre le troisième et le quatrième attache-câble.

"Je m'appelle..."

"Tais-toi !" D'une voix si forte que j'ai sursauté. Le dernier attache-câble a cédé, libérant mes mains avec un claquement sec.

"Combien de fois je t'ai déjà dit de ne pas me mentir ?"

"Mais je ne mens pas..."

"J'ai dit : tais-toi !" Son visage soudain écarlate, une veine apparue sur sa tempe gauche battait furieusement. Mon regard s'est arrêté sur les ciseaux dans sa main.

"Désolée", j'ai dit à voix basse.

Il a marmonné quelque chose, tandis que je fixais toujours les ciseaux.

"Qu'est-ce que tu me veux ?" j'ai demandé prudemment.

Il s'est tourné vers le lavabo, a troqué les ciseaux contre la boîte de teinture.

"Je veux te faire belle, Lena."

Ses mots ont explosé dans ma tête, paralysant toute pensée, court-circuit. Un cri aigu, un coup violent contre son torse. Sa tête est allée cogner le lavabo en céramique, "Putain de merde !" Mon corps s'est jeté en avant, se redressant tant bien que mal, la porte, à quelques mètres à peine. J'ai vacillé sur mes jambes, qui n'avaient plus porté mon poids depuis longtemps, vertige, *ressaisis-toi*, un mouvement derrière moi, la poignée de la porte toute proche, j'ai tendu la main, la touchant presque, avant d'être brutalement ramenée en arrière. Sa main avait attrapé mes cheveux, ma tête tirée en arrière, j'ai atterri sur le dos, le cuir chevelu en feu. Je me suis agrippée à son bras, en cherchant un appui pour mes pieds, il hurlait, moi aussi, "Sale petite ingrate !" "Qu'est-ce que tu me veux, espèce de putain de taré ?" Il m'a traînée jusqu'au lavabo, m'a claquée par terre. Je me suis recroquevillée sur moi-même, sanglotant tellement fort que j'en avais des haut-le-cœur.

"Le monde est devenu fou, a-t-il commencé, un peu essoufflé, mais parfaitement calme. Les gens sont devenus ingrats. Ingrats et irrespectueux. Les promesses ont perdu leur valeur, rien n'engage plus à rien. Qui se souvient encore de l'importance des règles quand on nous suggère un peu partout qu'on n'a plus besoin de les respecter ? Ce n'est pas un reproche, Lena. Tu es confuse. Mais je dois te faire comprendre les conséquences de ton mauvais comportement."

Il s'est tu, laissant ce qu'il venait de dire faire son petit effet. Puis, je l'ai entendu prendre une profonde inspiration, et suivant mon instinct, je l'ai imité. J'ai fermé les yeux. Son premier coup de pied m'a atteinte au bas-ventre.

Tu sais, Lena, à ce moment-là je n'avais aucune idée de ce qu'il voulait dire avec ses "règles", mais il y en a une que j'avais probablement déjà comprise. J'étais toi – ou j'étais morte. Appelle ça conditionnement immédiat, si tu veux. Traite-moi de lâche ou de folle, ça m'est égal. Mais ne t'étonne pas qu'à la question du policier qui me demandait comment je m'appelais, il n'y ait dans un premier temps qu'une seule réponse possible pour moi :

— Lena. Je m'appelle Lena.

— Nom de famille ?

"Cham" sort un petit carnet et un stylo de la poche intérieure de sa veste. Le sous-entendu contenu dans cette brève question ne m'a pas échappé.

Je secoue la tête. Lena n'a pas de nom de famille.

— Bon, en tout cas, vous n'êtes pas Lena Beck, constate "Munich" en s'avançant jusqu'au bord de sa chaise.

Je touche mon front. Ma cicatrice me brûle. Je ne saurais dire si c'est à cause de son regard insistant ou de la sueur qui me sort par tous les pores.

— Qui êtes-vous ? me demande une nouvelle fois "Cham", calmement, en insistant bien sur chaque mot.

Ma réponse semble avoir fait de moi, en l'espace de quelques secondes, une menteuse, impossible de ne pas s'en rendre compte. Peut-être même a-t-il raison de se montrer méfiant. Peut-être que je suis une menteuse. Peut-être que tout n'est pas la faute de ton mari, peut-être que c'est tout autant la mienne. Il reste plus facile de me convaincre que toutes ces choses horribles sont arrivées à Lena, et non à Jasmin.

Jasmin, elle, vit une vie heureuse quelque part sur cette planète. Elle hume l'air après la pluie. Se chamaille pour avoir le premier et le dernier carré de chocolat. Respire le parfum des freesias. Danse sur David Bowie en chantant à tue-tête. Finit sa nuit blanche devant une bière et une saucisse au curry avec la première personne venue qu'elle prend pour le grand amour. Jasmin, libre, décomplexée, qui fait toutes ces bonnes choses simples et stupides qui constituent une vie. Ces choses dont j'essayais de me souvenir quand ton mari était couché sur moi et que je ne voulais plus qu'une chose, mourir.

J'essuie les larmes qui coulent sur mon menton, renifle.

"Munich" s'éclaircit la gorge.

— Je vais vous raconter une histoire, *Lena*...

Matthias

À l'horizon, l'aube mord des bandes gris clair dans le ciel. On voit littéralement le jour en train d'avaler la nuit. Il est presque cinq heures. Je me tiens devant la fenêtre de la chambre où nous attendons Gerd et Giesner. Karin est toujours assise sur le lit. Je la vois dans le reflet de la vitre. Ses jambes ballantes, sa tête baissée, ses mains qu'elle tord sur ses genoux. De temps en temps, elle laisse entendre un soupir. Je fais une nouvelle fois défiler dans ma tête cette dernière heure, m'efforçant de comprendre. La jeune femme que nous prenions pour notre Lena disparue est une inconnue. Mes pensées s'arrêtent sur Gerd. Ce loser de Gerd, à qui nous devons toute cette agitation. Qui a rassemblé tout ce qu'il nous restait d'espoir pour y mettre le feu. Ne restent plus que des cendres.

Je lève les yeux vers le ciel, dans un accès de piété. Ça fait bien longtemps que tu es là-haut, Lena, n'est-ce pas ?

Je me rends compte que j'ai éclaté en sanglots lorsque le visage de Karin apparaît à côté du mien dans le reflet de la vitre. Je sens sa main dans mon dos. Elle pose sa tête sur mon épaule, ferme les yeux. Tous les deux, nous savons. Si Lena n'a pas réapparu cette nuit, nous devons définitivement nous faire à l'idée qu'elle ne reviendra plus à la maison, jamais. Et à présent, dans la réalité froide comme l'acier de cet hôpital, la sensation est complètement différente de celle des premiers instants, lorsque, sur le canapé, ou la nuit dans notre lit, nous passions en revue ce qui avait pu arriver à notre fille. Jusqu'à cet instant, ce n'étaient rien d'autre que des théories, avec une certaine marge de manœuvre. Je comprends que cette marge a été, ces quatorze dernières années, l'espace où nous avons vécu, le seul lieu, minuscule, où nous avons pu exister, où nous trouvions l'air pour respirer. À présent, nous avons perdu cet espace. Nous dérivons quelque part dans le vide, là-haut dans le ciel, comme deux tristes astronautes à qui on a coupé l'oxygène. Je prends la main de Karin. Je ne veux pas sombrer tout seul, là-bas, dans cette obscurité vide. Karin hoche la tête, comme si elle lisait dans mes pensées. Je la prends dans mes bras, la serre contre moi aussi fort que je peux. Son cœur bat contre le mien. Dans le ciel, un nouveau jour commence. Elle s'appelle donc Hannah. Tu lui as donné le prénom de ma mère. C'est beau, Lena. C'est vraiment beau.

Lena

— Elle était étudiante à Munich, elle avait vingt-trois ans, c'était une jeune fille insouciante. Elle était en fin de deuxième année, se destinait à l'enseignement. Son père n'en démord pas : petite fille déjà, elle disait qu'elle voulait être prof. Moi j'aurais plutôt parié sur une carrière artistique. Écrivaine, peut-être. Elle avait vraiment beaucoup d'imagination, elle inventait des histoires complètement abracadabrantes. Ou actrice, ça lui serait bien allé aussi. En tout cas, c'était une de ces filles sur lesquelles on se retourne dans la rue. À qui il suffit de sourire quand elles entrent dans une pièce pour que tout le monde reste sans voix. Elle était grande, mince, avec de longs cheveux blonds, les yeux bleus. Elle a disparu en rentrant d'une soirée étudiante. Sans laisser de traces, vraiment, elle s'est volatilisée. Pas de témoin, rien. Les derniers à l'avoir vue étaient d'autres personnes invitées à cette soirée, et elles ont déclaré qu'elle avait bu pas mal d'alcool, peut-être aussi pris d'autres substances. Vous voyez ce que je veux dire. On a émis diverses hypothèses. Elle devait traverser l'Isar par le pont de Reichenbach pour rentrer chez elle. Elle avait dû tomber dans la rivière, elle s'était noyée. On a envoyé plusieurs équipes de plongeurs, mais on n'a rien trouvé. On a interrogé son petit ami, mais il n'avait rien à voir avec sa disparition, même si le père de Lena a longtemps refusé de le croire. Il pouvait aussi s'agir d'un enlèvement, mais il n'y a jamais eu aucune demande de rançon. Peut-être que celui qui avait fait le coup n'était pas seul. Elle avait tout aussi bien pu tomber sur un réseau de traite des blanches. Kidnappée et vendue à l'étranger. Forcée à se prostituer, vous avez sans doute déjà entendu ce genre d'histoires. Enfin bon, vous voyez, les possibilités sont innombrables. Le fait est que nous ne savons pas ce qui est arrivé à Lena Beck il y a quatorze ans. Toujours pas. À l'époque, j'ai promis à son père que je la retrouverais. Vous savez ce qu'on apprend à l'école de police ? Non ? À ne jamais faire de promesses. Les gens sont détruits par les promesses non tenues. Et ce père est détruit, vous pouvez me croire. Elle lui manque tellement, autant qu'au début, chaque jour. À moi aussi, elle me manque, elle nous manque à tous. Cette cicatrice que vous avez là. Lena en avait une comme ça, elle s'était cogné la tête contre le bord d'une bibliothèque à l'âge de quatre ou cinq ans, dans mon salon, en plus, vous imaginez ? Son père était hors de lui. La vôtre, d'où vient-elle ?

Je crois que c'est la première fois que je respire depuis que "Munich" s'est mis à parler de toi. Apparemment, c'est la même chose pour "Cham", je l'entends prendre une profonde inspiration.

— C'est lui qui me l'a faite, dis-je en touchant doucement la cicatrice qui me marquera sans doute encore lorsque les coupures de l'accident auront disparu.

— Vous pouvez me dire qui c'est, *lui* ?

J'acquiesce.

— L'homme qui m'a enlevée…

L'homme qui m'avait appelée Lena et venait de me frapper.

J'étais recroquevillée à ma place initiale, par terre, à côté du lavabo. Dans mon poing serré, la dent que j'avais crachée sous ses coups. J'avais compté six coups de pied et trois coups de poing. Il avait cessé de me frapper, mais je voyais toujours des lumières de toutes les couleurs exploser devant mes yeux, ouverts ou fermés, un feu d'artifice allumé par la douleur. Mon corps me faisait l'effet d'un hématome géant, sous pression constante. Planté devant moi, il se massait les phalanges.

"C'est bon, on peut continuer, Lena ?"

Sans attendre de réponse, il m'a saisie par les poignets et, les serrant avec la force d'un étau, m'a remise sur mes pieds. Je gémissais. Je ne tenais pas sur mes jambes. Je me suis effondrée.

"Il va falloir que tu fasses un petit effort, Lena."

Cette fois, il m'a prise sous les aisselles pour me hisser sur mes jambes. Puis il m'a traînée devant le lavabo, au-dessus duquel il y avait un miroir. Un vieux miroir, presque aveugle, qui ne montrait qu'un visage flou. Mais j'avais quand même vu le filet brun de sang séché qui courait de mon nez à mon menton. Cherchant un appui, je me suis cramponnée au bord du lavabo, regardant fixement le fond.

"Ah là, là, Lena, a-t-il dit dans mon dos. On a vraiment pris un mauvais départ."

Puis il a posé ses mains sur ma taille, a commencé à déboutonner mon jean.

“Ce qu’on va faire, déjà, c’est te laver. Tu verras, tu te sentiras beaucoup mieux après.”

Voilà un exemple de moments qui ont atterri sur la pile des choses inracontables, au cas où ça t’intéresserait. Un moment dont j’ai terriblement honte, parce que je ne me suis pas débattue. J’aurais dû lui donner un coup de coude dans les côtes, le repousser ou, au moins, lui hurler dessus.

Jasmin ne se serait jamais laissé faire. Elle n’aurait pas attendu bravement qu’il ait rempli le lavabo de l’eau d’un jerrican. Elle ne serait pas restée debout devant lui, jambes et bras écartés, pour qu’il la lave. Elle n’aurait pas accepté qu’il lui frotte le corps avec un gant de toilette rugueux jusqu’à ce que sa peau soit toute rouge et irritée. Elle ne se serait pas laissé teindre les cheveux en blond sans rien dire, en pleurant silencieusement sa molaire, qui émergeait d’une petite mare brunâtre de sang et d’eau au bord du lavabo. Il a tout de suite remarqué en me déshabillant que j’avais dû me faire pipi dessus à un moment ou un autre.

“Il faut vraiment que tu apprennes à te contrôler, a-t-il dit en haussant les sourcils, le nez froncé. Tu es une adulte, Lena.”

Jasmin ne se serait pas excusée, penaude. Elle lui aurait craché au visage, lui aurait hurlé d’aller se faire foutre.

Alors que moi, j’ai hoché sagement la tête lorsque, essorant une dernière fois le gant de toilette, il a dit : “C’est beaucoup mieux, non ?”

Je l’ai laissé me sécher, rincer la coloration, me frotter la tête et peigner mes cheveux humides, fraîchement teints en blond. Je l’ai même remercié après, quand il m’a donné la bouteille d’eau. Pour me récompenser.

“Et maintenant, on va t’habiller, Lena. Tu dois avoir froid.”

Sur l’étagère, il y avait des vêtements prêts pour moi. Je ne sais pas s’ils étaient là depuis le début ou s’il les avait apportés à un autre moment. Sous-vêtements blancs, collants fins, chemisier blanc, jupe sombre au-dessus du genou, chaussures à bride. Une pointure trop petite. J’ai regardé mes propres affaires, qui gisaient en tas sous le lavabo, puis l’étagère où, dans l'un des casiers du haut, inaccessible, était rangé mon sac de voyage. Il était plat, comme une enveloppe vide. Il avait dû en sortir toutes mes affaires.

"On dit toujours qu'il ne faut pas se fier aux apparences", il a commencé. J'ai essayé de ne pas regarder tandis qu'il se penchait en avant, la culotte blanche dans les mains, passant l'un après l'autre mes pieds dans les trous pour les jambes. La tête renversée en arrière, je fixais le plafond. "Mais la vérité, c'est qu'avec des vêtements vulgaires, une femme est vulgaire."

J'ai trouvé entre les poutres une opportune toile d'araignée pour me distraire un peu de ses mains sur moi tandis qu'il m'enfilait le soutien-gorge. Je me suis mise à fredonner dans ma tête *L'araignée Gipsy monte à la gouttière*, une chanson que me chantait ma mère quand j'étais encore petite et qu'elle était encore mère. Elle s'asseyait au bord de mon lit et entortillait ses doigts pour figurer les mouvements de l'araignée. *Tiens, voilà la pluie, Gipsy tombe par terre...*

"Tu vas respecter mes règles, Lena. Ordre, propreté, discipline, respect, honnêteté, fidélité, loyauté. Quand j'entre dans une pièce, je veux que tu te places de manière à ce que je te voie immédiatement, et que tu me présentes tes mains. Compris ? Je veux vérifier que tes ongles sont bien propres et m'assurer que tu ne caches rien dans ta main qui pourrait me blesser ou te blesser toi-même. Pour toi, l'utilisation des toilettes est prévue à sept heures du matin, douze heures trente, dix-sept heures et vingt heures. Pour les soins corporels, je t'aiderai. Nous n'avons malheureusement pas l'eau courante ici, juste ces jerricans." Il les a désignés de la tête, je les avais déjà repérés. "Mais ça marche, à condition de ne pas trop gaspiller d'eau. En revanche, nous avons un groupe électrogène, et on est plutôt bien équipés pour le reste. Tu vas te plaire, ici."

Il a remonté avec un bruit sec la fermeture éclair de ma jupe, tiré sur les coutures de mon chemisier au niveau des épaules avant de venir se placer devant moi et de passer ses doigts dans mes cheveux.

"Ne crois pas que nous ne pouvons pas parler, Lena. Bien sûr que nous pouvons parler. Je veux que tu sois heureuse, et je ferai tout ce que je peux pour que tu le sois, je te le promets. Mais en contrepartie, il faut que j'aie le sentiment que tu as compris les règles et, surtout, que tu les respectes. Sinon nous ne pourrons pas vivre ensemble." Il m'a examinée. "Presque parfait."

Vivre ensemble, martelait mon cerveau, *vivre ensemble*, tandis qu'il attrapait un bâton de rouge à lèvres, lui aussi placé sur l'étagère, *vivre ensemble*. Il m'a mis du rouge avec des gestes brusques.

"Il ne manque plus qu'une seule chose."

Sa main gauche a saisi ma nuque tandis que la droite reposait le rouge à lèvres sur l'étagère, l'échangeant contre les ciseaux avec lesquels il avait coupé les attache-câbles qui enserraient mes poignets. Je me suis mise à respirer de manière saccadée. Il a serré ma nuque plus fort. Les ciseaux ont dessiné une profonde entaille sur mon front. Le bruit du sang dans mes oreilles, la sensation du sang qui coule dans mon œil droit.

Tu as une cicatrice, Lena.
Bientôt, j'en aurai une aussi.

"On verra si ça suffit, a-t-il dit en tamponnant mon front avec le gant de toilette, à la naissance des cheveux. Sinon, il faudra rectifier. Le mieux, c'est que tu laisses le gant de toilette dessus un moment, sinon tu vas salir ton chemisier." Il a dirigé ma main vers mon front. "Tiens-le bien, Lena. Ce serait dommage pour le chemisier." J'ai appuyé le gant de toilette sur mon front en émettant une sorte de gémissement.

"On aurait dû faire ça avant de t'habiller. J'aurais dû y penser. C'est ton chemisier préféré."

Je ne voyais plus rien, le sang dans mon œil, les paupières qui clignotent, la tête qui tourne, la pièce qui bascule, se renverse, je me suis effondrée au ralenti, évanouie.

Ensuite, je m'en souviens maintenant, j'ai ouvert les yeux d'un coup, happant l'air comme si j'avais passé un long moment sous l'eau. J'étais allongée sur le dos, sur quelque chose de mou, mon front pulsait sous l'effet d'une douleur lancinante. Au-dessus de moi, des bandes marron, floues ; au bout d'un moment, j'ai reconnu les poutres du plafond d'une pièce. J'ai essayé de m'asseoir, en vain. Les fragments que je voyais me disaient que je me trouvais dans un salon. L'épais tapis, le poêle à bois ancien en fonte, où un feu était allumé, la bibliothèque. Mon support s'est affaissé. Un canapé, j'étais allongée sur un canapé, enveloppée dans une couverture en laine, un coussin sous les mollets, sans doute pour calmer mes vertiges. Quelqu'un s'était assis à côté de moi. Une main a touché la mienne. Une petite main.

"Tu es réveillée ?" Une voix d'enfant qui chuchote et, un instant après, le visage d'un petit garçon est apparu dans mon champ de vision. La peau très blanche, une jolie petite frimousse aux yeux bleu clair, aux fines boucles noires. Je l'ai contemplé comme une œuvre d'art à la fois belle et absurde.

"Jonathan !" s'est exclamée une autre voix.

J'ai fermé mes yeux, senti un nouveau mouvement sous moi lorsque le petit s'est levé d'un bond, effrayé.

"Je ne voulais pas la réveiller, papa ! Je voulais juste voir si elle avait fini de se reposer."

Papa. C'était son fils. Le monstre avait un fils.

J'ai entendu : "Tu peux déjà installer le jeu d'échecs." Puis : "Lena..."

Le coussin du canapé qui cède une nouvelle fois sous un poids.

"Ouvre les yeux, Lena. Je sais que tu es réveillée."

J'ai cligné des yeux.

"Tu es magnifique", a-t-il dit en écartant une mèche de cheveux de mon visage. Son regard s'est arrêté un moment sur mon front. "Je crois que c'est réussi. J'ai dû rectifier un peu au couteau, mais j'ai recousu tout de suite."

Un son sec s'est échappé de ma gorge.

"Allons, Lena. Tu étais évanouie, tu n'as rien senti." Il a souri. "Ça ne pouvait pas mieux se passer pour toi, hmm ?"

J'ai levé une main tremblante pour toucher mon front. J'ai senti la suture, le bout dur d'un fil a piqué mon doigt.

Il a pris ma main, l'a fait redescendre.

"Ne touche pas, Lena, sinon la plaie va s'infecter. On pourra retirer les fils dans quelques jours."

J'ai éclaté en sanglots.

"Il faut que tu me laisses partir. S'il te plaît. Je veux rentrer chez moi."

Il s'est penché vers moi, si près que son nez touchait presque le mien ; son poids pesait douloureusement sur mon buste encore meurtri par ses coups.

"Tu es chez toi, Lena", a-t-il chuchoté avant de déposer un baiser sur mon front.

J'ai détourné la tête, pressant mon visage contre le dossier du canapé, dont la légère odeur de renfermé m'a rappelé les meubles de la maison de mes grands-parents. D'un geste brusque, il a plongé la main entre le coussin et ma joue et a tourné mon visage pour que je le regarde dans les yeux.

"Rends-toi service, réfléchis, Lena. Demande-toi si je suis du genre à plaisanter. Si je veux seulement te faire peur. Ou si je suis parfaitement capable de te tuer."

"Tu ne plaisantes pas", ai-je réussi à articuler. J'avais du mal à respirer sous son poids. Mais mon cerveau au moins semblait fonctionner à peu près normalement. Une idée précise s'est détachée du reste. Une idée qui était sans doute déjà là depuis un moment, mais qui s'était emmêlée dans l'écheveau des autres pensées : ces vêtements que je portais.

"Je ne te l'expliquerai pas deux fois, Lena. Alors écoute-moi bien."

Les sous-vêtements, les collants, la jupe, le chemisier, les chaussures surtout, qui étaient trop petites. Qui avaient manifestement appartenu à quelqu'un d'autre.

"À partir de maintenant, tu vas être une bonne mère et une bonne épouse. Et tu vas respecter mes règles. Tu as compris ?"

"Où est la mère de ton fils ?"

Un instant, il a eu l'air authentiquement surpris.

"Où est sa mère ?" ai-je insisté. Mon cœur avait quitté ma cage thoracique pour battre dans ma gorge.

"C'est toi, sa mère."

Il s'est redressé. Sans le vouloir, j'ai poussé un soupir de soulagement en sentant que je pouvais respirer librement, sans son poids sur mon buste.

"Et maintenant, debout. Tu t'es assez reposée."

Il y avait un deuxième enfant, une petite fille. Je ne me suis rendu compte de sa présence que lorsqu'il m'a aidée à m'asseoir. Toute raide, dans un pyjama beaucoup trop grand pour elle, le visage pâle et grave, elle se tenait sur le seuil d'une porte décrochée de ses gonds, depuis combien de temps, je ne sais pas. Elle semblait serrer quelque chose contre elle. J'ai reconnu un pelage roux moucheté. Des oreilles. Un petit animal.

"Hannah, il a dit. Maman est réveillée."

La petite fille est restée impassible. Je me suis dit qu'elle devait être un peu plus jeune que le petit garçon. Elle était plus petite, et encore un peu plus frêle que lui, avec le même petit menton pointu et les mêmes boucles fines, mais en blond. Le monstre avait un fils et une fille.

"Allez, approche, Hannah, a-t-il dit, avec un geste impatient. N'aie pas peur, tu peux apporter Miss Tinky. Maman est enfin rentrée à la maison."

La petite fille a plissé les yeux. Elle se rendait forcément compte que quelque chose clochait. Une inconnue recroquevillée sur le canapé du salon. Elle voyait bien que je n'étais pas sa mère. Mes lèvres ont formé silencieusement les mots : "Aide-moi."

La petite fille m'a regardée, les yeux toujours plissés, sans cligner. Puis elle a tourné les talons et a disparu dans un couloir ou une pièce voisine.

Sidérée, j'ai mis la main sur ma bouche et me suis mise à gémir, tandis que mon corps était envahi par une vague de panique. Mes oreilles bourdonnaient. J'ai entendu sa voix au loin : "Tu leur as vraiment beaucoup manqué. Vous avez pas mal de choses à rattraper."

"Mais ce n'est… pas possible." Ma propre voix me semblait étrangère, déformée.

"Ce sont tes enfants. Je suis ton mari. Nous sommes une famille heureuse."

"Ce ne sont pas mes enfants", a gémi la voix déformée.

"Nous sommes une famille heureuse. Je suis ton mari." En boucle. "Je suis ton mari. Ce sont tes enfants. Tu n'as plus personne à part nous. Tu te sentiras mieux quand tu le comprendras."

Je bougeais la tête de manière désordonnée, je voulais la secouer, mais c'est comme si j'avais oublié comment on faisait. Soudain, sa main a saisi mon visage, pressant mes joues. Ses pupilles tremblaient, il serrait les mâchoires. Un oiseau de proie, un chasseur, un monstre, mon mari désormais. Mon mari, qui ne plaisantait pas, il tenait apparemment à me le rappeler, puisqu'il m'a dit : "Tu sais quel bruit ça fait, quand on défonce le crâne de quelqu'un, Lena ? Le même bruit que quand on fait tomber une pastèque par terre. *Bam !*"

J'ai sursauté.

"*Bam !* Un bruit vraiment intéressant."

Les policiers ne disent rien. Ils sont assis là sur leur chaise, le visage vide soudain, sans rien dedans que je puisse interpréter. Une peur absurde me prend d'avoir dit quelque chose qu'il ne fallait pas. Et puis autre chose aussi, quelque chose de froid, d'insistant, la culpabilité. Je me sens coupable de porter cette cicatrice qui t'appartient.

— Il m'a enlevée pour donner une nouvelle mère à ses enfants, dis-je pour résumer, avant de m'enfoncer dans mon oreiller, épuisée, mais peut-être aussi pour échapper à leur regard. Je fixe un moment le plafond. Puis je leur demande :

— On est quel jour, aujourd'hui ?

Hannah

Ruth a refait de la tisane et me prépare une tartine de beurre. Avec un couteau du tiroir à couverts que quelqu'un a dû oublier de fermer à clé. Je lui ai dit que ce n'était pas l'heure de manger, mais elle a sans doute eu peur d'entendre gargouiller mon estomac aussi fort. En tant qu'infirmière, elle devrait pourtant savoir que c'est seulement de l'air que j'ai dans le ventre, et rien de dangereux qui pourrait me rendre malade. Mais j'ai l'impression qu'elle ne m'a pas vraiment écoutée quand j'ai essayé de lui expliquer comment un gargouillement apparaissait et ce qu'il signifiait. Au lieu de ça, elle n'a pas arrêté de s'excuser de penser seulement maintenant à me donner quelque chose à manger, alors que ça fait déjà plusieurs heures que je suis là.

— Voilà, ma petite, dit-elle en posant l'assiette devant moi, en plein sur le dessin que j'ai fait de notre famille.

Seule la tête de papa avec la tache rouge sur le côté dépasse encore, parce que c'est le plus grand de nous quatre. Nous trois, on a disparu.

— La cafétéria ouvre à sept heures, on pourra aller te chercher autre chose. Le gâteau aux pommes du mercredi est formidable. Il faut absolument que tu le goûtes.

Je lui dis merci. Il faut toujours être poli.

— Eh bien vas-y, mange, Hannah, dit Ruth.

Je plie en deux la tranche de pain dans ma main et prends une bouchée de souris. Papa rapporte toujours du pain quand il va faire les courses, mais seulement un, parce que le pain, ça moisit vite et le moisi, ce n'est pas bon pour la santé.

Ruth reste debout à côté de la table, me regarde manger.

— Quand tu auras fini, tu devrais te reposer un petit peu.

Elle désigne de la tête le lit installé contre le mur de gauche, à côté de la grande armoire métallique.

— Tu as veillé toute la nuit. Ça te fera du bien.

— Mais je croyais qu'on allait voir ma maman, maintenant ? je dis en reposant ma tartine sur l'assiette.

— Oui, bien sûr qu'on va aller voir ta maman. Mais j'aimerais parler aux policiers, d'abord.

— À cause de grand-père ?

Ruth reprend la tartine sur mon assiette, me la remet dans la main.

— Entre autres. Hannah, s'il te plaît, essaie de manger quelque chose. Je sais que tu es sans doute trop nerveuse pour avoir vraiment faim, mais au moins quelques bouchées, hmm ?

J'en prends cinq, parce que je trouve que cinq est un bon chiffre. Une pour chaque membre de la famille. Une pour maman, une pour papa, une pour Miss Tinky, une pour moi et une un peu plus grande pour Jonathan, parce qu'il doit nettoyer le tapis.

— Tu n'en peux plus ? me demande Ruth.

Je secoue la tête. Ma tartine est mordue en forme de l'Afrique. L'Afrique est le deuxième plus grand continent du monde, après l'Asie. On y trouve des lions, des zèbres et des chacals à chabraque.

— Bon, alors viens, me dit Ruth en tirant sur le dossier de ma chaise pour que je me lève.

Le lit de la salle de détente est vraiment dur et il n'y a pas vraiment de linge de lit, juste un drap. Ruth prend un oreiller et une couverture roulée en boule dans l'armoire en métal et me fait un petit nid douillet. Mes yeux se ferment tout de suite, pourtant je ne voulais plus dormir, je ne veux pas manquer le moment où on pourra enfin aller voir maman. Ruth s'assoit à côté de moi au bord du lit. Je me rends compte qu'elle me caresse les cheveux, et j'imagine que c'est ma maman.

— Tu veux que je te raconte une histoire pour t'endormir ? demande sa voix.

Je fais oui de la tête.

— Tu veux une histoire en particulier ?

— J'aime bien quand ma maman me parle des étoiles, je chuchote.

Ce n'est pas un secret, alors je ne suis pas obligée de chuchoter, mais ma voix aussi est très fatiguée tout à coup.

— Les étoiles. Bon, dit Ruth, laisse-moi réfléchir un peu… Je sais. Je connais une histoire que ma fille avait apprise à la maternelle. Elle aimait bien que je la lui raconte avant de dormir. Surtout quand elle était triste ou qu'elle avait besoin d'un peu de courage.

— Nina, le bec sucré, je chuchote d'une voix éteinte.

— Oui, dit Ruth en riant. Alors voilà : Il était une fois deux étoiles. Une grande étoile rouge très brillante, et une petite, dont la lumière était encore un peu floue. Elles étaient meilleures amies. Le jour, elles dormaient pour se reposer, et dès que la nuit tombait, elles partaient batifoler dans le ciel. La petite étoile admirait beaucoup sa grande et belle amie rouge et faisait de son mieux pour émettre elle aussi la plus belle lumière possible. Un soir – le jour était à peine gris, la nuit prenait son temps –, une énorme explosion tira la petite étoile de son sommeil. Effrayée, elle regarda partout autour d'elle, mais sans découvrir la raison de ce bruit assourdissant. À côté d'elle, elle entendit sa grande amie rouge lui dire d'une voix calme : "Tout va bien, ma petite étoile. N'aie pas peur. Dors encore un peu. Je te promets que je brillerai particulièrement fort cette nuit, rien que pour toi." Et c'est exactement ce qu'elle fit : cette nuit-là, sa grande amie brilla plus fort que jamais, plus fort même que toutes les autres étoiles de la galaxie, et la petite étoile l'aima et l'admira encore plus. Les nuits suivantes aussi, la grande étoile fit des prouesses dans le ciel nocturne. Et puis, une nuit, la petite étoile se réveilla en constatant que son amie avait disparu. La petite étoile, prise de panique, regarda tout autour d'elle, mais ne trouva pas son amie. Elle se mit à avoir vraiment peur, et plus encore lorsqu'elle se rendit compte qu'elle était enveloppée d'un épais et inquiétant brouillard gris. Elle appela son amie, mais n'obtint pas de réponse. Alors la petite étoile éclata en sanglots, son amie lui manquait, et elle se sentait terriblement seule. Car les autres étoiles étaient beaucoup trop loin pour trouver une nouvelle amie parmi elles, et de toute manière, aucune autre ne pourrait jamais remplacer sa chère grande amie rouge. Désespérée, la petite étoile appela Dieu, la plus grande puissance qu'elle connaissait. Et Dieu vint bel et bien la voir et écouter ses plaintes. Son amie qui avait disparu, elle qui était seule à présent, et cet épais brouillard qui lui faisait terriblement peur…

— Ce n'est pas ce que je voulais dire !

Je me suis vraiment donné du mal, je l'ai écoutée le plus longtemps possible, mais là, je suis obligée d'interrompre Ruth. C'est malpoli, je sais. Mais il faut aussi toujours dire à quelqu'un quand il se trompe.

— Je voulais que vous me parliez des vraies étoiles, pas que vous me racontiez un conte.

— Oh, dit Ruth en se grattant la tête. Tu veux dire, des constellations, ce genre de choses ?

J'acquiesce.

— Je suis désolée, Hannah. Très franchement, je n'y connais pas grand-chose. Mais tu devrais peut-être donner une chance à cette histoire ? Elle est vraiment très belle, tu vas voir.

Je secoue la tête et me mets face au mur, tournant le dos à Ruth.

— Je ne veux pas que Dieu soit dans l'histoire. Ma maman dit que Dieu est un monstre.

Lena

"Cham" a dit que nous étions le 16 septembre.

Ça veut dire quatre mois.

Ton mari m'a séquestrée pendant quatre mois, Lena. Tu te dis peut-être que ce n'est rien du tout. Toi, tu l'as supporté pendant des années. Tu lui as donné des enfants, tu as joué à la famille avec lui.

Je me souviens du premier soir, assise sur le canapé à côté de lui, paralysée par la stupéfaction. Je le regardais du coin de l'œil, sans pouvoir m'empêcher d'admirer son masque. Un bel homme, qui avait tenu à se changer tout exprès pour "notre première soirée", troquant son jean et son t-shirt délavé contre un beau pantalon sombre et une chemise claire. On aurait dit qu'il rentrait du bureau ou qu'il avait un rendez-vous. Ce n'était pas le monstre puant et sale avec des boutons sur le visage et des yeux noirs et vides des films d'horreur. Je me souviens d'avoir observé tes enfants, qui avaient l'air normaux eux aussi, tout à fait normaux et, dans le même temps, pas du tout. Comment pouvaient-ils bavarder joyeusement, assis en pyjama devant le poêle à bois pour se réchauffer les mains ? La petite fille, qui il y a un instant encore était restée sur le seuil, méfiante, les yeux plissés, gloussait en essayant de faire en sorte que son chat attaque les orteils de son frère. "Mords, Miss Tinky !" disait-elle, tandis que je me disais à moi-même, en boucle : Ça ne peut pas être vrai. Ce n'est pas en train de se passer. Ce n'est pas possible.

Je me souviens aussi d'avoir pensé à toi, ce soir-là, Lena. La jeune femme dont je portais les chaussures. La pauvre jeune femme de la cabane qui avait vécu ici, avant moi. Qui, à ce que j'avais compris, était morte, *bam !*, le crâne défoncé. Tes chaussures étaient l'avertissement suprême. Et pourtant, j'ai su tout de suite que je ne jouerais pas son jeu absurde, malade. Il fallait que je me concentre, que je rassemble mes forces, que je me remette de son agression, de ses coups de pied et de poing, et que je trouve le moyen de sortir d'ici. C'était lui ou moi. Seul l'un de nous deux survivrait – l'issue inévitable me paraissait sans doute déjà évidente ce premier soir.

J'avais découvert la sortie. La porte en question était en bois, fermée par deux cadenas. On entendait un cliquetis métallique dans la poche de son pantalon quand il se déplaçait. Je suis donc partie du principe qu'il avait toujours les clés sur lui. La porte se trouvait à ma gauche, à quelques mètres à peine de ce canapé où j'étais assise avec lui. Il n'y avait pas de couloir ni d'entrée séparée. La porte donnait directement sur cette pièce, un mélange de cuisine et de salon. De l'autre côté, vers l'intérieur de la cabane, je supposais derrière un passage un petit couloir menant aux chambres et à la réserve où je m'étais réveillée après mon enlèvement. Il y avait sans doute aussi une salle de bains ou, au moins, des toilettes. D'un côté, j'étais impatiente qu'il me montre les autres pièces, pour que je puisse mieux m'orienter, voir s'il y avait d'autres issues possibles. De l'autre, je me doutais bien de ce que signifierait pour moi le moment où il décréterait la soirée terminée, où nous irions nous coucher. L'espace d'un instant, je me suis perdue dans un espoir stupide, celui qu'il me ramènerait dans la réserve et m'y attacherait pour la nuit au lavabo.

Je me suis tout de suite rendu compte que les fenêtres, celles du séjour du moins, n'étaient pas des issues envisageables. Elles étaient murées par des panneaux isolants vissés à la cloison. Il faisait le jour et la nuit. Comme Dieu. À cette pensée, j'avais un goût de bile dans la bouche. J'ai discrètement compté les vis, plus de quarante pour chaque fenêtre, que sans outil adéquat je n'arriverais sans doute jamais à retirer.

La porte à ma gauche était la seule chance que je voyais pour l'instant. Elle menait dehors, je ne sais pas où, mais dehors. Il fallait que j'arrive à lui prendre les clés. Ou que je le tue. Mais pour ça, il fallait que je trouve un objet qui pourrait me servir d'arme. Mon regard a fusé vers l'autre partie de la pièce, le coin repas. Les quatre chaises autour de la table semblaient en bois massif. Elles étaient fixées aux lattes du plancher grâce à des supports d'angles en métal. Le mur derrière le coin repas était occupé par des éléments de cuisine. J'ai avisé le plan de travail vide, et les cadenas, les cadenas sur toutes les putains de portes. J'ai spéculé un instant sur les tiroirs, m'imaginant en sortir un couteau, un de ces couteaux bien aiguisés qui coupent même la viande. Alors que je me doutais bien, déjà, qu'ils étaient vides.

Je me suis entendue soupirer.

"Tu es fatiguée, Lena ? Tu préfères aller au lit ?"

J'ai tressailli.

"Non, non. Ça va, merci."

Il a ôté le poids de son bras de mon épaule pour regarder sa montre. J'ai vu le cadran du coin de l'œil. À peine sept heures et demie.

"Les enfants, maman a raison. Il est tard. C'est l'heure d'aller au lit."

Les enfants se sont mis à protester.

"Pas de discussion ! Quand votre maman dit quelque chose, vous l'écoutez, c'est tout !"

La petite fille s'est tournée vers moi, me gratifiant d'un regard sombre.

"Ils peuvent rester debout encore un peu", ai-je avancé prudemment.

"Non, il est tard." Il s'est levé du canapé, les a chassés d'un geste. "Allez hop, allez vous brosser les dents, tous les deux !"

Les gamins se sont levés docilement.

"Papa, est-ce que Miss Tinky peut dormir avec nous ?" a demandé la petite fille.

"Non, elle reste dans le salon, sinon vous n'allez encore pas dormir de la nuit, a-t-il répondu, puis, se tournant vers moi : Tu viens ?"

Je suis parvenue tant bien que mal à me lever, à remettre à la verticale cette plaie surdimensionnée qu'était mon corps. Ton mari m'a prise par le bras pour me soutenir. À pas prudents, j'ai suivi les enfants, nous sommes sortis du séjour, qui donnait sur un couloir étroit.

Les enfants se sont arrêtés devant une porte fermée sur la droite. Il m'a dépassée, a levé le bras pour récupérer la clé au-dessus de la porte, l'a ouverte. Les enfants se sont faufilés à l'intérieur. Il s'est tourné vers moi, a laissé glisser la clé dans la poche de son pantalon avec un sourire, avant de m'encourager d'un signe de tête à entrer à mon tour.

La salle de bains était tout en longueur, nous y tenions à peine tous les quatre. À gauche, un lavabo, avec un jerrican d'eau dessous, au fond les toilettes, qui ressemblaient davantage à un petit seau blanc, à droite une vieille baignoire en zinc sans robinetterie. Au-dessus de la baignoire, à quelques centimètres du plafond, j'ai remarqué un trou dans le mur de la taille d'un poing, duquel dépassait un bout de tuyau coupé. Je me suis dit que ce devait être une sorte d'aération, mais qui ne semblait pas très bien fonctionner car il y avait dans l'air une odeur rance, de moisi. Il n'y avait pas de fenêtre, et comme dans la réserve, juste une ampoule nue au plafond.

Les enfants ont attrapé leurs brosses à dents, rangées dans des gobelets en plastique colorés sur la tablette au-dessus du lavabo. La vision de ces deux gobelets m'était absurdement insupportable. En tâtant du bout de la langue le trou tout neuf dans ma mâchoire inférieure, je me suis imaginé cet homme, ton mari, dans le rayon hygiène dentaire d'un supermarché, semblable à mille autres clients, en train de choisir avec amour des motifs qui feraient plaisir à vos enfants. Sur le gobelet bleu du petit garçon, un chevalier sur son cheval, sur celui de la petite fille, rose, une princesse dansant dans un champ de fleurs. J'ai imaginé cet homme à la caisse en train de payer ses verres à dents sans que personne ne se doute une seconde qu'ils n'allaient pas trouver leur place dans un foyer normal, mais ici, dans ce trou où il séquestrait des gens.

"Le nettoyage de la salle de bains revient évidemment à la maîtresse de maison. Mais pas d'inquiétude, c'est moi qui m'occupe des toilettes."

Je n'ai compris qu'un peu plus tard ce qu'il voulait dire. Comme il n'y avait pas d'eau courante dans la cabane, nous utilisions des toilettes sèches à compost ; les excréments étaient dirigés vers un conteneur rempli de mulch d'écorces, qui devait être vidé régulièrement. *Dehors*. Il ne pouvait évidemment pas laisser la maîtresse de maison s'en charger ; pour elle, il n'y avait plus de *dehors*.

“Bien, a-t-il décrété en jetant un œil à sa montre, les trois minutes sont écoulées.”

Instantanément, les enfants ont craché en chœur dans le lavabo. Puis, à tour de rôle, ils se sont lavé le visage avec l’eau du jerrican.

“Ce soir, c’est maman qui va vous coucher”, leur a-t-il annoncé, un sourire magnanime aux lèvres.

“Chouette !” s’est exclamé le petit garçon, radieux, en s’essuyant les joues dans sa serviette.

L’homme m’a fait sortir dans le couloir, la petite fille nous a suivis et a fermé la porte derrière elle. Je n’ai pas compris ce que nous attendions, jusqu’à ce que le petit garçon sorte dans le couloir et que la petite fille disparaisse à son tour dans la salle de bains. Il les laissait donc aller aux toilettes sans surveillance, ai-je conclu en y voyant l’embryon d’une possibilité. Même si, pour le moment, ne me venait rien d’autre à l’esprit que ces gobelets à dents. Si j’arrivais à les casser. Ça peut être très coupant, un éclat de plastique. Une arme.

Les enfants se partageaient une chambre minuscule, où il y avait tout juste la place pour des lits superposés. Les cloisons de bois étaient couvertes de dessins. J’ai essayé de voir ce qu’ils représentaient, mais la lumière, qui provenait ici aussi d’une ampoule nue, était trop faible. Une fenêtre, condamnée, évidemment. Le petit garçon est monté sur une échelle pour rejoindre le lit du haut, la petite fille s’est glissée dans celui du bas.

“Tu t’assois ici, m’a dit la petite fille en tapotant machinalement le matelas à côté d’elle. Comme tu fais d’habitude.”

J’ai jeté un regard par-dessus mon épaule, ton mari souriait, adossé bras croisés au chambranle de la porte. Je me suis approchée, hésitante, et me suis assise, en rentrant la tête et le dos courbé, pour ne pas me cogner contre le lit du haut.

“Et maintenant, tu nous racontes une histoire. Comme d’habitude.”

“Je…”

“Maman, regarde !”

Le visage du petit garçon est apparu à côté de moi. Il se laissait pendre, tête en bas, par-dessus la planche en bois censée l'empêcher de tomber de son lit pendant la nuit.

"Je vole !"

"Arrête, Jonathan, l'a tancé la petite fille. C'est dangereux. Et en plus, on veut écouter une histoire."

"OK", a marmonné le petit garçon en remontant sur le lit. Juste au-dessus de moi, le matelas faisait des bosses entre les lattes du sommier tandis qu'il cherchait sa position.

"Je veux une histoire d'avions !"

La petite fille a fait claquer sa langue.

"C'est pas toi qui décides. C'est moi l'aînée, c'est moi qui choisis."

"C'est toujours toi qui décides !"

"Oui, et j'ai le droit…"

"Ça suffit !" Nous avons sursauté tous les trois. Ton mari. "Pas d'histoire ce soir. Lena, lève-toi."

"Mais papa…" Le petit garçon au-dessus de moi.

"Non. Vous ne savez pas vous comporter. Lève-toi maintenant, Lena."

Je ne sais pas pourquoi, mais je suis restée assise. Était-ce ce changement de ton soudain qui m'avait paralysée, ou la situation en elle-même, l'aberrante normalité de cette chamaillerie entre frère et sœur dans cette situation complètement absurde. Mais c'est ce que j'ai fait, je suis restée assise, le regard fixe.

Il a plissé les yeux.

"Lève. Toi. Maintenant. Lena."

J'avais le souffle coupé. Chaque mot, sa façon d'insister dessus, était comme un coup de couteau qui transperçait mes poumons, dégonflés, je me suis mise à respirer de manière saccadée, à haleter, presque. J'ai alors senti une caresse sur mon genou. La main de ta fille. Je l'ai regardée.

"Il faut que tu te lèves", a-t-elle chuchoté d'une voix presque imperceptible. Une fraction de seconde, nous nous sommes regardées dans les yeux. Puis elle s'est retournée vers le mur et a rabattu la couette sur ses épaules. Je ne voyais plus que son dos étroit. Je me suis levée comme dans un rêve, hypnotisée par sa voix.

“Dis bonne nuit aux enfants, Lena”, a dit ton mari, qui avait retrouvé le sourire.

“Bonne nuit, les enfants.”

“Bonne nuit !” Leurs voix en stéréo tandis qu’il refermait la porte derrière nous. Comme tout à l’heure devant la salle de bains, il a pris une clé sur l’encadrement de la porte et a verrouillé celle-ci. Il enfermait donc les enfants pour la nuit. J’ai mis la main devant la bouche pour étouffer un son.

“Bon, a-t-il dit avec un sourire, en reposant la clé, à nous, maintenant…”

Je sursaute. Un téléphone s’est mis à sonner, et sonne un bon moment avant que “Cham”, l’air absent, sursaute à son tour, faisant tomber son carnet et son stylo par terre. Au lieu de les ramasser, il tâte nerveusement les poches de sa veste, plonge sa main dans la poche intérieure, en sort son portable.

— Giesner, articule-t-il.

J’essaie de comprendre ce qui se dit par fragments à l’autre bout du fil, mais le bip-bip de l’électrocardiographe ne me facilite pas la tâche.

— OK, un instant, dit-il en éloignant le téléphone de son oreille.

Il me dévisage.

— Nos hommes ont trouvé la cabane. Quelque chose de particulier à leur signaler avant qu’ils entrent ?

Je secoue la tête.

— J’ai réussi à le frapper, avec une boule à neige. Un grand coup…

Je touche l’arrière de ma tête, me fige.

— Vous l’avez neutralisé ?

J’acquiesce.

— Allez-y, dit Giesner dans son téléphone.

Je m’enfonce dans mon oreiller, ferme les yeux. Dans mes pensées, j’entends une voix qui me dit : “Tu vois comme on est bien ?”

“Oui, mon chéri, on est vraiment bien”, je réponds en silence, avec un sourire.

— Lena ?

— Hmm ?

— Est-ce que vous vous sentez de poursuivre votre récit ?

J'ouvre les yeux, m'efforce de me remettre en position assise. "Munich" se lève d'un bond pour arranger l'oreiller dans mon dos, pour que je sois confortablement installée.

— Donnez-moi juste une minute, d'accord ?

Il acquiesce, compréhensif, et "Cham" dit :

— Prenez tout le temps qu'il faudra.

Je réfléchis, me demande où je pourrais reprendre. On en vient aux choses inracontables, Lena. Aux parenthèses placées judicieusement autour des choses que les policiers ne sont pas obligés de savoir. Mais toi, Lena, je veux que tu saches ce qu'il m'a fait.

Je regarde "Munich", puis "Cham". "Munich", gêné, se tord les mains. "Cham" se penche en avant avec un soupir pour ramasser le carnet et le stylo qui lui ont glissé des genoux lorsque son portable a sonné. Ils attendent sans doute le récit d'un viol, maintenant, un truc bien violent, brutal. Il serait parfaitement compréhensible que j'aie besoin de rassembler mon courage avant d'être prête à le raconter. Ils ne peuvent pas imaginer qu'il y a encore bien d'autres choses.

Ceci est uniquement pour toi, Lena :

"Bon, a-t-il dit avec un sourire en reposant la clé de la chambre des enfants au-dessus de la porte, à nous, maintenant."

Mes épaules se sont crispées, mon dos s'est raidi, j'ai serré les poings. Je n'attendais rien d'autre que les policiers qui ont suivi mon récit jusqu'ici.

J'ai pensé à Kirsten, l'année dernière, qui était rentrée à la maison à cette heure grise, indéfinie entre la nuit et le jour, cette heure où tout le monde est au lit, où il n'y a personne pour entendre tes cris étouffés, personne pour croiser ton chemin par hasard, pour te délivrer de la bête, pour t'aider. Je l'ai revue se laisser glisser le long du mur dans le couloir, livide, le visage égratigné, la robe déchirée, et moi, accroupie à côté d'elle, qui n'osais pas la prendre dans mes bras.

"Pourquoi tu ne t'es pas défendue ?" lui avais-je demandé, par stupidité ou juste parce que j'étais fatiguée, les idées pas encore tout à fait claires, tirée brusquement de mon sommeil quand j'avais entendu Kirsten s'engouffrer dans l'appartement. Parce que je dormais, comme tout le monde, tandis que Kirsten se faisait agresser dans une arrière-cour.

Kirsten avait tourné un visage blême, étranger, vers moi, et elle m'avait dit : "Parce que j'étais morte. Je n'avais plus de corps. Plus de bras pour le frapper. Plus de jambes pour lui donner des coups de pied. Mon esprit était parti ailleurs."

C'est à ça que je m'attendais, Lena. J'allais être morte sous lui, j'espérais seulement que ça ne durerait pas trop longtemps. Malgré tout, je me suis redressée, je serrais les poings, je me tenais bien droite, même si mon dos était toujours douloureux après les coups de poing et de pied que ton mari m'avait infligés plus tôt dans la journée. J'ai levé le menton et l'ai regardé droit dans les yeux. Je pensais à Kirsten, qui avait survécu à sa propre mort. Elle était tellement forte. Je le serais aussi. Qu'il prenne mon corps, il n'aurait pas mon esprit.

"Bon, ai-je dit dans un accès de défi, de témérité. Finissons-en."

J'ai littéralement vu son visage se défaire, Lena. Ses traits lui échapper, son masque tomber, et il lui a fallu un moment pour le recomposer. Je l'avais pris par surprise. Sa paupière gauche a tressailli, le sourire qu'il affichait m'a semblé hésitant. Mais il était plus fort que moi, il ne plaisantait pas, il était Dieu, et moi un misérable ver de terre, il allait me le prouver. Il m'a saisie par le bras pour me ramener vers la salle de bains.

"Pour toi, l'utilisation des toilettes est prévue à sept heures du matin, douze heures trente, dix-sept heures et vingt heures, a-t-il récité en cherchant la clé de la salle de bains dans la poche de son pantalon. Il est vingt heures." J'ai vu que ses doigts tremblaient, légèrement, mais ils tremblaient. C'était un moment de grâce, Lena.

Il a ouvert la porte, je suis entrée et me suis tournée vers lui, m'attendant à ce qu'il referme la porte derrière moi. Il ne m'est pas venu à l'idée qu'il pourrait en être autrement, puisqu'il avait laissé les enfants aller aux toilettes seuls.

"Allez", m'a-t-il dit en désignant de la tête l'intérieur de la pièce. J'ai suivi son regard, il voulait bien dire les toilettes. Ce devait être un test, un bras de fer pour se venger du moment de grâce qu'il venait de m'offrir.

"Allez, vas-y."

Mon regard est revenu vers lui. Ton mari se tenait là, sur le seuil, avec un calme répugnant, le bras gauche appuyé contre le chambranle, la tête penchée sur le côté et un sourire qui n'avait plus rien d'hésitant.

"Non", j'ai dit.

"Va aux toilettes, Lena."

J'ai serré les lèvres, secoué lentement la tête.

"J'ai dit : va aux toilettes."

"Alors tu sors. Je ne vais pas aux toilettes devant toi."

"Si, c'est ce que tu vas faire, Lena. Parce que tu feras tout ce que je te dis."

Il a fait mine de s'approcher. J'ai levé les mains, soufflé : "Attends. Je suis désolée. Je suis désolée." Je voulais me défendre, je voulais être forte, oui. Mais je ne pouvais pas risquer qu'il me frappe encore une fois aujourd'hui. Il s'est figé, m'a lancé un regard méfiant.

"Je… je n'ai pas envie."

Pas un geste, pas un geste – juste son regard, que je m'efforçais de soutenir.

"J'ai dit : l'utilisation des toilettes est prévue à sept heures du matin, douze heures trente, dix-sept heures et vingt heures."

J'ai baissé les mains, hoché vivement la tête.

"Je sais. J'ai retenu. Sept heures du matin, douze heures trente, dix-sept heures et vingt heures. Mais je n'ai pas envie d'y aller." J'ai senti un sourire à peu près acceptable passer sur mes lèvres. "Je n'ai pas envie, j'ai répété. On peut aller au lit tout de suite."

C'est allé tellement vite que je n'ai même pas fait un pas en arrière, que je n'ai même pas levé les bras ni respiré ou cligné des yeux encore une fois entre l'avant et l'après.

Tu veux savoir, Lena ? Tu veux savoir ce que fait ton mari quand on refuse d'aller aux toilettes devant lui ? Peut-être que tu en as toi-même fait l'expérience ?

Alors tu sais ce que c'est que d'être jetée par terre. Tu t'es déjà recroquevillée sur toi-même, tu as enfoui ton visage dans tes mains pour protéger la suture toute fraîche sur ton front. Tu as tenté de respirer encore une fois profondément, parce que ce serait la dernière fois avant que ses coups de pied t'atteignent au ventre. Tu as fermé les yeux dans l'attente de la douleur intense. Mais elle n'est pas venue. Tu as respiré profondément encore une fois, car la douleur allait arriver d'une seconde à l'autre… mais non, pas de coup de pied, pas de douleur, juste un bruit étrange, métallique. Alors tu as osé écarter un peu les doigts pour regarder ce qui se passait. Et tu as vu ton mari, planté au-dessus de toi, jambes écartées, la main sur la fermeture éclair de son pantalon. De frayeur, tu as oublié de respirer une troisième fois, alors que tu en aurais bien eu besoin maintenant, car tu vas devoir retenir ton souffle tandis qu'il se soulage sur toi, que tu sens cette chaleur, cette brûlure sur ta peau, à travers tes vêtements qui se gorgent d'urine, comme tes cheveux. Tu sais ce que c'est, de se débattre, sans issue possible. Tu sais ce que ça fait, de recevoir le dernier jet en plein visage, de sentir une goutte sur tes lèvres serrées, d'entendre à nouveau la fermeture éclair, *zip*, et lui, ton mari, qui te dit, le plus calmement du monde : "J'espère que tu comprends maintenant pourquoi il est si important de respecter les horaires d'utilisation des toilettes, Lena. On n'est jamais à l'abri d'un petit accident."

Tu as sans doute vomi, Lena, et ton mari t'a fait nettoyer la salle de bains, sans s'émouvoir de tes tremblements, de ton râle de dégoût. Tu as nettoyé la salle de bains, à genoux, les cheveux mouillés, les vêtements trempés, tandis qu'il te regardait faire, assis jambes croisées sur le bord de la baignoire. Il a peut-être fallu plusieurs heures avant qu'il soit satisfait du résultat. Ensuite, il a fallu que tu te déshabilles et que tu t'assoies dans la baignoire. Et il t'a lavée, après tout, tu étais sale, Lena, "Ah, Lena, tu t'es encore salie", puis il t'a séchée et t'a emmenée dans la chambre.

Si tu as vécu ça toi aussi, Lena, tu sais qu'on ne peut pas le raconter, que ça te marque autrement que les choses violentes, brutales, qui sont terribles aussi, oui, mais pas nouvelles. Les policiers les connaissent, ces choses-là. Ils les ont suffisamment entendues pour baisser la tête, se tordre les mains devant moi aujourd'hui. Elles les gênent, ces choses, probablement, mais elles font partie du boulot, et dès que le mot "viol" est tombé, on n'en parle plus. Pas besoin d'entrer dans les détails. Un homme se couche sur une femme et lui fait très probablement mal, point. Je peux être ce genre de femme, Lena. Je serai ce genre de femme, dès qu'ils auront envoyé la police scientifique fouiller la cabane, inspecter les draps. Je n'y peux rien.

Mais je ne serai certainement pas cette femme en pleurs dans une mare d'urine et de vomi, à genoux dans une salle de bains. J'ai choisi de faire cette ellipse. Et c'est non négociable.

Les policiers attendent toujours patiemment l'inévitable épisode. Je hoche la tête pour leur signifier que je suis prête à reprendre mon récit.

— Une fois les enfants enfermés pour la nuit, il m'a emmenée dans la chambre. Une paire de menottes était fixée au montant du lit côté droit. Pour que je ne puisse pas me sauver.

Je remonte la manche de ma chemise de nuit d'hôpital et présente mon bras droit à "Cham", puis à "Munich". Autour de mon poignet, un ruban rouge pâle de peau écorchée.

— Il m'attachait au montant du lit, systématiquement. Même la nuit, quand on dormait. Il devait avoir peur que je me lève en douce pour chercher les clés. Ou que j'essaie de l'étouffer avec un oreiller.

"Cham" note quelque chose dans son carnet.

— Il… commence-t-il, hésitant, il vous a donc…

— Oui, dis-je.

Seulement "Oui". C'est suffisant pour confirmer les choses violentes, brutales, Lena. C'est aussi simple que ça. Peut-être, un peu plus tard, une policière entreprendra-t-elle de reconstituer la manière exacte dont les choses se sont déroulées. C'est ce qui s'est passé pour Kirsten, après l'histoire de l'arrière-cour.

Ils envoient des femmes parce qu'ils pensent que c'est plus facile de parler de ce genre de choses entre femmes. Mais finalement, elles aussi se contentent de demander de quel orifice il s'est agi et si on a bien été claire sur le fait qu'on n'était pas consentante à ce "rapport".

"Vous avez dit non ?" avait demandé la policière à Kirsten, qui l'avait fait taire en répliquant : "C'est une blague ?"

Pour l'instant, du moins, on me laisse tranquille.

Soudain, le portable de "Cham" se remet à sonner. Je ne comprends pas de quoi il est question, alors je tourne la tête sur mon oreiller et mes pensées dérivent. Pas de menottes cette nuit… Je souris. Pas de menottes.

"Cham" s'éclaircit la gorge. Il a laissé retomber sur ses genoux la main qui tenait le téléphone. La conversation est déjà terminée. Soit elle n'a vraiment pas duré longtemps, soit je me suis assoupie un instant.

— Qu'est-ce qu'il y a ? je demande en essayant de me rasseoir.

Cette fois, "Munich" ne m'aide pas avec l'oreiller. Il doit se dire que je préfère me débrouiller seule plutôt que d'avoir à supporter, dans un moment pareil, la proximité d'un homme.

"Cham" attend que j'aie trouvé ma position. Puis il annonce :

— Ils ont trouvé l'homme. Et le petit garçon.

— Tout va bien ?

— Ils les ont trouvés, répète "Cham", comme si ça répondait à ma question.

J'acquiesce tout de même.

— Tant mieux, je dis, et puis, parce que cette fois, ça y est, c'est vraiment fini : Jasmin Grass. Je m'appelle Jasmin Grass. Je suis née le 28 mars 1982, j'habite à Regensburg. Ma mère s'appelle Suzanne, Grass également. Elle vit à Straubing. Vous pouvez l'appeler ?

Un instant, "Cham" a l'air surpris.

— Bien sûr, aucun problème.

— Merci.

Je souris.

— Il y a encore quelque chose, *Jasmin*.

Mon sourire se fige. La manière dont il a prononcé mon prénom. Son expression.

Le bip de l'électrocardiographe change de rythme.

— Qu'est-ce qu'il y a ? je demande prudemment.

— Tout à l'heure, vous nous avez dit que vous aviez neutralisé votre agresseur, dit-il, jetant un bref coup d'œil à son carnet. Avec une boule à neige.

— Oui, dis-je en hochant vivement la tête. Pourquoi ?

"Cham" ne répond pas. Il regarde "Munich", me regarde, regarde à nouveau "Munich", puis lui tend son portable. "Munich" regarde attentivement l'écran, lève les yeux vers moi.

— Qu'est-ce qu'il y a ? je demande au milieu des bips affolés de l'électrocardiographe. Qu'est-ce qui se passe ?

Matthias

L'espace d'un instant, il y avait là une sorte de paix, une acceptation inédite, rien que Karin et moi, et le ciel dans lequel le nouveau jour se déployait. Ce moment où nous nous sommes raccrochés l'un à l'autre était comme une île, une fugue aussi brève que bienvenue. Nous n'allions pas pouvoir rester éternellement où nous étions, d'un instant à l'autre, la porte allait s'ouvrir et quelqu'un allait entrer, Gerd, ou Giesner, ou un de leurs hommes, qui nous ramèneraient à la réalité. Je le savais, et j'essayais tellement de ne pas y penser qu'évidemment, je ne pensais à rien d'autre. Et puis, finalement, c'est Karin qui a gâché notre moment.

— Nous devrions prévenir Mark, a-t-elle dit, contre mon torse, et j'ai rétorqué :

— Il faudra me passer sur le corps.

Et voilà, la paix était fichue, le ciel n'était plus rempli d'espoir mais gris, triste et lourd au-dessus des silhouettes noires des maisons découpées au loin. Plusieurs fenêtres étaient éclairées, maintenant. Les lève-tôt commençaient leur journée et leurs lumières venaient nous confirmer que la Terre n'avait pas cessé de tourner, qu'il était impossible de l'arrêter pour en descendre. Il n'y avait pas d'île, pas vraiment.

— Qu'est-ce que tu veux lui dire ?

Une tentative de louvoyer, d'échapper à la discussion de fond qui était en train de germer. Karin avait toujours apprécié Mark.

— Il n'aurait jamais fait de mal à Lena.

Elle n'en avait jamais démordu, alors que pour ma part, j'avais immédiatement donné son nom à la police lorsque nous avions déclaré sa disparition. "Votre fille avait-elle des problèmes avec quelqu'un ?" nous avait-on demandé au commissariat.

"Mark Sutthoff", m'étais-je exclamé.

"Matthias !" s'était indignée Karin, m'envoyant un coup de coude dans les côtes.

Mark Sutthoff était, dans son monde à lui, mannequin-acteur-chanteur ; en réalité : un jeune type imbu de lui-même, vendeur de voitures d'occasion, chez qui nous avions acheté la Polo de Lena. Elle devait avoir à peine vingt ans, elle vivait encore chez nous en tout cas, elle n'avait pas encore emménagé dans son studio de Haidhausen. Je ne m'étais pas rendu compte qu'il lui avait très probablement déjà tourné autour sur le parking, qu'il l'avait persuadée, dans mon dos, de lui donner son numéro de téléphone ; mais voilà qu'un soir, je l'avais trouvé devant notre porte, il venait chercher Lena, et elle avait déclaré, radieuse : "Papa, tu te souviens sûrement de Mark. C'est lui qui nous a vendu la Polo." Et il aurait dû en rester là. C'était tout ce qu'on lui demandait, de nous vendre cette stupide petite Polo bleue. Personne ne nous avait dit qu'elle serait livrée avec un drame amoureux qui allait courir sur plusieurs années. Lena et Mark Sutthoff ensemble, Lena et Mark Sutthoff séparés – "Tu te rends compte, Mark a flirté avec une autre !", "Mark, je l'emmerde !", "Mais papa, je l'aime tellement !"

Lena ne voyait pas ce que je voyais, moi. Que ce n'était pas le bon, qu'il n'était pas assez bien pour elle.

— Tu ne lui donnes même pas une chance.

Voilà ce que Karin répondait à mes réserves, en soupirant, en secouant la tête.

Personne ne voyait ce que je voyais, moi.

Et voilà que nous allions, encore une fois, dans cette chambre d'hôpital, avoir cette maudite conversation. Karin voulait appeler Mark Sutthoff pour l'informer de ce qui s'était passé cette nuit.

— Mais nous ne savons rien, ai-je soufflé entre mes dents, espérant que Karin s'en tiendrait là.

— Je ne veux pas dire là, maintenant, à cette heure indue. Mais plus tard…

— N'importe quoi, l'ai-je interrompue, brusquement, avant de me radoucir, tandis qu'elle se dégageait de mon étreinte pour rejoindre le lit en traînant les pieds. Pardon, ai-je marmonné par-dessus mon épaule. C'est juste que je ne comprends pas l'intérêt de faire ça. Il n'a plus rien à voir avec Lena.

— Il a souffert autant que nous.

— De quoi ? De l'incertitude ?

J'ai poussé un soupir indigné. Un an à peine après la disparition de Lena, Mark Sutthoff était parti vivre à Paris avec sa nouvelle petite amie.

— Je ne sais pas si tu te rappelles, mais il l'a vite remplacée. Elle ne voudrait pas qu'on le contacte.

J'ai hésité, Karin s'en est rendu compte.

— De toute façon, là, il faut attendre. Mais quand nous saurons quelque chose de concret, nous devrions l'appeler, Matthias, vraiment. Nous devons le faire, par correction.

J'ai littéralement vu mon visage se déformer dans le reflet de la vitre.

— J'ai dit non, ai-je grondé, voyant ma face grimaçante en miroir.

— C'est bon, a soupiré Karin, calme-toi. Je ne voulais pas…

Sa phrase est restée suspendue dans l'air, inachevée, le rendant sec et lourd.

Nous n'avons pas échangé un mot depuis. L'air est toujours lourd, le silence nous pèse sur le crâne. À l'intérieur se jouent des scénarios d'autant plus terribles que nous ne les partageons pas.

“Nous n'avons que des pièces de puzzle, pour l'instant”, avait dit Giesner.

Un enlèvement, une cabane, une jeune femme qui ressemble à Lena, la petite Hannah. J'essaie de mettre de l'ordre dans ces pièces mais, échouant à trouver un sens, je me mets à arpenter la chambre comme un lion en cage. Karin, allongée sur le lit, les mains jointes sur le ventre, fixe le plafond. Je lui dis qu'elle devrait essayer de dormir un peu.

— Je n'y arrive pas, murmure-t-elle.

On dirait que nous attendons les résultats d'une opération délicate. Je ne tiens plus en place.

— Je vais aller voir.

Karin se redresse sur les coudes.

— Ils doivent encore être en train de l'interroger, sinon ils seraient déjà venus nous parler.

— Je peux peut-être les aider.

— À quoi faire ? L'interroger ? dit Karin avec un rire las. Ah, Matthias.

— Non, sérieusement. Qu'est-ce qui leur prend aussi longtemps ? Il faut peut-être la bousculer un peu, cette jeune femme. Elle sait certainement ce qui est arrivé à Lena.

Karin ouvre de grands yeux.

— Tu crois ?

— Mais c'est évident ! Pourquoi se faire passer pour Lena ? Pourquoi faire croire à la petite qu'elle est sa mère ?

Je fais un signe vague en direction de la porte.

— Cette petite, là, qu'on a vue dans le couloir, c'est la fille de Lena, ça se voit comme le nez au milieu de la figure ! Pas besoin de test ADN !

Karin pose lentement les pieds par terre.

— Tu crois que cette jeune femme est complice ?

— Enfin, tu vois bien qu'il y a quelque chose qui cloche, non ?

On frappe à la porte.

Karin se lève d'un bond, me tend la main. Ses doigts s'agitent nerveusement, comme si elle jouait un morceau enlevé au piano. Je l'attire vers moi. C'est donc main dans la main, épaule contre épaule, que Giesner nous trouve en ouvrant la porte une seconde plus tard, pour nous faire part des progrès de l'enquête.

Hannah

Il fait vraiment sombre dehors. Les arbres sont noirs et leurs branches ressemblent à des doigts de monstres tout noueux. Maman crie : "Vous ne m'attraperez pas !"

Les branches craquent fort sous mes pas, mais sous ceux de maman aussi, alors je sais dans quelle direction je dois courir, même si je ne la vois presque plus dans l'obscurité. Parfois seulement, quand les arbres sont très éloignés les uns des autres, je vois un bout de sa belle robe blanche, que la lune fait briller d'un éclat argenté.

Tout à coup, la lumière est vive, toute jaune, comme une cascade lumineuse. Je vois les troncs noirs et, entre eux, la silhouette de maman, noire elle aussi. Elle écarte les bras comme un ange qui va s'envoler. Puis il y a un grand choc, et je reste sur place. C'est la frayeur. Je ne vois plus maman, seulement la cascade de lumière jaune. Je fais des pas de souris maintenant, la lumière devient de plus en plus forte, je mets la main devant mes yeux pleins de larmes. Je repousse les branches jusqu'à ce que la forêt s'arrête, au bord d'une route. Maman est couchée devant une voiture. Je reconnais son visage dans la lumière des phares. Elle a les yeux fermés.

Tout à coup, j'entends un craquement derrière moi. Je me retourne et je vois papa. Il se précipite vers la route, vers maman couchée par terre. Il crie : "Perdu !" et "Ha ha !"

Maman ouvre les yeux, éclate de rire.

"C'est pas du jeu, vous deux !"

Elle tend les mains à papa. Il l'aide à se relever, lui essuie le rouge qu'elle a sur le visage.

"Et maintenant, à ton tour, Hannah, me dit papa. Fais de ton mieux."

Je ris et repars en courant dans la forêt. Après quelques enjambées, je sens quelque chose qui me tire par la manche. C'est Ruth, l'infirmière, qui m'entraîne derrière un gros tronc d'arbre en disant : "C'est une bonne cachette ici, Hannah…"

— … Hannah ?

La forêt s'efface, il ne reste plus que le visage de Ruth, tout près du mien.

— Hannah, dit-elle. Hannah, réveille-toi.

Je bâille, cligne des yeux.

Je ne suis pas dans la forêt, mais sur le lit de la salle de détente.

— Hannah, réveille-toi, répète Ruth.

— On peut aller voir maman, maintenant ? je demande.

Ma voix est toute fatiguée, enrouée.

Ruth ne dit rien, puis si, elle me demande si j'ai bien dormi.

Je dis :

— Oui, et j'ai fait un rêve aussi.

— Un beau rêve ?

J'acquiesce.

Ruth fait son demi-sourire idiot. Je comprends tout de suite que quelque chose cloche.

— Maman ne va pas bien ?

Ruth regarde ses pieds, maintenant.

— Je dois t'emmener chez le Dr Hamstedt.

Au début je ne sais pas qui c'est, et puis je me souviens. La grande femme mince aux cheveux bruns et courts qui est venue ici avec le policier. La doctoresse qui avait oublié de mettre sa blouse.

Je n'ai pas le temps de demander pourquoi car Ruth ajoute :

— Mais tu as le droit de dire au revoir à ta maman.

Jasmin

Changement d'équipes ou pas, le Dr Schwindt est venu tout de suite, ce qui était vraiment nécessaire, j'ai bien été forcée de l'admettre.

Je n'arrêtais pas de crier “Je n'ai pas fait ça ! Ce n'est pas moi !” en agitant les bras dans tous les sens, arrachant par mégarde ma perfusion, ce qui n'était pas censé arriver, mais est arrivé quand même, comme toutes ces choses qui sont arrivées alors qu'elles n'étaient pas censées arriver. Et surtout pas…

— Essayez de respirer calmement, mademoiselle Grass, me dit le Dr Schwindt, s'attardant sur mon nom comme sur un objet précieux.

L'électrocardiographe a des ratés, le Dr Schwindt le redémarre.

— La technique, commente-t-il, laconique, en appuyant sur quelques boutons.

Je me dis que l'appareil en a tout simplement assez de moi et de mon cœur couplé à mon humeur.

— Vous allez vous sentir un peu fatiguée, m'explique le Dr Schwindt une fois que le bip a retrouvé un rythme normal.

J'ai décidé que je l'aimerais bien, ne serait-ce que parce que je me sens vraiment seule soudain, sans alliés. C'est un homme d'un certain âge à la barbe soigneusement entretenue, aux lunettes à verres demi-lune. J'aimerais que mon père soit là. Ou quelqu'un d'autre.

— Il se peut aussi que vous ayez une sensation d'engourdissement dans les bras ou les jambes. Mais c'est parfaitement normal, alors ne vous inquiétez pas, d'accord ?

— Docteur Schwindt, dis-je, la voix déjà un peu faible. Vous pourriez me rendre encore un service ?

— Quoi donc, mademoiselle Grass ?

— Vous pourriez vérifier quelque chose dans mon dossier ?

Le Dr Schwindt se met à tourner sur son propre axe, comme s'il cherchait quelque chose.

— Hmm, je crois que les policiers sont en train de le consulter. Que voudriez-vous savoir ?

Je déglutis difficilement.

— Il faut que je sache si je suis enceinte.

Le Dr Schwindt porte la main à son nez pour remonter ses lunettes qui ont un peu glissé tandis qu'il s'occupait de l'électrocardiographe.

— Si vous vous inquiétez pour le calmant, il n'a rien de dangereux pour…

— Je m'inquiète plutôt en général, dis-je sans le laisser finir.

— Aucun problème, mademoiselle Grass, je vais me renseigner, dit-il, et je l'apprécie d'autant plus qu'il ne pose pas de questions.

— Merci.

— Et maintenant, il faut dormir un peu, d'accord ?

Il me souhaite encore un bon rétablissement, pose le boîtier du bouton d'appel d'urgence près de moi, puis quitte la chambre.

Me voilà donc allongée sur mon lit, des fourmis dans les doigts et les orteils. Mon esprit ne s'en rend pas compte, lui est parfaitement clair, sans doute encore sous l'effet de l'adrénaline.

"Il y a encore quelque chose, Jasmin", a dit "Cham" en raccrochant, avant de tendre son portable à "Munich".

"Qu'est-ce qu'il y a ? j'ai demandé. Qu'est-ce qui se passe ?" Mon cœur s'est emballé.

Ils ont trouvé l'homme, c'est bien ce que "Cham" venait de dire. Qu'y avait-il alors ? Ton mari s'était-il opposé à son arrestation ? Leur avait-il échappé ? Allait-il débarquer ici ? Ce n'était pas possible, pas possible, complètement impossible. Je l'avais assommé avec la boule à neige, j'avais frappé fort. Il s'était effondré, était resté à terre, immobile.

"Munich" a soupiré puis, levant les yeux de l'écran, a regardé "Cham".

Je n'y tenais plus.

"Mais enfin, vous allez me dire ce qui se passe ?"

Ils se sont concertés pour savoir s'ils pouvaient me montrer cette photo, que les hommes de "Cham" avaient prise dans la cabane et lui avaient envoyée sur son portable.

"Elle ne peut pas servir pour l'identification." "Munich" faisait son important.

J'agitais la main, impatiente.

"Cham" m'a regardée, les yeux plissés.

"Allez-y, montrez-lui, monsieur Brühning. Ça va aller."

J'ai hoché la tête pour confirmer.

Mais ce que j'ai vu quand "Munich" m'a tendu le portable de "Cham"… La photo, ton mari…

"Je n'ai pas fait ça ! Ce n'est pas moi !" J'ai lâché le téléphone, je me suis mise à crier. L'appareil gisait au creux de mes jambes, la lueur de l'écran, une lueur rouge, tout était rouge. J'ai détourné la tête. La sienne n'était plus là, plus vraiment du moins, son visage en lambeaux, rouge, tout était rouge.

"Munich" a bondi de sa chaise, attrapé le téléphone, appuyé sur le bouton en haut à droite pour éteindre l'écran, puis l'a rendu à "Cham" qui l'a rallumé pour revoir la photo.

"Il nous faudra vérifier si ces blessures ont vraiment été causées par une boule à neige, a-t-il déclaré, pratique. À première vue, eh bien…"

"Non, non, non ! j'ai crié. Ce n'est pas moi ! Je ne l'ai frappé qu'une fois… la boule à neige… une seule fois…"

Ma voix s'est emmêlée dans ma gorge, interrompant mes cris. J'étais complètement silencieuse à présent, je comprenais lentement.

J'avais défoncé le crâne de ton mari.

Je lui avais cassé tous les os du visage.

J'avais lacéré sa peau.

J'avais dû abattre la boule à neige un nombre incalculable de fois sur sa tête, comme prise de folie. Ça avait fait *bam !*, exactement comme il l'avait dit.

Bam ! Comme quand on fait tomber une pastèque par terre.

Essayez de respirer calmement, a dit le Dr Schwindt.

Essaie de respirer calmement, je me répète, et mes paupières deviennent lourdes. Je sens que je sombre, profondément, dans une sourde fatigue, je sens qu'il fait froid peu à peu, de plus en plus froid, que le froid s'insinue dans mes membres et les engourdit. Le Dr Schwindt l'a dit, une sensation d'engourdissement dans les bras et les jambes, parfaitement normale, aucune raison de s'inquiéter, mais j'ai terriblement froid.

Maman, tu as froid ? J'hallucine une voix, acquiesce faiblement.

Oui, Jonathan, j'ai froid, très froid.

Quelque chose a complètement déraillé. Je l'ai tué, Lena. J'ai tué ton mari. Je l'ai massacré, défiguré. *Bam !*, encore et encore : *bam !*

Ma tête tombe lourdement sur le côté. Est-ce qu'on vient de frapper à ma porte ? Mes paupières clignent mollement.

La porte s'ouvre, une femme apparaît, en rêve ou dans la réalité, je suis trop loin pour le voir.

— Bonjour, je crois l'entendre. Il y a là quelqu'un qui voulait vous voir.

Un mouvement dans son dos, je cligne des yeux, rêve ou réalité, Hannah, elle s'approche de mon lit, tout se passe comme au ralenti, elle plonge la main dans la poche de sa robe. Je me rends compte que je commence à rouler des yeux. Je sens ma main, au contact de Hannah, se serrer en un poing sans force. Sens Hannah qui détache prudemment mes doigts, un à un. Qui me glisse quelque chose dans la main puis referme mon poing, tout aussi prudemment. Mes paupières qui clignotent et se ferment et le doux baiser de Hannah sur mon front, juste sur ma cicatrice, sa voix qui me chuchote :

— J'ai tout bien retenu.

Puis je tombe comme une masse dans le sommeil.

Séquestrée depuis quatre mois dans une cabane, elle parvient à s'échapper

Cham / Munich (MK) – C'est presque un miracle : séquestrée depuis quatre mois dans une cabane dans une forêt proche de la frontière entre la Bavière et la République tchèque, Jasmin G. (35 ans), employée dans une agence de publicité et portée disparue depuis la mi-mai, est parvenue à s'échapper. Les circonstances de sa séquestration, dont certains détails commencent à être divulgués, dépassent l'entendement. La jeune femme a ainsi été contrainte de vivre avec son geôlier, dont l'identité n'a encore fait l'objet d'aucune déclaration de la part de la police, ainsi qu'avec les deux enfants mineurs de celui-ci, dans une sorte de simulacre de vie de famille. Les premières sources évoquent également des formes particulièrement graves d'abus sexuels et de maltraitance psychologique. D'après elles, Jasmin G. serait restée attachée pendant des semaines et aurait été nourrie dans une gamelle pour chien. Ce mardi, Jasmin G. a finalement réussi à échapper à son tortionnaire, qu'elle aurait tué avant de prendre la fuite, a déclaré tôt ce mercredi le commissaire principal Gerd Brühling, l'un des policiers chargés de l'enquête. Il a également confirmé que cette affaire était en lien avec l'enlèvement de la jeune Lena Beck (23 ans à l'époque), qui avait disparu à Munich en rentrant d'une soirée, en janvier 2004.

Comme les deux enfants mineurs du présumé agresseur (une fille de 13 ans et un garçon de 11 ans), Jasmin G. fait actuellement l'objet d'un suivi thérapeutique. L'un des enfants souffrirait également, outre de problèmes psychiques, d'un handicap physique. On ne sait pas encore si les enfants ont eux aussi été victimes d'abus sexuels.

DEUX SEMAINES PLUS TARD

Jasmin

C'est dans cet ordre : trois coups rapprochés, deux espacés. *Toctoctoc – toc – toc.*

J'avance silencieusement dans le couloir, attends encore un moment, pour être sûre. Devant la porte de mon appartement, une lame de plancher craque. *Allez, va-t'en,* je marmonne dans ma tête, imaginant Mme Bar-Lev l'oreille collée contre la porte de l'autre côté, à l'affût d'éventuels bruits dans mon appartement. *Pas aujourd'hui, vieille bique.*

Hier, j'avais tellement faim que j'ai ouvert la porte trop vite, et elle a vu la victime tragique. Depuis, je l'imagine dans son salon en train de servir le café à un journaliste. "La pauvre petite est dans un état déplorable. Elle est toute maigre. Elle ne se lave plus les cheveux, ne porte rien d'autre qu'un sweat-shirt taché et un bas de jogging informe. Ça se voit." Elle veut dire par là que quand on me voit, on voit ce que j'ai subi. Elle suçote un gâteau sec du bout de son dentier. Le journaliste prend des notes. Les baisers, les attouchements qui me collent au visage et au corps, indélébiles, d'ailleurs je ne me douche plus, je ne me frotte plus la peau jusqu'au sang, j'ai perdu la force, et l'odeur de la peur, celle des sueurs froides, est impossible à vaincre, de toute manière. Un dernier reste de raison dans ma stupide tête me dit que Mme Bar-Lev ne ferait jamais une chose pareille, mais les images sont vives, insistantes. Avec sa maigre retraite, un peu d'argent de poche serait sans doute le bienvenu. *Arrête.*

Aujourd'hui : Interview exclusive de la voisine de la séquestrée de la cabane. *Arrête !*

Mon estomac gargouille. La bonne odeur du repas qui vient d'être préparé me parvient à travers la porte, sûrement une soupe. La lame du plancher craque une nouvelle fois, puis j'entends des pas dans l'escalier. Mme Bar-Lev marche lentement, à cause de sa hanche. Je culpabilise. Chaque jour depuis que je suis rentrée à la maison, cette admirable vieille dame monte jusqu'à mon appartement, ce qui pour elle tient de l'ascension du Kilimandjaro. Si elle avait voulu parler aux journalistes, elle l'aurait fait depuis longtemps. Au lieu de ça, malgré sa hanche foutue, elle reste debout pendant des heures devant ses fourneaux pour me préparer à manger. *Tu devrais avoir honte.*

J'attends d'entendre, deux étages plus bas, le claquement de la porte qui se referme, puis encore un instant pour être sûre que la cage d'escalier soit bien déserte. Je tourne la clé dans la serrure, saisis la petite casserole sur le paillasson, claque la porte, donne un tour de clé ; moins de trois secondes, un record. Je reste un moment adossée contre la porte, la casserole dans les mains, essoufflée comme si je venais de courir un marathon. Je conjure la salve de battements désordonnés dans ma poitrine : *Tout va bien, calme-toi, calme-toi.* Je soulève le couvercle de la casserole. Du goulasch. J'aurais juré sentir une odeur de soupe.

J'aurais juré n'avoir frappé ton mari qu'une seule fois.

J'emporte la casserole dans la cuisine, la pose sur la gazinière.

Je l'ai tellement arrangé qu'ils n'étaient pas sûrs que "l'arme du crime" – comme ils disent – puisse vraiment être une boule à neige. Apparemment, les policiers ont fouillé la cabane à la recherche d'autres armes possibles, sans trouver de marteau qui aurait pu expliquer la force des coups, ni de couteau qui aurait pu causer les profondes coupures. Enfin si, ils ont trouvé, évidemment, un marteau et d'autres outils, des couteaux, des couteaux très aiguisés, même, comme on en utilise pour vider le gibier. Mais tous étaient sous clé, et donc hors de portée pour moi. Il a fallu attendre le rapport complet de l'autopsie pour que soit confirmé que l'arme du crime était bien cette boule à neige. Il paraît même qu'ils ont réussi à la reconstituer, presque entièrement, il ne manque qu'un seul morceau, toujours introuvable.

Ton mari est mort, Lena.

Tes enfants sont à l'asile.

Je devrais me sentir mieux, je suis une survivante, j'ai gagné, je devrais être reconnaissante, avide de vivre cette vie pour laquelle je me suis si férocement battue pendant quatre mois. Mais la réalité est tout autre. Je n'ouvre plus les rideaux de mon appartement. Le ciel qui m'a tant manqué, le soleil, le chant des oiseaux, je ne supporte rien de tout ça. Ma sonnette est débranchée, je ne réagis qu'à un code bien précis quand on frappe à ma porte. J'ai débranché le téléphone fixe, aussi. Seul mon portable reste allumé, je dois être joignable pour la police et ma psy. Je réponds laconiquement aux questions toujours nouvelles de la police, je dis à ma psy que je vais bien. Qu'aujourd'hui, je suis allée jusqu'au supermarché du coin, toute seule, sans personne pour m'accompagner, sous vos applaudissements. Que je vais me préparer un bon repas et rattraper la dernière saison de *Gilmore Girls*. Que je ne pourrai malheureusement pas venir à la prochaine séance, parce que ma mère ou des amis viennent me voir. Ma bouche est déjà toute desséchée à force de mensonges.

Tu veux savoir à quoi ressemble vraiment mon quotidien ? Je me réveille toujours à sept heures moins dix, le bras droit derrière la tête, la seule position possible dans la cabane, où j'étais attachée au montant du lit. Parfois, j'essaie de me rebeller : je referme les yeux. Je change de position, j'essaie de me rendormir. Mais ça ne marche pas. Il faut que je me lève, que je prépare le petit-déjeuner des enfants. Il faut qu'il soit sur la table à sept heures trente précises, sinon ils deviennent nerveux. Ils se poursuivent dans la pièce comme des balles rebondissantes devenues folles, faisant un vacarme à me faire exploser le crâne – *Moins fort, les enfants !*

Le petit-déjeuner doit être sur la table à sept heures trente précises, sinon il se met à m'insulter. *Tu es vraiment une mauvaise mère, Lena. Tu es vraiment un monstre.*

Je sais parfaitement qu'il n'est pas ici. Il est mort, je l'ai tué. Je sais tout ça. La police a retrouvé son cadavre. Mais je ne le ressens toujours pas. Quand j'en ai parlé à ma psy, tout ce qu'elle a trouvé à me dire, c'est : "C'est tout à fait normal. Ça prend du temps." Elle n'écoute pas vraiment ce que je lui dis. Le temps ne joue plus aucun rôle dans ma vie. J'ai perdu toute notion du temps dès le premier jour que j'ai passé dans la cabane. Il n'y a plus que son temps à lui. Il fait le jour et la nuit. Comme Dieu. Aujourd'hui encore.

Évidemment, je ne prépare pas de petit-déjeuner, puisqu'il n'y a pas d'enfants ici, dans mon appartement, juste moi, et que je suis – laissez-moi rire – libre. Malgré tout, chaque matin à sept heures et demie, je suis dans la cuisine. Même si tout ce que j'y fais, c'est me cramponner au plan de travail en essayant de chasser par de profondes respirations la voix qui se déchaîne dans ma tête.

Tu es ingrate, Lena. Ingrate et mauvaise.

Non, je suis bonne. Je réponds à la voix, je suis pathétique. Je suis bonne à passer du lit au canapé ou à mon fauteuil de cuir défoncé. Je suis bonne à lire des livres que je ne comprends pas. "La rivière était là. C'était une chaude journée", écrit Hemingway. Jusqu'ici, j'arrive à suivre. Mais aussitôt après, les lettres se mettent à danser devant mes yeux, et la rivière en question devient sauvage, un torrent incontrôlable qui m'emporte tandis que la chaude journée se change en insupportable canicule, qui fait jaillir la sueur de mes pores, les larmes de mes yeux. Je suis bonne à refermer les livres et à les envoyer valser dans la pièce. Je suis bonne à avaler à toute vitesse les repas que la vieille Mme Bar-Lev dépose devant ma porte, puis à les vomir aussi sec. Je suis bonne, aussi, à faire mes besoins selon ses horaires à lui, aujourd'hui encore. *L'utilisation des toilettes est prévue à sept heures du matin, douze heures trente, dix-sept heures et vingt heures.*

Que reste-t-il d'un être humain quand il se retient de chier au motif qu'il n'est que quatre heures et demie ? Qu'est-ce qu'il reste de moi ?

Dans la cuisine, je me retrouve souvent devant le bloc à couteaux, et parfois ma main, mue par une volonté propre, saisit le manche de l'un d'eux. Pas le plus grand, non, mais le plus coupant. Ma mère me l'a offert une année pour Noël.

“Tu peux tout couper avec ça, m’avait-elle dit. Les légumes, le pain, même la viande.” La viande, Lena.

Je suis vide, à l’exception d’un sentiment bien précis qui s’est installé en moi et dont je n’arrive plus à me débarrasser. Il me brûle l’estomac, me comprime les tempes comme un étau qui se resserre jour après jour. Ça aussi, ma psy pense que c’est normal. Elle dit qu’il faut du temps pour assimiler les événements, pour y mettre de l’ordre, puis comprendre que c’est vraiment fini.

Je crois qu’elle se trompe. Mais je n’ose pas insister, lui parler encore de ce sentiment. La police n’en sait rien non plus. Ça m’a déjà coûté bien assez de forces et de talent de comédienne pour sortir de l’hôpital. J’ai peur qu’ils me prennent pour une folle et m’enferment à nouveau.

Il faut que tu saches qu’après deux nuits en traumatologie, j’ai été transférée en psychiatrie, dans le secteur fermé. Le service réservé aux patients qui constituent un danger pour eux-mêmes ou pour les autres. Où, dans les chambres, un dispositif tout simple permet d’ôter les poignées des portes. Je ne sais pas s’ils craignaient vraiment que je puisse me faire du mal ou faire du mal à quelqu’un. Mais si c’est le cas, je me demande pourquoi personne n’a eu l’idée de jeter un œil dans le sac de voyage que ma mère m’a apporté à l’hôpital. J’aurais pu le faire, Lena. Grâce à ta fille, j’aurais eu tout ce qu’il fallait. Je préfère croire que mon transfert était juste censé – comme le disait le personnel de la clinique – me donner un sentiment de sécurité et empêcher les visites indésirables. Des journalistes, par exemple. Je n’ai sans doute pas besoin de t’expliquer l’effet qu’a produit sur moi ce prétendu espace protégé. Qu’à chaque fois que j’entendais les pas des gardes postés devant ma porte la première semaine, je croyais en entendre d’autres. Ceux de quelqu’un qui viendrait me chercher pour me punir. Que je me sentais séquestrée dans cette pièce fermée alors que tout le monde autour de moi, paradoxalement, ne parlait que de “liberté”, répétait que mon martyre était fini. La liberté ne change rien au fait que j’ai été prisonnière. Ma psy pense qu’il est important que je voie tes enfants, Lena. Mais je ne peux pas. Je ne peux pas les regarder dans les yeux. Pas après avoir tué leur père.

Est-ce que c'est ça, Lena ? Le sentiment qui m'enserre comme un étau ? La culpabilité ?

Je prends des antidouleurs, à cause de mes trois côtes cassées quand j'ai été renversée par cette voiture. Je prends toujours un demi-cachet de plus, dans l'espoir que ça atténue une autre douleur. Je suis tellement seule, Lena. Pourtant, je n'arrive pas à prendre mon téléphone, à demander à des gens de venir me tenir compagnie. Je pense à mon père et à Kirsten et que ce serait tellement bien si l'un des deux venait frapper à ma porte. Trois coups rapprochés, deux espacés. Mais ça n'arrivera pas. Ils sont partis, tous les deux, définitivement. Mon père est mort quand j'avais sept ans, dans un accident de voiture. Il a emporté ma mère dans la mort, même s'il l'a fait de manière assez complexe. Elle vit à Straubing, à moins de cinquante kilomètres d'ici, et elle est en pleine forme. Mais après la mort de mon père, elle ne s'est plus jamais assise au bord de mon lit pour me chanter la petite comptine de l'araignée. La semaine dernière, quand elle est venue me chercher à l'hôpital, elle m'a serré la main pour me dire bonjour. Quant à Kirsten, elle ne pouvait déjà plus me supporter avant mon enlèvement. Tu vois, Lena, ton mari n'aurait pas pu choisir pire que moi pour jouer sa petite comédie familiale complètement dérangée. J'étais sans doute le plus mauvais choix possible pour le rôle. Je ne parle pas de ce que ton mari m'a forcée à faire. Je parle de toi, Lena. J'ai commencé à lire les articles de journaux qui parlent de ta disparition. Je ne tiens pas encore bien longtemps, les lettres qui dansent, l'écran trop lumineux qui fait pleurer mes yeux, toutes ces photos de toi, cette ressemblance entre nous qui a un goût de bile dans ma bouche. Qui es-tu vraiment ? Qui es-tu, Lena Beck ?

Matthias

Monsieur Rogner,

J'ai appelé votre rédaction à plusieurs reprises, mais on m'a dit que vous étiez malade. Ce qui, de mon point de vue, ne vous exonère pas de votre responsabilité de rédacteur en chef quant au contenu publié pendant votre absence. Comment pouvez-vous accepter que vos collègues pondent des articles pareils ? Comment pouvez-vous autoriser que l'on imprime une fois encore de telles inepties ? Vous m'avez terriblement déçu, monsieur Rogner. Vous qui savez pourtant ce que c'est que de subir une telle perte, vous osez traîner ainsi ma petite-fille dans la boue, après avoir fait de même avec ma fille ? Je suis furieux, et tiens à remettre une dernière fois les choses au clair (vous êtes autorisé à me citer) : Hannah est en bonne santé, tant physique que mentale, autant qu'on peut l'être dans ces circonstances. Ayant souffert d'une importante carence en vitamine D pendant plusieurs années, elle est un peu plus petite que les enfants de son âge, c'est tout. Que vous le croyiez ou non, Hannah est une enfant tout à fait normale ! Elle est capable de manger sa soupe sans en mettre partout. Elle ne bave pas. Elle sait aller aux toilettes toute seule et se lave même les mains après. Elle ne présente aucun signe de maltraitance physique. Ses dents sont en parfait état. Le dentiste lui a même donné une petite étoile à coller dans son carnet. Vous savez ce que ça veut dire, cette étoile ? On la donne uniquement aux enfants qui se brossent parfaitement bien les dents. Hannah ne pousse pas des cris d'animal pour se faire comprendre, au contraire, elle dispose d'un vocabulaire très riche, qui dépasse en tout cas de loin celui de votre feuille de chou. Par ailleurs, au cas où ça vous intéresserait, Hannah parle quatre langues étrangères : anglais, français, espagnol et italien. Autant de variantes possibles pour vous dire d'arrêter de déverser vos ordures ! Si ma déception, au vu des publications de ces derniers jours, est désormais trop profonde pour être effacée, je vous demande instamment de rappeler leur auteur à la raison et me réserve le droit, dans le cas où persisteraient les affirmations moralement douteuses et tout simplement fausses, d'engager des poursuites contre votre journal.

Matthias Beck

J'hésite un instant à appuyer sur "Envoi". À cause de Karin, sans doute. Qui m'a déconseillé d'essayer de tenir tête aux médias. Je savais bien comment ils étaient, ces vautours. Elle m'a dit aussi que je devais ménager mon cœur. Que j'avais mieux à faire que de me barricader dans mon bureau pour me défouler en écrivant des mails furieux et "inutiles" (je la cite).

Mais comment ne pas le faire ? "La petite zombie", "l'enfant fantôme", voilà ce que la presse dit de Hannah. Ils n'ont qu'une photo d'elle, une seule, mais sur internet on la trouve légendée en toutes les langues, même en chinois ou en caractères cyrilliques. Je suis content de ne pas pouvoir lire ce qu'on dit d'elle là-bas. "La petite zombie" est bien suffisant. Salauds de pisse-copie ! Comme si on n'avait pas déjà assez souffert.

"Justement", m'a dit Karin lorsque j'ai voulu disparaître dans mon bureau après le petit-déjeuner pour allumer mon ordinateur. Entre nos assiettes de toasts à la confiture à peine entamés, le journal dont la une nous avait instantanément coupé l'appétit. "Exclusif : une première photo de la petite zombie échappée de la cabane de l'horreur."

"Justement. On a déjà suffisamment souffert." La voix de Karin était douce, mais son regard trahissait immédiatement ce qu'elle voulait me dire : que je creusais au mauvais endroit. Que nous devrions être en train de pleurer notre fille. Parce que c'est ce qui se fait ou qu'après cette longue période d'incertitude et d'attente, nous avons mérité de le faire. Que nous devrions commencer par digérer ce qui s'est passé il y a deux semaines. Les montagnes russes, l'impitoyable ascenseur émotionnel lorsque nous avions retrouvé notre Lena l'espace d'un instant, pour la reperdre aussitôt après.

"C'est ce que Lena voudrait." Voilà ce que j'ai répondu à Karin. Chaque fois, c'est comme un coup du tranchant de la main dans la gorge. Elle ne peut pas argumenter contre ça, cette phrase la réduit instantanément au silence. Lena nous a laissé un cadeau, le plus précieux des cadeaux. Et c'est pour cette raison que je finis par appuyer sur "Envoi", que j'expédie ma lettre d'insultes au rédacteur en chef du journal.

Quel cruel miracle que la vie.

Un miracle accompli par Lena.

Hannah. Ma petite Hannah…

— Matthias !

Karin m'appelle de l'entrée, comme si je pouvais vraiment de ne pas avoir entendu la sonnette. Gerd a annoncé sa visite, il avait des nouvelles. C'est tout ce que Karin a pu lui extorquer au téléphone. On dirait qu'il a appris du chaos qu'il a lui-même créé, cette fameuse nuit.

— Matthias !

La voix de Karin résonne une nouvelle fois, et je m'enfonce encore un peu dans mon fauteuil de bureau. Le corps de Lena n'a toujours pas été retrouvé.

— Gerd est là !

Je pose les mains sur le plateau de mon bureau, me relève lourdement.

Pour Karin, c'est important. Quelques os formellement identifiés suffiraient. Elle aimerait tellement avoir quelque chose à enterrer, un lieu où pleurer et planter des fleurs. Alors que de mon côté, je ne sais pas comment je réagirais si on me montrait un os en me disant : "Voilà ta Lena."

Gerd et ses collègues pensent que son ravisseur l'a enterrée quelque part dans la forêt, non loin de la cabane. Mais ils n'espèrent plus la retrouver en un seul morceau. Il paraît qu'il y a une importante population de sangliers dans la région. Rien d'agréable, quand il s'agit de votre propre enfant, à entendre que les sangliers sont omnivores et peuvent emporter leur butin sur plusieurs kilomètres.

"Sauf la tête, m'avait expliqué Gerd. Ils ne l'emportent pas. Trop gros."

Rien que d'y penser, j'ai du mal à descendre l'escalier. Mes genoux tremblent, j'ai le cœur serré. Karin a déjà un pied sur la première marche, bien décidée à monter voir ce que je fabrique.

— Je suis là, dis-je avec un faible sourire.

Karin hoche vivement la tête. Sur son visage, dans son cou, la nervosité dessine des plaques rouges.

Gerd est installé dans le salon, sur l'un des deux canapés à deux places. Devant lui, sur la petite table basse, une tasse de café. Karin a sorti le beau service en porcelaine blanche avec un liseré doré.

— Reste assis, dis-je lorsqu'il fait mine de se lever.

Je m'assieds face à lui sur le second canapé, Karin se pose sur l'accoudoir à côté de moi.

— Alors ? Il y a du nouveau ?

Gerd prend un air important, déclare :

— Nous avons la preuve formelle que Lena a bien séjourné dans la cabane.

J'attends le coup de tonnerre, en vain.

— C'est tout ? On le sait depuis longtemps.

— Non, Matthias, ce n'était qu'une supposition. C'est différent. Pour savoir, il faut des faits, des preuves. Nous avons trouvé deux cheveux, avec leur racine, qui nous ont permis d'établir un profil génétique. Et celui-ci correspond à l'échantillon que nous avions prélevé à l'époque sur la brosse à dents de Lena.

Je pousse un soupir, me tourne vers Karin qui, une main sur la poitrine, a bel et bien l'air impressionnée.

— Est-ce que vous avez pu identifier le ravisseur au moins, avec vos âneries d'ADN ?

— Non, avoue Gerd, dont les mâchoires se crispent visiblement. Nous n'avons malheureusement aucun point de comparaison. Aucun profil de la banque de données ne lui correspond. Ce qui signifie qu'il n'avait pas commis d'infractions avant, du moins pas de délits graves. Pour les délits mineurs, comme le vol, rien n'est enregistré.

— Ou alors il a été suffisamment malin pour ne pas se faire attraper.

Karin pose sa main sur mon bras, espérant me calmer.

— Matthias…

Mais je me mets à gesticuler.

— Vous avez le type ! Ou du moins, ce qu'il en reste. Vous savez qu'il a vécu dans cette cabane avec Lena et les enfants, sans doute pendant plusieurs années ! Et vous êtes incapable de trouver qui c'est ? Vous devriez peut-être arrêter d'agiter vos éprouvettes et fouiller correctement la baraque !

— Crois-moi, Matthias, c'est ce que nous avons fait. De fond en comble.

— Et il n'y a rien ? Rien du tout ? Une pièce d'identité ? Un ticket de carte bancaire, que sais-je ?

— Les résultats de son analyse d'ADN sont arrivés hier, nous allons travailler sur cette base, rétorque Gerd.

Je me penche en avant, coinçant sans le faire exprès la main de Karin dans le creux de mon coude.

— Tu viens de le dire toi-même, Gerd : vous n'avez rien du tout.

C'est là-dessus qu'aurait dû écrire ce Rogner dans son journal, l'incompétence de la police qui tourne en rond depuis deux semaines comme une meute de stupides chiots qui chassent leur propre queue. Karin libère sa main, la pose sur mon épaule.

— Chéri…

— Nous avons son ADN, répète Gerd. N'oublie pas que ce sont des procédures compliquées. La réalité ne ressemble pas à ce qu'on voit dans *CSI* ou *Tatort*, où on fait des progrès spectaculaires en une heure.

— En une heure !

J'éclate d'un rire amer.

— Faut-il vraiment que je te rappelle depuis combien de temps Lena a disparu ?

— Qu'est-ce qui va se passer, maintenant ? demande Karin, sans doute pour changer de sujet.

Mais il n'en est pas question. *Je te ramènerai ta Lena*, voilà ce qu'il m'a promis il y a quatorze ans. Mon lot de consolation, je l'ai bien compris, pourrait consister en un os rongé par un sanglier. À moins qu'on n'en reste à ces deux cheveux avec leur racine, merci pour rien. Ils ont trouvé son ravisseur en un seul morceau, et ils ne sont quand même pas capables de l'identifier ? Je sens que je deviens écarlate, tandis que Gerd explique à Karin qu'un produit chimique permet de rendre visibles les taches de sang, même nettoyées. Mais qu'on n'en a pas trouvé en grande quantité de Lena, aucune trace qui indiquerait une perte de sang mettant sa vie en danger.

— Et la cabane ? j'explose. Elle doit bien appartenir à quelqu'un ? Il doit bien y avoir une inscription au cadastre.

Gerd pousse un soupir excédé, se tourne vers moi.

— On ne sait pas vraiment si le terrain sur lequel se trouve la cabane est encore en Bavière ou sur le territoire tchèque. En tout cas, c'est une zone frontalière. Un no man's land. Officiellement, la cabane n'existe pas. Et on dirait bien que personne ne s'est aperçu de son existence. Les environs directs sont tellement broussailleux qu'on ne peut pas y accéder en voiture.

— Nom de Dieu, Gerd !

Je me suis levé d'un bond, hors de moi.

— Alors secoue un peu cette Jasmin Grass, bordel ! Elle aurait passé quatre mois dans la cabane avec ce type sans connaître son nom ? Mais elle se fout de votre gueule !

Gerd se lève à son tour. Nous sommes plantés là, face à face. Seule la table basse nous sépare, et les efforts pitoyables de Karin pour maintenir la paix.

— Matthias, tu sais bien qu'ils font tout ce qu'ils peuvent…

— Mlle Grass a déclaré que le ravisseur n'avait jamais mentionné son nom, intervient Gerd, contrant sa tentative, mais soucieux, contrairement à moi, de garder un ton calme. Nous n'avons aucune raison de mettre en doute sa déposition. Et pour les enfants, il est seulement *papa*.

— Laisse-moi lui parler ! Tu verras que son nom va lui revenir !

— Tu sais bien que c'est complètement idiot, Matthias.

— Ah oui, c'est idiot ?

— Il est évident qu'on ne va pas t'autoriser à harceler un témoin.

— Super témoin.

— Tu es le mieux placé pour savoir comment ce genre de choses peut finir, ajoute Gerd avec un regard qui en dit long.

J'ouvre la bouche pour répondre, m'abstiens finalement.

— Écoute-moi, Matthias. Je suis convaincu que nous allons bientôt pouvoir identifier le ravisseur. Mais ça ne signifie pas qu'on saura automatiquement ce qui est arrivé à Lena. Il faut que vous en soyez conscients, dit-il en se tournant vers Karin, qu'il ose gratifier d'un sourire, un foutu sourire condescendant. Mais nous faisons de notre mieux.

Je porte la main à ma poitrine, la douleur assourdit ma voix.

— *Je te ramènerai ta Lena.* Voilà ce que tu m'as dit, Gerd, mot pour mot.

Je traverse le salon à petits pas lents pour regagner l'entrée. Il ne faut pas que je m'effondre, pas maintenant, pas ici, pas devant Gerd.

— Ramène-nous au moins une raison qui expliquerait pourquoi il nous a pris notre fille, dis-je par-dessus mon épaule en atteignant le seuil. Et à ma femme, un putain d'os, pour qu'elle puisse enfin planter quelques fleurs.

— Matthias ! s'exclame Gerd, mais j'ai réussi à me traîner jusqu'à l'escalier. Les âneries d'ADN, comme tu dis, ont formellement prouvé que Hannah et Jonathan sont les enfants biologiques de Lena. Tu es officiellement grand-père. Félicitations.

— Imbécile, je marmonne en montant prudemment les marches pour regagner mon bureau.

Hannah

Parfois, dans mon lit, la nuit, j'aimerais retrouver ma voûte céleste. Je tends le bras le plus possible pour essayer de toucher les étoiles. Comme avant. J'imagine la main de maman sur la mienne, qui guide mon doigt d'une étoile à l'autre jusqu'à ce qu'elles soient toutes reliées par une ligne invisible. Elle me dit : "Cette constellation-là est très célèbre, Hannah. On l'appelle le Grand Chariot." Elle sourit. Je souris moi aussi, même si j'ai lu dans le gros livre qui sait toujours tout que le Grand Chariot n'est pas vraiment une constellation, mais se compose des sept étoiles les plus brillantes de la Grande Ourse. Quand je pense à ça, à ma maman et aux étoiles, j'ai mal au cœur, à cause de la tristesse qui le ronge.

Je n'aime pas la clinique pour enfants. Ma famille me manque et ma petite Miss Tinky aussi, avec ses jolies petites pattes maladroites et son pelage tout doux.

Je n'aime pas ma chambre. Le plafond est beaucoup trop haut, je peux tendre le bras autant que je veux, je n'arrive pas à le toucher. Il n'y a pas d'étoiles là-haut. Et ma première vraie fenêtre ne me sert à rien, puisque les stores doivent toujours rester fermés. J'ai lancé une chaise contre la vitre une fois, mais ça a juste fait un bruit. Et des histoires. Mme Hamstedt prétend encore qu'elle est doctoresse, alors que je ne l'ai toujours pas vue en blouse. C'est elle la chef ici. Je lui ai dit que je n'étais pas malade et que je n'avais donc rien à faire dans une clinique pour enfants, mais je n'ai quand même pas le droit de rentrer à la maison. Je n'ai même pas le droit d'aller aux toilettes quand j'ai envie et elle veut toujours que je lui raconte ce qui me fait peur. Mais je n'ai pas peur. C'est juste que je n'aime pas être ici. C'est pour ça que je ne veux plus attendre, que je veux rentrer à la maison, tout de suite. Quand je lui dis ça, elle répond "Hannah", sur un ton bizarre, comme si j'étais un peu bête. Mais je ne suis pas bête ! Et je n'ai pas peur non plus. Ici, il y a un garçon qui fait des crises, tellement il a peur. Il est assis tout à fait normalement à table pour le déjeuner et tout d'un coup, il envoie valser son assiette et se tape la tête contre la table. Moi, en douce, je compte les fois. Son record jusqu'à ce que quelqu'un intervienne, c'est douze. J'ai demandé à Mme Hamstedt pourquoi il faisait ça, et elle a dit qu'on appelait ça "trouble de stress post-traumatique". Elle m'a expliqué que ça pouvait arriver quand on avait vécu quelque chose de terrible. Que c'était comme une blessure invisible qui a du mal à guérir.

Mais je ne crois pas qu'ils l'aident vraiment, ce garçon. Ils lui collent juste un pansement sur le front, lui donnent les cachets bleus et l'envoient dessiner. Mais tout ce qu'il dessine, c'est des gribouillis tout noirs, alors que je lui ai déjà dit mille fois : "Jonathan, tu ne peux pas continuer à faire des gribouillis. Il faut que tu fasses un effort." Il faut toujours faire des efforts, en tout. Mais le garçon me regarde avec ses yeux bizarres que lui donnent les cachets bleus, et je me dis : Ce n'est plus Jonathan. Ce n'est plus vraiment mon frère. Mme Hamstedt et ses assistants l'ont tout détraqué.

Il faut que je parte d'ici. Ce n'est pas une clinique pour enfants, en fait. Ils disent que si, mais ce n'est pas vrai. Rien de ce qu'ils disent n'est vrai. Ce sont tous des menteurs et des méchants. Et cet endroit est vraiment horrible.

C'est ce que pense aussi mon grand-père. Il vient me voir tous les jours, et il m'accompagne à mes rendez-vous aussi. On est déjà allés chez le dentiste ensemble, et le dentiste m'a donné un autocollant en forme d'étoile parce que j'ai vraiment de bonnes dents, et chez d'autres docteurs qui ont dit que j'avais besoin de vitamine D. Sans vitamine D, on ne peut pas grandir. La vitamine D vient de la lumière du soleil. Mais je n'ai quand même pas le droit d'ouvrir les stores de ma chambre. J'ai demandé pourquoi, mais on me dit seulement : "C'est compliqué, ma petite." Alors que ce n'est pas compliqué du tout. Grand-père me l'a expliqué très simplement : "Tes yeux doivent s'habituer progressivement à la lumière, Hannah. Sinon tu pourrais avoir un décollement de la rétine." La rétine est le tissu nerveux qui recouvre l'intérieur du globe oculaire. Si la rétine se décolle, l'œil n'est plus alimenté correctement et peut devenir aveugle. C'est pour ça qu'il faut toujours que je porte des lunettes de soleil pour aller à mes rendez-vous. Je n'aime pas les verres des lunettes de soleil. Ils rendent le monde marron. Les arbres, marron, le ciel, marron, tout est marron. Alors que le ciel devrait être une toile, avec des nuages blancs comme neige dessinés sur fond bleu. La ville aussi est complètement différente derrière les verres marron, et elle sent mauvais. Les maisons sont de gros cubes marron. Et quand on lève la tête pour en voir le bout, ça fait mal à la nuque. Mon grand-père me demande parfois si je veux qu'il ralentisse quand il m'emmène à mes rendez-vous avec sa voiture, pour que je puisse regarder tranquillement la ville. Mais je lui dis que je préfère qu'il roule vite. Paris, c'était plus beau, ici je ne loupe rien.

J'ai souvent mal au cœur ces derniers temps, tous les jours en fait, à chaque seconde. Je suis triste, mais je crois que grand-père est le seul à le comprendre vraiment. Hier, il m'a promis qu'il me ramènerait à la maison. Il dit aussi que je dois répondre aux questions qu'on me pose, comme ça Mme Hamstedt, ses assistants et la police seront contents et je pourrai sortir plus vite. Jonathan, lui, il ne peut plus répondre aux questions. Les cachets bleus l'abrutissent tellement qu'il ne sait plus parler. Il ne dit plus un seul mot, même pas à moi. Mon grand-père m'a dit : "Tout repose sur toi, maintenant, ma petite Hannah." Je voudrais bien répondre aux questions, mais tout ce qu'ils veulent savoir, c'est ce qui est arrivé à maman et où elle est, et je ne sais vraiment pas quoi répondre. La dernière fois que je l'ai vue, c'était cette nuit-là à l'hôpital. Mais quand je dis ça, les gens secouent la tête comme si je mentais. D'ailleurs ils croient tout le temps que je mens. Une fois, Mme Hamstedt s'est presque mise en colère contre moi. Elle ne m'a pas disputée, mais je l'ai vu sur son visage. Elle a dit qu'il y avait deux mondes pour moi. Un qui était dans ma tête, et le vrai. Elle a dit aussi que ce n'était pas grave, mais son front s'est couvert de rides et ses sourcils se sont mis dans une position tellement bizarre qu'on aurait dit qu'elle avait un grand V marron juste au-dessus des yeux. Je n'aurais pas dû lui parler des sorties. Parce que contrairement à Ruth, elle a tout été rapporter à la police, et le monsieur en costume gris est revenu et il m'a posé des questions là-dessus. Lui aussi, il avait un grand V au-dessus des yeux et des rides sur le front. Parce qu'il ne me croit pas, il ne croit pas que j'ai fait toutes ces belles choses avec ma maman. Il pense qu'on était tout le temps enfermées, comme les animaux au zoo.

"Tu es une petite fille tellement intelligente, Hannah, il m'a dit. Peut-être même la plus intelligente que j'aie jamais rencontrée. Je crois que tu sais parfaitement ce qui s'est passé chez vous à la maison. Et tu sais certainement aussi que cette dame à l'hôpital ne peut pas être ta mère, n'est-ce pas ? D'ailleurs, son vrai prénom, c'est Jasmin. C'est joli, tu ne trouves pas ? Tu veux bien me raconter comment tu as rencontré Jasmin ?"

"Je préfère Lena", j'ai répondu, et je n'ai plus rien dit. Je ne parle pas avec les gens qui pensent que je suis une menteuse.

Jasmin

Aujourd'hui c'est mardi ou mercredi, je ne sais pas vraiment. Ce que je sais avec certitude, c'est qu'il est après douze heures trente, puisque je suis déjà allée aux toilettes. Mme Bar-Lev n'est pas encore passée. Mon estomac émet des gargouillis.

Je sais aussi tout de suite que les coups frappés à la porte qui me font sursauter en cet instant sur mon fauteuil ne respectent pas le code. Ce n'est pas le bon ordre, qui serait : trois coups rapprochés, deux coups espacés, toctoctoc – toc – toc.

Je me frotte les yeux, j'ai à peine dormi la nuit dernière ; je tends l'oreille. Dans la cuisine, le robinet goutte. Dans la rue, le vacarme de la circulation, le grondement saccadé d'un marteau-piqueur.

On frappe une nouvelle fois à la porte, trop fort et pas au bon rythme.

Toctoctoctoc.

Quatre coups rapprochés. Je traverse prudemment le salon dans mes grosses chaussettes en laine. La lumière diffuse de la petite lampe posée sur la console à côté de mon fauteuil en cuir déforme mon ombre, l'étirant absurdement.

Toctoctoc, trois coups rapprochés, je m'arrête. Est-ce quand même Mme Bar-Lev ?

Je continue à glisser sur mes chaussettes, il ne faut pas que je fasse le moindre bruit, je me faufile dans le couloir, mon ombre me précédant telle une sombre sentinelle serpentant sur le stratifié en direction de la porte d'entrée, moi à ses trousses.

Toctoctoctoc, quatre coups rapprochés.

Mon regard qui fuse vers la chambre à coucher pour m'assurer que la porte est fermée.

Dehors, la lame du plancher craque à plusieurs reprises, comme si quelqu'un piétinait impatiemment. J'entends une voix de femme, hésitante :

— Bonjour ? Mademoiselle Grass, vous êtes là ?

Ce n'est pas Mme Bar-Lev.

J'atteins la porte d'entrée, une décharge de courant traverse ma poitrine. À travers le judas, je distingue une femme, déformée. Peut-être une policière qu'on a envoyée me poser une nouvelle question ? Ou alors une journaliste qui aura trouvé mon adresse et vient me faire une offre pour les choses inracontables ? Les deux éventualités ne font qu'envoyer une nouvelle décharge d'électricité dans ma poitrine. Je vais ignorer ces coups frappés à ma porte, j'ai déjà fait demi-tour, la porte est dans mon dos, lorsque j'entends une nouvelle fois la voix :

— Mademoiselle Grass, si vous êtes là, ouvrez. S'il vous plaît. C'est Mme Bar-Lev qui m'envoie.

Le sentiment que quelque chose cloche – que quelque chose cloche vraiment, au-delà du non-respect du code – envahit mon corps tout entier. Je tends la main derrière moi, vers la commode contre le mur de gauche et, sans quitter des yeux la porte de l'appartement toujours fermée, je tâtonne à la recherche – absurde – d'une arme. Je renverse un cadre, qui tombe avec un bruit métallique. Effarée, je retire ma main.

— Mademoiselle Grass ? Vous êtes là ? demande la femme devant la porte, entendant le bruit qui me trahit.

Je respire profondément, tourne la clé dans la serrure et entrouvre la porte d'un geste hésitant. Une jeune femme, mon âge à peu près, les cheveux courts teints en rouge tomate, avec une frange asymétrique qui lui tombe sur le visage. Elle a un sourire gêné.

— Ah, c'est bien, j'ai cru que vous n'étiez pas là.

Je continue à l'observer, constate qu'elle est vêtue d'un jean et d'un t-shirt, avise la casserole qu'elle porte contre son ventre.

— Je vous ai apporté votre repas, mademoiselle Grass.

— Qui êtes-vous ?

Elle fait un vague signe de tête en direction de l'escalier derrière elle.

— Ah oui, euh, bonjour. Je suis Maja, la voisine de Mme Bar-Lev, sa voisine d'à côté. J'habite au deuxième, moi aussi. Mme Bar-Lev est partie chez son fils ce matin, alors elle m'a demandé de vous apporter ça.

Elle désigne la casserole du menton.

— Elle l'a préparé en avance exprès pour vous. Oh, et il y a ça aussi.

Sa tête se penche vers son épaule gauche. Plusieurs enveloppes, un journal roulé et quelques prospectus sont coincés sous son bras.

— Je vous ai aussi pris votre courrier. Mme Bar-Lev m'a dit que vous vous remettiez d'une lourde opération et que vous ne pouviez pas encore bien marcher.

— Voilà, je dis d'une voix parfaitement assurée, tout en me demandant s'il est vraiment possible qu'elle ne sache pas qui je suis, que Mme Bar-Lev ne lui ait pas glissé à l'oreille que la victime tragique vivait au quatrième étage.

Mme Bar-Lev, elle, a su tout de suite. Le dos courbé, elle était en train de nettoyer laborieusement le pas de sa porte lorsque, fraîchement sortie de l'hôpital, il y a une petite semaine, je me suis traînée dans l'escalier jusqu'à mon appartement, accompagnée par ma mère et un policier. Je marchais un peu voûtée, respirais par à-coups. Pour les médecins, mes côtes cassées se remettaient exactement comme prévu, mais la douleur lancinante causée par les fractures me mettait encore les larmes aux yeux, en particulier quand je faisais un effort physique. Sur mon visage, les coupures, une multitude de petits triangles bruns recouverts de croûtes, étaient en voie de guérison, et ma peau, si les hématomes étaient résorbés, luisait encore par endroits d'un éclat jaunâtre.

En me voyant, Mme Bar-Lev a laissé retomber sa balayette et soufflé : "Oh mon Dieu." Outre mon apparence, la visite des policiers, qui étaient entrés plusieurs fois dans mon appartement dans le cadre de l'enquête, et avaient certainement aussi interrogé mes voisins, avait dû lui mettre la puce à l'oreille depuis un certain temps. S'ajoutait à cela la couverture médiatique de l'affaire. J'étais la jeune femme de la cabane, cela ne faisait aucun doute, même si depuis que je m'étais enfuie, par respect pour la protection des victimes, la presse ne montrait plus mon visage qu'avec un bandeau noir sur les yeux ou pixélisé à l'extrême, il n'avait sans doute pas été bien difficile de comprendre.

— Bon, vous savez que notre bonne Mme Bar-Lev a du mal à monter les escaliers, avec sa hanche, me dit la jeune femme, tandis que je suis toujours occupée à me demander si le monde a tourné sans elle ces derniers mois ou si elle est simplement suffisamment sensible pour se retenir de dire et de faire les choses qu'inspire habituellement la rencontre de la victime tragique.

Ces "Oh mon Dieu", ces "Ça va aller", ces regards de pitié, mais surtout ceux qui scannent, les regards avides qui transpercent mes vêtements pour me disséquer, pour retrouver les traces de l'atroce abus.

J'acquiesce une nouvelle fois.

— Oui, c'est vrai. Ça fait un moment que sa hanche la fait souffrir.

Voilà pourquoi Mme Bar-Lev ne monte mon courrier que lorsqu'elle doit sortir elle-même pour faire les courses ou aller chez le médecin. Les autres jours, elle ne fait pas l'effort de descendre toutes ces marches jusqu'au hall de l'immeuble où se trouvent les boîtes aux lettres. Pas juste pour moi.

— J'ai vu ces jours-ci que votre boîte aux lettres débordait littéralement, alors je me suis dit…

— Je ne vous ai encore jamais vue ici, je dis.

— Moi ? Non. Je veux dire, moi non plus je ne vous ai encore jamais vue, mais je n'habite ici que depuis quelques semaines.

— À côté de Mme Bar-Lev ?

— C'est ça, acquiesce-t-elle en souriant.

— Mais c'est une famille qui vit dans cet appartement.

— Oui, les Hildner. Ils ont déménagé.

— Je ne savais pas.

— Eh oui.

La jeune femme hausse les épaules, ce faisant bouge le bras, et le courrier atterrit par terre.

— Zut, dit-elle en riant.

Elle me tend la casserole, je la prends et la regarde s'accroupir pour ramasser le courrier.

— Pas vraiment douée pour le multitasking, hein ? glousse-t-elle.

— Attendez, dis-je en posant la casserole derrière moi sur la commode, pour pouvoir l'aider.

— C'est bon, j'ai tout.

Elle me tend la pile de courrier par la porte toujours entrebâillée.

— Ah oui, et Mme Bar-Lev m'a aussi dit que vous deviez me donner les plats de ces derniers jours.

Je pense à la casserole de goulasch d'hier. Au petit plat à gratin et au saladier de salade de pâtes qui se sont succédé sur mon paillasson, dont l'inscription *Everybody's welcome* est devenue complètement obsolète. Je reviens vers la porte. Maja sourit toujours.

— Je suis désolée, dis-je avec un sourire contrit. Je n'ai pas encore fait la vaisselle.

— Bah, je m'en occuperai. Vous n'avez qu'à tout me donner.

Je m'imagine en train de m'affairer dans la cuisine, de jeter, honteuse, quelques restes séchés à la poubelle, tandis que la porte de mon appartement s'ouvre en grand, avec sur le seuil cette inconnue soi-disant envoyée par Mme Bar-Lev. Qui pourrait entrer chez moi. Je sens une légère panique monter en moi, une panique absurde, sans doute, mais que la logique et la raison ne parviennent pas à contrer. Cette jeune femme vient juste m'apporter à manger et récupérer les plats. Qu'est-ce qu'elle aurait à faire dans mon appartement ? Qu'est-ce qu'elle pourrait me vouloir ?

Je réfléchis désespérément sans trouver aucune excuse valable pour lui refermer la porte au nez et la faire attendre sur le palier. Aucune raison qui ne me fasse pas passer pour une parfaite idiote.

— Je ne sais pas, les plats sont encore…

— Ça ne me dérange pas. Vraiment.

Maja qui sourit. Maja envoyée par Mme Bar-Lev pour que je ne meure pas de faim. Aucune raison qui ne me ferait pas passer pour ce que je m'étais juré de ne pas être : la pauvre jeune femme de la cabane, traumatisée à vie, voyant le danger partout, en tout le monde. Suffit déjà que je sois incapable de faire entrer ma nouvelle voisine chez moi tandis qu'elle attend les plats. Avant, quand Kirsten vivait encore ici, il y avait tout le temps du monde chez nous, et beaucoup d'inconnus. C'étaient juste des gens amenés par d'autres gens qui aimaient faire la fête autant que nous. "Pas de soirée à moins de douze personnes", disait Kirsten en riant. *Everybody's welcome*, avant, dans une autre vie.

Je hoche la tête d'un air décidé, tourne les talons comme un pantin et pars à grands pas vers la cuisine.

La porte de mon appartement, ouverte.

Je sens mon cœur battre dans ma gorge. Avec des gestes nerveux, j'empile les plats, le plat à gratin et la petite casserole dans le grand saladier, constellé d'accusatrices traces de mayonnaise séchée. Comment est-ce que je peux laisser cette femme me nourrir et ne même pas nettoyer ses plats ? *Tu devrais avoir honte, Lena. Tu n'as donc aucunes manières ?* Il doit y avoir encore un tupperware quelque part. Je tourne sur moi-même, glisse sur le carrelage avec mes chaussettes en laine, me rattrape au bord du plan de travail. La porte de mon appartement, ouverte. Maja, que je n'ai encore jamais vue ici. Qui vient soi-disant d'emménager. Sa voix :

— Ça va, mademoiselle Grass ? Vous voulez de l'aide ?

Moi qui m'exclame :

— Non non !

Le tupperware, où est passé ce putain de tupperware ? J'ouvre la porte du lave-vaisselle. Le tupperware y est, mais sale, attendant avec quelques tasses et autres couverts que je lance un programme de lavage. J'attrape la boîte, ressors dans le couloir avec la pile de plats, avance jusqu'à la porte de mon appartement. Toujours ouverte sur la cage d'escalier. Les plats s'entrechoquent dans mes mains tremblantes.

Personne. Maja a disparu.

Tu es folle.

Maja n'est jamais venue, Maja n'existe pas.

Il n'y a plus que nous, maintenant. Nous sommes ta famille.

Je lance un regard incertain en direction de la commode. Mais la casserole et le courrier prouvent qu'elle était bien là. Je dépose brusquement les plats sur le paillasson et m'aventure à jeter un œil au-dehors. Rien, la cage d'escalier est déserte. Nulle trace de Maja. Je tends l'oreille – aucun bruit de pas. Je referme la porte le plus silencieusement possible, tourne craintivement la tête, tandis que mon cœur bat à un rythme funeste.

Pourquoi se serait-elle glissée dans mon appartement ? me soufflent la logique et la raison. Elle a une raison de le faire, hurle la panique.

Jasmin

L'appartement dans lequel j'ai emménagé il y a un peu plus de trois ans était présenté comme suit :

Cherche colocataire (h/f) pour 3 pièces à Regensburg (vieille ville). 74 m², immeuble de 12 appartements, balcon avec vue plutôt belle. Fumeur·se de préférence (car moi aussi), et ami·e des animaux car tes colocataires seront : moi, 34 ans, employée dans le secteur gastronomique + un chat. On te laisse la chambre de

12 m². Cuisine et salle de bains communes. Lave-vaisselle, frigo, micro-ondes et machine à laver. Loyer mensuel : 310 € + charges.

Je me suis tout de suite dit que les photos qui accompagnaient l'annonce étaient celles d'un vrai foyer. Pas au sens purement architectural du terme, avec quatre murs et un toit sur la tête, mais d'un lieu clairement habité. Les pièces étaient colorées, meublées de façon un peu arbitraire, un mélange d'objets chinés dans les marchés aux puces et de petits trésors. Avec un attrape-rêves à la fenêtre de la chambre et un simple matelas en guise de lit, surplombé, dans un épais cadre doré tarabiscoté, d'un portrait particulièrement kitsch de la Vierge Marie avec le petit Jésus dans les bras et, au plafond, d'un chandelier en perles de verre multicolores. Dans la cuisine, une grande table en bois massif avec quelques défauts et éraflures bien visibles, et un de ces grands frigos roses au design américain. Dans le salon, derrière un fauteuil en cuir tout râpé, des piles de livres de plusieurs mètres, couvrant littéralement le mur, une quantité incroyable de livres simplement posés par terre, sans étagère. Ça aurait suffi à rendre ma mère complètement folle, et ça m'a rendue folle moi aussi, mais d'une tout autre manière. J'étais surexcitée, il fallait absolument que je vive là. Ma rencontre avec Kirsten, qui avait passé l'annonce, n'a fait que renforcer ce sentiment. Kirsten, qui me semblait venir d'un autre monde, qui aurait pu vivre à Ibiza ou sur n'importe quelle autre île peuplée de hippies, avec ses longs cheveux bruns qui avaient l'air entortillés par le vent et l'eau salée, sa robe à fleurs, ses colliers de toutes les couleurs et ses mocassins indiens lacés jusqu'aux genoux. Kirsten qui était si colorée et vivante et qui riait tout le temps. J'étais déjà un peu vieille pour quitter la maison, mais c'était dû aux circonstances, et à une sorte de sentiment de responsabilité intériorisé vis-à-vis de ma mère. Depuis que mon père était mort, elle n'avait plus que moi, et je n'avais plus qu'elle, même si c'était davantage une question de principe que d'amour ou d'affection. Ici, dans cet appartement, j'étais heureuse, forte, téméraire. Jusqu'à ce que Kirsten et Ignaz, son gros chat noir, déménagent, à peu près deux mois avant mon enlèvement. J'ai tenu à rester, comme j'avais tenu à emménager ici, pour veiller sur l'appartement et les souvenirs qui y étaient liés comme une héritière, un témoin de l'époque, un valeureux vestige défiant les changements comme une plante toute frêle qui s'obstine à pousser dans une fissure de l'asphalte. Qu'on peut arracher aussi souvent et aussi violemment qu'on veut, mais dont on n'arrachera jamais la racine. Comme les mauvaises herbes dans l'allée du garage de mes parents qui font le désespoir de ma mère.

Je me glisse dans la cuisine, prends un couteau dans le bloc. Le bien tranchant, celui qui coupe même la viande. Puis je fouille chaque pièce, chacun des soixante-quatorze mètres carrés de cet ancien foyer. Je n'oublie pas les angles morts derrière les portes, ni les rideaux qui descendent jusqu'au sol, je regarde même derrière le rideau de douche. Il n'y a personne dans l'appartement, rien que moi et mes fantômes. L'espace d'un instant, j'étais vraiment persuadée, j'ai vraiment cru dur comme fer que Maja avait profité de la porte ouverte pour se glisser dans l'appartement et attendait dans un coin le bon moment pour me sauter dessus.

Épuisée, je m'effondre dans mon fauteuil et ramène les genoux contre la poitrine, ma main droite toujours crispée sur le manche du couteau. C'est peut-être ça, je deviens folle, littéralement folle au sens clinique du terme. Peut-être que je le suis depuis longtemps et qu'il faudrait vraiment me remettre à l'hôpital, dans une chambre où on peut ôter le bouton de la porte. Je pose ma tête détraquée sur mes genoux et éclate en sanglots. Je suis prisonnière, la liberté n'y change rien. Je sens des odeurs de soupe qui n'existent pas, je vois un danger dans une personne qui veut m'aider, un danger que je suis prête à affronter au couteau. Alors même que je me sens folle et stupide, je ne peux pas m'empêcher de continuer à me demander pourquoi Maja a disparu aussi soudainement. Elle est partie sans dire au revoir, sans un "Finalement je ne veux pas de ces plats sales", "J'ai changé d'avis, vous n'avez qu'à faire votre vaisselle vous-même", ou un "Désolée, il faut que j'y aille", non, sans la moindre explication.

Je pose le couteau sur la console, me relève laborieusement. Il faut que je vérifie la porte, que je regarde si je l'ai bien fermée à clé. Puisque j'insistais pour quitter l'hôpital et refusais un transfert dans un quelconque établissement spécialisé, les médecins et ma psy m'ont conseillé de ne pas rester seule, dans un premier temps. Je leur ai dit que j'allais habiter un moment chez ma mère, et apparemment, je me suis montrée suffisamment convaincante.

La porte est fermée à double tour, le maximum. Je me retourne, prends un cadre sur la commode et le pose en équilibre sur la poignée de la porte. Personne n'entrera dans cet appartement sans que je sois avertie par le bruit du verre qui se brise sur le sol. Je recule d'un pas, contemple le cadre sur la poignée, la photo dans le cadre. Kirsten et moi, épaule contre épaule, la tête penchée l'une vers l'autre. Entre nous, au milieu, la grosse tête noire d'Ignaz. Kirsten le tient sous les aisselles, tourné vers l'objectif. Ses pattes avant pendent devant lui, ses yeux jaunes sont réduits à deux fentes maussades, quelques secondes à peine après la photo, il essayait de mordre Kirsten. "Notre sale gosse", comme nous disions souvent. Je soupire. Mon regard tombe sur la pile de courrier posée sur la commode. Tout en haut, le journal plié en deux, l'édition d'hier. En une, une photo de Hannah. Dans la cabane, à la lueur diffuse des ampoules de quarante watts, elle avait déjà l'air pâle. Mais là, sur cette photo en couleurs, imprimée à la taille d'une paume, elle a l'air presque irréelle avec son teint livide, ses yeux délavés et ses cheveux blond platine. Je suis du doigt l'arc presque imperceptiblement relevé de ses lèvres. Sa façon à elle de sourire.

La petite zombie échappée de la cabane de l'horreur

Cham / Munich (MK) – Deux semaines après la spectaculaire évasion (voir nos articles précédents), une source anonyme a fait parvenir à notre rédaction une photo de la fille de Lena B., enlevée il y a quatorze ans. La petite fille (13 ans) et son frère (11 ans) font actuellement l'objet d'un suivi thérapeutique. Lena B. est portée disparue depuis janvier 2004. Selon le commissaire principal Frank Giesner, en charge de l'enquête, on ne dispose encore d'aucune information concernant l'endroit où elle se trouve ni l'identité du ravisseur. La reconstruction faciale de l'homme mortellement blessé, qui serait le ravisseur à la fois de Lena B. et de Jasmin G., pourrait permettre d'en apprendre davantage. Jasmin G., enlevée en mai de cette année, a été séquestrée dans la cabane quatre mois durant, jusqu'à ce qu'elle parvienne à s'échapper en septembre. Les rares informations qui nous ont été communiquées quant aux circonstances de sa détention et à l'état de santé actuel des deux enfants sont terrifiantes...

J'ai du mal à me concentrer, les lettres se brouillent devant mes yeux. Seule la photo de Hannah reste nette. Je me demande qui l'a prise. Pour qui Hannah a souri comme ça. Et je me rends compte que je n'ai pas pris de ses nouvelles depuis qu'on m'a laissée sortir de l'hôpital. De Jonathan non plus. L'étau se resserre autour de mon crâne.

Tu es vraiment une mauvaise mère, Lena.

Tu es vraiment un monstre.

Je jette le journal dans un coin, me masse les tempes. Pour me changer les idées, je prends le reste du courrier sur la commode et l'emporte dans la cuisine. Je m'assois à la table, parcours les enveloppes. Un courrier de mon assurance maladie, probablement au sujet du remboursement des frais d'une thérapie que je ne ferai pas. Une de mon opérateur de téléphonie mobile, une autre de la compagnie des eaux. Je n'en ouvre aucune, à l'exception d'une lettre sans expéditeur. Une enveloppe blanche, toute simple, où figure uniquement mon nom, Jasmin Grass, écrit au feutre noir, à la main, en majuscules, juste mon nom, sans adresse. Je déchire l'enveloppe, en sors une feuille de papier pliée en deux. Qui ne contient que deux mots : *POUR LENA.*

Matthias

— Non, Matthias !

Bon sang, je le savais.

— Non, point barre.
— Chérie…
— Non !
Les couverts de Karin claquent sur les bords de son assiette. L'appétit m'est passé à moi aussi, mais, m'efforçant de ne rien laisser paraître, je me coupe un gros morceau de steak. Il n'y a rien de plus normal, me dis-je, c'est tout à fait normal, aucune raison d'interrompre le dîner.
— Karin, s'il te plaît…
— J'ai dit non.
Elle saisit ostensiblement sa serviette, s'essuie la bouche, puis elle se lève, prend son assiette, le steak qu'elle a à peine touché, les pommes de terre et les haricots verts, et l'emporte dans la cuisine. J'entends le couvercle qui s'ouvre, le bruit de sa fourchette sur l'assiette quand elle jette le tout à la poubelle.
— Karin ! je m'exclame. On peut au moins en discuter !
En guise de réponse, le couvercle de la poubelle qui se referme, puis la porte du lave-vaisselle. J'essaie de continuer à manger. La viande me paraît dure.
— Tu es sérieux, constate Karin en apparaissant un instant plus tard sur le seuil de la cuisine.
J'avale ma bouchée de haricots verts.
— Évidemment que je suis sérieux. C'est tout à fait normal de ramener Hannah à la maison. Qu'elle soit en famille. J'ai parlé au Dr Hamstedt. Elle n'y voit pas d'inconvénient, au contraire. Elle pense même que ça peut être très bénéfique pour sa thérapie.
— Quand ça ?
— Eh bien, demain, par exemple, le plus tôt sera le mieux.
— Non, je veux dire : quand est-ce que tu as manigancé ça avec cette Mme Hamstedt ?
Je saisis ma serviette, m'essuie la bouche à mon tour.
— Il y a quelques jours, dis-je, penaud. Mais si tu venais avec moi voir Hannah, tu serais au courant.
— Matthias, arrête.
— C'est vrai. Tu es sa grand-mère, après tout.
Karin disparaît dans la cuisine sans faire de commentaire. Cette fois, j'entends la porte du réfrigérateur, puis un tiroir qui s'ouvre, et le plop d'un bouchon de bouteille.

— Je veux bien un verre, moi aussi.

Que Karin soit d'accord ou pas, je vais ramener Hannah à la maison. Je le lui ai promis.

"Grand-père, m'a dit la petite. Ça ne me plaît pas ici. C'est un endroit horrible. Je n'arrive pas à dormir la nuit, tellement je suis triste. Je veux rentrer à la maison." *Grand-père*. C'était la plus belle chose que j'avais entendue depuis longtemps.

— Santé, siffle Karin en revenant dans la salle à manger, me tendant un verre de vin rouge. Au cavalier seul.

— Ah, Karin, arrête, s'il te plaît.

Je la regarde faire le tour de la table, son verre à la main, s'asseoir raidement à sa place.

— Évidemment que non, je n'arrête pas, Matthias. Tu vas voir cette Mme Hamstedt derrière mon dos et tu me mets devant le fait accompli. Laisse-moi te dire que ce n'est pas correct.

— Je voulais juste savoir s'il était possible, théoriquement, de laisser sortir Hannah, au moins pour quelques jours. Et le Dr Hamstedt m'a dit qu'elle devait y réfléchir. Mais il ne lui a pas échappé que Hannah se montre très résistante depuis qu'elle est arrivée au centre de traumatologie. D'un point de vue thérapeutique, il n'y a aucun progrès. Tu comprends, Karin ? Ils ne savent absolument pas quoi faire avec elle, ils sont incapables d'établir un diagnostic ! Le garçon, ils arrivent à le soigner, mais Hannah, Karin, Hannah… – je pose mon verre sur la table, lève les mains au ciel. Bon Dieu, Karin, c'est notre petite-fille ! Nous devons l'aider !

— Et comment veux-tu t'y prendre ? Nous ne sommes pas psychologues ! Si eux ne savent pas quoi faire, que veux-tu que nous fassions, nous ?

— Hannah a envie d'être en famille, dans un environnement familier, de retrouver une certaine normalité…

— Normalité ! s'exclame Karin. Elle ne sait absolument pas ce que c'est que la normalité !

— Alors c'est d'autant plus important de la lui montrer. Regarde autour de toi ! dis-je en moulinant théâtralement des bras. Tout ça, ici ! Notre maison, où sa mère a grandi !

Karin trempe les lèvres dans son vin.

— Et comment comptes-tu procéder ? demande-t-elle en reposant son verre. On va lui préparer le lit de Lena dans sa chambre d'enfant, peut-être ?

J'acquiesce vivement, faisant abstraction de son ton sarcastique.

— Et il faut absolument qu'on lui achète des livres, Karin ! Ça aussi, ça lui manque. Elle n'apprend rien au centre. Il lui faut absolument quelques manuels scolaires.

— Et à la rentrée prochaine, on l'enverra à l'école, c'est ça ? Comme une petite fille normale.

— Je veux juste dire qu'elle sera sûrement contente d'avoir quelques livres. Elle aime tellement apprendre, elle sait déjà tellement de choses. Tu devrais voir ça, Karin. Elle est très cultivée.

Je souris en pensant que Hannah m'a appris à dire "grand-père" en espagnol.

— Réfléchis un peu, ça ne fonctionnera jamais.

Abuelo, c'est comme ça qu'on dit, *abuelo*…

— Matthias !

— Hmm ?

— J'ai dit : ça ne fonctionnera jamais. Nous ne pouvons pas jouer à la famille comme ça.

— Jouer à la famille, Karin, je t'en prie. Nous sommes une famille ! C'est notre petite-fille, l'enfant de notre fille.

Karin se frotte le front.

— Juste pour quelques jours, chérie, dis-je, tentant ma chance. C'est ce que nous avons convenu avec le Dr Hamstedt. Et j'emmènerai Hannah à ses séances de thérapie au centre. Comme ça, la petite pourra se reposer un peu.

Silence. Je sais que j'ai presque convaincu Karin, je le sais. Elle ne veut pas passer pour une grand-mère sans cœur, qu'elle n'est pas, d'ailleurs. Elle a peur, c'est tout, elle veut tout faire comme il faut. Laisser Hannah aux mains des professionnels. Des "professionnels" qui ne savent pas quoi faire d'elle.

"Tout ce que je peux vous dire, monsieur Beck", a commencé le Dr Hamstedt lors d'une de nos dernières conversations.

Nous étions assis de part et d'autre de son bureau. Sur le mur derrière elle, divers diplômes encadrés qui la qualifiaient de “professionnelle”, tandis qu’à sa gauche, sur le bord de la fenêtre, une plante araignée aux feuilles molles, jaunies, démontrait qu’elle n’était même pas capable de s’occuper convenablement d’une plante aussi facile d’entretien.

“Il est frappant de voir à quel point les deux enfants réagissent différemment à ce qui s’est passé. La réaction de Jonathan n’est pas une surprise, au contraire, elle est plutôt – elle a esquissé des guillemets dans l’air – *“normale”*, même si le mot peut vous sembler étrange dans ce contexte. Jonathan fait des cauchemars, il se met à hurler, il refuse de nous parler. Il est courant que les patients essaient dans un premier temps de régler leurs expériences traumatiques par eux-mêmes. Mais nous partons du principe qu’il finira par s’ouvrir, ce n’est qu’une question de temps. Il faut qu’il apprenne à nous faire confiance, qu’il voie sur le long terme que nous lui voulons tous du bien et qu’il peut se sentir en sécurité avec nous.”

Je m’étais mis à agiter mon pied sous ma chaise. Hannah devait déjà m’attendre.

“Eh bien, ça semble prometteur.”

“Hannah, en revanche”, a poursuivi le Dr Hamstedt.

“Oui, qu’est-ce qu’elle a ?”

Le Dr Hamstedt a souri comme si elle m’avait pris en flagrant délit.

“Chez Hannah, nous observons un tout autre schéma.”

Mon dos s’est raidi, je me suis avancé au bord de ma chaise.

“C’est-à-dire ?”

“Son comportement.”

“Qu’est-ce qu’il a ?”

“Eh bien… le mieux, c’est que je vous explique en le comparant à celui de Jonathan. Voilà un petit garçon qui a passé toute sa vie dans une cabane. Dans un espace réduit, provisoire, confiné, sans fenêtres, sans contact avec le monde extérieur.”

Elle a marqué une pause solennelle. N’a repris qu’en me voyant consulter ma montre.

“Notre monde, ici, toute cette agitation, tous ces gens, tout ce bruit, toutes ces choses qu’il ne connaissait pas de sa vie dans la cabane, tout cela l’intimide énormément. L’ascenseur : une catastrophe ! Pour lui faire changer d’étage, on ne peut prendre que les escaliers. Et même ça, avec ses angoisses, c'est un défi, à chaque fois. Sans parler de l'effort physique, de cette suite de mouvements qui lui est complètement inhabituelle. Vous comprenez, monsieur Beck ? Nous sommes en train de lui apprendre à monter les escaliers, comme à un petit enfant. Ce qui le frustre encore plus, évidemment. Il lui arrive de rester caché plusieurs heures sous une table, ou de défaire son lit la nuit pour dormir par terre. Il nous montre très clairement qu'il est complètement dépassé par les événements."

Je n'avais aucune idée de ce qu'elle essayait de me dire, mais me sentais tout de même agressé.

"Oui, Hannah ne va pas spécialement bien non plus. Elle dort mal. Elle me le dit chaque fois que je viens la voir."

Le Dr Hamstedt a poussé un long soupir.

"C'est possible, monsieur Beck. Et pourtant, elle s'en sort étonnamment bien dans un monde qui lui est si étranger. Elle ne vous paraît pas spécialement craintive, n'est-ce pas ?"

"Elle est forte", ai-je constaté, non sans fierté.

"Monsieur Beck, il existe une particularité neurologique que nous appelons syndrome d'Asperger. Peut-être en avez-vous déjà entendu parler. Il s'agit d'une forme d'autisme qui influence la manière dont les personnes gèrent le stress et interagissent avec les autres…"

"Hannah n'est pas malade."

"Il ne s'agit pas à proprement parler d'une maladie, a dit le Dr Hamstedt en penchant la tête sur le côté. Mais plutôt d'un trouble. Et nous ne sommes pas encore sûrs que Hannah soit atteinte de ce trouble, mais nous aimerions faire des tests dans ce sens."

J'ai regardé une nouvelle fois ma montre.

"Bien, monsieur Beck. Concernant votre requête, de prendre Hannah quelques jours chez vous, je suis prête à tenter l'expérience. Mais il faut que certaines conditions soient respectées."

"Aucun problème", ai-je approuvé, faisant mine de me lever – enfin ! Hannah m'attendait.

"Un instant, monsieur Beck. J'aimerais que nous parlions un peu de votre fille, Lena."

Sa façon d'insister sur son prénom m'a mis hors de moi. Comme si je pouvais avoir oublié le prénom de ma fille unique.

"Docteur Hamstedt, il faut vraiment que j'y..."

"Je ne peux imaginer combien ce doit être difficile pour vous de ne toujours pas avoir obtenu les réponses que vous attendez depuis si longtemps."

Je me suis mordu les lèvres. Elle avait raison. Aucun des deux enfants n'avait encore fait de déclaration vraiment utile. On aurait dit qu'ils ne s'étaient même pas rendu compte qu'un beau jour, cette Jasmin Grass avait remplacé Lena dans la cabane.

"Ce doit être très frustrant pour vous. Je me réjouis d'autant plus de l'engagement dont vous faites preuve en tant que grand-père. Et pour vous encourager dans cette voie, j'aimerais vous rappeler les faits, d'un point de vue psychologique."

J'ai poussé un soupir. J'avais déjà entendu tout ça. Elle allait me sortir l'inévitable comparaison. Hannah et le garçon qui, jusqu'à présent, n'avaient vu le monde que par le trou de la serrure, en quelque sorte. Enfermés depuis toujours dans cette cabane où ils n'avaient que deux personnes de référence : leurs parents. La nature qui contraignait les enfants à porter un amour inconditionnel à ceux-ci. L'isolement qui empêchait toute comparaison. Comment pouvaient-ils savoir que quelque chose d'anormal, de très grave, se déroulait autour d'eux, puisqu'ils n'avaient jamais rien connu d'autre ? Comment auraient-ils pu apprendre à distinguer entre le bien et le mal ? S'ajoutait à cela la dépendance envers le père, la docilité apprise depuis la naissance. Ils ne le voyaient pas comme un monstre qui les séquestrait. Ils lui étaient reconnaissants de leur apporter à manger pour qu'ils ne meurent pas de faim, de faire du feu pour qu'ils ne meurent pas de froid. Au-dessus de tout cela planait constamment l'idée de "normalité". Aujourd'hui encore. Pour Hannah et le garçon, la cabane était la normalité, leur normalité. Et en règle générale, on ne remettait pas en question sa propre normalité.

"J'ai compris", ai-je objecté, tentant de freiner le Dr Hamstedt dans ses explications. Cela faisait déjà presque un quart d'heure que Hannah m'attendait.

"Que leur père leur dise qu'il était l'heure d'aller au lit, ou qu'ils avaient une nouvelle mère, a poursuivi le Dr Hamstedt, imperturbable, sa parole avait valeur de loi. Il est important de ne pas l'oublier, monsieur Beck. Même si vous croyez encore pouvoir accepter de ne pas avoir obtenu de réponses, de ne pas savoir ce qui est arrivé à votre fille, plus le temps passera, plus il est probable que vous ressentirez une frustration grandissante, qui pourrait rapidement prendre des proportions considérables."

"Ne le prenez pas mal, docteur Hamstedt, mais pour l'instant, je ressens surtout une impatience grandissante. Ça fait déjà un quart d'heure que ma petite-fille m'attend."

Le Dr Hamstedt a souri d'un air entendu.

"Alors je ne vous retiens pas plus longtemps, monsieur Beck."

— Tu te rends compte que tu parles uniquement de Hannah ?

Karin vient d'interrompre le long silence qui s'est installé entre nous.

Je pousse un soupir, croyant deviner ce qui va suivre.

— Je n'ai pas envie de parler de Lena maintenant.

— Je ne parle pas de Lena. Je parle de Jonathan. Tu viens de l'appeler "le garçon". Tu as dit : le garçon, ils arrivent à le soigner. Tu ne t'en es pas rendu compte ?

— Je ne comprends pas ce que tu essaies de me dire.

Karin se redresse sur sa chaise.

— Est-ce que c'est parce qu'il n'a pas la bonne couleur de cheveux ?

— Quoi ?

— Parce qu'à tes yeux, il ne ressemble pas assez à Lena ?

— Qu'est-ce que tu racontes ?

— Tu ne vois pas son père en Hannah, tu ne vois que Lena.

— Karin, tu dis n'importe quoi.

Balayant d'un geste ce reproche absurde, je renverse mon verre, qui tombe sur le bois massif de la table. Le pied se casse, une mare rouge se propage à toute vitesse sur la nappe claire. Je me lève d'un bond, Karin aussi.

— Je suis désolé, chérie, dis-je en tamponnant maladroitement de ma serviette la tache écarlate. Karin relève la nappe pour empêcher le vin de couler sur la moquette crème.

— Ce sont des choses qui arrivent, dit-elle, avant de me regarder droit dans les yeux. Mais est-ce que tu as pensé à tout ce que ça implique, de prendre Hannah à la maison ? Tous ces journalistes et ces photographes qui vont nous assiéger, comme à l'époque, après la disparition de Lena ?

— Mais non…

— Le téléphone n'arrête déjà pas de sonner. “Madame Beck – elle imite une voix mielleuse – avez-vous toujours espoir qu'on retrouve votre fille ? Comment vont vos petits-enfants, madame Beck ? Juste une petite interview, madame Beck, nous ne vous dérangerons pas longtemps.”

Elle se met à débarrasser la table, secoue la tête.

— Je ne veux pas revivre ça, Matthias.

— Je sais bien, Karin. Mais je ne crois pas que ça arrivera. Que veux-tu qu'ils viennent faire ici ? Pourquoi perdre leur temps ? Ils savent parfaitement qu'ils n'obtiendront pas d'interview, ni avec nous, ni à plus forte raison avec Hannah. Et puis ils ont déjà une photo de la petite. Pourquoi venir la traquer ici avec un appareil photo ? Ils l'appellent “la petite zombie”, Karin ! Tu l'as lu toi-même ! je m'exclame, secouant la tête. La petite zombie. Alors qu'elle est tellement jolie sur cette photo.

Karin se fige.

— Matthias, non.

Je baisse les yeux. Karin lit en moi comme dans un livre ouvert. Elle me connaît depuis presque quarante ans. Elle sait. Ce non qu'elle vient de répéter n'est pas sa réponse à mon souhait de ramener Hannah à la maison. Karin a compris quelque chose de plus profond, je le sens.

— C'est toi qui as pris cette photo, c'est toi qui l'as donnée à la presse, constate-t-elle. Tu as recommencé.

Jasmin

Recroquevillée sur mon fauteuil, dans la position que me permettent mes côtes cassées, je tiens la lettre entre mes doigts crispés. Tremblants.

Tu as froid, maman ?

Tais-toi, Jonathan !

Je t'aime, maman.

Taisez-vous, tous les deux ! Laissez-moi tranquille, vous entendez ? Je ne me sens pas très bien aujourd'hui.

Je ferme les yeux, compte mes respirations, ainsi que me l'a conseillé ma psy en cas de crise de panique. "Ces voix ne sont pas réelles, mademoiselle Grass. Elles existent seulement dans votre tête. Laissez-les passer comme des nuages que vous observeriez dans le ciel. N'essayez pas de les refouler, et faites de même avec les souvenirs. Laissez-les venir, puis passer, tout va bien, respirez. Respirez profondément, calmement, inspirez, expirez..."

Je respire.

Les voix sont là. Le souvenir remonte à la surface, la transperce. Mais il ne passe pas, il me prend par la nuque et m'entraîne vers le fond, là où tout est sombre, à la lumière diffuse des ampoules de quarante watts. Je suis de retour dans la cabane et il fait froid, terriblement froid. Mon souffle forme de petits nuages dans l'air ; je suis assise à la table du coin repas avec Hannah et Jonathan. C'est l'heure de notre leçon d'anglais.

"Tu dois te concentrer, maman. C'est important d'apprendre. On n'a pas le droit d'être bête."

Je n'arrive pas à me concentrer. Le froid. Les nuages de condensation qui me rappellent que le temps passe et que je n'ai toujours pas trouvé le moyen de me sortir de cet enfer. Je ne sais même pas depuis combien de temps je suis là, quelques jours, quelques semaines, quelques mois ? Est-ce une journée d'été un peu froide, ou déjà l'hiver ?

"Tu as froid, maman ?" me demande Jonathan avec l'évidence, la naïveté de l'enfant qui ne connaît rien d'autre que cette vie-là. Dernièrement, ton mari nous laisse souvent seuls pendant la journée. Il part soi-disant travailler, quelle idée absurde, un monstre avec un boulot, un travail si ça se trouve tout ce qu'il y a de plus normal et régulier, un monstre avec des fiches de paie, des cotisations d'assurance.

"Maman ? Je t'ai demandé si tu avais froid."

Ne m'appelle pas maman.

Je ne suis pas ta maman.

"Oui, Jonathan, j'ai froid, très froid. Ça caille aujourd'hui."

Il se lève d'un bond, se précipite vers le canapé pour prendre la couverture en laine posée sur l'accoudoir, et vient me l'apporter.

"Merci, tu es gentil", dis-je en m'enveloppant dans la couverture. Depuis deux jours, je ne porte rien d'autre qu'une longue nuisette toute fine en satin blanc, je suis punie. En lavant le linge sous la surveillance de *papa*, j'ai étudié un peu trop longtemps le bidon de lessive liquide, ou plus exactement sa composition. Le poison, une possibilité.

Non, pas de possibilité.

"Tu pourrais boire ce truc au petit-déjeuner, Lena. Rien que des ingrédients naturels."

Son rire bref, cruel.

"Tu n'apprécies pas les libertés que je te laisse."

"Si, si, j'apprécie beaucoup."

Mais Dieu a décidé que non, et il m'a punie. Pas de vêtements, pas de collants, pas de chaussures, juste cette nuisette. Mes pieds me font l'effet de deux blocs, deux corps étrangers qui ne font plus partie de moi, mes doigts sont engourdis. Le froid a commencé par me donner la chair de poule, avant de s'insinuer en moi pour me ronger les os, et tout en moi est raide. J'ai même du mal à me tenir assise.

"Mot suivant !" lance Jonathan, radieux.

"Summit." Je lis machinalement le prochain mot de vocabulaire. Ce n'est pas un manuel qui est posé sur la table devant moi, mais un dictionnaire : *Vocabulaire anglais de base*. Nous avançons simplement dans l'alphabet, machinalement, nous faisons tout machinalement.

L'index de Jonathan se lève aussitôt, mais pas celui de Hannah, ce qui est inhabituel. La tête en arrière, elle scrute le plafond.

"Hannah, qu'est-ce qui t'arrive ?" je demande prudemment.

Il me semble qu'il se passe une éternité avant qu'elle regarde Jonathan, puis moi. Elle dit : "Le système de circulation est en panne."

"Ne t'inquiète pas. Papa va bientôt rentrer du travail, il le réparera tout de suite", je dis.

Mais je me trompe. Il ne rentre pas.

Six heures et quart – sept heures moins le quart – sept heures et demie – presque huit heures.

Nous allons nous sentir fatigués – nous endormir – étouffer. Jonathan bâille déjà.

"Ne vous inquiétez pas", je répète.

L'air qui semble se raréfier, brouillant les frontières entre réalité et imagination. L'horloge de la cuisine dont le tic-tac se met à évoquer un cœur qui bat, fort, sourd, lent – fort, sourd, lent – plus fort, plus sourd, plus lent. Les enfants qui bâillent tous les deux à présent, d'abord en mettant la main devant la bouche, puis à s'en décrocher la mâchoire. Jonathan qui ferme les yeux. Hannah qui tient Miss Tinky sur ses genoux, lui dit régulièrement de ne pas avoir peur.

J'appuie mes mains froides sur le plateau de la table, me propulse vers le haut, titube dans le salon, titube jusqu'à la porte de la cabane, secoue pitoyablement la poignée jusqu'à ce que mes forces m'abandonnent et que je m'effondre sur le sol.

"Je suis très fatiguée, maman." La voix faible de Hannah.

"Je sais." Ma voix aussi faible que la sienne.

Je tends la main vers la poignée, tire dessus pour me relever, sur mes jambes faibles, raidies par le froid, je retourne vers les enfants, vers la table. Je regarde l'horloge de la cuisine, les battements de son cœur résonnent dans ma tête, un peu plus de huit heures. Je touche l'épaule de Jonathan, *réveille-toi, ne dors pas*, et m'entends dire d'une voix étonnamment calme : "Les enfants, c'est l'heure d'aller à la salle de bains."

Nous longeons le couloir, Hannah devant, Miss Tinky dans les bras, Jonathan et moi derrière, nous tenant par la main. Nous allons aux toilettes à tour de rôle, nous brossons les dents, pour la dernière fois peut-être. Je propose aux enfants de dormir avec moi dans le grand lit, cette nuit.

"Est-ce que Miss Tinky peut aussi ?" me demande Hannah, et je souris : "Oui, bien sûr."

Nous nous couchons les uns contre les autres, je ne veux pas qu'ils soient seuls, c'est tout ce que je peux faire pour eux, être là, simplement, c'est trop peu, je pleure silencieusement. Un râle sort de la poitrine de Jonathan quand il respire.

Hannah me chuchote : “On se réveillera sûrement demain matin. On ne meurt quand même pas aussi vite, hein, maman ?”

“Tu as raison, ma chérie.” Je souris, dépose un baiser sur son front froid. Je renonce à lui demander depuis combien de temps l’aérateur ne fonctionne plus, depuis quand elle n’a plus entendu son bourdonnement, de toute manière je suis trop fatiguée pour faire de longues phrases.

“Je t’aime, maman, souffle Hannah d’une voix presque inaudible. Pour toujours toujours toujours.” Et je réponds : “Moi aussi, je vous aime. Bonne nuit.”

J’ouvre les yeux, inspire avidement. Je suis de retour dans mon salon, recroquevillée sur mon fauteuil. Dans ma main tremblante, la lettre. Cette feuille blanche aux caractères accusateurs. *POUR LENA*.

Non, ce n’est pas possible.

Ou bien si ?

Jasmin

J’ai fait un effort sur moi-même pour appeler Kirsten qui, moins de trente minutes plus tard, est devant ma porte et frappe comme je lui ai demandé de le faire au téléphone, trois coups rapprochés, deux coups espacés, *toctoctoc – toc – toc*.

— Je voulais justement t’appeler, dit-elle en refermant la porte derrière elle.

Je me contente de hocher la tête, subjuguée. Comme elle est belle et bronzée. Je me demande si elle est partie en vacances cet été. Si elle est partie en vacances pendant que j’étais enfermée dans la cabane.

— Quelle merde, Jassy.

Elle passe la main dans mes cheveux, qui étaient bruns la dernière fois que nous nous sommes vues, qui ont toujours été bruns, et qui sont maintenant blonds. Blond clair, avec des racines brunes larges comme le pouce. Parfois, dans la cabane, je m’imaginais la retrouver. Mais dans ma tête, elle disait : “Je suis tellement contente de te voir.”

— Au début, quand tu as disparu, j'ai cru… commence-t-elle une fois que nous sommes installées sur le canapé du salon.

— J'imagine, dis-je, l'interrompant tout de suite.

Je n'ai aucune envie d'entendre que ma disparition aurait tout aussi bien pu être une mise en scène dramatique destinée à attirer son attention.

Disparaître quelques jours, éteindre son portable, *allez, fais-toi du souci pour moi, cherche-moi, trouve-moi, ramène-moi à la maison.*

— C'est vrai, tout ça ? Je veux dire, tout ce qu'on entend ?

Elle sort un paquet de cigarettes de son sac à main, me le tend.

— Merci, j'ai arrêté.

— Je suis bête. Il n'y avait sûrement pas de cigarettes, dans la cabane.

— Non, il n'y avait pas de cigarettes.

Je me mets à ronger l'ongle de mon pouce, mauvaise habitude dont j'avais pourtant réussi à me débarrasser aussi.

— Et le reste ? Ce qu'on lit dans les journaux ?

Son briquet clique. Elle se penche pour attraper le cendrier sur la console, le pose sur la table basse.

— Tu veux dire, qu'on était attachés et qu'on mangeait dans des gamelles pour chiens ? je dis, secouant la tête. Non, on avait des assiettes et des couverts.

Il faut quelques secondes à Kirsten pour décider d'esquisser un sourire. On dit beaucoup de choses dans les journaux ces jours-ci, et si certains détails sont vrais, la plupart sont complètement tirés par les cheveux. Parfois, j'aimerais avoir la force de donner une interview, pour rétablir la vérité. Mais j'ai peur des questions, peur qu'un journaliste particulièrement ambitieux, pointilleux, méfiant, ne creuse encore bien plus profond. J'ai choisi l'ellipse, même si ça signifie être la pauvre jeune femme de la cabane qui mangeait dans une gamelle pour chien.

Je montre la lettre à Kirsten.

— Elle était dans mon courrier aujourd'hui.

Kirsten observe la feuille de papier bien plus longuement que nécessaire pour saisir les deux mots qui y sont écrits.

Lorsqu'elle relève enfin les yeux, son regard trahit un léger doute.

— Sûrement un fou qui a suivi l'affaire dans les journaux et qui essaie de te faire peur. On entend souvent ce genre de choses.

Elle penche la tête, scrute mon visage.

— Pourquoi, tu crois que ça peut être qui ?

Je me ronge toujours l'ongle du pouce.

— Ton ravisseur ? Jassy, il est mort. Tu t'es débarrassée de lui.

— Je sais, mais…

Kirsten secoue la tête, incrédule.

— Quoi ? Allez, dis-moi.

Je prends une profonde inspiration.

— Les enfants.

— Quoi, les enfants ?

— Les enfants ont des raisons de m'en vouloir.

Kirsten ouvre des yeux comme des soucoupes, prêts à sortir de leurs orbites. Voilà sans doute à quoi on ressemble quand on est confronté à la folie.

— Les enfants ? Mais enfin Jassy, qu'est-ce que tu racontes ?

Je devrais rire pour dissimuler cette stupide petite crise. Au lieu de ça, je saisis l'accoudoir du canapé, tente de me lever, n'y arrive pas, trop douloureux.

— Il y a autre chose, je souffle. Dans la chambre. Deuxième tiroir de la commode, dans une paire de chaussettes roulées en boule.

Kirsten hoche vivement la tête.

— OK, Jassy. Je vais voir, toi, tu restes ici.

Elle se lève, se penche en avant pour saisir mes jambes, qu'elle pose doucement sur le canapé.

— Repose-toi, dit-elle.

Je ferme les yeux, reconnaissante.

Tout de suite après, j'entends le bruit si agréablement familier de ses talons sur le stratifié du couloir, suivis d'un grincement aigu. La poignée de la porte de la chambre. Nous l'avions huilée cent fois, impossible de se débarrasser de ce grincement. Je ne sais pas combien de fois je me suis réveillée la nuit lorsque Kirsten se glissait dans la chambre en rentrant de son service au club. Au bout d'un moment, nous avions simplement pris l'habitude de laisser la porte ouverte… Je rouvre les yeux d'un coup en entendant la voix de Kirsten monter dans les aigus :

— Jassy ! Qu'est-ce que…

Matthias

Étudiante (23 ans) portée disparue

Munich (LR) – La police de Munich est à la recherche de Lena Beck (23 ans), domiciliée dans le quartier de Haidhausen. Des témoins ont vu l'étudiante dans la nuit de mercredi à jeudi dans le quartier de Maxvorstadt, où elle s'est rendue à une soirée qu'elle a quittée vers 5 heures du matin. Elle a appelé une amie en rentrant chez elle ; son téléphone est éteint depuis. Les recherches entreprises par la police ce vendredi dans la ville sont restées vaines. La dernière fois qu'elle a été vue, Lena Beck, 1,65 m, mince, cheveux blonds mi-longs, portait un haut argenté, un jean noir, des bottines noires et un manteau bleu marine.

Ç'avait été le premier article, le premier – comme je le croyais naïvement – d'une longue série avant que nous retrouvions Lena.

Or il n'y en avait eu que quatre – quatre articles, sur toutes ces années de disparition. Quatre articles "sérieux". Dans le second, il était question des plongeurs que la police avait envoyés voir si Lena était peut-être tombée dans l'Isar, s'était peut-être noyée, et qui n'avaient rien trouvé. Des témoins qui s'étaient rendus à la même soirée qu'elle avaient indiqué que Lena avait "consommé d'importantes quantités d'alcool ainsi que divers stupéfiants". Le troisième article commençait déjà à prendre une drôle de tournure. Le *Bayerisches Tagblatt* avait interviewé une soi-disant amie que Lena avait appelée juste avant de disparaître. L'amie en question, Jana W. ("le nom a été modifié par la rédaction") déclarait : "Lena avait beaucoup de problèmes." Elle voulait soi-disant arrêter ses études. Elle prenait des drogues, pas seulement cette fois, à la soirée de Maxvorstadt, mais dans toutes les soirées, partout. Elle était "ce genre de fille", "le genre de fille" à suivre le premier venu. Une fille facile à qui il suffisait de payer une bière. Après le quatrième, "l'étudiante" devenait "party girl". J'avais accepté toutes les maudites demandes d'interview, même si je commençais à me douter que l'intérêt premier de la presse n'était plus de retrouver Lena ou, au moins, des témoins utiles.

Un jour, je ne suis pas près de l'oublier, j'avais donné rendez-vous à un journaliste à mon bureau.

"Lena est une étudiante modèle, lui avais-je dit, lui montrant pour preuve ses relevés de notes semestriels. Toute petite déjà, elle voulait être institutrice. Ses études sont extrêmement importantes pour elle, ainsi que sa famille, bien entendu. Nous sommes très proches."

Le journaliste avait emmené un photographe, qui avait pris des photos de ses bulletins, de moi dans mon fauteuil de bureau, droit, dans tous les sens du terme. Matthias Beck, quarante-huit ans à l'époque, conseiller fiscal indépendant, les affaires marchaient bien, chemise amidonnée, costume à fines rayures, bien coiffé, rationnel, décidé.

"Je ne permettrai pas que ma fille, manifestement victime d'un crime dont nous ignorons tout pour l'instant, devienne également la victime d'une chasse aux sorcières médiatique." J'avais pris des notes en amont, formulé à l'avance certaines phrases que je voulais absolument dire, pour ne surtout rien oublier. "Non seulement le portrait qu'en font les médias ne correspond pas du tout à la réalité, mais je crois que ce type de couverture médiatique constitue une entrave à l'enquête de police."

"Et vous, monsieur Beck, comment vous sentez-vous ?" m'avait demandé le journaliste, un certain Lars Rogner, un type lisse aux cheveux gominés, au col de chemise relevé. Cette question-là, bien sûr, je ne l'avais pas préparée.

J'avais dégluti, puis : "J'ai le cœur brisé", avais-je dit d'une voix sourde.

Rogner avait hoché la tête, compatissant.

“Je comprends, monsieur Beck. C’est terrifiant.” Puis il s’était éclairci la gorge et m’avait demandé : “À quel âge Lena a-t-elle commencé à se droguer ?”

Une question comme un coup de poing, un direct du droit qui m’avait touché en plein ventre, me laissant effondré sur mon fauteuil.

Évidemment, le lendemain, le journal de Rogner ne montrait ni les bonnes notes de Lena, ni un père droit, décidé, mais un pauvre type effondré sur son fauteuil. En gros titre : *Le père de la party girl disparue : “Je ne savais rien de la double vie de Lena.”*

Karin m’avait giflé après avoir lu ça. Il avait fallu presque toute une semaine et la moitié d’une boîte d’Opipramol pour qu’elle accepte enfin de croire que je n’avais jamais dit ça. J’avais pris l’habitude de me lever plus tôt pour intercepter le journal dans la boîte aux lettres avant que Karin ne le trouve. Je le lisais en cachette, assis dans mon fauteuil de pêche, au cas où j’aurais de nouveau les jambes coupées, avec toutes les inepties que je lisais sur ma fille. Quand j’avais fini, j’attendais encore un moment que mes vertiges passent, puis je repliais mon fauteuil, sortais du garage et cachais le journal dans la poubelle du voisin. Je me forçais à sourire, et je rentrais préparer le petit-déjeuner. Karin et moi étions d’accord sur un point : j’avais appris quelque chose.

“Au moins, on parle encore d’elle”, essayions-nous de nous rassurer. Même si ça nous blessait, peu importait, en fait, que la police et les gens soient à la recherche d’une étudiante modèle ou d’une party girl délurée. L’essentiel, c’était qu’on continuait à la chercher, qu’elle ne tombait pas dans l’oubli. Karin m’avait tout de même fait promettre de ne plus parler aux journalistes.

Or elle vient de comprendre que j’ai de nouveau mis mon grain de sel. Que c’est moi qui ai donné la photo de Hannah à la presse. Une photo qu’elle m’a laissé prendre la semaine dernière, au centre, une fois que je lui avais expliqué le fonctionnement de mon appareil.

— Mais qu’est-ce qui t’a pris ?

Karin se tient devant la table de la salle à manger, bras écartés. Je prends les assiettes qu'elle vient d'empiler et les emporte dans la cuisine sans répondre. Elle me suit.

— Tu as oublié ce qui s'est passé la dernière fois que tu as laissé ces vautours t'approcher ? Comme ils ont mis Lena en charpie, avant de s'en prendre à nous ?

— Je veux juste qu'ils laissent Hannah tranquille, dis-je, tentant pitoyablement de me justifier, tandis que je fais couler de l'eau dans l'évier pour faire la vaisselle.

L'incompréhension de Karin qui couvre le bruit de l'eau. Je devrais pourtant, mieux qu'un autre, savoir à quoi m'en tenir.

— Et tu as envoyé la photo à Lars Rogner, en plus !

Parfaitement, à Lars Rogner. Évidemment. Après tout, il est le seul à avoir continué à parler de l'affaire quand le monde, au bout d'un moment, s'est remis à tourner sans Lena.

— Il a été père lui aussi, il a vécu des choses horribles. Si quelqu'un peut nous comprendre, c'est bien lui.

Karin esquisse un sourire las.

— Tu parles de cette histoire qu'il t'a racontée ? Qu'il avait soi-disant un fils qui est mort à l'âge de huit ans ? Je t'en prie. C'était sûrement une invention pour gagner ta confiance. Lars Rogner n'a pas pensé à Lena, ou à nous, une seule seconde. La seule chose qui l'a jamais intéressé, ce sont les ventes de son journal, et c'est pareil pour toutes ces autres feuilles de chou. Mais toi, tu ne t'en rends même pas compte.

— Il n'a pas seulement perdu son fils. Sa femme était gravement dépressive, elle s'est suicidée avec le petit ! C'est vrai. J'ai lu plusieurs articles…

— Tu dis ça seulement parce que tu sais que je vais te demander comment on peut être aussi naïf. Si c'était vrai, il ne nous aurait pas fait une chose pareille.

Je soupire.

— Allez, Karin, arrête. Ce n'était peut-être pas la meilleure idée du monde de lui envoyer cette photo. Mais je voulais seulement que les gens voient que Hannah est une petite fille tout à fait normale. Pas un zombie, justement, ou l'enfant d'un monstre. C'est l'enfant de Lena.

Je ferme le robinet, retrousse les manches de ma chemise et me mets à frotter la poêle dans laquelle Karin a préparé les steaks du dîner.

— D'abord les verres, ensuite les assiettes et les couverts, dit-elle en me poussant. La poêle en dernier, sinon l'eau va être sale tout de suite. Donne-moi ça.

Elle plonge la main dans l'eau de vaisselle pour me prendre l'éponge.

— Je te comprends, Matthias. Tu veux la protéger, comme tu as voulu protéger Lena à l'époque. Mais pas comme ça, enfin. Tu fais encore plus de dégâts. Ce n'est pas toi qui disais que la petite avait besoin de calme ? Pourquoi la mettre sous les projecteurs, alors ? Et, dans le pire des cas, nous y remettre nous aussi ?

Je prends le petit torchon sur la barre de la cuisinière, m'essuie les mains.

— Rogner ne sait pas que la photo vient de moi, si ça peut te rassurer. Je me suis créé une nouvelle adresse e-mail exprès.

Nouveau sourire de Karin, qui n'a pas l'air amusée.

— Bien sûr. Parce que tu savais que si j'apprenais que tu avais de nouveau contacté ce type, tu passerais le reste de tes vieux jours sur le canapé du salon.

— C'est ce qui m'attend ?

— Je réfléchis encore.

Je remets le torchon à sa place, rabats mes manches sur mes poignets.

— Tout ira bien. Je m'en occupe, promis.

— J'en ai bien peur, réplique Karin avec un soupir. Promets-moi plutôt que tu ne feras plus cavalier seul…

La sonnette de la porte l'interrompt.

— Qui ça peut être, à cette heure ? murmure-t-elle avant de porter la main à sa bouche, effarée, et de répondre elle-même à sa question. Gerd ! souffle-t-elle. Ils ont retrouvé le corps de Lena.

L'espace de quelques secondes, mes sens ne fonctionnent plus, le caractère définitif de cet instant me serre la poitrine, le sang bruisse à mes oreilles. Les yeux de ma femme sont écarquillés. Deviennent vitreux. Sa main, devant sa bouche, se met à trembler.

Le chemin de la cuisine à l'entrée s'étire au ralenti. Je sens Karin dans mon dos, l'entends respirer difficilement, le chemin est long, épuisant. Je m'efforce de comprendre que ce sont mes derniers pas en tant que père d'une jeune femme portée disparue. Qu'à présent, mes pas seront ceux du père d'une morte. Gerd avait raison : il y a bien une différence entre supposer et savoir.

Je me retourne vers Karin et décide :

— C'est mieux comme ça.

Puis je pose la main sur la poignée, ouvre la porte. Mais ce n'est pas Gerd, sur le perron.

Jasmin

Je serre les lèvres, fixe le plafond. J'entends de nouveau les talons de Kirsten, à intervalles brefs et nerveux cette fois. Je n'ai pas besoin de tourner la tête pour savoir qu'elle est sur le seuil et qu'elle me dévisage, perplexe. Elle n'est pas allée jusqu'à la commode.

Je l'imagine il y a deux minutes à peine, poser la main sur la poignée grinçante, la poignée de la porte de la chambre, qui restait toujours ouverte pour une bonne raison et qui, désormais, pour une raison encore meilleure, reste toujours fermée. J'imagine son visage, son cœur qui a dû exploser quand elle est entrée dans la chambre.

Les murs blancs tapissés de toi, Lena. De ton histoire.

— Jasmin, dit Kirsten d'une voix presque inaudible.

Juste : "Jasmin."

Les murs tapissés de tous les articles que j'ai pu trouver sur toi sur Internet. Trois cent douze. C'est presque toute une rame de papier, c'est une nouvelle cartouche d'encre, c'est le travail de toute la nuit dernière.

Je cligne faiblement des yeux en entendant les pas de Kirsten avancer vers moi, prudents, hésitants, comme si elle s'approchait d'un dangereux animal.

— Jasmin, répète-t-elle.

Comment pourrait-elle comprendre, Lena ? Et ne pas me prendre pour une folle, une possédée ? Comment pourrait-elle ne pas penser que je me complais littéralement dans mon malheur ? Je tiens le soleil, la liberté, le monde à l'écart. Je devrais prendre une douche. Aller chez le dentiste faire remplacer ma molaire manquante. Aller chez le coiffeur me faire teindre les cheveux. Ou au moins demander à Kirsten de me rapporter une boîte de teinture du supermarché. Jasmin a toujours eu les cheveux bruns, toute sa vie. Jasmin devrait ouvrir les fenêtres en grand pour voir le ciel, n'importe quel ciel. Jasmin devrait être en vie, puisqu'elle s'est enfuie de la cabane. Puisque c'est ce que les journaux proclament, unanimes : *Jasmin G., la victime, a survécu à un martyre de quatre mois.*

Survécu.

— Jassy ?

Kirsten s'assied au bord du canapé. Je ne fais même pas mine de la regarder, je fixe toujours obstinément le plafond.

— Pourquoi tu as fait ça ? Pourquoi tu as punaisé tous ces articles de journaux sur les murs ? Qu'est-ce que ça veut dire ?

Je ferme les yeux.

— Jassy…

On dirait que Kirsten pleure. Je sens une main sur ma joue.

— Tu ne vas pas bien. Tu as besoin d'aide.

Tu peux crier aussi fort que tu veux, Lena. Personne ne viendra t'aider.

— Tu dois retourner à l'hôpital, Jasmin.

Ils t'ont oubliée, Lena. Tu n'as plus que nous désormais. Pour toujours toujours toujours.

Un tremblement traverse mon corps : Kirsten m'a saisie par les épaules et me secoue.

— Ouvre les yeux, Jassy ! Regarde-moi !

Ouvre les yeux, Lena. Je sais que tu es réveillée.

J'obéis.

— Jassy, tu m'entends ?

L'effroi a avalé le teint frais de Kirsten, ne laissant que le généreux trait de blush qui marque ses pommettes, comme une peinture de guerre maladroite.

— Tu m'entends ?

J'acquiesce faiblement. Une unique larme profite de ce léger mouvement pour se détacher du coin de mon œil.

— C'est ma faute, je murmure.

— Rien de ce qui est arrivé n'est ta faute.

Je secoue la tête. Une seconde larme en profite.

— C'est ma faute, et ils veulent me le rappeler. C'est à cause de moi que les enfants n'ont plus de père. Ni de maison.

— C'est vrai, la lettre.

Une seconde plus tard, Kirsten a bondi du canapé. Je l'entends marmonner : "la commode", puis ses talons se précipitent une nouvelle fois sur le stratifié. Je m'essuie les yeux de la paume, renifle. Il n'y a plus d'autre bruit pendant un moment, plus de pas, rien qui témoigne d'un mouvement quelconque dans la chambre, pas de tiroir qui s'ouvre. Un instant, je me demande si Kirsten est vraiment là, si sa présence pourrait n'être qu'un tour de plus que m'aurait joué mon esprit amoché. Je quitte péniblement le canapé, respire pour chasser la douleur lancinante qui fuse aussitôt dans mes côtes, me traîne jusqu'à la chambre.

Ce n'était pas une illusion, elle est là, elle est vraiment là. Mais elle n'a toujours pas ouvert la commode. Elle est assise sur le matelas, la tête en arrière, et parcourt les murs du regard. Je m'assieds tant bien que mal à côté d'elle. Il est inutile de nier que je me sens mal. Mon état, bien visible, tapisse les murs.

— Il ne m'a jamais expliqué pourquoi, dis-je d'une voix cassée, après avoir reniflé encore une fois, m'être essuyé encore une fois les yeux. Je veux dire, je me doute bien de la raison pour laquelle il m'a choisie. J'étais sans doute au mauvais endroit au mauvais moment, et en plus j'avais la malchance de lui ressembler un peu.

Je désigne les photos. Pas un article ou presque qui ne se soit accompagné d'une photo de toi, Lena, presque toujours la même, une photo prise sur le vif. On dirait que tu viens de te retourner, qu'une milliseconde avant qu'on appuie sur le déclencheur, tu étais encore en train de tourner sur toi-même. Tu écartes une mèche blonde de ton visage, tu ris ; tu n'es que légèreté. Cette nuit, tandis que mon imprimante travaillait sans relâche, j'ai même cru l'entendre, ce rire, faiblement d'abord, comme un souffle. Puis, à chaque nouvelle photo crachée par l'imprimante, il me semblait plus proche, plus fort, comme si tu étais ici avec moi, dans la même pièce.

— Pourquoi est-ce qu'il l'a choisie, elle, Kirsten ? Est-ce qu'elle lui rappelait quelqu'un, comme moi je lui ai rappelé Lena ? Pourquoi est-ce qu'elle a eu le droit de garder son vrai nom, et pas moi ? Est-ce qu'il la connaissait ?

Kirsten pousse un soupir.

— Peut-être qu'elle aussi a été victime du hasard, comme toi, au mauvais endroit au mauvais moment. Tu crois que tu te sentirais mieux si tu savais pourquoi ? dit-elle en secouant la tête. Quand j'ai été agressée dans cette arrière-cour, moi aussi je me suis demandé mille fois : pourquoi moi ? Pourquoi fallait-il que ça m'arrive à moi ? Je me suis imaginé que le type m'avait observée au club. Peut-être qu'il était assis au comptoir, qu'il m'avait souri pendant que je lui servais son verre. Peut-être même que je lui avais souri moi aussi, en espérant un bon pourboire. Je me suis vraiment pris la tête avec ça, mais comme tu le sais, j'avais tout faux. Le type qui m'a violée n'est jamais venu au club. Il n'a pas attendu que mon service se termine, il ne m'a pas suivie. C'était juste un type qui a croisé mon chemin quand je suis rentrée chez moi, qui, comme l'a établi la police plus tard, avait fait la fête dans un autre club et avait trop bu.

— Oui, je sais.

— Il aurait pu croiser n'importe quelle fille cette nuit-là, ou aucune. Mais c'est tombé sur moi. Le destin, dit-elle en haussant les épaules. Parfois, il n'y a pas de pourquoi, Jassy. Parfois les chemins de deux personnes se croisent de façon très malheureuse et on peut juste faire en sorte de l'accepter et de continuer à vivre.

— Mais ton violeur, ils l'ont arrêté. Tu as eu la possibilité de lui demander pourquoi il t'avait fait ça. Même si c'était pour entendre qu'il n'y avait pas de raison.

J'étends les jambes, bouge mes orteils dans mes épaisses chaussettes en laine. Mes pieds sont froids, comme tout en moi est froid, n'arrive plus à se réchauffer.

Tu as froid, maman ?

— Moi, je ne peux plus poser de questions à mon ravisseur, puisqu'il est mort. Je ne connais même pas son nom.

— La police va bien finir par l'identifier.

— Tu sais depuis combien de temps la police tourne en rond dans cette enquête ? Et peu importe ce qu'ils croiront trouver, ça ne sera jamais que des suppositions. Il est mort. Tu ne comprends pas, Kirsten ? Et elle était sa victime originelle, sa raison, son mobile.

— Jassy…

— Comment veux-tu que je tire un trait sur cette histoire, si je ne sais pas pourquoi il a fait ça ?

Kirsten hoche la tête, le regard fixé sur le mur face à elle.

— Et tu crois que tu vas trouver ta réponse dans ces articles de journaux ?

— Je ne sais pas. Je crois que je veux simplement savoir qui elle était.

Kirsten éclate de rire. Je ne lui ai pourtant pas dit quelle étrange consolation je trouve dans le fait d'être entourée de ton histoire, de tes photos. Qu'elles rendent la solitude supportable, parce que grâce à elles je ne le suis plus, seule. Nous avons vécu la même chose, nous sommes deux. Tu es là, Lena, tu me comprends.

— La moitié au moins de ces articles n'est qu'un ramassis de conneries. Réfléchis un peu, Jassy. Aujourd'hui ils écrivent que tu étais attachée et qu'on te donnait à manger dans une gamelle pour chien, et tu crois sérieusement qu'il te suffit de lire quelques articles sur Lena Beck pour en savoir plus que la police ?

— Probablement pas, dis-je, penaude.

Kirsten se met à gesticuler.

— Tu pourrais tout aussi bien afficher les articles concernant ta propre disparition, mais tu ne le fais pas ! Parce que tu sais exactement quelles conneries on y raconte.

— Oui.

Kirsten secoue la tête, se lève, se dirige vers le mur d'en face.

— Arrête ! je m'exclame en la voyant retirer une première punaise. Je t'en prie, Kirsten. Ça m'aide.

— Non, Jassy, ça ne t'aide pas, au contraire. Tu n'avanceras pas d'un pouce si c'est la première chose que tu vois en te levant le matin.

— Je t'en prie.

Kirsten pousse un soupir, renfonce la punaise dans le mur.
— Est-ce que tu vois régulièrement ta psy ?
— Je l'appellerai demain, promis.
Kirsten baisse les yeux, se passe la main sur le front en soupirant, puis relève soudain la tête, comme si elle venait de se souvenir de quelque chose d'important.
— Dans la commode, tu disais. Deuxième tiroir.

Matthias

Ce n'est pas Gerd qui se tient sur le perron. C'est Mark Sutthoff, et tout va très vite. Je veux refermer la porte, il la bloque du pied, tandis que derrière moi, Karin crie :
— Matthias !
Mark Sutthoff chez moi.
Mark Sutthoff qui serre ma femme dans ses bras. Ma femme qui serre Mark Sutthoff dans ses bras. Je reste planté dans l'entrée, pris de vertiges.
— Qu'est-ce que tu fais ici ?
— Matthias, je t'en prie.
Karin, à nouveau.
— Je suis désolé de débarquer ici aussi tard et sans prévenir, j'ai essayé de vous joindre plusieurs fois, mais ça ne répondait pas.
— Nous avons débranché le téléphone, explique ma femme, qui pose à présent une main dans le dos de Mark Sutthoff et le dirige vers mon salon. Ces journalistes. Le téléphone n'arrêtait plus de sonner, c'était insupportable. Depuis quand es-tu de retour en Allemagne, Mark ?
Je les suis comme un chien oublié.
— Je viens juste d'atterrir. J'ai loué une voiture à l'aéroport et je suis venu directement.
Mark Sutthoff qui ôte sa veste et la jette sur le dossier du canapé comme s'il était chez lui. Qui s'assoit sur mon canapé, pose le bras sur l'accoudoir, croise nonchalamment les jambes. Qui, lorsque ma femme lui demande ce qu'il veut boire, répond un verre d'eau, enfin, il prendrait bien une tisane, mais juste

si ce n'est pas trop de dérangement. Je serre les mâchoires tandis que Karin trotte vers la cuisine – "Aucun problème, Mark" – pour mettre de l'eau à chauffer.

— Ça fait un moment que nous voulions t'appeler, lance-t-elle depuis la cuisine.

— Mais nous nous sommes dit qu'il n'y avait aucune raison de le faire, poursuis-je en croisant les bras au moment où Karin remplit la bouilloire.

— Matthias, assieds-toi donc, réplique Mark Sutthoff avec un sourire.

Ses cheveux bruns sont coupés plus court, son visage, sa silhouette tout entière ont l'air plus pleins que lors de notre dernière rencontre, au commissariat de police. Il était alors maigre comme un clou, consumé, ce qui faisait ressortir encore davantage son nez enflé, constellé de sang séché. Il ne me reprochait rien, avait-il déclaré en présence de Gerd, il comprenait dans quelle détresse je me trouvais. J'avais eu envie de lui cracher au visage, et à Gerd aussi, qui se laissait impressionner par cette minable performance d'acteur. Finalement, Mark Sutthoff avait empoché sept mille euros pour sa petite représentation.

— Merci, je préfère rester debout, je marmonne.

— Comment vas-tu, Mark ?

Karin revient dans le salon, un plateau dans les mains. Avec trois tasses, mes tasses. J'ai toujours supposé que Karin était restée en contact avec lui, mais je ne lui ai jamais posé la question. Elle n'aurait sans doute pas pu s'empêcher de m'énumérer le nombre de fois où elle était allée à la pharmacie, à cause de moi, chercher des Opipramol et autres tranquillisants, à cause de ma manie de faire cavalier seul.

— Oui, Mark, dis-je avec un sourire, comment se porte le marché de la voiture d'occasion ?

Je sais pour l'avoir lu sur internet qu'il a fondé une école de théâtre quand il s'est installé en France, mais qu'il a mis la clé sous la porte au bout de quelques mois.

Mark Sutthoff sourit à son tour.

— Nous ne vivons plus à Paris, nous nous sommes installés à la campagne, dans la vallée de la Marne. Une région magnifique, des paysages fabuleux. Nous faisons du vin. Je t'en enverrai une caisse à l'occasion, Matthias.

— Trop aimable.

Karin a pris place à côté de lui. Elle s'éclaircit la gorge, dépose les sachets de tisane sur une soucoupe.

— Sers-toi, Mark, dit-elle, lui faisant signe de prendre une tasse. Comment vont ta femme et ta fille ?

Mark Sutthoff a une fille. Avant il avait la mienne, maintenant il en a une à lui. Je sens un élancement au-dessus du sourcil droit.

— Bien, bien, dit-il avant de prendre une gorgée de tisane.

— Quel âge a la petite maintenant ? demande Karin.

— Neuf ans. Le temps passe trop vite.

— Oui, dit Karin, un sourire mélancolique aux lèvres. Parfois.

— Est-ce qu'il y a du nouveau au sujet de Lena ?

L'élancement au-dessus de mon sourcil s'aggrave lorsque je l'entends prononcer son nom.

— Depuis quand est-ce que ça t'intéresse ?

Mark Sutthoff repose brusquement sa tasse sur la table basse, me dévisage. Si je ne le connaissais pas, je pourrais presque croire que je viens de le blesser, de lui faire vraiment mal. Les coins de sa bouche se sont affaissés, je crois même déceler un léger tremblement au niveau du menton.

— Ça m'a toujours intéressé, tu le sais très bien.

Karin lui tapote le genou pour le consoler, et il prend sa main dans la sienne. Mark Sutthoff et ma femme se tiennent par la main. J'imagine ce que ces mains ont pu faire à ma fille. La saisir, l'étrangler, creuser sa tombe.

"Mark Sutthoff a un alibi", m'avait confié Gerd à l'époque.

J'avais accueilli la nouvelle en secouant la tête.

"Un alibi, ça ne veut rien dire. Les gens mentent pour avoir un alibi."

"Matthias, il n'était pas en ville lorsque Lena a disparu."

Gerd avait levé les mains au ciel en voyant que j'étais toujours dubitatif.

"Bon Dieu, Matthias, il n'était même pas dans le pays ! Il était en France ! Nous avons son billet d'avion, sa réservation, les témoignages du personnel de l'hôtel et de la personne qui l'accompagnait !"

"La personne qui l'accompagnait ?"

Gerd m'avait dévisagé un instant avant de répondre.

"Une jeune femme."

"Une jeune femme ?"

"M. Sutthoff a déclaré que Lena et lui étaient séparés depuis quelques semaines. Nous avons trouvé sur son téléphone portable des messages qui viennent le confirmer, mais qui indiquent aussi qu'ils étaient toujours en contact et avaient l'intention de se voir à son retour. Apparemment, ils voulaient se donner une seconde chance."

Je détourne le regard.

— Je sais que nous avons eu des différends par le passé, Matthias, dit la voix de Mark Sutthoff.

J'acquiesce faiblement, les souvenirs remontent. Mes mains sur son col, son dos plaqué contre un mur, son visage écarlate. *Où est-elle, espèce de salaud ?*

— Comme toi, j'ai toujours voulu savoir ce qui était arrivé à Lena. Je ne l'ai jamais oubliée, dit-il dans un bref éclat de rire, presque amer. Demande à ma femme, elle n'en peut plus d'entendre parler de Lena. Mais que veux-tu ? On n'oublie jamais son premier grand amour.

Karin pousse un soupir, on dirait qu'elle s'extasie.

— Voilà pourquoi je suis monté dans le premier avion quand la police m'a contacté.

L'élancement au-dessus de mon arcade sourcilière cesse d'un coup.

— La police ?

Mark Sutthoff hoche vivement la tête.

— Oui. Ce Bernd Brühling m'a appelé hier. Apparemment, ils ont besoin de mon aide.

— Gerd Brühling, je rectifie, obéissant à un stupide automatisme, tandis que ma raison essaie de donner un sens à tout ça. Ton aide ? Mais pour quoi faire ?

— Je ne sais pas encore exactement, mais – il prend une profonde inspiration, quasi théâtrale – il est évident que je ferai tout ce qui est en mon pouvoir pour retrouver Lena.

Il se tourne vers Karin, qui a l'air émue.

— Moi aussi, j'ai une fille, à présent. Et je ne sais pas comment j'aurais fait pour survivre à ces dernières années, à votre place.

Il me regarde moi, maintenant.

— Je serais sans doute devenu fou.

J'ignore son regard affecté.

— Mais Gerd a quand même dû te dire quelque chose, au téléphone.

Mark Sutthoff hausse les épaules.

— Seulement que je pourrais peut-être les aider, avec cette nouvelle piste qu'ils suivent en rapport avec cette jeune femme. Comment vont les enfants ? Un garçon et une fille, je crois ? Ah là là – il sourit, perdu dans ses pensées – ma Lena maman, incroyable.

— *Ta* Lena…

— Les enfants vont comme ils peuvent dans des circonstances pareilles, se hâte de répondre Karin. On ne peut pas dire qu'ils vont bien. Jonathan est gravement traumatisé. Quant à Hannah, les psychologues envisagent une forme légère de ce… chéri, comment s'appelle ce syndrome, encore ?

— Asperger, je marmonne.

— C'est ça, Asperger. Il s'agit d'une forme d'autisme qui rend plus difficiles les relations avec les autres. La communication, par exemple. Les personnes atteintes de ce syndrome ont tendance à tout prendre au mot, elles ont du mal à comprendre certaines situations…

— Mais est-ce que ce n'est pas normal quand on a passé toute sa vie isolé dans une cabane ? Comment la petite pourrait-elle savoir comment se comporter avec les gens ? C'est tout nouveau pour elle.

— C'est exactement ce que je lui ai dit ! je m'exclame, l'index levé. Exactement, Mark ! On ne peut pas tout de suite lui diagnostiquer je ne sais quel trouble ! Tu devrais voir comme Hannah est intelligente !

— Enfin, Matthias, intervient Karin, le Dr Hamstedt te l'a expliqué. La plupart des personnes qui présentent ce syndrome sont même plus intelligentes que la moyenne. Il s'agit plutôt de la manière dont elles appréhendent le monde…

Mark secoue la tête.

— Il lui faut probablement un peu de temps pour s'habituer à tout ça.

— C'est exactement ce que j'ai dit, je répète en frappant dans mes mains.

Karin soupire.

— Nous verrons bien comment les choses évoluent. En tout cas, ils sont entre de très bonnes mains à Regensburg. La psychologue qui s'occupe d'eux est très investie.

— Ce que Karin ne peut que supposer, dis-je en me tournant vers Mark, puisqu'elle ne vient pas avec moi voir les enfants.

— Ah non ?

Mark s'est tourné vers Karin, surpris. Elle baisse les yeux.

— Il faut croire qu'à moi aussi, il me faut un peu de temps pour m'habituer à tout ça, dit-elle, penaude.

— Je suis sûr que tout va s'arranger, dit-il en reprenant sa main dans la sienne.

— Quand est-ce que tu vas voir Gerd ? je demande à Mark.

— Eh bien, le plus tôt possible, je pense. Je ne pouvais pas encore lui dire au téléphone dans quel avion je serais. Donc il ne sait pas encore que je suis déjà en Allemagne. Mais je l'appellerai demain matin à la première heure.

— Tu veux bien nous tenir au courant ?

— Bien sûr, Matthias. Ça va de soi.

Le père de la party girl disparue condamné pour coups et blessures

Munich (LR) – Matthias Beck, 48 ans, le père de Lena Beck, party girl de 23 ans disparue depuis le mois de janvier dernier, vient d'être reconnu coupable de coups et blessures. Le tribunal de première instance de Munich l'a condamné à une amende équivalente à soixante-dix journées de travail pour s'être livré à des voies de fait sur la personne de l'ex-petit ami de sa fille, Mark S., 23 ans, comédien. Matthias Beck a déclaré être convaincu que Mark Sutthoff était responsable de la disparition de sa fille. Le verdict tient compte de l'état psychique de Matthias Beck, attesté par un rapport d'expertise du tribunal au moment des faits. Le jugement est exécutoire. La victime, Mark S., s'est déclarée satisfaite de l'issue du procès. "M. Beck s'est jeté sur moi comme une bête sauvage, a-t-il déclaré. J'ai eu peur pour ma vie. Je suis soulagé que le tribunal ne laisse pas cette agression impunie. Même si je comprends parfaitement son chagrin, il faut mettre un terme aux explosions de violence de M. Beck, non seulement pour me protéger moi, mais pour protéger la communauté tout entière."

Jasmin

La commode, deuxième tiroir en partant du haut. Toujours assise sur le matelas, je regarde Kirsten tâter la paire de chaussettes, puis la dérouler. Je regarde son visage. Ses yeux, si clairs d'ordinaire, troubles, ses lèvres qui paraissent toutes fines, distendues. Les doigts tremblants, elle sort de la chaussette le morceau de verre maculé de traces de sang séché.

— C'est… ?

— Le morceau de la boule à neige que la police n'a pas retrouvé.

— Pourquoi l'avoir emporté ? Tu ne voulais quand même pas garder un souvenir de la cabane ?

Je secoue la tête.

— C'est Hannah qui me l'a donné. À l'hôpital. Le médecin m'avait fait une piqûre de tranquillisant, j'étais dans les vapes. Hannah est entrée dans ma chambre, elle m'a mis l'éclat de verre dans la main, en disant : *J'ai tout bien retenu*. Quand je me suis réveillée, j'ai d'abord pensé que j'avais rêvé. Puis je me suis rendu compte que je tenais cet éclat de verre dans mon poing serré.

— Mais pourquoi est-ce qu'elle te l'a donné ?

— Au début je n'ai pas compris. Mais maintenant, avec la lettre, je crois qu'elle voulait me rappeler ma culpabilité.

Je me revois dans l'ambulance, me souviens du sentiment étrange qui m'a envahi lorsque j'ai entendu sa voix. *Elle s'appelle Lena*, a-t-elle dit de cette voix qui ne pouvait pas être réelle, qui devait être un effet du choc ou du tranquillisant. Ce sentiment étrange qui s'est encore renforcé lorsque "Cham" et "Munich" m'ont confirmé que Hannah était bel et bien dans l'ambulance avec moi, et qu'elle était ici, à l'hôpital, en ce moment même, séparée de moi par quelques chambres, un étage tout au plus. Ce sentiment étrange que quelque chose clochait. Hannah n'aurait jamais quitté la cabane volontairement. Je lui avais pourtant crié dessus, à peine quelques heures auparavant. Je leur avais crié à tous les deux de me suivre. *Allez, les enfants ! On y va !* Mais ils n'étaient pas venus. Jonathan était resté prostré à côté du corps immobile sur le sol en gémissant faiblement. Hannah, debout à côté d'eux, me fixait, incrédule. Je venais de frapper son père avec la boule à neige, de toutes mes forces, en poussant un cri primitif.

— Pour eux je suis coupable de la mort de leur père.

— Jassy, ils sont tout jeunes.

— Hannah a treize ans, Jonathan onze.

— Ce sont des enfants.

— L'éclat de verre est un signe.

— Arrête.

— Et la lettre est une sorte de rappel. Je ne dois pas oublier ce que je leur ai fait. Ils voulaient que je reste leur mère pour toujours toujours toujours. Or j'ai tout cassé, pour toujours toujours toujours – ma voix n'est plus qu'un murmure. Elle a tout bien retenu.

— Jassy, il n'y a même pas d'expéditeur. On a dû la glisser directement dans ta boîte aux lettres. Tu ne penses quand même pas sérieusement que deux enfants placés dans une clinique psychiatrique vont avoir l'autorisation de sortir se balader dans les rues de Regensburg pour distribuer du courrier !

Elle tourne l'éclat de verre entre ses doigts.

— Pourquoi tu ne l'as pas donné à la police ?

— Je ne sais pas. Je crois que je n'avais pas envie d'expliquer encore plus de choses. J'ai caché l'éclat de verre entre le sommier et le matelas de mon lit, puis dans le sac de voyage que ma mère m'a apporté à l'hôpital.

Je m'interromps pour lire le visage de Kirsten, ce visage qui m'était si familier autrefois. Où un battement de cils pouvait contenir une réponse, une moue annoncer toute une discussion. Ce visage qui m'est étranger à présent, comme le mien doit lui paraître étranger. Comme tout en moi doit lui paraître étranger.

— Tu ne comprends pas, je constate.

Kirsten ne dit rien.

— Ce n'est pas grave. Tu n'es pas obligée de comprendre.

— J'aimerais bien, Jassy ! Mais c'est juste super difficile de te suivre.

Je souris faiblement. Il avait raison.

Tu n'as plus personne, personne d'autre que nous. Tu iras mieux quand tu le comprendras.

Hannah

Au début ça me plaisait plus ici. À la clinique pour enfants. Ce n'était pas super, mais c'était mieux. Jonathan et moi, on avait le droit de dormir dans la même chambre. On avait le droit d'y manger aussi, juste nous deux, on n'était pas obligés de prendre nos repas dans la grande salle, avec les autres enfants. Mme Hamstedt et ses assistants nous laissaient tranquilles. Ils venaient régulièrement voir ce qu'on faisait, mais ce n'était pas grave. On avait le droit d'aller aux toilettes à nos heures et ils nous demandaient toujours si on avait besoin ou envie de quelque chose. J'ai demandé à avoir Miss Tinky, mais Mme Hamstedt m'a dit que la police ne l'avait pas retrouvée. Je crois qu'elle s'est sauvée quand nous sommes parties de la cabane cette nuit-là, maman et moi. Ou quand les policiers sont entrés. Ils n'ont sûrement pas bien refermé la porte. Je m'imagine Miss Tinky, effrayée par tous ces policiers inconnus, qui s'enfuit dans la forêt. J'imagine qu'elle est cachée dans des buissons tout sombres et qu'elle a peur, parce qu'elle a faim et qu'elle ne retrouve plus le chemin de la maison. Ou alors, et je crois que c'est ce que je trouverais le plus terrible : qu'elle a retrouvé le chemin de la cabane, mais qu'elle a encore plus peur maintenant, parce qu'il n'y a plus personne.

"Je suis désolée, Hannah, m'a dit Mme Hamstedt en voyant que ça me rendait triste, avec des larmes et tout. Je sais que tu tiens beaucoup à elle. Je suis sûre qu'elle va bien." Et puis elle m'a dit que de toute façon, les animaux n'étaient pas autorisés dans la clinique pour enfants. Là, pour la première fois, je me suis dit que cet endroit ne pouvait pas être aussi bien que ça.

Et au bout de quelques jours, j'ai su que j'avais raison.

Ils nous ont dit que c'était mieux qu'on ait des chambres séparées, Jonathan et moi, et qu'on prenne nos repas dans la grande salle avec les autres enfants. Ils ne nous ont plus demandé si on avait envie de quelque chose, et ils ont fermé la porte des toilettes à clé. Pour moi, c'était supportable, mais Jonathan faisait pipi dans sa culotte trois fois par jour. Alors ils lui ont donné les cachets jaunes, qui allaient encore. Au moins, il faisait un effort pendant les séances de dessin, et il me parlait. Pas aux autres, mais à moi, oui. Une fois, il m'a dit qu'à son avis, on était là parce qu'on était punis. Je lui ai dit que ce n'était pas vrai et qu'il ne devait pas s'inquiéter, parce qu'on allait bientôt venir nous chercher. Une promesse est une promesse et on ne peut pas revenir dessus. Mais il ne m'a pas crue.

Un peu après, il a commencé à se taper la tête contre la table au moment du repas, alors ils lui ont donné les cachets bleus. Maintenant il ne parle plus du tout et pendant les séances de dessin, il ne fait plus que des gribouillis. Je lui ai dit qu'il devait faire un effort, mais il ne m'a pas écoutée. Ses gribouillis sont tellement moches qu'on n'a même plus le droit d'avoir nos séances de dessin ensemble. Maintenant il passe une heure avant moi. Je ne le vois presque plus, juste quand il sort du bureau de Mme Hamstedt à la fin de la séance et que j'attends dans le couloir de pouvoir entrer. Comme aujourd'hui.

Je n'aime pas ses yeux stupides. Je sais que c'est à cause des cachets bleus qu'il me regarde aussi bêtement, mais j'ai quand même du mal à l'aimer. Il ne dit même pas bonjour quand il me voit. Il faut toujours être poli et dire bonjour. Mme Hamstedt le pousse devant sa porte et lui fait faire quelques pas dans le couloir, où l'assistant qui m'a accompagnée l'attend.

— Je vous laisse vous occuper du jeune homme, Peter ?

— Dacodac, dit l'assistant, ce qui n'est pas un vrai mot, puis, s'adressant à Jonathan : Alors, petit, comment va aujourd'hui ? T'as fait des beaux dessins avec Mme Hamstedt ?

Jonathan traîne des pieds à côté de lui, ne répond pas.

— Super, dit quand même l'assistant. Alors on te ramène dans ta chambre, mon pote.

Je les regarde s'éloigner dans le couloir. Il n'y a pas que ses yeux stupides. Jonathan n'est plus du tout comme avant. Même de derrière, je vois que ses cheveux sont mal peignés. Au milieu, là où il a posé la tête sur son oreiller la nuit dernière, on voit une bande de boucles écrasées vers la droite et vers la gauche, et le fond du drôle de pantalon gris qu'on lui a donné lui descend jusqu'aux genoux. À moi aussi, on m'en a donné un, mais rose. Je préférerais porter mes affaires à moi, de la maison.

— Eh bien, Hannah, dit Mme Hamstedt lorsque Jonathan et l'assistant sont presque arrivés à la porte de verre qui mène à l'escalier. À notre tour, maintenant.

Je ne dis rien, et je ne la regarde pas non plus : comme tous les jours, je veux d'abord voir si, derrière la porte en verre, Jonathan et l'assistant vont prendre à droite ou à gauche. À gauche c'est l'ascenseur, à droite l'escalier. On n'a plus le droit de prendre l'ascenseur, à cause de Jonathan. La première fois, il a hurlé tellement fort que j'ai senti son cri dans mon ventre. Mon ventre s'est vraiment mis à vibrer. Tout ça parce que ce petit idiot n'a pas compris le système. Mme Hamstedt dit que c'est parce que la cabine est exiguë et que les portes sont fermées quand il est en marche. Je lui ai expliqué qu'un ascenseur, ça fonctionnait avec un système de câbles et qu'évidemment que les portes devaient être fermées, sinon on risquait de tomber. Mais Jonathan n'a pas voulu m'écouter. Chaque fois qu'il ne monte pas dans l'ascenseur, je sais qu'il ne va pas déjà beaucoup mieux, comme tout le monde l'affirme ici. Il ne veut pas faire d'effort et redevenir mon frère.

Ils prennent à droite, je le savais.

— Hannah, tu viens ?

Je dis oui et me glisse dans le bureau de Mme Hamstedt.

La fenêtre est ouverte. Mme Hamstedt aère toujours entre deux séances de dessin. J'aime quand la fenêtre est ouverte. Parce que le store est remonté et qu'on peut voir le ciel. Parfois il est vraiment tout bleu, parfois gris, mais jamais marron, je ne porte pas mes lunettes de soleil pour aller dans le bureau de Mme Hamstedt. Je n'aime pas du tout quand le ciel est marron. J'attends qu'elle ait refermé la fenêtre et baissé le store. Ensuite elle me dit de m'asseoir. Ma place est à une table pour enfants où m'attendent déjà le bloc à dessins et les crayons pointus. Au fond de la pièce, devant le grand bureau de Mme Hamstedt, il y a aussi des chaises, mais je ne m'y suis encore jamais assise.

— Il y a deux nouveautés, aujourd'hui, annonce Mme Hamstedt en s'asseyant elle aussi à la petite table.

Je me pince la lèvre pour ne pas rire de ses longues jambes qui ne rentrent pas vraiment sous la table basse. Il ne faut pas se moquer des gens, même si la position de Mme Hamstedt est vraiment drôle.

— Tu veux savoir quoi ?

J'acquiesce.

— Ton grand-père va venir te chercher.

Mon cœur se met à battre plus vite.

— Pour m'emmener à la maison ?

C'est elle qui acquiesce.

— Tu es contente ?

Je veux acquiescer une nouvelle fois, mais je ne le fais pas, parce que ça me paraît stupide qu'on hoche la tête comme ça à tour de rôle. Et puis c'est une question bête, je lui ai déjà dit cent fois que je voulais rentrer à la maison. Alors évidemment que je suis contente.

— Tout de suite ? je lui demande.

— Tout à l'heure. Là, j'ai encore besoin de toi, dit Mme Hamstedt d'un air soudain très important.

— Pour quoi faire ?

— C'est l'autre nouveauté aujourd'hui.

Avec ses longues jambes, elle se lève laborieusement de sa petite chaise et se dirige vers son grand bureau. Je ne vois que son dos, mais j'entends un bruit de feuilles de papier. Elle se retourne vers moi, un dessin dans la main. Je sais tout de suite que c'est un dessin de Jonathan, des gribouillis tout noirs. Mme Hamstedt revient s'asseoir tant bien que mal sur la petite chaise avec ses longues jambes. Elle me tend le dessin de Jonathan. Et je vois qu'il avait dessiné autre chose avant de gribouiller en noir par-dessus.

— Tu peux le prendre, dit Mme Hamstedt en agitant le dessin.

Je le prends, le pose devant moi sur la table. Mme Hamstedt ne m'a encore jamais montré un dessin de Jonathan, depuis qu'on n'a plus nos séances de dessin ensemble.

— J'ai besoin de ton aide, Hannah, pour comprendre ce qu'il a dessiné ici.

Je passe mon doigt sur ce qu'il reste de son visage sous les gribouillis. Il l'a bien réussi, il a vraiment fait un effort, pour une fois.

— C'est votre maman, n'est-ce pas ?

Il lui a mis une longue robe. Mais elle doit avoir froid aux pieds, parce que ce petit idiot a oublié de lui dessiner des chaussures.

— Hannah ?

— Oui, je crois.

— Ta vraie maman, celle qui vous a donné naissance, à Jonathan et toi ? Ou celle qui est venue après elle dans la cabane ?

— Papa a dit que ça n'avait pas d'importance.

— Pas d'importance ?

Je secoue la tête.

— L'important, ce n'est pas si elle nous a donné naissance. L'important, c'est qu'elle se comporte bien et qu'elle nous aime.

— Ton papa a dit ça ? Tu trouves qu'il avait raison ?

Je hausse les épaules.

Mme Hamstedt me regarde comme si j'allais dire encore quelque chose, mais je ne dis rien, j'attends qu'elle en ait assez d'attendre une réponse et se remette à parler.

— Regarde bien le dessin, Hannah.

Je regarde, maman tient quelque chose dans ses bras, un paquet avec un visage.

— Je vois qu'elle a un bébé dans les bras.

Mme Hamstedt désigne le paquet.

— Est-ce que c'est Jonathan ?

Je secoue la tête.

— Ou bien toi ? Est-ce que c'est toi, Hannah ?

— C'est censé être Sara. Mais Jonathan ne l'a pas vraiment réussie, vous voyez ? je dis en montrant sa bouche. Là, elle sourit, alors qu'en vrai, elle ne faisait que pleurer.

Lorsque je relève les yeux, Mme Hamstedt a des plaques rouges dans le cou et sur le visage.

— Et qui est Sara ?

— Notre sœur.

Je me gratte le cou, ça me démange soudain, comme si j'avais attrapé les plaques de Mme Hamstedt.

— Mais on ne l'a pas gardée longtemps, parce qu'elle était vraiment pénible.

Matthias

Après les premiers examens demandés par la police à l'hôpital de Cham, les enfants ont été transférés à Regensburg. Il y a bien une clinique psychiatrique à Cham, mais elle n'est pas spécialisée dans le traitement des enfants. J'aurais préféré qu'ils soient à Munich, mais comme je n'étais pas encore officiellement leur grand-père, puisque nous n'avions pas les résultats des analyses d'ADN, on n'a pas tenu compte de mon avis. Depuis deux semaines, je fais donc tous les jours le trajet entre Munich et Regensburg. Ce qui prend une bonne heure et demie, quand la circulation est fluide. Inconcevable pour Karin. Tout ce temps que je pourrais utiliser autrement. Elle me demande constamment quand est-ce que j'envisage de rouvrir mon bureau, elle pense que ça me ferait du bien de recommencer à m'occuper des impôts des autres. Alors qu'elle sait aussi bien que moi que depuis la disparition de Lena et mes démêlés avec la presse, j'ai perdu presque tous mes clients. Le lendemain de l'accident, il y a deux semaines, j'ai mis une affiche sur la porte : *Fermé pour raisons familiales*. Karin y va de temps en temps pour écouter les messages sur le répondeur, arroser les plantes. Autrefois, j'avais deux employées, à l'époque où mes clients ne voyaient en moi qu'un conseiller fiscal minutieux, et pas un criminel, condamné pour avoir envoyé à l'hôpital un sympathique jeune comédien. Karin ne sait pas encore que j'envisage sérieusement de ne plus rouvrir du tout. J'ai soixante-deux ans. La maison est payée, et nous avons un peu d'argent de côté. Je pourrais prendre ma retraite, être grand-père. *Abuelo*…

"Non, je ne préfère pas", lui ai-je répondu au petit-déjeuner quand elle s'est demandé si elle ne ferait pas mieux de m'accompagner à Regensburg aujourd'hui, pour aller chercher Hannah. "Le trajet est vraiment pénible, tu as raison. L'A9 est souvent bouchée. Tu sais bien combien de temps je peux mettre." Ces deux dernières semaines, il n'était pas rare que le dîner soit déjà froid quand je rentrais.

En réalité, je suis content d'aller chercher Hannah seul. L'idée de la ramener à la maison avec moi a quelque chose de solennel. Petite, Lena aimait bien partir en voiture avec moi. Pendant un long trajet, il lui arrivait de me forcer littéralement à m'arrêter. Un jour, un champ rempli de tournesols l'avait fait bondir sur la banquette arrière et secouer mon appuie-tête de ses petites mains jusqu'à ce que je cède. Je m'étais garé où j'avais pu et on était sortis cueillir des tournesols et regarder les nuages. Parfois, c'était juste une aire de repos et la perspective de manger une glace. Je crois qu'elle a raconté tout ça à Hannah, dans les moindres détails. Hannah sait par exemple à quoi ressemble notre jardin, aussi précisément que si elle y était allée cent fois elle-même. Il se trouve un peu en dehors de Germering, où nous avons notre maison. C'est un jardin idyllique, en lisière de forêt. Je l'ai hérité de ma mère, la grand-mère de Lena, Hannah. Nous y passions souvent nos week-ends, autrefois. Lena adorait les hortensias. Je me promets d'emmener Hannah au jardin une fois qu'elle se sera habituée à la maison, dans quelques jours, le plus tôt possible, avant que les hortensias ne fanent.

Me voici donc une fois de plus dans notre vieille Volvo. La banquette arrière est vide, encore douze kilomètres jusqu'à Regensburg. Soudain, mon portable se met à vibrer dans la poche de ma veste. Je ne décroche pas, pas seulement parce qu'on n'est pas censé téléphoner en conduisant : je me dis que ce pourrait être le Dr Hamstedt qui m'annonce qu'elle a changé d'avis. Que finalement, je ne peux pas emmener Hannah. Ou Karin, Karin qui pourrait me dire la même chose, mais pour d'autres raisons. Je monte le volume de la radio. La météo promet une magnifique journée de fin d'été. Personne ne viendra me la gâcher.

Il est à peine onze heures et demie lorsque j'arrive sur l'un des parkings visiteurs, derrière le bâtiment principal. Je suis en avance, nous avions convenu que je viendrais à midi. Je coupe le moteur, sors mon portable de ma poche. Pas un, mais quatre appels en absence. De Karin. Et un SMS, que je me garde bien d'ouvrir. Il n'y a pas de retour en arrière possible. Il n'y a rien de plus normal. Hannah et nous formons une famille. Je range mon portable dans ma poche, sors de la voiture.

Le centre se compose de plusieurs bâtiments indépendants répartis sur le campus, qui forment comme un petit village. Tous les jours, en passant devant le grand panneau "Clinique psychiatrique pour enfants et adolescents, Médecine psychosomatique, psychothérapie", je baisse les yeux. Je déteste le terme "Clinique psychiatrique". Pour Hannah, c'est une "clinique pour enfants", pour moi un "centre de traumatologie".

J'entre dans le bâtiment qui m'évoque une version géante, à plusieurs étages, de l'ancienne école primaire de Lena : beaucoup de verre, des barres d'acier peintes en couleurs. La dame de l'accueil, qui me connaît maintenant, lève la main.

— Bonjour, monsieur Beck !

— Bonjour, madame Sommer. Je suis un peu en avance.

— Ça ne fait rien. Vous pouvez monter. On vous attend.

En débouchant dans le couloir du deuxième étage, où se trouve le bureau du Dr Hamstedt, je reconnais immédiatement Frank Giesner, qui me tourne pourtant le dos. Apparemment, il ne possède que cet unique costume gris souris trop large aux épaules qui le fait paraître plus carré qu'il ne l'est sans doute en réalité. À côté de lui, un autre policier, en uniforme, et le Dr Hamstedt. Ils s'entretiennent à voix basse. Le Dr Hamstedt s'interrompt en s'apercevant de ma présence, et les trois visages se tournent vers moi.

— Ah, monsieur Beck, nous vous attendions ! s'exclame Giesner.

Je ralentis le pas. Un instant, je me dis que le Dr Hamstedt, pour je ne sais quelle raison et avec l'aide de la police, va m'empêcher d'emmener Hannah. Je redresse les épaules, relève le menton. Hannah est ma petite-fille, je suis son *abuelo* et je vais la ramener à la maison.

— Docteur Hamstedt, monsieur Giesner, dis-je, laconique, adressant un signe de tête au policier en uniforme.

— Monsieur Beck, sourit le Dr Hamstedt. Nous vous attendions.

— Hannah va bien ? Où est-elle ?

— Ne vous inquiétez pas, monsieur Beck. Elle vous attend dans mon bureau avec un auxiliaire.

— Il y a un problème ?

Giesner pose la main sur mon épaule, pousse un soupir.

— Il y a du nouveau. Le Dr Hamstedt vient de m'appeler pour me rapporter la conversation qu'elle a eue avec Hannah lors de sa séance de thérapie. Monsieur Beck, apparemment, il y a un troisième enfant.

— Sara, complète le Dr Hamstedt.

— Sara, dis-je à mon tour, hébété.

Le Dr Hamstedt acquiesce.

— Nous avons besoin de vous, monsieur Beck. Aidez-nous à parler à Hannah.

Hannah

Les cris de maman m'inquiétaient. L'inquiétude, ce n'est pas vraiment de la peur, mais ce n'est pas très agréable non plus. Je me suis levée d'un bond et me suis serrée contre papa, qui était debout à côté du lit. Une chance qu'il soit là. Il faisait chaud à la maison, il nous préparait à manger, et maintenant il me serrait tout fort contre lui. Sa grande main chaude était posée sur mon oreille droite, et j'entendais la mer. Mon oreille gauche était pressée contre son ventre. D'un côté le bruissement des vagues, de l'autre son estomac qui gargouillait.

“N’aie pas peur, ma chérie, il a dit en caressant mes cheveux. Les douleurs sont bon signe. Ça veut dire que le bébé va bientôt arriver.”

J’ai tourné la tête vers maman, qui se tordait de douleur dans le lit. Son visage était très laid. Le drap faisait des vagues sous ses spasmes. Son gros bracelet en argent cognait contre le montant du lit et ses jambes s’étaient emmêlées dans les draps.

— Ça va, Hannah, tout va bien, elle soufflait entre deux cris.

— Tu veux aider maman avec moi ? Tu veux lui tenir la main ? m’a demandé papa.

Au début je n’étais pas sûre, et puis j’ai hoché la tête. Tout allait bien. Les douleurs étaient bon signe. Le bébé allait bientôt arriver.

Mais ce n’était pas vrai. Ils s’étaient trompés. Le bébé n’arrivait pas.

En attendant, maman criait déjà depuis hier.

Ça faisait bien longtemps que je n’avais plus envie de lui tenir la main, aucun de nous n’en avait envie. On était fatigués, personne n’arrivait à dormir avec ces hurlements, tout le monde était nerveux. Même Miss Tinky. Ce matin-là, elle avait bousculé ma tasse. Tout mon cacao s’était renversé et s’était mis à goutter sur le sol. Elle savait parfaitement qu’elle n’avait rien à faire sur la table. Papa est arrivé. Il m’avait sans doute entendue disputer Miss Tinky. Il m’a donné raison, un chat n’avait rien à faire sur une table. Miss Tinky a essayé de se cacher sous le canapé, mais il l’a vue, il l’a attrapée par la peau du cou et l’a mise dehors, devant la porte. Au début j’ai trouvé ça juste, ça lui servirait de leçon. Mais dès que papa a refermé la porte, j’ai pris peur. C’était dangereux, dehors. Et si Miss Tinky se perdait et ne retrouvait jamais son chemin ? Et si elle avait peur ? Et si elle pensait qu’on ne l’aimait plus ? Les cris de maman étaient vraiment horribles à présent. Papa a dit qu’il allait la voir, et qu’ensuite il me donnerait le seau et la serpillière pour que je nettoie les bêtises de Miss Tinky.

“Papa”, j’ai réussi à dire avant qu’il quitte la pièce.

Il s’est tourné vers moi.

“Tu as quelque chose à me dire, Hannah ?” Il a souri, s’est accroupi et m’a tendu les bras. Nos yeux étaient à la même hauteur. Mon papa dit toujours que si quelqu'un ne te regarde pas dans les yeux, c'est qu'il a quelque chose à cacher.

"Il faut qu'on fasse rentrer Miss Tinky. Il fait beaucoup trop froid dehors pour elle."

"Il n'y a que comme ça qu'elle comprendra, m'a dit papa en déposant un baiser sur mon front. Il faut que j'aille voir maman, maintenant, ma chérie. Elle a besoin de moi."

J'ai hoché la tête.

J'entendais maman crier. Et dehors, Miss Tinky qui grattait à la porte en miaulant tristement…

— Hannah ?

Grand-père. Il a vu que j'étais perdue dans mes pensées.

Je les regarde l'un après l'autre, grand-père, Mme Hamstedt et le policier en costume gris. Ils sont avec moi dans le bureau de Mme Hamstedt, ils attendent que je leur parle de Sara. Mais je ne veux plus parler de Sara. J'en ai déjà parlé à Mme Hamstedt ce matin, ça suffit comme ça. Je lui ai dit que Sara était notre sœur et qu'on ne l'avait pas gardée longtemps. Mme Hamstedt a voulu en savoir plus. "Qu'est-ce que tu veux dire, Hannah ?" "Qu'est-ce que ça signifie ?" "Est-ce que tu veux faire un dessin pour nous expliquer ?"

J'ai dit "NON" avec ma voix de lionne, et que je préférais retourner dans ma chambre. Je voulais me reposer encore un peu, il faut toujours bien se reposer avant de faire quelque chose d'important. Or aujourd'hui je fais quelque chose d'important.

Mon grand-père me ramène à la maison. C'est moi sa préférée, je le sais depuis longtemps. Jonathan, grand-père ne l'emmène pas à ses rendez-vous, mais ce n'est pas sa faute. Jonathan ne veut pas sortir de la clinique. Donc il n'est pas allé chez le dentiste et il n'a pas reçu d'autocollant étoile.

— Ma petite Hannah, dit grand-père. Tu peux tout raconter. Je suis là, n'aie pas peur.

Je n'ai pas peur. C'est juste que je n'ai plus envie de parler de Sara. Tout ne tourne pas autour d'elle. Il y a des choses beaucoup plus importantes.

— Est-ce qu'on a enfin retrouvé Miss Tinky ? je demande. Parce que je dois sûrement lui manquer.

Matthias

À sa demande, Giesner et moi allons faire un petit tour dans le parc de la clinique. S'il n'avait tenu qu'à moi, j'aurais emmené Hannah dès la fin de notre conversation dans le bureau du Dr Hamstedt. Nous serions déjà sur l'autoroute. Mais Giesner m'a dit : "Le Dr Hamstedt m'a parlé de votre projet", en jetant un regard dubitatif à Hannah. Au moins, il a eu le tact de ne pas entreprendre d'en peser le pour et le contre devant la petite. Il a désigné la porte d'un mouvement de la tête.

"Allons marcher un peu, monsieur Beck."

Hannah est donc restée dans le bureau du Dr Hamstedt. Je lui ai promis que je ne serais pas long, et j'ai cru voir un sourire passer furtivement sur son visage. Elle est vraiment adorable, quand elle sourit.

— Je peux comprendre que vous souhaitiez prendre la petite chez vous, commence Giesner aussitôt la grande porte vitrée franchie, qui débouche sur un chemin de graviers bordant le bâtiment.

— Le Dr Hamstedt approuve l'idée, dis-je au cas où.

Si Hannah et moi arrivions à partir dans la prochaine demi-heure, nous pourrions faire une ou deux haltes en route. Sinon, ce serait trop tard, Karin avait raison. Elle pense qu'il serait mieux que Hannah découvre sa nouvelle maison de jour. En revanche, son argument, c'est que si Hannah ne se sent pas bien chez nous, je pourrai toujours la ramener à la clinique à temps pour le dîner. J'ai souri : "Tu as raison, chérie."

— Oui, je sais.

Giesner allume une cigarette. Je ne savais pas qu'il fumait.

— Vous en voulez une ?

— Mon médecin me tuerait, dis-je en tapotant mon revers gauche à hauteur du cœur. J'ai déjà failli y passer deux fois.

Je ne sais pas pourquoi je lui parle de mon cœur en bout de course. Peut-être pour qu'il ait pitié de moi – *Laissez donc le vieux emmener sa petite-fille, il est malade, il n'en a plus pour longtemps*. Giesner semble bel et bien chagriné.

— Je suis désolé, dit-il en soufflant la fumée de sa première taffe par-dessus son épaule, loin du vieil homme malade. Vous préférez que… ?

— Mais non, ça ne me dérange pas. Vous vouliez me parler.

— Oui. Donc, je comprends que vous vouliez emmener Hannah. La question, que j'ai également posée au Dr Hamstedt, c'est : est-ce qu'on ne pourrait pas mettre la situation au profit de notre enquête ? Le Dr Hamstedt pense que c'est envisageable.

— Je ne comprends pas.

Giesner désigne un banc non loin de là, au bord du chemin.

— Asseyons-nous un instant.

Nous marchons jusqu'au banc sans rien dire, le gravier crissant sous nos semelles.

— Monsieur Beck, reprend Giesner une fois que nous sommes installés. Hannah est un témoin très important, mais aussi très difficile. Je ne suis pas un expert en psychologie, mais je vois bien pourquoi le Dr Hamstedt nous recommande vivement de ne pas la mettre sous pression. En revanche, jusqu'à présent, elle n'a pas été d'une grande utilité dans notre enquête.

— Les enfants ne sont-ils pas toujours des témoins difficiles ?

— Hmm, oui, sans doute.

Giesner tire sur sa cigarette.

— On observe habituellement deux types de réactions, quand on interroge des enfants, reprend-il. Il y a ceux qui mettent très longtemps à parler, parce qu'ils sont intimidés, et qui ne disent que le strict nécessaire. Et puis il y a ceux qui parlent tout de suite, qui se mettent à bavarder comme s'ils attendaient leur moment. Dans ces cas-là, outre la description du suspect, on a aussi droit au menu de la cantine ou aux répliques d'Ernie dans le dernier épisode de *Sesame Street*.

Il sourit, pas moi. Voyant mon visage impassible, il s'éclaircit la gorge.

— Bref, ce que je veux dire, c'est que ces enfants, dont certains sont bien plus jeunes que Hannah, comprennent pourquoi nous avons besoin de leur aide et font ce qu'ils peuvent pour faire avancer l'enquête.

— Honnêtement, je ne vois toujours pas où vous voulez en venir.

Giesner se penche à côté du banc pour écraser sa cigarette.

— Apparemment, Hannah ne se situe dans aucune des deux catégories, ce qui rend les choses d'autant plus difficiles.

Il se redresse, une expression étrange sur son visage.

— Elle fait preuve d'une grande curiosité, vous ne trouvez pas ? me demande-t-il, le front barré de rides, les yeux plissés, attentifs. Par exemple, elle m'a spontanément expliqué le fonctionnement d'un gyrophare. Mais quand je lui demande le nom de son père, elle répond seulement "papa", ou ne répond rien du tout. Alors je me pose des questions évidemment, je me demande comment c'est possible. Une gamine qui pour le reste cherche toujours une réponse à tout ? N'a-t-elle pas été surprise que Jasmin Grass vienne soudain remplacer Lena dans la cabane ? A-t-elle accepté aussi facilement la disparition de sa mère ?

— Je vous en prie !

Je balaie l'air d'un geste agacé.

— Vous ne pensez pas sérieusement que Hannah pourrait dissimuler volontairement des informations ?

J'éclate de rire.

— On appelle ça un *traumatisme*, monsieur Giesner. Et qui sait ce que ce monstre lui aurait fait si elle avait osé poser les mauvaises questions.

Giesner baisse les yeux, se met à jouer avec les graviers de la pointe de sa chaussure.

— Mais à présent, le monstre est mort, finit-il par déclarer, relevant la tête pour me regarder droit dans les yeux. J'ai interrogé Hannah neuf fois au cours de ces deux dernières semaines, monsieur Beck. Neuf fois.

Il hausse les épaules.

— Au moins, je sais quelle est la hauteur de la Tour Eiffel, qu'elle affirme être allée voir avec sa mère. Trois cent vingt mètres.

— Trois cent vingt-quatre, je rectifie.

Je commence à m'agiter sur le banc ; à la longue, ces planches de bois sont très inconfortables.

— Sauf votre respect, monsieur Giesner, je ne crois pas que vous ou moi soyons en mesure de comprendre l'influence de situations aussi extrêmes sur le psychisme humain. Enfin, vous avez tout de même la cabane, un mort, et ces âneries d'ADN qui vous excitent tant. Vous pouvez boucler cette affaire sans l'aide de Hannah. Trouvez le corps de ma fille.

— Mais c'est ce que nous essayons de faire, monsieur Beck ! Et je crois que Hannah, justement, pourrait vraiment nous aider. Mais quelque chose semble la retenir. Qu'est-ce que ça pourrait être, monsieur Beck ?

— Pourquoi ne laissez-vous pas ma petite-fille tranquille ? Vous n'avez qu'à interroger cette Jasmin Grass ! Vous voulez que j'interroge Hannah discrètement, n'est-ce pas ? Voilà ce que vous vouliez dire en parlant de *mettre la situation au profit de notre enquête* ? Vous dites que vous ne voulez pas la mettre sous pression. Non, parce que vous comptez sur moi pour le faire ! Vous comptez sur moi pour résoudre votre affaire, voilà la vérité.

— Pour l'amour du ciel, monsieur Beck, personne n'a jamais dit ça. Je me disais seulement que comme vous avez manifestement su créer un lien avec Hannah, il y avait peut-être une chance pour qu'elle s'ouvre à vous, qu'elle vous raconte des choses qui pourraient faire progresser notre enquête.

— Notre enquête, je marmonne.

— Je vous demande simplement votre aide. Vous voulez trouver votre fille, et nous aussi.

— Je vais vous aider, moi : Jasmin Grass est une menteuse, voilà, de rien.

— Vous disposez d'éléments concrets allant dans ce sens ? Qu'est-ce qui vous fait dire ça ? Est-ce que Hannah a dit quelque chose qui…

— Qu'est-ce qui me fait dire ça ? Mais le simple bon sens, monsieur Giesner ! Elle se fait enlever, elle vit pendant plusieurs mois avec une famille, elle est la mère, la femme, vous n'allez pas me dire que…

Giesner ouvre la bouche pour m'interrompre, mais je lève les mains.

— Oui, oui, je sais, on l'a forcée. Mais quand même : elle n'a jamais cherché à savoir ce qui s'était passé ? Ce qui était arrivé à celle qui avait manifestement dû la précéder ? Elle n'a jamais essayé de parler avec ce soi-disant ravisseur ? Enfin, ne me dites pas que vous la croyez, monsieur Giesner !

— Monsieur Beck, Jasmin Grass est une victime au même titre que votre fille.

— Mais contrairement à elle, elle est sortie vivante de cette cabane.

— Je comprends votre colère. Mais il est injuste de la diriger contre Jasmin Grass. Vous ne croyez pas ?

Je pousse un soupir.

— Et puis, vous l'avez dit vous-même, monsieur Beck : ni vous ni moi ne sommes en mesure de comprendre l'influence de situations aussi extrêmes sur le psychisme humain.

Mon rythme cardiaque, qui s'est nettement accéléré au cours des dernières minutes, provoque une tension bien connue dans ma poitrine. Et ces planches dures sous mon coccyx. Me détournant de Giesner, je regarde, par-dessus le dossier du banc, le grand bâtiment dans lequel Hannah m'attend. Je m'efforce de penser à elle, à nous deux qui allons quitter cet endroit ensemble dans un instant, partir d'ici pour rentrer à la maison. Mais mes pensées reviennent toujours à cette jeune femme. Jasmin Grass. J'aurais bien voulu m'entretenir personnellement avec elle, pour la sonder un peu. La prendre par le col s'il le faut, la secouer pour faire sortir les réponses. *Où est ma fille, bon Dieu ? Qu'est-ce que tu sais ? Comment se fait-il que tu aies réussi à rentrer chez toi, et pas elle ?* Mais aucune chance. Une fois que j'ai confirmé, la nuit de l'accident, qu'il ne s'agissait pas de Lena, je n'ai plus été autorisé à lui parler. *Pour ton propre bien*, comme l'avait formulé Gerd. On avait posté des gardes devant sa porte.

— C'est juste une impression, monsieur Giesner, dis-je aussi calmement que possible, pour forcer mon cœur à retrouver un rythme plus sain. Mais il y a quelque chose qui cloche chez elle. Elle ne dit pas tout ce qu'elle sait.

Giesner marmonne un "hmm" absent, puis sort une feuille de papier pliée en quatre de la poche intérieure de sa veste de costume. Il la déplie, me la tend.

— Vous connaissez cet homme ?

Je sors mes lunettes de lecture de ma veste.

— Non, je dis après l'avoir examiné un moment. Qui est-ce ?

— D'après la reconstruction de la médecine légale, c'est le cadavre de la cabane.

— L'homme qui a enlevé ma fille ?

— En principe, oui.

Ma première pensée, c'est qu'il a l'air parfaitement normal. C'est effrayant. J'essaie de m'imprégner de son visage, de lui découvrir une altération quelconque qui, étrangement, me consolerait. Lena aurait été la victime d'un monstre, d'une créature dont la cruauté se voyait à des kilomètres. Elle n'aurait eu aucune chance contre une *chose* pareille. Or ce portrait entre mes mains ne montre pas une *chose*, mais bien un homme, une *personne*. Quelqu'un qui pourrait vivre dans notre quartier. Qui pourrait être un de mes clients. Qui pourrait être avocat ou carrossier automobile. Quelqu'un qui aurait pu venir chercher Lena chez nous pour un rendez-vous, et je leur aurais souhaité une bonne soirée. Peut-être même que je l'aurais apprécié, qu'il m'aurait fait bonne impression. Plus que Mark Sutthoff, dont j'avais tout de suite trouvé le sourire un peu sournois. Un instant, je ne sais pas si je dois être déçu que la reconstruction ne montre pas son visage à lui. Ou soulagé puisque, hier soir, lorsqu'il m'a donné raison pour Hannah, je me suis dit pour la première fois que je m'étais peut-être trompé sur son compte. Je m'étais peut-être montré injuste envers Mark.

— Vous êtes sûr, monsieur Beck ?

La voix de Giesner vient se mêler à mes pensées.

— Regardez-le bien. Prenez votre temps.

J'acquiesce. L'homme qui a enlevé ma fille, l'a probablement tuée. Cet homme tout ce qu'il y a de plus banal, insignifiant.

Sans lever les yeux du portrait, je secoue la tête.

— Je ne le reconnais pas, non.

Giesner soupire. Je le regarde.

— Vous l'avez montré à Hannah ?

— Oui, ce matin, avant que vous arriviez. Elle l'a regardé, puis elle m'a félicité pour mes talents de dessinateur.

Il soupire une nouvelle fois.

— Il faut diffuser ce portrait dans les médias ! je m'exclame. Il faut qu'il paraisse dans tous les journaux, qu'on le montre aux informations !

Mes mains, qui tiennent toujours le portrait, se mettent à trembler nerveusement.

— Quelqu'un va bien reconnaître ce salaud.

— Hmm, fait à nouveau Giesner, puis : Nous allons y réfléchir, monsieur Beck. Mais nous savons par expérience que si nous le publions, tout le monde ou presque prétendra connaître cet homme. Les gens vont nous appeler par centaines pour nous dire : c'est mon voisin, l'instituteur de mes enfants, mon dentiste. Il y aura une multitude de pistes et ça prendra vraiment beaucoup de temps de toutes les examiner, sans garantie de succès.

— Vous n'allez pas me dire que vous avez peur que ça vous fasse trop de travail, monsieur Giesner ? C'est votre boulot !

Giesner ne répond pas.

Mon cœur s'emballe à nouveau.

— Alors il ne va rien se passer ? Vous n'allez pas donner suite ?

— Mais non, monsieur Beck. Pas du tout.

Il me reprend la feuille, la replie et la range dans la poche intérieure de sa veste.

— Nous allons d'abord interroger les proches.

— Mais c'est moi qui suis le plus proche de Lena ! Et je vous dis que je ne connais pas cet homme !

— Monsieur Beck, je sais que vous étiez très lié avec votre fille, mais…

Il s'interrompt. Je sais ce qu'il s'apprête à dire, tandis qu'il mâche ses mots pour ne pas trop choquer ce pauvre vieil homme malade. Il a évidemment lu le dossier de l'époque. Gerd lui a évidemment parlé de l'enquête qui a suivi la disparition de Lena. Il a évidemment connaissance des articles de journaux. Tous ces mensonges qu'il prend peut-être pour la vérité parce qu'ils sont puissants une fois imprimés en gros caractères. Cette histoire de parents qui ne connaissaient pas vraiment leur propre enfant. Je me souviens de chacun de ces articles, de chaque mot ou presque…

Le témoignage d'une amie de l'étudiante disparue : Lena avait beaucoup de problèmes

Munich (LR) – Jana W. (le nom a été modifié par la rédaction) est assise sur le rebord de la fenêtre dans le salon de son appartement au quatrième étage. Son regard parcourt la ville. "Où es-tu, Lena ?" Cette question, Jana, l'amie de l'étudiante Lena Beck (23 ans), disparue depuis près d'une semaine (voir nos articles précédents), se la pose sans cesse. Jana W. est la dernière personne à avoir été en contact avec Lena Beck. "Elle m'a appelée en rentrant de sa soirée, se souvient-elle, s'efforçant de maîtriser son émotion. J'aurais dû me rendre compte qu'elle n'était pas bien, mais j'étais surtout agacée qu'elle m'ait tirée du lit à une heure pareille." Quant au contenu de cette dernière conversation téléphonique, Jana W. déclare : "Lena m'a dit qu'elle voulait reprendre sa vie en main, qu'elle ne pouvait pas continuer comme ça." Jana W. n'a cependant pas pris ce coup de fil pour un appel au secours. "Elle avait l'air d'avoir beaucoup bu. Et puis Lena avait souvent des velléités de changer les choses. Elle avait déjà envisagé d'arrêter ses études, ce qui me paraissait plutôt logique. Ça ne l'avait jamais spécialement intéressée, et elle était plus souvent en soirées qu'en cours. Elle aurait de toute façon probablement loupé ses examens à la fin du semestre." Jana W. et Lena Beck étaient ensemble à l'université Ludwig-Maximilian de Munich, en deuxième année d'un cursus les destinant à l'enseignement. "Mais je crois qu'elle avait peur de décevoir ses parents. La Lena qu'ils connaissent est une personne complètement différente."

Se peut-il que la jeune étudiante ait été si désespérée qu'elle ait eu des pensées suicidaires et se soit jetée dans l'Isar la nuit de sa disparition ? Jana W. ne peut pas l'exclure. "Mais je peux tout aussi bien imaginer qu'elle ait juste suivi un type chez lui. Elle n'arrêtait pas de me parler des types qu'elle rencontrait. Peut-être que cette fois, elle a fait une mauvaise rencontre." Jana W. n'a pourtant pas perdu l'espoir de serrer à nouveau Lena Beck dans ses bras. Les larmes aux yeux, elle lance un appel à son amie : "Si tu es là, quelque part, Lena, rentre à la maison. Tu nous manques."

L'opération plongée de la police a repris juste avant midi aujourd'hui. "Pour le moment, les recherches n'ont donné aucun résultat en lien avec cette disparition", a déclaré le commissaire principal Gerd Brühling. Il n'a pas souhaité faire de commentaires sur l'état psychique de Lena Beck, ni sur le témoignage d'une femme prétendant avoir vu l'étudiante en compagnie d'un homme sur une aire d'autoroute non loin de la frontière autrichienne. Il a en revanche affirmé "prendre bien évidemment toute piste au sérieux et mener une enquête d'envergure."

— Monsieur Beck ?

Giesner.

— D'accord, dis-je d'une voix éteinte. Interrogez donc ses – je dessine des guillemets invisibles dans les airs – *"proches"*. Les amis qui connaissaient Lena soi-disant beaucoup mieux que moi. Demandez-leur si ce type peut avoir été l'une des prétendues innombrables rencontres masculines de ma fille. Faites-les parler.

Je saisis le dossier du banc, me relève laborieusement.

— Peut-être que contrairement à Gerd Brühling, vous verrez combien de gens ont raconté des mensonges sur Lena à l'époque, pour se rendre importants. Rien que pour les percer à jour, ça en vaut la peine. Ah oui, et n'oubliez surtout pas Jasmin Grass.

Giesner, qui s'est levé à son tour, me lance un regard grave.

— Vous n'avez aucune raison de douter de vous en tant que père, monsieur Beck. Les parents veulent protéger leurs enfants, c'est tout à fait normal. Seulement parfois, ils oublient que leurs enfants sont des personnes à part entière…

— C'est bon, j'ai compris, je marmonne en désignant sa veste d'un geste vague, pensant à la poche intérieure où il a rangé le résultat de la reconstruction. Je pourrais peut-être emporter votre portrait à Munich pour le montrer à ma femme ? Elle fait partie des *proches*, elle aussi.

— Le commissaire Brühling s'en chargera, il est sur place.

— Monsieur Giesner, je ne veux pas trop l'affoler, dis-je en portant la main à ma poitrine. Ces interrogatoires sont vraiment pénibles pour nous.

— Je ne peux pas vous donner ce portrait, monsieur Beck, vraiment pas. Je suis désolé.

Je serre le poing, mon visage se crispe.

— Je pourrais le prendre en photo avec mon portable, si vous détourniez les yeux un instant, dis-je, le souffle court. Comme ça, je pourrais le montrer à ma femme et si ce visage lui disait quelque chose, nous vous contacterions immédiatement. Puisque nous venons de décider d'allier nos efforts, pas vrai ?

Giesner secoue imperceptiblement la tête.

— Croyez-le ou non, monsieur Beck, je vous comprends. Mais je ne vous rendrais pas service en faisant ça. Laissez-moi faire mon boulot et occupez-vous de votre petite-fille. C'est ce que nous pouvons faire de mieux, faites-moi confiance.

Hannah

Grand-père est sorti avec le policier, mais il m'a promis que ça ne durerait pas trop longtemps. Ce qui veut dire que dans pas trop longtemps, je serai enfin rentrée à la maison.

Mme Hamstedt a suggéré que nous dessinions encore un peu en attendant. Je lui ai fait remarquer que c'était faux de dire que *nous* dessinons, puisque en réalité, il n'y a que *moi* qui dessine. Mais de toute façon, je n'ai pas envie de dessiner. Je trouve qu'en attendant, je devrais plutôt aller dire au revoir à Jonathan. Il faut toujours dire au revoir avant de partir. C'est impoli de ne pas dire au revoir. Mme Hamstedt m'a donné son autorisation.

Nous sortons de son bureau, marchons dans le couloir jusqu'à la porte vitrée. À gauche, l'ascenseur, à droite, l'escalier. Je demande à Mme Hamstedt si nous pouvons prendre l'ascenseur. Elle me regarde comme me regarde maman quand elle nous fait cours et que ma réponse ne lui convient pas tout à fait. Comme si je n'étais pas allée au bout de mon raisonnement.

— Ce n'est qu'un système de cordes et de poulies, j'explique à Mme Hamstedt après avoir pris sans le faire exprès une expression agacée.

Je ne peux pas dire à Mme Hamstedt que c'est une idiote, sinon elle ne me laissera certainement pas rentrer.

— Et on est obligé de fermer les portes, sinon on pourrait tomber de la cabine.

— Jonathan le sait, lui aussi, mais il a quand même peur de prendre l'ascenseur, dit Mme Hamstedt. Mais tu sais quoi, Hannah ? Ce n'est pas grave. Nous ne voulons pas qu'il fasse semblant d'être très courageux s'il ne se sent pas de le faire. Il est tout à fait normal d'avoir peur des choses qu'on ne connaît pas.

— Un ascenseur est une cabine qui monte et descend dans une cage et qui permet le transport d'un étage à un autre, point.

Je cite de mémoire la définition du gros livre et appuie sur le bouton avec la flèche tournée vers le haut, qui s'allume en jaune. C'est comme ça qu'on appelle l'ascenseur.

— Et je n'ai pas du tout peur. Je suis déjà montée en haut de la tour Eiffel avec ma maman. Et là il faut prendre l'ascenseur sur presque trois cents mètres pour arriver au point de vue le plus haut.

Mme Hamstedt ne trouve rien à répondre. L'ascenseur émet un petit tintement sonore quand il arrive, et nous montons. Les portes argentées se referment derrière nous. Mme Hamstedt appuie sur le bouton rond avec le 2. Il y a trois boutons ronds en tout, placés l'un au-dessus de l'autre comme sur un feu rouge. Ils permettent de décider à quel étage doit aller l'ascenseur.

— Pourquoi n'avez-vous jamais emmené Jonathan, quand vous faisiez une sortie ?

Les coins de ma bouche tressaillent lorsque mon estomac fait un petit bond. Ce bond, c'est ce que je préfère quand je prends l'ascenseur.

— Hannah ?

Je dois faire un effort pour ne pas montrer mon agacement.

— Ben, parce que c'est moi la préférée.

Combien de fois je vais encore devoir le dire pour qu'elle comprenne enfin. Pour que tout le monde comprenne enfin. Il doit toujours y avoir un enfant préféré, sur lequel on peut compter.

Il fait sombre dans la chambre de Jonathan, à cause des stores baissés. C'est de famille, les problèmes de rétine. En plus, ça sent mauvais dans sa chambre, ça sent le pet, ce qui n'est pas étonnant, parce que personne n'y a installé de système de circulation. Dans ma chambre aussi, on n'entrouvre la fenêtre que lorsque je vais manger ou dessiner ou que je vais à mes rendez-vous avec grand-père. J'ai demandé pourquoi, mais personne ne m'a donné de réponse. Je crois que c'est parce que les poignées de fenêtre ont toutes une petite serrure. Sans doute qu'il n'y a qu'une seule clé, et les assistants de Mme Hamstedt doivent toujours la chercher. Je leur ai déjà dit qu'ils n'avaient qu'à faire comme nous à la maison. On ne se demandait jamais où pouvaient bien être les clés, on ne les cherchait jamais, puisque c'est papa qui les gardait. J'ai dit aux assistants de Mme Hamstedt qu'ils n'avaient qu'à désigner un gardien des clés. Mais ils ne m'ont pas écoutée, évidemment. Ils pensent sans doute que je ne suis qu'une enfant, et donc pas particulièrement intelligente. Alors que je suis beaucoup plus intelligente qu'eux.

Jonathan est assis par terre au fond de la chambre, les genoux ramenés contre le ventre. Mme Hamstedt dit :

— Bonjour, Jonathan.

Elle a fait exprès d'ouvrir la porte de sa chambre tout doucement, pour ne pas l'effrayer, mais je crois que Jonathan prend tellement de cachets bleus qu'il s'en fiche que quelqu'un vienne dans sa chambre. Il ne lève même pas la tête de ses genoux.

— Tu veux que j'attende dehors ? me demande Mme Hamstedt, et j'acquiesce.

Dehors, ça veut dire qu'elle reste dans l'encadrement de la porte, le dos tourné à la pièce. Je fais des pas de souris pour m'approcher de Jonathan, même si je ne pense pas qu'il est dangereux. Il n'est plus rien du tout. Je m'assieds tout près de lui, pour qu'il m'entende bien quand je chuchote. S'il m'entend.

— Pourquoi tu as dessiné Sara ?

Il me semble qu'il tressaille légèrement.

— Tu as oublié comment maman a crié à cause d'elle ? Tu as vraiment tout oublié ?

Moi, je me souviens de tout. Les cris horribles. Le visage affreusement déformé de maman. Qui donnait des coups de pied, se débattait, jusqu'à ce que le bracelet lui ouvre le poignet et que du sang se mette à couler le long de son bras. Et encore plus de sang, encore plus de cris, et on n'arrivait pas à dormir, et la bêtise de Miss Tinky. Si maman n'avait pas crié comme ça à cause de Sara, Miss Tinky n'aurait jamais eu peur, elle n'aurait jamais renversé la tasse de cacao, et papa ne l'aurait pas mise à la porte pour la punir. Elle n'a eu le droit de rentrer que le soir. Elle était devenue toute froide et raide et il a fallu une éternité pour que son pelage se réchauffe à la chaleur du poêle. Tout ça à cause de Sara.

Elle avait vraiment une drôle de couleur. Elle était violette et pleine de bave jaune et rouge. J'ai refusé de la toucher avant que maman la nettoie. Tout était sale, Sara, maman, le lit tout entier. J'ai ôté le drap du matelas. Papa a dit que maman avait perdu beaucoup plus de sang que pour Jonathan et moi. Les taches étaient vraiment énormes. Papa a dit aussi que ça ne servirait à rien de laver les draps. Il a apporté un rouleau de grands sacs-poubelles bleus dans la chambre, puis ils sont allés dans la salle de bains tous les trois. J'étais en train d'ouvrir une taie d'oreiller quand maman est revenue avec Sara. Maman se déplaçait bizarrement, lentement, comme si elle avait peur de se briser les os à chaque pas. Elle s'est assise au bord du lit. Le bébé était plus joli maintenant, propre. Maman a dit qu'il était parfait. *Elle* était parfaite, Sara. Le prénom veut dire "princesse". "Parfait" veut dire sans défaut. Plus rien n'était désormais mieux que Sara. J'étais tellement fatiguée, d'abord des cris de maman, puis des pleurs de Sara. J'ai mis les draps dans deux sacs-poubelles, comme papa m'avait dit de le faire.

"Quand est-ce qu'on repart en voyage, maman ?"

Maman ne m'a pas entendue tout de suite, j'ai dû répéter.

"Ce n'est pas possible pour l'instant, Hannah", elle a dit, sans quitter des yeux Sara, qu'elle tenait dans ses bras. Ces pleurs terribles. Je n'aurais même pas pu dire si le système de circulation fonctionnait correctement.

"Elle peut venir avec nous, j'ai proposé, même si je n'en avais pas vraiment envie. Elle peut venir avec nous", j'ai répété. Je voulais que maman me regarde, j'étais en train de lui parler. "Maman ?" C'était impoli de ne pas me regarder. "Maman !"

"Ça suffit, Hannah !"

Elle m'a regardée, agacée, mais juste une seconde, parce que Sara s'est mise à pleurer de plus belle.

"Chhhht, a fait maman en lui caressant la tête. Elle est encore toute petite, Hannah. On ne peut pas voyager avec un tout petit bébé comme ça. Ce serait beaucoup trop fatigant."

"Mais maman…"

"Pas maintenant, Hannah."

"Pas maintenant quoi ?" Papa était sur le seuil de la porte. Je m'apprêtais à répondre, mais maman a dit : "Ah, rien." Comme si nos sorties n'avaient aucune importance, comme si soudain elles n'en avaient jamais eu. Maintenant que Sara était là.

"Je crois que maman aime plus Sara que nous", je suis allée dire à Jonathan. Je lui avais demandé de rester près de la porte de la cabane, à cause de Miss Tinky qui était toujours dehors. Je voulais qu'elle entende une voix familière, même si ce n'était qu'à travers la porte, pour éviter qu'elle ait encore plus peur et qu'elle s'enfuie dans la forêt. Jonathan était assis par terre, sur le sol en bois, adossé contre la porte de la cabane. Je me suis assise à côté de lui. Miss Tinky grattait à la porte. Le bruit me rongeait tellement le cœur que j'en avais les larmes aux yeux.

"Qu'est-ce que tu veux dire, Hannah ?"

"Maman ne l'a pas dit directement, mais je crois qu'ils ne veulent plus de nous. Puisqu'ils ont Sara et qu'ils disent qu'elle est parfaite. Parfaite, ça veut dire sans défaut."

"Ils ne veulent plus de nous ?"

J'ai secoué la tête.

Jonathan ne peut pas avoir oublié ça. Et je sais qu'il n'a pas oublié, parce que même s'il ne répond pas, il tressaute. Je crois même qu'il pleure, mais je n'en suis pas sûre, parce que je ne vois pas son visage.

— Tu as dessiné Sara pour m'attirer des ennuis, pas vrai ? Parce que j'ai dit que je ne l'aimais pas.

Jonathan émet un bruit, une sorte de grognement.

— Tout va bien ? demande Mme Hamstedt, toujours sur le seuil, en tournant la tête vers nous.

Je dis oui, puis je me remets à chuchoter :

— J'ai dit plein de fois que j'étais désolée. Tu te souviens ? Quand papa a tellement pleuré. J'ai tout de suite su que c'était aussi ma faute si maman était partie avec Sara. Toi, tu t'es contenté de me fixer bêtement et tu ne m'as plus parlé pendant plusieurs jours, jusqu'à ce que je te rappelle que toi non plus, tu ne l'aimais pas spécialement, Sara. C'est la vérité, Jonathan.

Il grogne une nouvelle fois.

— C'était vraiment bête de ta part de la dessiner. Mais même si tu es un idiot, tu es toujours mon frère. Alors je vais te dire quelque chose de bien. Notre grand-père est vraiment gentil. Il me ramène à la maison aujourd'hui. Tout est vrai. Je te l'avais dit, mais tu ne voulais pas me croire. Une promesse est une promesse et on ne peut pas revenir dessus.

Jonathan tourne la tête dans ma direction, légèrement, sans la lever de ses genoux. Je ne distingue qu'un œil bête, mais agrandi par la surprise.

— Il faut que tu fasses un effort pour redevenir normal. Tu as compris, Jonathan ? Si tu n'es pas normal, on ne pourra pas revenir te chercher. Tu devras rester ici tout seul.

Sa tête reprend sa position initiale sur ses genoux, mais il acquiesce. Je suis sûre qu'il acquiesce.

Jasmin

Je me suis réveillée une première fois à sept heures moins dix, comme d'habitude. La voix dans ma tête m'ordonnait de me lever, de préparer le petit-déjeuner des enfants, qui devait être sur la table à sept heures trente précises. Je me suis tournée vers Kirsten, dont le visage était vaguement éclairé par la lumière du réverbère qui entrait par la fenêtre, au store relevé d'une dizaine de centimètres. Elle avait les yeux fermés, la bouche entrouverte. J'ai écouté son souffle régulier, inspiration, expiration. La voix dans ma tête a haussé le ton. Les enfants devaient prendre leur petit-déjeuner. Maintenant. Sept heures trente : petit-déjeuner. Qu'est-ce qu'il y avait de si difficile à comprendre là-dedans ? Les enfants avaient besoin d'un quotidien organisé. Les enfants avaient besoin d'un petit-déjeuner équilibré. Je me suis mise à imiter le souffle de Kirsten, inspiration, expiration, pour contrer l'impératif et la voix dans ma tête, simplement respirer, au même rythme, inspiration, expiration. Et on dirait bien que je me suis rendormie, ça a fonctionné, pour la première fois, je suis restée au lit.

C'est la voix étouffée de Kirsten qui me réveille à présent, sa voix et une clarté inhabituelle, oubliée. Je cligne des yeux. Des grains de poussière dansent dans un rayon de soleil. Je m'assieds dans le lit. Kirsten a levé le store. La fin d'été envahit la pièce. Mon cœur bat la chamade. Je souris. Et sur les murs, tu souris toi aussi, Lena. Je parcours du regard les articles de journaux, m'étonnant de l'impression si différente que me fait soudain, à la lumière, cette photo de toi que je connais si bien. Il me faut un moment pour reporter mon attention sur Kirsten qui, dans une autre pièce, la cuisine probablement, est au téléphone. Je l'entends dire qu'elle n'ira pas travailler au club aujourd'hui, pour raisons personnelles, comme elle l'explique, une urgence dans la famille. Apparemment, son chef se montre compréhensif, parce qu'elle le remercie chaleureusement. C'est le même chef qu'avant son agression dans l'arrière-cour, le même club où elle est derrière le comptoir, les mêmes horaires de travail, la même clientèle. Kirsten y était retournée une semaine à peine après son viol, elle avait repris le travail, obstinément. Au début, elle rentrait à la maison en taxi, à cette heure indécise, grise, dangereuse. Mais bientôt, elle avait recommencé à rentrer à pied, en prenant le même chemin, en passant près de la même arrière-cour. Je ne sais toujours pas comment relier ces éléments. D'un côté cette force, cette obstination, cette volonté de reprendre sa vie. De l'autre, la fin de notre relation. La nuit de son agression, je lui avais demandé pourquoi elle ne s'était pas défendue, ce qui était bête et manquait évidemment de tact.

"Que tu aies pu me demander ça, Jasmin, ça m'a fait l'effet d'une gifle. À ce moment-là, quelque chose s'est brisé entre nous."

Je lui ai répété mille fois que c'était la fatigue, que j'étais dépassée par les événements, mais Kirsten ne m'a jamais crue, même quand elle me souriait et disait : "C'est oublié."

Nous nous sommes traînées encore quelques mois, puis elle a quitté l'appartement.

"Je ne peux plus vivre avec toi, Jasmin. J'ai essayé, mais ce n'est pas possible." Puis : "Restons amies."

La dernière fois que j'ai entendu ça, c'était le soir de ma disparition. *Restons amies*. Pourtant, à en juger par son regard quand elle m'avait trouvée devant sa porte ce soir-là, une idiote avec du pain et du sel et son sac de voyage, on aurait dit qu'elle aurait préféré me claquer la porte au nez. Du pain et du sel en cadeau pour son déménagement, même s'il remontait déjà à quelques semaines et que j'attendais toujours son invitation à venir voir son nouvel appartement. J'étais arrivée sans prévenir ce soir-là. Avec quelques affaires dans mon sac de voyage. J'aurais pu passer la nuit chez elle. Ou alors, si on se disputait, prendre le prochain train, partir quelques jours, prendre enfin un peu de recul, éteindre mon portable, *passer à autre chose*, comme le souhaitait Kirsten.

"Il faut que tu passes à autre chose, Jasmin ! Je ne veux plus que tu m'appelles, que tu m'envoies des messages. Et encore moins que tu te pointes chez moi comme ça, OK ? J'ai besoin d'être seule, en ce moment. Essaie de comprendre."

Je secoue la tête pour chasser le souvenir de cette affreuse soirée. Elle ne compte plus. Ce qui compte, c'est que Kirsten soit là, maintenant. Elle m'est revenue, et je ne pense plus aux circonstances. Elle est là.

De la cuisine me parvient le bruit de la vaisselle qui s'entrechoque, ainsi qu'un soupçon d'odeur de café, un soupçon de normalité. Je me renfonce dans mon oreiller, ferme les yeux. Mais je ne fais sans doute que somnoler, puisque j'entends les coups irréguliers frappés à la porte bien avant que Kirsten s'interrompe dans la cuisine, lorsque les coups se font plus insistants. J'entends ses pas sur le stratifié du couloir, le claquement de la serrure lorsqu'elle tourne la clé, puis la surprise : "Oh, bonjour" dans une voix d'homme qui m'est aussitôt familière.

— Frank Giesner, police de Cham, confirme la voix.

— Kirsten Thieme, dit Kirsten, à qui l'étonnement de "Cham" de se voir ouvrir la porte par une inconnue ne semble pas avoir échappé non plus. Je suis une amie de Jasmin Grass, lui explique-t-elle.

— Mademoiselle Thieme, tout à fait. J'ai vu votre nom dans les rapports d'enquête. C'est vous qui aviez signalé la disparition de Mlle Grass.

— C'est vrai.

— Eh bien, j'aimerais lui parler.

Je me renfonce dans mon oreiller, ferme les yeux. Je n'ai aucune envie de parler à "Cham", surtout pas en présence de Kirsten.

— Je suis désolée, elle dort encore.

— Peut-être pourriez-vous lui dire que c'est vraiment important.

— Bien sûr, je comprends. Mais elle ne se sent pas très bien. Elle a eu une nuit difficile, il faut vraiment qu'elle se repose. Serait-il possible qu'elle vous rappelle plus tard dans la journée ?

"Cham" marque une pause avant de répondre.

— Bien sûr. Mais peut-être pourriez-vous m'accorder encore une minute ? Vous êtes très proche de Mlle Grass.

Je me fige, tout en moi se fige.

— Oui…

Cette fois, c'est Kirsten qui a l'air surprise.

— Entrez donc, monsieur…

— Giesner. Merci.

Je me sens mal. "Cham" dans mon appartement. "Cham" qui veut parler à Kirsten. Kirsten qui vient tourner la poignée grinçante pour refermer la porte de la chambre. Parce que la pauvre jeune femme de la cabane a besoin de calme ou parce que le commissaire ne doit pas voir une pièce dont les murs, pour une raison malsaine, sont tapissés d'articles de journaux sur Lena Beck. Je sais que je ferais mieux de me lever, mais je rabats la couette sur ma tête, je ferme les yeux et je respire, inspiration, expiration.

J'ai dû me rendormir encore une fois. Kirsten a sans doute raison, j'avais besoin de sommeil et de calme. Apparemment, je ne me suis pas encore remise de l'avant-dernière nuit, que j'ai passée à chercher et imprimer tous ces articles de journaux.

Je sursaute, tends l'oreille. Rien, ni Kirsten ni "Cham". Je me lève laborieusement, avance au radar jusqu'à la porte. Avant de tourner la poignée, dont le grincement sera la preuve irréfutable que je suis réveillée, je colle mon oreille sur le panneau de bois, mais je n'entends pas un bruit. L'appartement est silencieux.

Je trouve Kirsten installée à la table de la cuisine, en train de se vernir les ongles couleur framboise.

— Hé, la Belle au bois dormant est réveillée, dit-elle avec un sourire lorsqu'elle lève la tête. Tu veux du café ? Il en reste encore un peu. Il faut juste que tu te serves toi-même.

Elle lève la main gauche en guise d'explication : sur ses ongles, le vernis brillant n'est pas encore sec.

Je traverse la cuisine, prends une tasse dans le placard.

— Qu'est-ce qui était si urgent ?

— De quoi tu parles ?

Ma main, tendue vers la cafetière, se fige.

— J'ai entendu frapper à la porte, mais je me suis rendormie.

Je lance un regard interrogateur à Kirsten.

— Ah oui. C'était ta voisine. Maja, il me semble. Du deuxième étage. Sympa.

Kirsten désigne la cuisinière avant de reporter son attention sur ses ongles.

— Elle a apporté le déjeuner.

Je me tourne d'un bloc vers la cuisinière, où est posée une petite casserole.

— Un bouillon de poule avec des pâtes, m'explique Kirsten. Je lui ai dit qu'elle n'avait plus besoin de venir, maintenant que j'étais là pour m'occuper de toi. Mais elle a quand même laissé son numéro de portable, au cas où. Sur le frigo.

Effectivement, je vois un post-it rose avec le nom de Maja, une suite de chiffres et un smiley dessiné en dessous.

— Ah, et elle a aussi apporté le courrier. Dans l'entrée, sur la commode.

Je repose la cafetière, soudain lourde dans ma main, sur le plan de travail.

— Non, Kirsten. Je parle de Frank Giesner. Il est entré ici. Je l'ai entendu.

Kirsten lève les yeux une nouvelle fois, soupire. Ce ne sont que quelques secondes, mais elles s'étirent à l'infini, tandis que je commence à ressentir une brûlure derrière mon front. La chaleur s'échappe par mes pores, recouvre mon visage d'un film humide et chaud, les craintes se mettent à éclore. D'un instant à l'autre, Kirsten va me dire que j'ai rêvé la visite de Giesner, sa voix, que j'ai rêvé, rêvé. Que seule Maja a frappé à la porte. Comme le prouvent la casserole sur la cuisinière, le numéro de téléphone sur le frigo.

— Oui. Il voulait te parler du résultat de la reconstruction faciale, finit-elle par dire, et je ris, soulagée, avant de comprendre.

Mon ravisseur a retrouvé un visage et je dois le regarder. L'identifier. Ranimer les images dans ma tête. Soutenir son regard accusateur. *Tu es vraiment un monstre !*

— Pourquoi tu ne l'as pas dit tout de suite ? dis-je pour chasser les autres pensées.

— Pour ne pas t'énerver de bon matin, tiens. Bois ton café, réveille-toi.

Il ne m'échappe pas qu'elle a l'air légèrement agacée. Je pose ma tasse sur le plan de travail, me verse du café.

— Il te l'a montré ?

— Le résultat ? Oui. Mais je ne suis pas sûre de l'avoir déjà vu, ce type. Il y avait toujours tellement de monde chez nous, tu te souviens ?

Oui, je me souviens. Des gens amenés par d'autres gens, qui aimaient faire la fête autant que nous. Pas de soirée à moins de douze personnes.

Je réprime un accès de mélancolie, acquiesce.

— Il va falloir que tu le regardes toi-même, Jassy. Rien à faire.

Kirsten a l'air inquiète.

— Tu crois que tu vas pouvoir ?

Je parviens à esquisser un sourire, même s'il me paraît un peu forcé.

— Je n'ai pas le choix, pas vrai ?

Je trempe les lèvres dans mon café, j'ai du mal à avaler. Kirsten referme du bout des doigts son flacon de vernis, en poussant un nouveau soupir. Je me demande si elle regrette d'être revenue s'occuper de moi. Si elle me supporte.

— Giesner attend ton appel, il faut que vous fixiez un rendez-vous pour l'identification. Mais il a dit que tu n'étais pas obligée d'aller au commissariat. Qu'il pouvait volontiers revenir ici. Quand tu veux, même après ses heures de service.

— C'est gentil, je dis, la voix rauque.

— Je me demande s'il ne faudrait pas aussi prendre un rendez-vous avec ta psy. Qui sait ce que ça va déclencher en toi, de voir ce portrait de ton ravisseur.

— Elle ne peut pas m'aider.

— Mouais… il faudrait déjà le vouloir.

— Voilà ce que tu penses, dis-je d'une voix faible en posant ma tasse sur le plan de travail. Tu peux le dire, si je suis trop difficile à gérer pour toi. Je comprendrais.

Kirsten lève les yeux au ciel.

— Allez, Jassy. Laisse tomber. Vraiment.

— Tu ne me dois rien.

— Arrête, OK ? Ce n'est pas notre relation qui est en jeu ici, il faut que tu passes à autre chose.

— Que je passe à autre chose.

— Que tu apprennes à vivre avec ce qui t'est arrivé, oui. Si tu continues comme ça, tu n'y arriveras pas. Tu as besoin d'aide, de professionnels.

— Ça va mieux depuis que tu es là.

Kirsten fait claquer sa langue. Je la vois se mordre un instant les lèvres avant de se décider à poursuivre notre conversation.

— Tu as fait pipi au lit.

Je crois d'abord avoir mal entendu, peut-être même que je ris.

— J'ai fait… ?

Kirsten se redresse sur sa chaise, se lève. Elle se plante devant moi, le regard triste, la tête penchée sur le côté.

— Tu as fait pipi au lit, répète-t-elle lentement. Cette nuit. Tu devais être en train de rêver. Tu t'es mise à donner des coups de pied, des coups de poing. Tu criais. *C'est pas un bracelet, Hannah ! C'est des menottes ! Ouvre-les, putain !* J'ai essayé de te réveiller, mais tu étais complètement partie.

Je secoue la tête. Je n'ai pas fait de rêve la nuit dernière.

— Si, Jassy, c'est exactement ce qui s'est passé. Quand je me suis rendu compte que le drap était mouillé, je t'ai sortie du lit. Je voulais t'amener dans le salon, te coucher sur le canapé, pour que tu puisses te rendormir, pendant que je changeais les draps. Mais tu t'es agrippée à moi, tu as crié que je ne devais pas te laisser seule, que tu avais peur que je ne sais quel appareil tombe en panne.

— Je ne m'en souviens pas.

— Évidemment. Tu dormais.

Je secoue une nouvelle fois la tête, tandis que les yeux tristes de Kirsten s'agrandissent sous l'effet de l'inquiétude. Elle se met à acquiescer, sans cesse, comme sous hypnose.

— Ça s'est vraiment passé, Jassy. Exactement comme ça. Et c'est un indice que tu ne vas pas beaucoup mieux, tu ne comprends pas ? Je peux dormir ici. Je peux faire tes courses, changer tes draps. Je peux te prendre dans mes bras et t'écouter quand tu en as besoin. Mais je ne suis pas ta psy.

Je sors de la cuisine sans un mot, son regard inquiet, sa présence, à ce moment-là, me font mal. Je me dirige vers le salon, je veux être seule, juste pour un instant, réfléchir, tenter de concilier le sentiment de paix avec lequel je me suis réveillée et la nuit terrible que selon elle je viens de passer.

— Je ne voulais pas te faire de mal…

J'entends sa voix derrière moi, me retourne. Kirsten m'a suivie dans le couloir, elle se tient devant moi, les mains levées, agitant les doigts pour faire sécher son vernis.

— Mais on ne s'en sortira pas toutes seules.

Elle tend le bras pour me toucher l'épaule, s'abstient finalement, il ne faudrait pas abîmer son vernis.

— S'il te plaît. Appelons ta psy.

Je me détourne.

— Franchement, Jassy. Pourquoi est-ce que tu te compliques la vie comme ça au lieu de te faire aider ?

Mon regard s'arrête sur la pile de courrier posée sur la commode de l'entrée. Je la vois immédiatement.

— Tu crois peut-être que tu as mérité de souffrir comme ça ?

Une enveloppe blanche toute simple, sans timbre.

— Personne ne mérite ça.

Elle est à moitié cachée par le journal d'hier, si bien qu'on ne voit qu'un bout du nom. Mais c'est la même écriture, j'en suis certaine.

— Oui, bon. Je vais l'appeler, dis-je d'une voix blanche. Tu peux regarder où j'ai mis mon téléphone ? Je crois qu'il est dans le salon.

Derrière moi, Kirsten pousse un soupir de soulagement, et ses pas s'éloignent.

— Je vais juste aux toilettes ! dis-je en m'emparant de la lettre.

Je file m'enfermer dans la salle de bains, m'adosse à la porte. Les mains moites, les doigts tremblants, je décachette l'enveloppe, me laisse distraire un instant par le bruit de la machine à laver. Lorsque je comprends que ce sont sans doute les draps sales de cette nuit qui décrivent leurs rotations monotones, une boule se forme dans ma poitrine. Je sors la feuille de papier de l'enveloppe.

Les mêmes grandes lettres noires, accusatrices. Qui forment d'autres mots. Trois, cette fois.

DIS LA VÉRITÉ.

Matthias

J'aurais pu avoir la même conversation avec Gerd qu'avec Giesner, à ceci près que nous nous serions tutoyés, et qu'à la fin il m'aurait traité d'âne et moi d'idiot. Ces policiers sont tous pareils, interchangeables, de vrais clichés. Ils disent tous la même chose. Ses *proches*. Je n'en reviens toujours pas. Cette expression nous accompagne Hannah et moi sur le chemin de la maison. Elle s'est répandue dans la voiture, atmosphère lourde, viciée, étouffante ; elle enserre mon crâne. Tout le monde pense que je ne connaissais pas ma fille. Que j'ai fermé les yeux. Que je me berce d'illusions, endormi par mon amour pour ma fille unique, depuis quatorze ans, ou depuis toujours. Alors que je connais ma fille. Que je la connaissais parfaitement.

Je renifle bruyamment, jette un œil dans le rétroviseur. Je ne vois que les yeux de Hannah, son front, ses cheveux ; ce pourraient être les yeux, le front, les cheveux de Lena. Je pourrais être en train d'emmener Lena à son cours de gymnastique ou chez une camarade de classe.

"Papa, sa petite voix flûtée s'élèverait de la banquette arrière. Et si on s'arrêtait pour acheter une glace ?"

"Bonne idée. Qui paie ?"

"C'est toi qui m'invites, papa, bien sûr ! Je suis petite, je n'ai pas encore de travail."

"Ah bon, j'avais complètement oublié. D'accord, ma petite Lena. Exceptionnellement, parce que c'est toi."

Peut-être qu'un jour, Hannah aussi me demandera : "Papi, et si on allait manger une glace ?" Qu'est-ce que je donnerais pour être ce jour-là.

— Tu veux qu'on s'arrête à la prochaine aire de repos, Hannah ? dis-je avec un sourire plein d'espoir dans le rétroviseur. On a encore une bonne demi-heure de route. Une petite pause nous ferait peut-être du bien, qu'est-ce que tu en penses ?

Hannah ne répond pas, elle regarde par la fenêtre. De part et d'autre de l'autoroute défilent les arbres, les champs en friche. La météo s'est trompée ; sur le ciel bleu d'il y a quelques heures encore s'est posé un voile gris terne. J'aimerais voir ce qui se passe dans la tête de Hannah. J'aimerais avoir le courage de lui demander ce qu'elle ressent tandis que nous filons à cent trente sur l'autoroute. Si elle trouve ça effrayant, ou excitant. Si elle est contente de rentrer à la maison. Mais comme toujours quand nous sommes seuls, quelque chose me retient de poser les questions vraiment importantes, de peur de gâcher quelque chose, sans doute.

Une BMW qui se rabat juste devant moi me tire de mes pensées. Sur la droite, un panneau indique une aire d'autoroute à cinq kilomètres.

— Hannah ?

Je tente encore une fois.

— Qu'est-ce que tu en dis ? Une petite pause ?

— Je préfère rentrer à la maison sans faire de pause, grand-père.

— OK, bien sûr, pas de problème, dis-je d'un ton enjoué pour cacher ma déception, avant de marmonner dans ma barbe : Mauvaise idée, de toute façon. Si ça se trouve, quelqu'un aurait sorti son portable pour prendre la petite zombie en photo.

— Qu'est-ce que tu as dit, grand-père ?

— Que tu as parfaitement raison, Hannah, je reprends d'une voix plus forte, en lui souriant dans le rétroviseur. Dépêchons-nous plutôt de rentrer à la maison.

Je tends le cou pour voir le visage de Hannah dans le rétroviseur. Elle sourit, elle aussi. Ma petite Lena…

Germering, à l'ouest de Munich, est une ville, un chef-lieu de district, et pas un village, comme le disait toujours Lena en levant les yeux au ciel. Est-ce que Lena trouvait vraiment insupportable de faire une demi-heure de train pour aller à l'université, est-ce que c'était l'atmosphère de Germering, cocon confortable malgré ses quarante mille habitants, nous n'en avons jamais vraiment parlé. Toujours est-il que dès son inscription à l'université Ludwig-Maximilian, elle avait emménagé dans un petit studio dans le quartier de Haidhausen, au bord de l'Isar. Elle n'était plus qu'à un quart d'heure de la fac, et elle était heureuse. Évidemment, c'est moi qui payais le loyer du studio, même si Karin trouvait de plus en plus urgent que Lena participe, qu'elle se trouve un petit boulot d'étudiante. Ou alors qu'elle prenne une chambre dans une colocation, qui nous reviendrait moins cher. Mais il n'en était pas question pour moi. Je voulais qu'elle soit au calme, qu'elle ait le temps de se concentrer sur ses études. Karin et moi allions parfois la voir à Munich. Nous aimons cette ville, mais il ne nous serait jamais venu à l'idée d'y vivre. Germering nous convenait. Écoles maternelles, élémentaires, aires de jeux, commerces, médecins, nous avions tout à proximité. Pour une famille, c'était parfait. C'est ce que nous nous étions dit en achetant, dans les années 1980, un terrain dans ce nouveau lotissement. Que c'était le cadre parfait pour élever un enfant.

"N'oublie pas que Hannah n'est plus vraiment une enfant", m'a fait remarquer Karin ce matin, au petit-déjeuner. J'étais tellement pressé de prendre la route de Regensburg et d'aller chercher Hannah au centre de traumatologie que mes mains tremblaient ; j'arrivais à peine à me servir de mon couteau. Karin a pris mon assiette, où gisait une tranche de pain blanc à moitié beurrée. J'avais fait des trous dans le pain en tartinant, tellement j'étais nerveux et maladroit. J'ai regardé Karin terminer de tartiner mon pain de beurre, y poser une tranche de saucisse de jambon, la couper en deux puis pousser mon assiette vers moi avec un air entendu.

"Je sais bien", ai-je répliqué avant de me mettre à manger.

Karin a repoussé sa propre assiette avec sa tartine de confiture pour poser ses coudes sur la table. Elle a joint les mains devant le menton, comme pour prier.

"Peu importe l'endroit et la manière dont elle a vécu jusqu'à présent, la puberté va finir par la rattraper, Matthias. Or toi, comme elle est vraiment toute petite pour son âge, tu oublies que tu as affaire à une jeune fille de treize ans."

Je ne lui ai pas dit que les médecins que j'ai consultés avec Hannah jusqu'à présent n'en sont pas si sûrs. Contrairement à son frère, Hannah souffre d'une grave carence en vitamine D qui a freiné son développement. Les médecins pensent que Lena a eu des carences lorsqu'elle était enceinte de Hannah, tandis que pour le garçon, elle a pris dès le début de sa grossesse des compléments de vitamines adaptés aux femmes enceintes. Il n'est pas sûr du tout, et même plutôt improbable, que le corps de Hannah s'en remette un jour tout à fait. Ce que Karin saurait, d'ailleurs, si elle nous avait accompagnés à ces rendez-vous médicaux. Je ne lui ai pas dit non plus que je me fiche complètement de la manière dont Hannah va évoluer ou non. Que jusqu'à la fin de mes jours, je l'accepterai exactement comme elle est. Qu'elle reste éternellement une petite fille ou qu'elle devienne une femme.

"Nous avons bien survécu à la puberté de Lena", ai-je plaisanté entre deux bouchées de ma tartine.

Karin a hoché la tête, imperturbable.

"Oui, mais nous étions jeunes, Matthias. Aujourd'hui, nous avons plus de soixante ans, les os et les nerfs fragiles. Sans parler de ton cœur." Elle a secoué la tête. "Hannah et Jonathan ont des besoins plus spécifiques que d'autres adolescents. Il leur faudra sans doute un suivi psychologique toute leur vie."

J'ai avalé difficilement.

"Je pense qu'il sera possible de trouver une solution à beaucoup de choses, Karin. Nous pourrions nous renseigner, il y a peut-être un établissement spécialisé dans les environs qui accueille les patients ayant subi un traumatisme, où elle pourrait être scolarisée. Comme ça le sujet de l'école serait déjà réglé."

"Où *ils pourront*, Matthias. Tous les deux. Où ils pourront être scolarisés. Il y a deux enfants. On ne parle pas seulement de Hannah…"

"Oui oui, l'ai-je interrompue d'un geste impatient. Ça vaut aussi pour le garçon."

"Il s'appelle Jonathan."

"Oui, Jonathan."

Karin a penché la tête, plissé les yeux.

"Tu as donc des plans à long terme. Il n'est plus seulement question de prendre Hannah ici quelques jours pour accompagner sa thérapie, n'est-ce pas ?"

"Comme je viens de te le dire, je pense qu'il y aurait des solutions…"

"Quand est-ce que tu vas rouvrir ton bureau ?" m'a interrompu Karin d'un ton coupant.

J'ai saisi ma tasse, bu une gorgée de café pour gagner du temps.

"On pourra en parler à un autre moment. Il faut que j'y aille." Je me suis levé de table, suis sorti de la salle à manger.

"Et si je t'accompagnais ?" m'a demandé Karin alors que je prenais ma veste sur le portemanteau de l'entrée. Je me suis retourné. Ma femme était debout sur le seuil, les bras croisés, le regard méfiant.

"Non, je ne préfère pas, ai-je dit avec un sourire, avant d'aller déposer un baiser sur sa joue. Le trajet est vraiment pénible…"

Mon cœur bat fort tandis que je manœuvre la vieille Volvo dans notre rue. De part et d'autre de la chaussée, une zone 30, s'alignent, séparées les unes des autres par des haies bien taillées, des maisons individuelles entretenues avec soin, avec des plaques d'argile sur les portes, souhaitant la bienvenue aux visiteurs, indiquant le nom de la famille qui y vit. Chaque maison dispose d'un petit jardin à l'avant où sont installés des jeux d'extérieur, à moins que n'y trônent des rosiers, tels de petits îlots sur la pelouse. *Le cadre parfait pour élever un enfant.*

J'amorce le virage qui mène au bout de la rue, et je viens de prendre une inspiration pour annoncer à Hannah que nous sommes arrivés, lorsque je les vois. Un attroupement d'une bonne douzaine de personnes devant notre maison. Autant de voitures le long du trottoir.

— Qu'est-ce que… je souffle, immobilisant la Volvo.

Derrière le siège passager, Hannah se redresse sur la banquette, s'avance, vient s'agripper à l'appuie-tête.

— Qu'est-ce qui se passe, grand-père ?

La meute a vu notre voiture, plusieurs têtes se tournent, synchrones, vers l'automobile qui s'est arrêtée à une vingtaine de mètres d'eux, au beau milieu de la chaussée. Mes mâchoires se crispent. Mes épaules se contractent. Ma posture tout entière se raidit douloureusement. Mes mains serrent le volant si fort que les jointures de mes doigts deviennent blanches sous la peau. Je retiens mon souffle.

— Grand-père ? C'est qui tous ces gens ?

Mon pied droit tressaille au-dessus de l'accélérateur. L'espace d'une seconde, une pensée surgit. Appuyer sur la pédale, foncer sur la foule, avoir la paix, enfin.

— Grand-père ?

La voix de Hannah a perdu de sa monotonie habituelle, devient presque plaintive. *Vous ne voyez donc pas que vous faites peur à la petite ?* J'ai envie de hurler, mais je pense à ma petite-fille, je ne veux pas l'effrayer encore plus. Des journalistes, ça ne fait aucun doute. Je vois des porte-blocs, des appareils photo, et même une caméra de télévision et une perche de son. Une jeune femme rousse en manteau bleu clair se détache du groupe, fait quelques pas hésitants dans notre direction.

— Maudit Rogner, je marmonne, alors que Lars Rogner n'est manifestement pas parmi eux.

Pas personnellement, en tout cas, mais je parierais qu'il a envoyé quelqu'un. Peut-être cette jeune femme en manteau bleu qui s'approche lentement mais sûrement de notre voiture. Plusieurs autres lui emboîtent le pas. Ils ne sont plus qu'à une dizaine de mètres.

— Hannah, dis-je aussi calmement que possible, ôtant ma veste et la jetant à l'arrière en quelques secondes, sans quitter les journalistes des yeux. Allonge-toi sur la banquette arrière et cache-toi sous ma veste.

Hannah n'émet aucune protestation. J'entends le clic de la ceinture de sécurité qui se détache. Je jette tout de même un regard furtif vers la banquette arrière. Elle s'est bel et bien roulée en boule sous ma veste. Je tends la main pour tirer un peu la veste vers le haut, au-dessus de sa tête, où dépassent encore quelques boucles platine. Puis je me retourne, pose mes mains sur le volant et démarre doucement. Je sens les battements de mon cœur jusque dans ma gorge. Je m'attends à ce que la meute de journalistes, qui n'est plus qu'à cinq mètres de nous, vienne se presser contre la voiture. J'imagine déjà la jeune femme en manteau clair se jeter sur le capot tandis que ses collègues tentent d'ouvrir les portières, se mettent à tambouriner contre les vitres en criant. Mais je me trompe. La foule se fend, garde même une distance de sécurité tandis que je dirige la voiture vers elle, au pas. Je gagne sans encombre l'entrée du garage, saisis de la main droite, dans le vide-poche, la petite télécommande qui ouvre la porte automatique.

— Ne bouge pas, Hannah, dis-je, attendant que la porte se soit entièrement refermée sur nous pour éteindre le moteur et, pour la première fois depuis ce qui me semble être plusieurs minutes, respirer à nouveau normalement.

— C'est bon, dis-je en me tournant vers l'arrière, découvrant le corps frêle de Hannah pour lui signifier la fin de l'alerte. On a réussi.

Hannah se redresse, cligne des yeux.

Je sors de la voiture, lui ouvre la portière, l'aide à descendre et prends dans le coffre le petit sac de voyage qu'on lui a préparé au centre de traumatologie pour sa visite chez nous. Avec des affaires choisies parmi les vêtements donnés à la clinique. Nous allons faire du shopping, dès demain de préférence. Je ne veux pas voir ma petite-fille porter les vêtements usés d'inconnus.

Derrière la lourde porte de métal du garage, les quelques marches qui donnent dans l'entrée. Karin nous y attend déjà. Elle est livide.

— Dieu merci, s'exclame-t-elle, soulagée, lorsque je pousse Hannah devant moi dans la pièce.

Une pénombre inhabituelle m'apprend que Karin, pour se protéger des regards indiscrets, a baissé tous les stores de la maison. Ses genoux craquent lorsqu'elle s'accroupit devant Hannah ; mais son regard reste fixé sur moi.

— Je t'ai appelé au moins cinq fois sur ton portable ! Comment est-ce possible ?

Sa voix nerveuse monte dans les aigus.

— Qu'est-ce qu'ils font ici ? Comment ont-ils su que tu allais chercher Hannah aujourd'hui ? Qu'est-ce que nous allons faire ?

— Rester calmes, pour commencer, dis-je en levant les mains en un geste apaisant.

— Rester calmes ? Mais tu as vu le bazar dehors ?

— Je m'en occupe.

— Et comment, s'il te plaît ? On ne peut même pas prévenir la police pour qu'elle nous débarrasse de ces gens ! Aucun d'entre eux n'est entré sur notre propriété ! Tu te souviens de la loi, quand ils étaient ici pour Lena. Tant qu'ils restent dans la rue, on ne peut rien contre eux. Ils sont dans l'espace public.

Elle tend un index accusateur vers la porte d'entrée :

— Ils pourraient rester là pendant des jours qu'on ne pourrait pas les chasser !

— Karin…

Je désigne Hannah, qui se tient toute raide devant elle et n'a toujours pas dit un mot.

Karin soupire, reporte enfin son attention sur notre petite-fille.

— Bonjour Hannah, dit-elle avec un sourire. Je suis contente de t'avoir enfin chez nous.

La petite ne réagit pas. Karin me lance un regard décontenancé. Je suis sur le point de dire quelque chose, histoire de briser la glace, lorsque Hannah se tourne vers moi. Elle a l'air déçue.

— Grand-père, on avait dit qu'on ne faisait pas de pause.

— Non, je…

Je bégaie presque.

— Nous sommes arrivés, Hannah. Nous sommes à la maison.

Hannah fait la moue.

— Mais enfin, grand-père, ce n'est pas ici, ma maison.

Jasmin

— Excusez-moi de vous recevoir aussi tard, mademoiselle Grass, dit le Dr Hamstedt en refermant la porte derrière elle.

Nous avions rendez-vous à vingt heures trente, mais j'ai dû l'attendre un moment, seule dans son bureau.

— Une journée bien remplie, ajoute-t-elle avec un sourire.

La clinique psychiatrique que dirige Maria Hamstedt à Regensburg est la seule, dans les environs, à s'être spécialisée dans le traitement des enfants et des adolescents. J'évite de réfléchir à ce que l'expression "bien remplie" peut recouvrir ici, car aussitôt se bousculent dans ma tête des images d'adolescents en pleine crise d'épilepsie donnant des coups de pied autour d'eux, les bras immobilisés par une camisole de force, tandis que des hurlements résonnent dans les longs couloirs, me donnant la chair de poule.

— Ce n'est pas grave, je parviens à articuler, souriant à mon tour.

Alors que la situation est grave. Tout est grave, cette histoire de lettres est grave. Cette petite sortie à la clinique psychiatrique, rien que le fait de sortir, en soi, à une heure pareille, en plus, puisqu'il fait déjà nuit et que les faisceaux de lumière jaune des réverbères étirent tout en longues ombres fantomatiques. Tout ça m'appuie sur le sternum, me tire sur les membres, comme si je couvais une mauvaise grippe.

Le Dr Hamstedt me jette un bref regard, méfiant, puis fait le tour de son bureau pour s'asseoir dans son fauteuil.

— Pour être honnête, j'ai été surprise par votre appel et cette demande de rendez-vous, mademoiselle Grass.

Tout comme Kirsten a été surprise de constater que je ne faisais aucune difficulté pour appeler ma psy. Qu'au contraire, je m'obstine à la rappeler, puisque sa ligne est restée occupée la moitié de la journée, jusqu'à ce que je finisse par l'avoir au bout du fil et parvienne à la convaincre de me recevoir ce soir, malgré cette journée *bien remplie*

— D'autant plus, poursuit le Dr Hamstedt en se penchant vers moi par-dessus son bureau, les mains jointes, que vous n'êtes pas ma patiente, mais celle de ma collègue Brenner, Schützenstraße.

Je jette un regard discret vers la porte pour m'assurer qu'elle est bien fermée. Car devant cette porte, dans le couloir, il y a Kirsten, qui m'a accompagnée jusqu'ici. Chez – comme elle le croit – *ma* psy. En réalité, je n'ai vu le Dr Hamstedt qu'une seule fois. Lors de l'anamnèse psychologique, à l'hôpital de Cham, la nuit où je me suis enfuie de la cabane.

— Oui, j'imagine. Que vous ayez été surprise, je veux dire, dis-je à voix basse, même si je n'imagine pas une seconde que Kirsten puisse écouter à la porte.

Elle a certainement les écouteurs de son iPod dans les oreilles, ou bien elle est absorbée par la lecture d'un magazine. Kirsten ne supporte pas facilement de ne rien faire ou de s'ennuyer.

Le Dr Hamstedt semble en attendre davantage, que je lui explique pourquoi je ne suis pas allée trouver sa collègue Brenner, mais elle, pourquoi cette urgence que j'ai laissée transparaître au téléphone. J'ai tout préparé en chemin, répété les mots que je voulais lui dire. Mais soudain, j'ai un blanc.

Le Dr Hamstedt se penche encore un peu plus au-dessus son bureau.

— Ça ne se passe pas bien avec le Dr Brenner ?

Je secoue vivement la tête.

— Non, non, ce n'est pas ça. Elle est très gentille. Je crois.

— Vous n'allez pas régulièrement à vos séances ?

— Je n'y vais pas souvent, non.

— Vous devriez, mademoiselle Grass. C'est important.

— Je sais. C'est juste que…

Je renverse la tête en arrière, fixe le plafond. Les contours diffus et brunâtres d'une tache d'humidité deviennent encore plus flous. *Ne chiale pas.* Je me rappelle silencieusement à l'ordre. Ne te remets surtout pas à chialer. Pas maintenant, pas ici. Je ne suis pas venue pour que Maria Hamstedt fouille mes plaies. Je suis ici parce que j'ai besoin d'une information. Et de son avis.

— Vous avez du mal à parler de ce qui vous est arrivé.

La voix compréhensive du Dr Hamstedt.

— Oui.

— Vous croyez peut-être même avoir des raisons d'avoir honte de vous.

— Peut-être.

Un bruit sec me fait légèrement tressaillir. Je reporte mon regard sur le Dr Hamstedt, qui vient de tirer un peu trop vivement un mouchoir en papier d'une boîte posée sur son bureau, et me le tend. Je le prends, m'essuie les yeux, me redresse et m'éclaircis la gorge.

— Merci.

— Je connais le Dr Brenner depuis de nombreuses années, mademoiselle Grass. Elle a vraiment une grande capacité d'écoute. Quant à vous : vous n'avez absolument aucune raison d'avoir honte. Vous êtes une victime. C'est une situation qu'on ne choisit pas.

— Oui, c'est ce que tout le monde me dit…

J'esquisse un sourire un peu bête, me demandant comment je vais pouvoir changer de sujet.

— Parce que c'est vrai, reprend le Dr Hamstedt avec un sourire encourageant. Mais si malgré tout vous ne vous sentiez pas à l'aise, en tant que patiente, avec le Dr Brenner, je peux évidemment vous aider à trouver une autre thérapeute.

— Non, ce n'est pas ça, dis-je rapidement, me rendant compte qu'elle doit penser que c'est l'objet de ma visite. Je n'ai pas besoin d'une nouvelle thérapeute. Il s'agit d'autre chose, dont je voulais vous parler de toute urgence.

— Ah, bon, dans ce cas. Que puis-je faire pour vous, mademoiselle Grass ? Sachant que s'il s'agit des progrès dans le traitement des enfants, étant donné que vous n'êtes pas leur parente, le secret professionnel m'interdit de…

Je secoue la tête.

— Il faut que je sache si les enfants ont un droit de sortie.

— Un droit de sortie ? Vous voulez dire : s'il leur arrive de sortir de la clinique ?

— Voilà.

Le Dr Hamstedt paraît un peu déstabilisée.

— Eh bien, oui, bien sûr. Comme vous le savez, nous sommes une institution psychiatrique. Nos capacités en matière d'examens médicaux généralistes sont limitées. Donc oui. Hannah a déjà vu d'autres médecins.

— Hannah est sortie ?

— Pour aller chez le dentiste, et à l'hôpital, à plusieurs reprises, oui. Mais au vu des circonstances, sa forme physique est plutôt satisfaisante, si c'est ce qui vous causait souci.

— Hannah est sortie.

Je répète ces mots pour moi-même tandis que s'impose à mon esprit l'image de Hannah errant seule dans la ville, fantomatique, marchant dans ma rue, se dirigeant vers mon immeuble. Je la vois en chemise de nuit blanche, pieds nus, Miss Tinky dans les bras. "J'ai tout bien retenu", murmure-t-elle, puis : "Pour toujours toujours toujours."

— Pas seule, bien entendu, accompagnée par un membre de notre personnel ou, ces derniers temps, de plus en plus souvent, par son grand-père, oui.

Le Dr Hamstedt disperse ma vision, comme si elle avait lu dans mes pensées.

— Pourquoi me demandez-vous ça, mademoiselle Grass ?

Je ne réponds pas. Je me mets à déchiqueter le mouchoir en papier sur mes genoux.

— Mademoiselle Grass ?

Le grand-père de Hannah. Ton père, Lena. L'homme qui a piqué une crise devant mon lit d'hôpital.

— Mademoiselle Grass ?

— Et seule ? Je veux dire, est-ce qu'il existe ici une sorte de quartier libre, un moment où les patients pourraient sortir sans surveillance ?

— Je le répète, mademoiselle Grass, nous sommes une institution psychiatrique. Il serait irresponsable de laisser se promener sans surveillance la plupart des patients effectuant un séjour ici.

— Même pas dans le parc de la clinique ?

— Non, bien sûr que non, affirme le Dr Hamstedt.

— Et il n'est pas possible non plus que quelqu'un puisse sortir sans être vu ?

Le Dr Hamstedt pousse un soupir, puis répète :

— Non, mademoiselle Grass, c'est absolument impossible. Je pourrais savoir de quoi il retourne, maintenant ?

J'avais prévu de lui parler des lettres. Je les ai apportées, elles sont dans mon sac à main, par terre, à côté de ma chaise. Mais soudain, je ne suis plus sûre que ce soit une si bonne idée. Et si elle réagissait comme Kirsten ? *Tu ne vas pas bien. Tu as besoin d'aide*. Je pense à ces chambres où on peut ôter la poignée de la porte. *Pour votre propre sécurité, mademoiselle Grass.* J'ai du mal à déglutir, comme si ma gorge était irritée. Personne ne serait plus à même de signer un formulaire d'internement que la directrice d'une clinique psychiatrique, qui me regarde en ce moment même, attendant ma réponse.

— Mademoiselle Grass ?

— Eh bien…

Soudain, je me sens terriblement bête de ne pas m'être au moins brossé les cheveux, de ne pas m'être changée pour venir ici, d'avoir gardé ce pantalon de jogging, ce sweat-shirt taché, qui sent la sueur. Tout en moi doit indiquer : *état inquiétant !* Comme un fait exprès, une mèche de cheveux gras me tombe sur le front, je la ramène hâtivement en arrière.

— Vous savez, mademoiselle Grass, le secret professionnel s'applique aussi à cette conversation, dit le Dr Hamstedt, et je suis réceptive à sa voix grave et douce, à son regard franc. Alors, si vous avez quelque chose sur le cœur…

La fin de sa phrase, son invitation, reste suspendue dans l'air. Je prends une profonde inspiration.

— Quelqu'un m'a envoyé des lettres, dis-je prudemment, tout en observant attentivement les traits du Dr Hamstedt, à la recherche du moindre changement, une bouche qui se pince, un sourcil qui se lève, un nez qui se fronce. Et, voilà, je sais que ça peut paraître étrange, mais je me suis demandé si elles pouvaient venir des enfants.

— Les lettres ?

J'acquiesce.

— Qu'est-ce qu'elles disent ?

N'ayant rien vu dans son expression qui puisse m'alarmer, je me penche vers mon sac et sors les deux lettres de la poche latérale.

Pour Lena, lit le Dr Hamstedt à haute voix, puis : *Dis la vérité*.

— Qu'est-ce que ça signifie, mademoiselle Grass ? Et qu'est-ce qui vous fait dire que ça pourrait venir des enfants ?

— Ils doivent me détester, après ce que j'ai fait. Ce n'est pas possible autrement. Surtout Jonathan.

Cette fois, je constate un changement dans l'expression du Dr Hamstedt. Elle a haussé les sourcils. Heureusement, j'y vois moins l'expression d'un doute à mon égard qu'une franche surprise.

— Jonathan ?

Je hoche la tête, angoissée.

— Je lui ai fait beaucoup de mal.

— Je ne comprends pas.

Je hoche la tête une nouvelle fois, en évitant de la regarder.

— Le jour où je me suis enfuie de la cabane…

Jasmin

Je connaissais désormais le quotidien minuté de la cabane, je savais où étaient mes zones de sécurité, j'obéissais aux règles. Ce matin-là, lorsque ton mari m'a embrassée sur la bouche avant de partir au travail, je n'ai même pas eu de haut-le-cœur, Lena. Et puis, avec un sourire radieux, il a dit : “Ce soir, j'apporterai un test.”

Je n'avais pas eu mes règles depuis un moment, mais je refusais d'y penser. Ça pouvait être le stress qui déréglait mon corps. Ça pouvait être parce que j'avais perdu beaucoup de poids – j'avais les épaules saillantes, on me voyait les os du bassin.

Je n'avais pas envisagé que je puisse être enceinte, jusqu'à ce qu'il prononce ces mots. *Ce soir, j'apporterai un test.* À cette idée tout s'effondrait, le sol s'ouvrait sous mes pieds, j'étais engloutie par un gigantesque trou noir. Une fois la porte refermée derrière lui, je me suis traînée jusqu'au canapé avec ce qu'il me restait de forces et je me suis effondrée.

Je savais depuis une conversation que nous avions eue qu'il avait toujours voulu trois enfants. Un petit frère ou une petite sœur pour Hannah et Jonathan. J'avais même trinqué avec lui, espéré que je serais enceinte bientôt. Chaque jour, j'avalais sagement les vitamines qu'il me donnait et qui étaient censées encourager la fertilité, et j'étais d'accord avec son choix de prénoms. Matthias si c'était un garçon, Sara si c'était une fille. Matthias signifiait "cadeau de Dieu", m'avait-il expliqué, et Sara "princesse".

Il n'y avait aucune raison de douter du fait qu'il prenait tout ça très au sérieux. Non, il ne plaisantait pas. D'un seul coup, tout était fini, c'était le noir complet, je mourais intérieurement en me rendant compte que j'allais porter son troisième enfant. Et si le test n'était pas positif aujourd'hui, il le serait demain, la semaine prochaine ou dans un mois. Et je serais coupable de faire subir cette horreur à un autre enfant. Je mettrais au monde un prisonnier, un être qui, à peine né, serait déjà mort. Je me suis mise à pleurer si fort que j'avais l'impression que mon visage allait exploser.

Les enfants étaient habitués à mes mauvais jours, ou à ces quelques heures où mon humeur changeait du tout au tout, où je pouvais les engueuler ou détruire une de leurs illusions par pure colère. J'avais crié sur Hannah lorsqu'elle avait essayé de me convaincre de faire une sortie qui n'aurait jamais lieu. J'avais envoyé des coups de pied à Miss Tinky, j'avais dit à Jonathan, qui aimait tellement jouer à voler dans les airs, que jamais de sa vie il ne monterait dans un véritable avion. J'avais hurlé "Je ne suis pas votre maman !", et hurlé encore plus fort en constatant qu'ils m'ignoraient. Mais mes crises n'avaient jamais duré bien longtemps. J'avais toujours eu honte aussitôt après, ou du moins peur qu'ils puissent tout raconter à leur père, et je m'étais excusée.

Aujourd'hui je n'étais pas méchante, je n'étais pas furieuse, je n'étais plus rien. Assise sur le canapé, les bras repliés sur ma poitrine, je me balançais d'avant en arrière, apathique, depuis plusieurs heures déjà. Hannah et Jonathan avaient fait quelques tentatives pour me ramener vers eux. Ils m'avaient demandé quand nous allions commencer notre cours. Avaient essayé de me convaincre de faire au moins ma gymnastique avec eux, me rappelant ce qui pouvait se passer si on n'entraînait pas régulièrement ses muscles. Ils m'avaient proposé à boire, un morceau de barre énergétique. Chacun m'avait apporté un dessin qu'il avait fait, pour me remonter le moral. Mais je ne les avais même pas regardés. Ce n'étaient que des gribouillages absurdes. À un moment, j'ai vaguement entendu Hannah lire à Jonathan un article du gros livre.

"Une dépression, lisait-elle de sa voix monotone, est un trouble psychique. Ses caractéristiques sont l'abattement, les pensées négatives en boucle et la démotivation. Elle s'accompagne souvent d'une perte de la joie, de la combativité, de la compassion et de l'intérêt pour la vie en général. Point."

"Ça veut dire qu'on lui est égal ?" a demandé Jonathan, et Hannah a répliqué : "Idiot. Ça veut dire que tout lui est égal."

"Donc nous aussi", en a déduit Jonathan, avant d'émettre d'étranges petits bruits. C'est ce qui m'a poussée à lever les yeux. Je n'avais jamais entendu ces bruits, ni chez lui ni chez Hannah. Malgré tout, malgré leur étrangeté, ils avaient quelque chose de familier. Ils me rappelaient la douleur après la mort de mon père, ces journées passées enfermée dans ma chambre, à pleurer. Ils me rappelaient le sentiment de déchirement qui s'emparait de moi chaque fois que Kirsten affirmait qu'elle était sérieuse en voulant notre séparation, qu'il n'y avait pas de retour possible.

Jonathan était en train de sangloter.

J'ai cligné des yeux pour chasser mes propres larmes. Il s'était bel et bien mis à pleurer, et sanglotait si fort que sa petite cage thoracique se soulevait et s'affaissait comme sous l'effet d'électrochocs. J'ai regardé son visage pâle et délicat, déformé par la douleur, puis, n'y tenant plus, je lui ai tendu la main. Au lieu de la prendre, il s'est jeté sur moi, me renversant presque du canapé. Au début, je suis restée raide comme une planche tandis qu'il s'agrippait désespérément à moi. Je n'avais encore jamais vu l'un des enfants pleurer, jamais. Peut-être même qu'à ce moment-là, je me disais qu'ils n'étaient pas capables d'exprimer des émotions, voire d'en éprouver. Bien sûr, il y avait eu ce jour où le système de circulation était tombé en panne, où nous nous étions allongés ensemble dans le grand lit. Je les avais pris dans mes bras. "Je t'aime, maman", m'avait dit Hannah. "Pour toujours toujours toujours." Et j'avais dit : "Moi aussi, je vous aime. Bonne nuit." À présent j'y vois un autre sens, mais sur le moment, je pensais qu'elle avait dit ça comme ça, pour rendre un peu plus supportable ce moment terrifiant. Pour apaiser un peu la peur. Moi, du moins, c'est pour ça que je l'avais dit. J'avais des sentiments pour les enfants, oui. Mais était-ce davantage que de la pitié ? J'ai frémi à l'idée que les enfants aient pu se mettre à m'aimer, m'aimer vraiment, sans que je m'en rende compte – ni que je leur rende cet amour. Que tout ce que j'avais jamais fait pour eux, je ne l'avais fait que parce que ça faisait partie de mon rôle. Que parce que j'avais peur que leur père me punisse si je ne jouais pas mon rôle comme il fallait.

J'ai posé une main hésitante sur le dos de Jonathan et, de l'autre, me suis mise à lui caresser la tête. J'ai senti ses petites boucles souples sous mes doigts. Son souffle chaud, nerveux, sur mon cou, les tressaillements de son petit corps sous l'effet des sanglots. J'ai senti son cœur qui papillonnait contre ma poitrine, j'ai senti qu'il souffrait, comme moi après la mort de mon père ou ma séparation avec Kirsten. Il souffrait de la pire douleur qui existe, la douleur d'amour.

J'ai regardé Hannah, qui se tenait un peu à l'écart, près de la bibliothèque, le gros livre toujours dans les mains. Je m'attendais à ce qu'elle me fixe de ses yeux bleu glacier, pleins de défi. Mais elle avait la tête baissée, ce qui lui donnait un air gêné. Encore une émotion que je ne leur connaissais pas. Jusqu'à présent, Hannah n'avait jamais eu le moindre problème à me regarder dans les yeux, même quand un hématome autour de mon œil témoignait d'une nouvelle agression de son père ; parfois même, elle souriait et disait : "C'est pas grave, maman, c'était juste une erreur idiote." Et elle ne disait pas ça pour excuser la perte de contrôle de son père, non, mais mon comportement *à moi*. C'est *moi* qui sans le faire exprès avais dit ou fait ce qu'il ne fallait pas, donc son père m'avait frappée. C'était la pure conséquence de ma propre bêtise.

"Je sais !" s'est soudain exclamé Jonathan.

Il a bondi de mes genoux, est sorti de la pièce en courant. Lorsqu'il est revenu, son visage était toujours rouge d'avoir autant pleuré, mais il rayonnait. Il tenait quelque chose dans son dos.

"J'ai un cadeau pour toi", a-t-il dit solennellement en me montrant sa main.

La boule à neige.

J'ai distingué à l'intérieur une maisonnette avec une porte marron, des volets rouges et un toit pointu. Et, de chaque côté de la maison, un sapin.

"Regarde, maman." Jonathan a secoué la boule et des milliers de minuscules faux flocons de neige se sont mis à tourbillonner, puis une partie d'entre eux s'est déposée sur le toit et la cime des sapins, tandis que le reste allait recouvrir le sol. "Regarde comme les flocons dansent ! Et à l'intérieur, là, c'est nous." Jonathan désignait la maisonnette en souriant.

"Je peux la tenir ?"

Jonathan me l'a tendue.

"Mais fais attention. Elle est en vrai verre, alors elle est très lourde."

"Très lourde", j'ai répété, un peu sonnée, et c'était vrai. La boule à neige pesait un certain poids. Un poids merveilleux.

"Où est-ce que tu l'as trouvée ?"

"C'est papa qui me l'a offerte. Il a offert Miss Tinky à Hannah, et à moi, la boule à neige. C'est mon plus grand trésor."

"Mais où est-ce que tu l'avais cachée ?"

"Dans notre chambre. Il y a une latte de bois qui bouge, sous le lit, et en dessous, il y a un trou." Il a souri. "Parfois, Miss Tinky s'y cache aussi, quand elle a fait une bêtise." Il s'est tourné vers Hannah, mais elle ne lui a pas rendu son sourire.

"Dans votre chambre", ai-je répété en soupesant toujours la boule à neige. Cette chambre où j'étais allée mille fois faire les lits ou leur lire leur histoire du soir.

"Oui, a dit Jonathan en s'asseyant à côté de moi sur le canapé. Mais maintenant je voudrais te l'offrir."

“Tu voudrais… ?”

“Oui, parce que tu es vraiment triste, maman.” Il a saisi la boule, l’a secouée encore une fois. Les flocons se sont mis à virevolter autour de la maisonnette. Jonathan a eu un sourire songeur. “C’est notre cabane. Et nous on est bien au chaud à l’intérieur.”

Il m’a rendu la boule à neige.

“Tu vois maintenant comme on est bien ?”

“Oui, mon chéri, on est vraiment bien.”

“Et si jamais tu es triste, un jour, tu n’auras qu’à la secouer.”

“D’accord, mon chéri.”

J’avais les larmes aux yeux en serrant Jonathan fort dans mes bras. Merveilleux petit garçon qui voulait me consoler en me donnant ce qu’il possédait de plus précieux, le seul objet qu’il possédait.

“On pourrait peut-être faire cours maintenant ?” a fait remarquer sur un ton maussade Hannah, qui était restée étonnamment silencieuse jusqu’alors.

J’ai déposé un baiser sur le front de Jonathan, lui ai dit “Merci”, puis j’ai jeté un œil à l’horloge de la cuisine – presque quatre heures de l’après-midi – et me suis levée du canapé.

“Bon, les enfants. Prenez vos cahiers et vos crayons gras. On va faire une dictée…”

Il était tard maintenant, presque huit heures. Je ne m’attendais plus à le voir rentrer aujourd’hui, et je m’apprêtais à envoyer les enfants à la salle de bains pour qu’ils se préparent à aller au lit. La boule à neige était restée sur la table pendant notre cours. De temps en temps, mon regard tombait dessus, et je ne pouvais m’empêcher de sourire. Quand il me surprenait, Jonathan souriait lui aussi. C’était sans doute un petit garçon très heureux aujourd’hui, très fier, il devait avoir le sentiment d’avoir accompli quelque chose de grandiose. Il avait guéri sa maman de sa grande tristesse. S’il savait.

Finalement, j’ai entendu des pas dehors, des pas lourds sur du bois, les marches qui devaient mener à la cabane. Les enfants ont bondi pour se mettre en position au milieu de la pièce, bien visibles, les mains tendues en avant. J’ai fait de même, après avoir posé la boule à neige sur l'assise de ma chaise, histoire qu'il ne la voie pas immédiatement en entrant dans la pièce. Je me suis placée à côté des enfants, j'ai tendu les mains. Au même instant, la clé tournait dans la serrure.

J'ai observé son dos lorsqu'il a refermé de l'intérieur la porte de la cabane, son geste lorsqu'il a retiré la clé de la serrure, a fait glisser le trousseau dans la poche de son pantalon. Tout était comme d'habitude. À ceci près que mon cœur battait dans mon corps tout entier, que je n'étais plus que pulsation, lorsqu'il a vérifié que mes ongles étaient bien propres, si près de moi que j'ai senti sur lui le froid du dehors. Il avait fait les courses, il voulait nous préparer un bon repas pour fêter l'événement. Il avait bien sûr pensé au test de grossesse, qui était l'élément essentiel de ce grand jour. Les enfants auraient même le droit de veiller plus tard que d'habitude. Il semblait parfaitement sûr du résultat.

"Tout va bien, Lena ?" m'a-t-il demandé en passant à côté de moi pour déposer les sacs de courses sur le plan de travail de la cuisine.

"Oui oui", j'ai dit en me plaçant entre lui et ma chaise, l'assise ainsi masquée par mon corps. On y était. Ce soir, je serais libre, ou je serais morte, je le sentais, le ressentais à chacun de mes battements de cœur. Et j'avais peur. Incroyablement peur. La peur enveloppait mon corps comme une membrane impossible à transpercer, qui me comprimait, m'engourdissait.

À partir de maintenant, tout est en pilote automatique. Je jure que je ne me souviens pas du moment exact où j'ai saisi la boule à neige. Est-ce qu'il est en train de ranger les courses ? Ou de remuer les cendres dans le poêle à bois ? Je le vois devant moi, il me tourne le dos, il est penché en avant. Je m'approche de lui par-derrière. Dans ma main, la boule à neige pèse une tonne, j'ai bien du mal à la tenir, et pourtant, je parviens à ramener le bras en arrière pour préparer mon coup.

Où sont les enfants à ce moment-là ? Est-ce Hannah, à un mètre de moi à peine, qui crie pour l'avertir, mais je n'entends pas son cri, car rien ne parvient à transpercer ma membrane ? Oui, je la vois du coin de l'œil, mais sa bouche est fermée. Hannah regarde sans rien dire, sans rien faire, la boule à neige décrire sa dangereuse trajectoire.

Et Jonathan ? Jonathan doit bien être là, quelque part. Je suis sûre qu'il n'a pas quitté la pièce. Peut-être qu'il vient de faire le tour du canapé en pépiant d'excitation. Papa est là, il est content. Papa va mettre du bois dans le poêle, pour qu'on ait bien chaud dans la cabane. Papa va nous cuisiner quelque chose de bon. Quel bonheur que papa soit là.

C'est à cette seconde précise que ton mari fait mine de se retourner – mais trop tard, il y a un grand bruit, *bam !*, comme quand on fait tomber une pastèque par terre. Émet-il un son ? Gémit-il de douleur, pousse-t-il un cri ? Je n'entends rien, rien d'autre que le bruit du sang dans mes oreilles et ce *bam !* sourd, assourdissant. J'ai réussi à le frapper, une fois, bien fort, suffisamment fort, son corps s'effondre comme une marionnette dont on aurait coupé les fils. Ça a suffi, il est à terre, mais apparemment, je ne m'arrête pas. Je frappe, je frappe encore et encore, jusqu'à ce que le verre de la boule à neige se brise sur son crâne. Je dois être à genoux, penchée sur lui, pour le frapper avec la boule maintenant brisée, encore et encore, les bords coupants lui lacérant le visage. Le sang, il doit y avoir du sang partout, maintenant.

Je recule, je titube, mon instrument de mort à la main, et les enfants apparaissent dans mon champ de vision. Plantés là comme s'ils avaient pris racine. Hannah la mine impassible, vide. Jonathan effaré. Des larmes roulent sur ses joues, il est bouche bée. Ses bras pendent le long de son petit corps. Ses yeux, son regard. La boule à neige était le cadeau qu'il venait de me faire, c'était son exploit, ce qu'il avait fait de plus important, son trésor le plus précieux. Sa boule à neige a tué son père. C'est *lui* qui a tué son père, puisque c'est lui qui me l'a offerte. Ses lèvres forment muettement : “Maman.”

Je lâche la boule à neige. Dans ma tête, elle tombe sur le sol dans un bruit de verre brisé. Dans ma tête, c'est maintenant qu'elle casse. Le bruit transperce ma membrane, m'alarme. Je tombe à genoux à côté du corps inerte, récupère le trousseau de clés dans la poche de son pantalon. Mon Dieu, est-ce qu'il a bougé ? Ce n'est pas possible, pas possible, il est mort, comme la police le constatera par la suite. Je recule, je titube. Le cliquetis des clés dans ma main. Je cours vers la porte de la cabane, essaie, les doigts tremblants, chaque clé dans la serrure, trouve enfin la bonne. C'est la bonne ! La porte, j'ai ouvert la porte !

"Allez, les enfants ! je crie. On y va !"

Mais les enfants ne bougent pas. Les enfants restent plantés à côté du corps inerte de leur père.

"Venez, maintenant. Il faut partir !"

Comme au ralenti, je vois Jonathan tomber à genoux à côté de son père. Son torse se penche en avant, tressaille. Il sanglote doucement, de douleur, d'amour.

Je secoue la tête, incrédule. Regarde Hannah, toujours aussi raide, la mine toujours impassible.

Je suis à bout de souffle. Je ne pense plus, ou si c'est le cas, je ne pense plus qu'une seule chose : *Partir, vite !* Mes jambes se mettent en mouvement. Je dévale les marches de bois, qui donnent sur une étroite véranda. L'obscurité m'assaille, l'obscurité et un froid glacial. J'oublie un instant de respirer, et c'est comme si mes poumons étaient bloqués par l'étrangeté de l'air, l'air frais, le vrai, du dehors.

Je cours. Je traverse la parcelle envahie par les hautes herbes, entre dans la forêt avoisinante. Les branches me griffent la peau, je ne vois presque rien dans l'obscurité, sous mes pas des craquements secs, retentissants. J'agite les bras, écartant les branchages, donnant des coups dans le vide parfois, je trébuche, je tombe, douleur. Je me relève tant bien que mal – *Cours, cours, pars vite.*

Là, soudain, derrière moi. Un craquement ? Est-ce qu'il a ressuscité, est-ce qu'il est derrière moi ?

Cours, plus vite !

Je cours, je bute contre quelque chose, je tombe, m'écrase contre un tronc.

Continue, ne t'arrête pas !

Un craquement derrière moi.

Et devant moi, un peu plus loin, là, entre les arbres, une lumière ?

Deux lumières, minuscules, mais bien là. Elles bougent. Les phares d'une voiture ?

Je cours vers elles – *Continue ! Ne t'arrête surtout pas !* Une route, il y a une route ! Je lève les bras, fais des signes. Une voiture, oui c'est vraiment une voiture ! Je cours à sa rencontre, je lui fais signe, la voiture approche, approche – puis c'est… un choc assourdissant. Des couleurs vives explosent devant mes yeux. Mes paupières clignotent. Je suis couchée sur un sol dur et froid. Il fait terriblement froid. Je perçois un mouvement au-dessus de moi. Il y a quelqu'un. Il se penche au-dessus de moi. Le conducteur de la voiture. Sa voix ne correspond pas à son visage quand il s'écrie :

— Mademoiselle Grass ? Mademoiselle Grass ! Calmez-vous, mademoiselle Grass !

Matthias

Je ne trouve pas le sommeil, cette nuit. Pourtant j'aimerais tellement m'endormir vite, pour que demain arrive plus vite encore ; un nouveau jour, un jour meilleur. À côté de moi dans le lit, Karin souffle doucement par le nez, ne cesse de se tourner et de se retourner, son sommeil est agité, mais au moins, elle a la chance de dormir.

Je ne m'attendais pas à ça, bien sûr. Lorsque Hannah, après notre arrivée, a dit "Mais grand-père, ce n'est pas ici, ma maison", c'est comme si une hache invisible avait fendu ma cage thoracique en deux et qu'on m'arrachait le cœur sans anesthésie. Elle avait l'air tellement déçue. Manifestement, elle croyait que je la ramenais à la cabane. Tandis que les mots me manquaient, Karin avait réussi à improviser.

"Tu as raison, Hannah, a-t-elle dit comme si c'était une évidence. Ici c'est notre maison, la maison de ton grand-père et moi. Ta maman a longtemps vécu ici avec nous. Donc nous nous sommes dit que tu serais contente de venir nous rendre visite. Tu veux voir son ancienne chambre ?"

"Oui", a dit Hannah, laissant Karin lui prendre la main pour l'emmener au premier étage. Je les ai suivies à quelque distance, d'un pas traînant.

Pour être exact, cette chambre n'est plus que le squelette de l'ancienne chambre de Lena. Le lit en pin, l'armoire, la grosse chaîne hi-fi – cadeau de Noël de l'époque où Lena avait commencé à s'intéresser à la musique –, le bureau et son fauteuil pivotant sont toujours à leur place. Et au plafond, au-dessus de son lit, on trouve toujours les petits autocollants en forme d'étoiles qui brillent dans le noir, vestige sentimental de l'enfance. Lena s'était créé sa propre voûte céleste. "C'est bête qu'on ne puisse voir les étoiles que quand on est dehors la nuit, pas vrai papa ? C'est beaucoup mieux de s'endormir sous les étoiles, hein oui papa ?"

"Oui, ma petite Lena, c'est vrai." Je l'avais aidée à coller les étoiles, à une hauteur inaccessible pour elle, tandis qu'elle me donnait ses instructions d'en bas.

Les innombrables posters qui tapissaient les murs autrefois sont partis à la poubelle. Les photos, le tableau de liège avec son pêle-mêle multicolore de polaroïds et de tickets de concerts, ont été décrochés. Les vêtements qui étaient rangés dans l'armoire, triés. La commode et la descente de lit sont neuves, Karin les a achetées dans la perspective de faire de cette chambre une chambre d'amis, ou du moins une chambre sans fantôme. Idem pour les rideaux et l'orchidée blanche dans son pot sur le rebord de la fenêtre, que Karin entretient consciencieusement.

Hannah s'est avancée dans la pièce d'un pas hésitant, a regardé autour d'elle.

"Elle est très grande, a-t-elle constaté, avant de retourner à la porte pour mesurer la chambre en posant un pied devant l'autre, talon contre orteils. Vingt-huit pas", a-t-elle annoncé en atteignant le mur opposé.

"Elle te plaît ?" ai-je demandé, plein d'espoir, mais elle s'est contentée de hausser les épaules.

Je devais avoir l'air désespéré du vendeur de meubles à qui on ne veut rien acheter, quand je lui ai fait l'article du bureau. "Regarde ! C'est l'endroit parfait pour étudier. Et le fauteuil est très confortable. Tu veux l'essayer ? Vas-y, assieds-toi. Et là, regarde ! On t'a acheté un bloc à dessins et des crayons de couleur, et si tu veux, demain ou dans les jours qui viennent, on pourra aller te chercher quelques livres. Ou bien Karin, enfin, ta grand-mère, pourrait regarder dans la cave si on a encore quelques manuels scolaires de ta maman dans un carton, et puis…"

"Matthias, a dit Karin en me faisant signe de la rejoindre sur le seuil. Laisse-la arriver."

J'ai soupiré, l'ai rejointe. "Qu'est-ce qui t'a pris ?" m'a-t-elle reproché.

D'annoncer à Hannah que je la ramenais à la maison, voulait-elle dire. Alors que personne n'était plus déçu de ce malentendu que moi. "Les étoiles", a soudain dit Hannah. Elle se tenait devant le lit de Lena, la tête renversée en arrière, un sourire aux lèvres. Ce sourire m'a redonné du courage.

"Oui, ta maman voulait avoir sa propre voûte céleste, alors on a collé des étoiles au plafond. Karin, éteins la lumière, s'il te plaît." Comme les stores de la chambre de Lena étaient eux aussi baissés, pour se protéger des journalistes, dès que Karin a actionné l'interrupteur, les étoiles se sont mises à briller là-haut, une mer d'étoiles phosphorescentes, des petites, des grandes, des étoiles filantes.

"Maman m'avait fait une voûte céleste à la maison. Sauf qu'avec les crayons gras, elles ne brillaient pas."

"Elle t'a dessiné des étoiles ?" Un sentiment de chaleur a envahi ma poitrine, ma cage thoracique m'a semblé se refermer instantanément. Ma petite Lena avait vraiment dû être une mère merveilleuse, aimante.

"Oui, sous le sommier de Jonathan. Quand je suis couchée dans mon lit, je n'ai qu'à tendre la main, et je peux même les toucher, les étoiles. Parce que même si elles ne brillent pas, elles sont quand même belles. Bleues, vertes, et rouges. Il n'y a que les jaunes qu'on ne voit pas bien sur le bois, mais moi je sais qu'elles sont là."

"Dis-moi, tu veux peut-être dormir ici cette nuit ? Sous les étoiles brillantes de ta maman ?"

Hannah n'a rien dit, mais dans le filet de lumière qui entrait par la porte entrouverte sur le couloir, je l'ai vue acquiescer. Et j'ai cru que c'était déjà le moment, le moment du lien qui se crée, des fils qu'on renoue. Les étoiles au plafond que sa mère lui avait laissées comme un signe. Les étoiles qui devaient prouver à leur manière muette que sa place était désormais ici.

Mais je me trompais. Car au dîner, elle nous a demandé : "Et je dois rester ici combien de temps avant de pouvoir rentrer à la maison ?"

J'ai regardé Karin, mais cette fois, même elle n'a pas su quoi dire.

"Hannah, me suis-je donc lancé au bout d'un moment. Les policiers ont mis la cabane sous scellés. Ils ont collé quelque chose sur la porte qui signifie qu'on n'a plus le droit d'y entrer."

Hannah a reposé sa tartine de beurre, dont elle n'avait mangé qu'une ou deux bouchées

"Plus jamais ?"

"Je ne pense pas, non."

"Mais pourquoi ?"

"Hannah…", ai-je commencé, sans savoir ce que je voulais dire, lorsque Karin m'a interrompu.

"Parce qu'il s'y est passé des choses terribles."

Je me suis raidi intérieurement, lançant à Karin un regard réprobateur. Tant que Hannah ne comprendra pas d'elle-même ce qui s'est vraiment passé dans la cabane, il vaut mieux, à mon avis, laisser le soin aux spécialistes de le lui expliquer prudemment. Le fait qu'eux-mêmes n'y soient pas encore parvenus me semblait prouver qu'il fallait se montrer d'autant plus sensible avec elle. Ce qui n'aurait évidemment pas été un argument recevable pour Karin, qui m'aurait aussitôt rappelé combien de fois j'avais, ces derniers temps, traité les spécialistes d'imbéciles incompétents.

À mon grand étonnement, Hannah a aussitôt acquiescé.

"De toute façon, je ne crois pas que Jonathan a réussi à faire disparaître toutes les taches du tapis."

J'ai entendu Karin prendre une profonde inspiration.

"Mais il faut quand même qu'on y retourne, grand-père. À cause de Miss Tinky. Elle, elle ne sait pas encore que la cabane ne peut plus être notre maison."

"Bien sûr, Hannah, aucun problème", ai-je répondu, ce qui m'a valu un regard réprobateur de la part de Karin.

Je ne doute pas que Hannah va se sentir bien chez nous. Que finalement, tout ira bien. Et pourtant, je n'arrive pas à trouver le sommeil. Je refuse d'accorder de l'attention à ce petit doute qui me ronge. Je refuse que Karin ait finalement raison, elle qui croit que nous n'allons pas réussir à devenir une famille. À redevenir une famille, comme avant… C'est sur cette pensée que j'ai dû finalement réussir à m'endormir.

Je me suis habitué à ce que Karin ne dorme jamais d'une traite. Cela fait des années qu'elle n'y arrive plus, depuis la disparition de Lena. Elle finit toujours par se lever, au beau milieu de la nuit. Elle va dans la salle de bains, descend à la cuisine boire un verre d'eau ou se préparer une tisane, ou va lire dans le salon, jusqu'à ce que ses paupières redeviennent lourdes. Pour moi, après toutes ces années, ces pas dans l'escalier, le robinet d'eau qu'on ouvre, ne sont plus que des bruits de fond. J'ouvre à peine l'œil, changeant tout au plus paresseusement de position.

Mais cette nuit, je me réveille en sursaut.

Des cris.

Ma main attrape l'interrupteur de la lampe de chevet.

Des cris, la voix de Karin.

Mon corps se redresse trop vite, la tête me tourne. Mes pieds cherchent le sol.

Des cris qui viennent d'en bas. Un bruit, une chaise, peut-être. Le séjour, je me dis.

Mes jambes me portent tant bien que mal jusqu'au couloir.

Il y a quelqu'un dans la maison. Quelqu'un est en train d'enlever Karin. Une arme, je me dis, il me faut une arme, je n'en ai pas. Tout ce qui me vient à l'esprit, c'est le tisonnier sur son socle à côté de la cheminée, mais la cheminée est dans le séjour, et je suppose que Karin s'y trouve.

Je titube dans le couloir, résistant à la tentation de jeter un œil dans la chambre de Lena, je me dis qu'il faut défendre Karin, défendre la petite Hannah, surtout. Je n'accepterais pas qu'il lui arrive quelque chose.

De nouveau la voix de Karin, je me fige.

— Mais bon sang, qu'est-ce que tu fais ? crie-t-elle.

Elle obtient une réponse penaude :

— C'est impoli de ne pas répondre quand quelqu'un vous fait signe.

Hannah ! C'est Hannah qui vient de parler.

Je me précipite vers l'escalier, traverse l'entrée, déboule dans le séjour éclairé. Karin a saisi le bras de Hannah.

— Qu'est-ce qui se passe ici ? dis-je, balayant la pièce du regard, incrédule.

Pas de cambrioleur, pas de lutte, juste Hannah et Karin.

— Je l'ai surprise à la fenêtre !

Lorsque je me rends compte que le visage de Hannah se tord sous l'effet de l'étreinte de Karin, je me précipite sur elle pour détacher un à un les doigts de ma femme crispés sur le petit bras maigre de Hannah.

— Je ne savais pas que je n'avais pas le droit d'aller à la fenêtre. Je suis désolée.

— Bien sûr que tu as le droit d'aller à la fenêtre, Hannah, dis-je pour la rassurer et, voulant mettre une certaine distance entre elles deux, je prends Karin par les épaules et l'éloigne de Hannah.

— Qu'est-ce qui s'est passé ?

— Je suis descendue prendre un verre d'eau, et je l'ai entendue toucher aux stores du séjour. J'ai cru que c'était un cambrioleur.

Karin est à bout de souffle. Je l'emmène jusqu'à la table, l'assieds doucement sur une chaise. Elle tremble.

— Elle dit qu'elle a entendu quelqu'un lancer des graviers contre la fenêtre de sa chambre.

— C'est vrai. Je ne mens pas, intervient Hannah. Mais je n'arrivais pas à voir qui c'était, alors je suis descendue. On voit mieux dehors, d'ici.

— Eh bien, encore heureux que tu aies seulement regardé par la fenêtre et qu'il ne te soit pas venu à l'idée d'ouvrir la porte d'entrée pour encore mieux voir, lance Karin sur un ton sarcastique, avant de poser les coudes sur la table et joindre les mains devant son front.

— Il y a quelqu'un devant la maison ?

Mon corps se retourne automatiquement, d'un bloc, vers la cheminée, le tisonnier.

Karin interrompt mon geste.

— Non, il n'y a personne. Hannah a dû le mettre en fuite en lui faisant coucou si gentiment.

— Karin, je t'en prie, arrête, dis-je, désignant Hannah.

Elle a déjà l'air bien assez misérable dans sa chemise de nuit du centre, beaucoup trop grande et trop légère pour les températures d'automne, mais pour couronner le tout, elle a la tête basse, les frêles épaules tombantes.

— Hannah.

Je m'approche d'elle, m'accroupis tant bien que mal avec mes vieux genoux.

— Tu vas me raconter ce qui s'est passé, d'accord ?

— Il y avait quelqu'un dans le jardin qui a lancé quelque chose contre ma fenêtre. Au début, j'ai cru qu'il s'était mis à pleuvoir. C'était presque le même bruit, comme une petite averse. Mais après je me suis dit que je ferais quand même mieux d'aller regarder. Mais comme je ne voyais qu'une ombre, je suis descendue dans l'autre pièce.

— Et il y avait quelqu'un devant la fenêtre ?

Elle acquiesce.

— On s'est fait signe.

— Tu as vu qui c'était ?

— Il fait encore vraiment sombre, dehors.

Je pose les mains sur ses épaules pour la rassurer.

— N'aie pas peur. Je vais aller voir. Toi, tu remontes dans ta chambre et tu te recouches, d'accord ?

Hannah acquiesce une nouvelle fois puis lance par-dessus son épaule, à l'intention de Karin :

— Je suis désolée. Je promets que je ne me mettrai plus à la fenêtre sans autorisation.

Karin se contentant de pousser un soupir, je dis à sa place :

— Tout va bien, Hannah. Tu n'as rien fait de mal. Tout va bien. Et maintenant, remonte te coucher. On te rejoint tout de suite.

Je garde les yeux fixés sur Karin tandis que les petits pas prudents de Hannah s'éloignent dans les escaliers. Lorsque je suppose qu'elle ne peut plus nous entendre, je tance Karin :

— Qu'est-ce qui te prend ?

— Je t'en prie, rétorque-t-elle en laissant retomber ses mains jointes.

— Peut-être que ce n'était qu'un cauchemar. Et toi, tu l'agresses comme ça !

— Ou alors c'est exactement ce que je craignais, dit-elle, sa main s'abattant mollement, sourdement, sur le plateau de la table. Un de ces vautours de journalistes s'est installé devant chez nous.

— Ne dis pas n'importe quoi. Ils sont tous partis juste avant neuf heures. On a entendu les voitures s'éloigner. Et quand je suis allé voir un peu après, il n'y avait plus personne. Ils ont compris qu'ils n'auraient rien à se mettre sous la dent ici.

Karin ignore mon objection.

— Et Hannah qui les encourage en leur faisant coucou quand ils la prennent en photo ! Je te l'avais dit, Matthias ! Je t'ai dit dès le début que je ne voulais pas revivre tout ça. Je ne veux plus me retrouver tous les jours dans le journal.

Karin se lève si brusquement que sa chaise bascule en arrière. Je la rattrape juste à temps, la remets à sa place.

— Je vais aller voir, comme ça, nous en aurons le cœur net, dis-je en me dirigeant vers la cheminée pour prendre le tisonnier. Je vais régler ça, s'il y a quelque chose à régler. Et toi, tu montes voir Hannah. Mais sois gentille avec elle, Karin, OK ?

Dehors, il n'y a pas un bruit, mis à part le chant aigu des oiseaux qui s'élève déjà dans l'aube. Je reste sur la plus haute des quatre marches du perron, le tisonnier à la main. Mon regard balaie le jardin. Le portail est fermé, rien n'indique que quelqu'un y soit entré il y a quelques minutes à peine. D'autant qu'à part les rosiers, aucun buisson ni tronc massif ne permettrait à un intrus de se cacher. Même dans cette demi-obscurité, la petite surface du jardin est bien visible, et silencieuse. C'est bien ce que je pensais : Hannah aura fait un cauchemar.

Matthias

Je ne sais pas ce que Karin a aujourd'hui. Ça commence dès le petit-déjeuner. Où est le problème si Hannah ne mange qu'une tartine de beurre, comme hier soir ? D'accord, elle a cru faire un plaisir à Hannah – une *faveur* – en allant chercher le pot de Nutella dans la cuisine et en le posant sur la table de la salle à manger.

"Je crois savoir que les enfants aiment le Nutella", a-t-elle dit en lui adressant un clin d'œil conspirateur.

Mais Hannah, après avoir examiné la liste des ingrédients, a repoussé le pot.

"Il ne faut pas consommer trop de sucre. La consommation excessive de sucre et d'aliments sucrés peut entraîner les symptômes suivants : fatigue, démotivation, angoisses, problèmes digestifs, ballonnements, diarrhée ou constipation, nervosité, troubles du sommeil et de la concentration, caries, point."

Les lèvres de Karin ont esquissé un sourire contrit, puis elle a repris le pot, l'a rapporté à la cuisine et rangé dans le placard, avec les tablettes de chocolat, les oursons en gélatine et les paquets de biscuits qu'elle avait achetés exprès une fois qu'il avait été décidé que Hannah viendrait chez nous. Je comprends sa déception. Mais ne pouvait-elle pas se contenter de rapporter le pot de Nutella à la cuisine ?

Non, la voilà qui se met à pleurer. On l'entend renifler jusque dans la salle à manger. J'ai déjà les mains sur la table pour me lever et la rejoindre dans la cuisine. Mais je me ravise. En face de moi, Hannah me regarde. Sur son assiette, une tranche de pain qu'elle n'a pas touchée depuis que Karin est partie.

— Juste du beurre ?

Hannah acquiesce.

J'attrape son assiette pour lui préparer sa tartine.

— Merci, dit-elle poliment lorsque je la pose devant elle.

— Tu n'as qu'à commencer, Hannah. Je vais juste voir grand-mère une minute.

— On ne peut pas petit-déjeuner tranquillement ?

Je m'efforce de chuchoter, pour éviter que Hannah nous entende, mais même étouffée, ma voix est tranchante, ce dont je suis aussi surpris que Karin.

— Je ne peux pas, Matthias.

Elle fait un geste vague vers le plafond. La lampe éclaire la cuisine d'une lumière blanche, froide, inhabituelle à cette heure de la journée. D'ailleurs c'est pareil dans les autres pièces, puisque les stores sont toujours baissés dans toute la maison.

— Il y en a deux fois moins qu'hier, Karin.

Je parle des journalistes qui poireautent bêtement sur le trottoir. Lorsque je suis sorti chercher le journal à six heures et demie, il n'y avait encore personne, et j'ai presque cru que c'était fini. Mais une première voiture est venue se garer devant la maison un peu après huit heures.

— Évidemment !

Karin éclate d'un rire moqueur.

— Ils ont déjà eu leur photo de Hannah cette nuit.

— Tu ne vas pas recommencer. Personne n'est venu ici cette nuit. Hannah a fait un cauchemar. Tu as bien vu le journal d'aujourd'hui. Pas de photo de Hannah faisant coucou aux journalistes, juste…

Je m'interromps. Je n'ai aucune envie de débattre de la légitimité de l'article du *Bayerisches Tagblatt* qui condamne l'attitude de la police.

— Écoute, Karin. Pour moi non plus ce n'est pas facile. Mais tout ce qui compte maintenant, c'est d'arriver à savoir qui était ce type et ce qu'il a fait à notre fille.

Ma gorge s'assèche.

— Et où il l'a emmenée.

— Ah oui, c'est ça qui te préoccupe ?

Les yeux de Karin sont toujours humides, mais son visage affiche une noirceur déconcertante.

— Oui, bien sûr. Qu'est-ce que tu crois ?

— Tu n'as même pas appelé Mark pour savoir s'il avait vu Gerd.

— Gerd me l'aurait dit.

Karin lève les bras en l'air.

— Tu ne vois même pas ça !

— Pas si fort, dis-je en jetant en œil en direction de Hannah par l'ouverture sur le séjour.

Elle mâche consciencieusement sa tartine en regardant droit devant elle. Fort heureusement, elle ne nous fait pas face, elle semble regarder la cheminée, dans le salon.

— Qu'est-ce que je ne vois pas ?

Je me retourne vers Karin.

— Que Gerd ne te parle plus, sauf quand il nc pcut pas fairc autrement. Et l'article d'aujourd'hui lui donne plus que raison.

— Gerd ne me parle plus ? Ah oui ? Alors ma mémoire doit me jouer des tours. Parce que je m'imagine qu'il m'a appelé en pleine nuit lorsque cette Jasmin Grass a été admise à l'hôpital.

— Il *nous* a appelés, Matthias. Et il l'a certainement bien regretté. Il ne voulait pas que nous allions à l'hôpital de Cham. C'était *ta* décision.

— Non, c'était *notre* décision !

Je secoue la tête, incrédule.

— D'ailleurs, pourquoi est-ce qu'on parle de Gerd ? Je t'ai demandé pourquoi tu faisais toute une histoire pour un pot de Nutella.

Le menton de Karin se met à trembler.

— Parce que tu prétends que c'est le sort de Lena qui te préoccupe. Mais ce n'est pas vrai. Plus maintenant. Tout ce qui t'intéresse, maintenant, c'est Hannah.

Je n'en crois pas mes oreilles. Je n'en reviens pas qu'elle ose me dire ça. Ma petite Lena, qui est tout pour moi… la seule chose qui me retient de piquer une crise, c'est que c'est Karin face à moi, la femme avec qui je suis marié depuis presque quarante ans. Si Gerd, Giesner ou Mark Sutthoff avaient osé, je leur aurais passé un savon.

— Mais Hannah est tout ce qu'il nous reste, je dis, me hâtant d'ajouter : Avec Jonathan, pour ne pas lui livrer un argument de plus dans ce dialogue de sourds.

Apparemment, Karin n'entend pas en rester là.

— Qu'est-ce que tu en sais ? explose-t-elle, tandis que je lui enjoins de se calmer, tout en regardant encore une fois ce que fait Hannah.

Mais elle ne se calme pas.

— Ils n'ont jamais retrouvé le corps de Lena ! Et si elle…

— Karin. Nous savons qu'elle est morte, dis-je, lui coupant la parole, après avoir constaté que Hannah, impassible, était toujours assise à table en train de manger sa tartine.

— Mais comment, au juste ? Lorsque Gerd nous a appelés la nuit de l'accident, il y a deux semaines, nous n'avons pas douté que Lena puisse être en vie !

— Karin, je t'en prie…

— Et tu ne fais rien pour aider !

— Pardon ?

— Qu'est-ce que tu attends pour poser des questions à Hannah ?

— Mais je ne suis pas psychologue, Karin ! Qui sait ce que ça déclencherait, si on…

Elle ne me laisse pas finir.

— Ce n'est pas toi qui disais que ces soi-disant spécialistes ne comprenaient rien ? Et puis, on dirait que tu estimes t'y connaître suffisamment en psychologie pour l'avoir fait venir à la maison.

— Karin, ça suffit.

Je fais un pas vers elle, la prends par les épaules.

— Je te promets d'appeler Mark tout à l'heure. Et Gerd. Mais là, tout de suite, tu reviens t'asseoir à table avec Hannah et moi, et tu prends ton petit-déjeuner avec nous. OK ?

Karin ouvre la bouche, mais semble se raviser, et acquiesce faiblement. Je la prends par la main et l'emmène vers la salle à manger. Hannah n'est plus à sa place.

— Où est-elle ?

— Sûrement aux toilettes, dit Karin.

Mais je sais immédiatement que ce n'est pas possible.

— Hannah !

Je me précipite dans l'entrée.

— Je vais voir en haut, annonce Karin, qui m'a suivi, avant de monter rapidement l'escalier.

Les toilettes, au fond de l'entrée, sont vides. Je referme la porte que je viens d'ouvrir à la volée. Bien sûr qu'elle n'est pas allée aux toilettes. Ce n'est pas son heure, et pas son genre non plus de s'en aller sans en demander l'autorisation. Elle a dû nous entendre nous disputer malgré tout, et avoir peur. Je pense immédiatement à ma petite Lena, qui détestait elle aussi qu'on se dispute. Elle partait se cacher dans la grande armoire de l'entrée, la plupart du temps. Elle restait assise là, les genoux ramenés contre la poitrine, et elle attendait qu'on se mette à sa recherche, et qu'on finisse par la trouver. Comme si elle espérait que sa disparition nous distrairait, nous empêcherait de nous disputer. À propos des traites de la maison que nous avions toutes les peines du monde à payer chaque mois, de mon bureau qui ne marchait pas encore aussi bien que prévu, de l'éducation de Lena, de la vaisselle, que j'avais promis de faire pour finalement oublier, tous ces petits riens qu'on pouvait parfois monter en épingle.

Je m'approche prudemment de l'antique armoire en sapin, sous l'escalier, où Karin range les vestes et manteaux que nous ne portons pas tous les jours. Un souvenir…

Enfin ! Je t'ai trouvée.

Tu t'es fait du souci pour moi, papa ?

Et comment, ma chérie !

C'est bien…

Je suis sur le point d'ouvrir la porte de l'armoire lorsque Karin lance, du premier étage :

— Elle est dans sa chambre !

Mon cœur retombe aussitôt à sa place habituelle, un sourire à la fois soulagé et légèrement déçu passe sur mes lèvres. J'aurais sans doute voulu trouver Hannah dans l'armoire.

Tu t'es fait du souci pour moi, papi ?

Et comment, ma chérie…

— Matthias, tu peux monter, s'il te plaît ?

Karin.

J'ai déjà un pied sur la première marche lorsque je perçois un mouvement du coin de l'œil, une ombre qui se déplace derrière le verre dépoli de la porte d'entrée. Sans réfléchir, je bondis vers la porte et l'ouvre pour trouver une femme en train de déposer sur notre paillasson un grand carton fermé par du ruban adhésif.

— Monsieur Beck… bonjour, bredouille-t-elle, aussi perplexe que moi apparemment, avant de reculer d'un pas sous l'effet de la surprise.

Soudain, le petit groupe qui se presse devant le portail s'agite, le crépitement des appareils photo résonne comme les touches d'une machine à écrire, les questions fusent vers moi comme des flèches.

— Comment va la petite, monsieur Beck ?

— Et le garçon, monsieur Beck ?

— Y a-t-il du nouveau concernant votre fille ?

— Est-il exact que vous vous sentez abandonné par la police ?

Mon regard passe du carton devant la porte à la femme qui descend à reculons, d'un pas mal assuré, les marches du perron pour s'éloigner, puis à la meute hurlante qui se presse devant ma clôture.

— Est-ce que Hannah va habiter chez vous, monsieur Beck ?

— Est-ce que vous irez également chercher Jonathan ?

— Monsieur Beck ! Monsieur Beck !

C'est alors que tout explose, une éruption soudaine de pur désespoir, et je me mets à hurler :

— Vous allez dégager, espèces de salauds ? Sinon j'appelle la police et je porte plainte pour harcèlement !

J'envoie un coup de pied dans le lourd carton sur notre paillasson, dans la direction de la jeune femme qui, venue à bout des quatre marches, poursuit sa prudente retraite sur le chemin dallé. Je la connais. Je reconnais ces cheveux roux, ce manteau bleu clair. Elle était déjà là hier, quand je suis rentré du centre de traumatologie avec Hannah.

— Laissez-nous tranquilles, je marmonne encore avant de disparaître à l'intérieur de la maison, claquant la porte derrière moi.

— Voilà donc ce qu'on retrouvera en une demain.

La voix furieuse de Karin me parvient du haut de l'escalier. Je tourne la tête vers elle, abattu.

— Je suis désolé.

Ma femme lève les yeux au ciel.

— C'est ce que tu dis toujours. Bon, en attendant Hannah s'est enfermée dans sa chambre. Essaie de lui parler, toi.

— Elle s'est… ?

— Enfermée, oui. Volontairement.

Jasmin

Je me réveille, pas à sept heures moins dix ni avec sa voix dans ma tête, mais avec une sorte de gueule de bois qui me ramène aussitôt à hier soir. Je tends la main, touchant l'endroit où est censée dormir Kirsten, me souviens qu'elle voulait passer chez elle ce matin nourrir Ignaz, puis faire quelques courses pour nous. Apparemment, elle est déjà partie : je n'entends aucun bruit dans la salle de bains, ni dans la cuisine. Ce n'est peut-être pas plus mal que je sois seule ; c'est une sorte de sursis. Quand elle reviendra, on appellera "Cham". Je dois examiner le résultat de la reconstruction faciale. C'est inévitable, évidemment. D'autant que depuis hier soir, j'ai une autre raison urgente de voir le commissaire.

"Ce pourrait être une information importante, Jasmin, a dit le Dr Hamstedt. Qui pourrait peut-être même permettre d'identifier le ravisseur et de comprendre son mobile. C'est un détail très personnel, vous ne trouvez pas ?"

"À moins qu'il ait simplement suivi l'enquête dans les journaux et que ça l'ait amusé de dire ça."

"Peut-être. Mais je crois que vous devriez parler dès que possible au commissaire Giesner."

Rien que d'y penser, je n'ai qu'une envie : me blottir sous ma couette et me rendormir. Mais comment pourrais-je, Lena, quand tu me fixes, multipliée par cent sur les murs ? Avec ton sourire encourageant – pressant – sur toutes les photos des innombrables articles que j'y ai punaisés ? Je m'avoue vaincue et décide de me lever.

L'appartement est bel et bien vide, Kirsten déjà partie. Encore un peu endormie, je marche jusqu'à la cuisine, remplis un verre d'eau du robinet et prends mes antidouleurs, un demi-cachet de plus que nécessaire, comme d'habitude. La soirée d'hier défile dans ma tête. Mon rendez-vous avec le Dr Hamstedt. Dieu sait que je n'avais pas prévu le tour qu'a pris notre conversation. Je voulais seulement lui expliquer comment j'en étais arrivée à cette idée, sans doute complètement absurde vue de l'extérieur, que les lettres pourraient venir des enfants. Je ne voulais pas avoir l'air complètement folle, je ne voulais pas avoir l'air de quelqu'un dont l'état justifiait de la mettre dans une chambre sans poignée de porte. Tout ce que je voulais dire, en fait, c'était que les enfants – Jonathan en particulier – avaient une bonne raison d'être déçus de moi. De me haïr. De m'envoyer des lettres qui me rappellent ma culpabilité. J'avais trahi le geste si gentil de Jonathan, son geste héroïque, j'avais abusé de son cadeau et de sa confiance pour tuer son père. Puis, sans me retourner, j'avais couru vers la liberté, en atterrissant sous une voiture, certes, mais j'étais partie. J'avais tout pris à ces enfants – leur père, leur mère, puisqu'ils me considéraient comme telle, leur maison – et je les avais abandonnés.

En racontant ma fuite au Dr Hamstedt, je me suis mise à dériver, me laissant emporter par mon propre récit, à tel point qu'il m'a semblé tout revivre une seconde fois. Je courais dans la forêt. Je sentais le sol inégal sous mes pieds, qui me déséquilibrait, les branches qui fouettaient mon visage, griffaient ma peau. J'entendais les craquements du sous-bois, mon propre souffle saccadé ; tout était si réel. Le moment où j'étais sortie de la forêt, débouchant sur la route. La voiture qui m'avait fauchée. Les éclairs de toutes les couleurs qui explosaient devant mes yeux. L'impact dur et sourd de mon corps sur l'asphalte. J'ai cligné des yeux en percevant, comme sous un dôme de verre, la voix du conducteur penché sur moi.

"Mademoiselle Grass", l'ai-je entendu dire, plusieurs fois, avant de comprendre que quelque chose clochait avec sa voix. Et puis, bien sûr, il ne pouvait pas m'appeler par mon nom. La personne qui était réellement en train de me parler, à ce moment-là, c'était le Dr Hamstedt, qui essayait de me ramener à la réalité.

"Mademoiselle Grass ! Calmez-vous, mademoiselle Grass", m'enjoignait-elle, les mains posées sur mes épaules. Je ne l'avais même pas vue se lever de son fauteuil au cours de mon récit. "Ça va, mademoiselle Grass ?"

"Oui, j'ai articulé. Oui. Je…" J'ai posé la main sur mon front, constaté qu'il était brûlant. "Excusez-moi. Je ne sais pas ce qui m'a pris."

"Vous n'avez aucune raison de vous excuser, mademoiselle Grass. Vous voulez peut-être un verre d'eau ?"

"Non, merci. Ça va." Comme je n'osais pas la regarder en face, mes yeux ont cherché une autre destination, plus anodine en apparence. Le bloc de papier qui se trouvait sur le bureau du Dr Hamstedt, à côté des deux lettres. Puis j'ai pris conscience de ce que j'étais en train de fixer. Le Dr Hamstedt avait pris des notes.

“Vous avez écrit ce que je viens de vous raconter ?”

“Oui, a-t-elle acquiescé avec un sourire. Et vous avez été incroyable, Jasmin. J’avais déjà vu cela lors de thérapies ayant recours à certaines techniques d’hypnose. Mais vous, vous êtes revenue en arrière par vous-même, sans mon aide, pour revivre le jour de votre fuite. Et vous avez évoqué quelque chose…” Elle a saisi son bloc, désigné un passage. “Là, a-t-elle dit, une pointe d’excitation dans la voix. Vous avez dit que votre ravisseur voulait que votre bébé s’appelle Sara ou Matthias. Vous savez que le père de Lena Beck s’appelle Matthias ?”

“Oui”, ai-je dit, gardant pour moi le fait je devais la connaissance de ce détail à mes vastes recherches, qui tapissaient à présent les murs de ma chambre. Le Dr Hamstedt ne semblait pas me trouver folle, je ne tenais pas à ce que ça change.

“Ce pourrait être une information importante, Jasmin. Qui pourrait peut-être même permettre d’identifier le ravisseur et de comprendre son mobile. C’est un détail très personnel, vous ne trouvez pas ?”

“À moins qu’il ait simplement suivi l’enquête dans les journaux et que ça l’ait amusé de dire ça.”

“Peut-être. Mais je crois que vous devriez parler dès que possible au commissaire Giesner.”

“Vous pensez vraiment que ça peut être aussi important ?”

Le Dr Hamstedt a acquiescé vivement.

“Pourquoi le ravisseur voulait-il donner à votre enfant le prénom du père de sa première victime ?”

“Je ne sais pas. Parce qu’il était complètement taré ?”

Ma langue a cherché le trou dans ma mâchoire inférieure, qui, s’il était guéri, était toujours là. “C’est vous la spécialiste. Alors, qu’est-ce que c’était ? Un sadique ?”

Le Dr Hamstedt a dodeliné un instant de la tête avant de répondre : “Pour Lena Beck, Matthias aurait eu une signification, oui. Ça l’aurait sans doute tourmentée de devoir constamment appeler son enfant par le prénom de son père, parce que ça lui aurait sans cesse rappelé sa vie d’avant. Mais pour vous, Jasmin, ce prénom n’avait aucune signification lorsque vous viviez dans la cabane. C’est après votre fuite que vous avez appris qu’il s’agissait du prénom du père de Lena.

Pour moi, il y a là-dedans quelque chose de personnel. S'il ne pouvait pas vous tourmenter *vous* avec ça, c'est que ça devait lui donner une satisfaction quelconque."

"Oui, enfin, il me prenait pour Lena."

"Il a tenté de faire de vous Lena. C'est différent." Elle a eu une moue songeuse. "Peut-être qu'il le connaissait."

"Qui ?"

"Le père de Lena. Même si…" Elle a réfléchi un instant, avant de poursuivre : "Pour autant que je sache, M. Beck n'a pas reconnu le ravisseur sur la base de la reconstruction faciale." Elle a balayé l'air de la main. "Le mieux, c'est que vous en parliez directement avec le commissaire Giesner."

La reconstruction faciale. Aussitôt, une nausée est montée en moi, qui me reprend ce matin. J'essaie de me convaincre qu'il s'agit seulement d'un portrait, d'une feuille de papier, en vain. Mon estomac se crispe, mes joues se creusent sous l'effet du goût acide qui envahit ma bouche. Je repose brusquement mon verre d'eau sur la table de la cuisine et me précipite vers la salle de bains. Où je me retrouve à genoux devant les toilettes, les doigts agrippés à la lunette. Le réflexe de vomissement persiste, même lorsque mon estomac est vide et que seul un râle creux monte encore de ma gorge.

"Je vous en prie, Jasmin, a dit le Dr Hamstedt en prenant les deux lettres sur son bureau, les repliant et les remettant dans leur enveloppe. Appelez le commissaire Giesner. Parlez-lui. Des lettres aussi." Elle les a agitées devant elle. "S'il est selon moi tout à fait exclu que les enfants aient quelque chose à voir là-dedans, je pense qu'il faudrait tout de même que le commissaire Giesner les voie."

J'ai acquiescé.

"OK, oui. Je l'appellerai demain, promis." Je me suis levée de ma chaise, lui ai tendu la main pour lui dire au revoir, mais j'ai perçu une hésitation chez le Dr Hamstedt, qui m'a immédiatement inquiétée.

"Il y a autre chose", j'ai constaté.

"Je viens de confier Hannah à ses grands-parents pour quelques jours."

"Elle… elle est dehors ?"

Mon pouls s'est accéléré. Il n'a pas échappé au Dr Hamstedt que j'accusais le coup.

"Vous devriez donner une chance au Dr Brenner, Jasmin. Je suis sûre que ça vous aidera."

Elle est dehors… Je rampe jusqu'au lavabo, m'y agrippe, me relève difficilement. J'ai toujours des crampes à l'estomac, je m'efforce de respirer. J'ouvre le robinet, me lave le visage. La jeune femme dans le miroir a l'air malade. Son teint est gris, des cernes foncés auréolent ses yeux. Mais elle m'adresse un regard déterminé. *Tu devrais appeler "Cham"*. Je sais. *Il pourra faire analyser les lettres, chercher des empreintes digitales, comme ça, tu en auras le cœur net.* Mais il me montrera aussi le résultat de la reconstruction faciale, et je ne suis pas sûre de tenir le coup. Et si je perdais le contrôle, comme hier soir avec le Dr Hamstedt ? Ou le peu qu'il m'en reste ? Et si, en voyant ce visage reconstruit, tout remontait, et que je me mettais à parler, à tout raconter, sans plus pouvoir m'arrêter ? Je secoue la tête. Je vais appeler "Cham", mais plus tard, quand Kirsten sera rentrée. *Kirsten qui pense que tu es malade.* Qui a raison. *Pour qui tu es un poids.* Je tape du plat de la main sur le bord du lavabo, évacuant la douleur en respirant, les dents serrées. Soudain, la jeune femme dans le miroir lève la tête. *Quelqu'un est là.*

Jasmin

Je me précipite dans le couloir. Je sais immédiatement que ce n'est pas Kirsten, qui doit avoir emporté la clé, puisqu'elle n'est pas dans la serrure. Et puis les coups frappés à la porte ne correspondent pas à notre code. Je suis en train de me dire que ce doit être "Cham", qui m'a privée de la décision de lui parler ou non et du moment de le faire, lorsque j'entends une voix de l'autre côté de la porte.

— Mademoiselle Grass ? C'est Maja. Je suis un peu en avance avec le déjeuner !

Je me fige.

— Mademoiselle Grass ?

Je m'approche sans bruit de la porte, tandis que Maja se remet à frapper.

— Mademoiselle Grass, c'est Maja !

Le plancher du palier craque à plusieurs reprises ; Maja s'impatiente. Je respire à fond, ouvre la porte.

— Je vous réveille, mademoiselle Grass ?

— Non, ça va, je souffle.

Maja me tend un tupperware au couvercle vert. Elle ne semble pas apporter de courrier.

— Je n'ai pas pu réchauffer votre repas, aujourd'hui, dit-elle. Mon micro-ondes est cassé.

— Ça ne fait rien, merci.

Je prends le tupperware et me tourne vers la commode pour le poser dessus lorsque Maja pousse le battant de la porte et se retrouve dans mon entrée.

— Si, c'est grave, mademoiselle Grass, dit-elle d'un ton si décidé que je sursaute. J'ai promis juré à Mme Bar-Lev que je m'occuperais de vous, et voilà que je vous apporte un repas froid. Elle me tuera si elle l'apprend.

— Je ne lui dirai rien, dis-je à la hâte, essayant d'intégrer le fait que Maja vient d'entrer dans mon appartement et, le plus naturellement du monde, de refermer la porte derrière elle.

— Il n'en est pas question.

Elle reprend le tupperware que je tiens toujours d'une main raide et part vers la cuisine.

— Je vais vous réchauffer ça vite fait. Vous avez un micro-ondes ?

Je fixe d'un regard incrédule la porte de la cuisine, où Maja vient de disparaître. Une seconde plus tard, je l'entends s'exclamer :

— Eh bien voilà !

Lorsque j'entre dans la pièce, elle est en train de tourner le bouton de la minuterie. Le micro-ondes se met à vrombir.

— J'espère que vous avez faim, mademoiselle Grass. Vous avez un gratin de légumes, aujourd'hui. C'est moi qui ai choisi, j'espère que ça vous va.

Elle s'affaire dans la cuisine, un sourire mielleux aux lèvres.

— Il me reste encore un gratin de pâtes et quelque chose avec de la viande hachée au congélateur. Enfin je crois. L'écriture de Mme Bar-Lev n'est pas facile à déchiffrer. Vous pourrez me dire lequel des deux vous préférez pour demain.

— Merci, Maja. Je crois que je vais m'en sortir, maintenant.

— Je peux encore faire la vaisselle, si vous voulez.

— Pas la peine, merci. Ma copine s'en occupera plus tard.

— Ah oui, Kerstin. J'ai fait sa connaissance hier. J'espère que vous avez aimé le bouillon de poule.

— Kirsten. Elle s'appelle Kirsten. Alors elle vous a sûrement dit qu'elle s'installait provisoirement ici. Elle aussi fait très bien la cuisine, d'ailleurs, donc je ne mourrai pas de faim.

Je me tourne vers le couloir pour l'inviter à sortir.

— Bon, eh bien… je ne voudrais vraiment pas vous chasser. Mais je vais aller me recoucher un moment. Je ne me sens pas très bien, aujourd'hui.

Maja sourit toujours, mais son sourire est un peu figé, artificiel. Comme si elle était une sculpture dont le créateur n'aurait jamais vu de vrai sourire, et qui l'aurait taillé sur son visage en se basant sur les récits qu'on lui en aurait faits et sur sa propre imagination, forcément limitée. Comme si c'était Hannah qui avait créé ce sourire.

— D'abord, il faut que vous mangiez quelque chose, mademoiselle Grass.

Le micro-ondes se met justement à sonner.

— *Pling !* fait-elle, imitant le bruit. Vous voyez, c'est déjà prêt.

Maja me tourne le dos, et je la regarde ouvrir les uns après les autres mes placards et mes tiroirs à la recherche d'une assiette et de couverts. En me disant une seule chose : elle est trop près. Trop près du bloc à couteaux. Il suffirait d'un geste. Je recule prudemment d'un pas.

— Pourquoi est-ce que vous avez disparu comme ça, l'autre jour, Maja ? Quand je suis sortie de la cuisine avec les plats, vous n'étiez plus là.

Maja s'affaire de l'autre côté des éléments à présent, loin des couteaux, revient au micro-ondes.

— Ah, en tout cas, ça sent bon, déclare-t-elle joyeusement.

Je recule encore d'un pas, me cogne contre la porte de la cuisine.

— Maja ?

— Ah oui, l'autre jour. Je me suis rappelé que j'avais une pizza au four. Rien de pire qu'une pizza brûlée. Enfin si. Il y a bien pire que ça, n'est-ce pas, mademoiselle Grass ?

Je porte la main à ma gorge, qui me semble soudain complètement nouée.

— Ma copine va rentrer.

Imperturbable, Maja dépose le contenu du tupperware sur mon assiette.

— Asseyez-vous donc, mademoiselle Grass.

Je sens le bois de la porte dans mon dos. Je devrais faire un pas de côté pour sortir à reculons dans le couloir, mais mon corps ne fonctionne plus, ne semble plus relié aux synapses dans mon cerveau, il reste debout, immobile, tandis que j'articule, le regard fixe :

— Elle est allée chercher quelques affaires chez elle. Elle sera là d'un moment à l'autre.

— Je suis désolée, Jasmin.

Maja se tourne vers moi, l'assiette de gratin dans une main, les couverts dans l'autre.

— Il n'y en a que pour une personne.

Hannah

Plusieurs choses ne correspondent pas. Le jardin, par exemple. Il n'est pas du tout immense, il ne fait pas du tout au moins cinq cents pas de côté. Et il n'y a pas non plus d'hortensias gros comme des choux. Je le sais parce que j'ai regardé par les fentes du store. Dehors, dans le jardin, il y a seulement quelques rosiers maigres et tordus, et des gens avec des appareils photo.

Grand-mère, elle ne correspond pas non plus. Elle n'est pas vraiment gentille, et elle ne m'a pas encore lu d'histoire pour m'endormir.

Par contre, grand-père, lui, il correspond parfaitement. Il est très poli lorsqu'il vient frapper à la porte de la chambre de maman.

— Hannah, ouvre, s'il te plaît.

Il faut toujours dire s'il te plaît et merci. Il faut toujours être poli.

Je tourne la clé dans la serrure et il entre.

— Pourquoi est-ce que tu t'es enfermée, Hannah ?

Il a l'air tout effaré.

— Ben, parce que vous avez oublié de le faire, je réponds. Les adultes doivent toujours enfermer les enfants avant de se disputer.

— Oh, dit grand-père.

Il pose sa main sur mon dos, me pousse doucement vers le lit de maman.

— Assieds-toi, Hannah.

Je m'assois, mais j'aurais préféré rester sur le fauteuil de bureau. Grand-père avait raison, il est très confortable. Et on peut rouler d'un bout à l'autre de la chambre.

— Écoute-moi, Hannah, dit grand-père.

Le matelas s'affaisse quand il s'assied à côté de moi.

— Ta grand-mère et moi, nous ne nous sommes pas vraiment disputés. Nous avons juste discuté de quelque chose, parce que nous ne sommes pas du même avis. C'est tout à fait normal, il n'y a rien de grave là-dedans. Tu n'as aucune raison d'avoir peur.

Je lève les yeux pour regarder la voûte céleste au plafond. D'habitude, quand je fais ça, je me revois le soir, à la maison, maman allongée à côté de moi dans mon lit, qui guidait mon doigt sur le sommier de Jonathan, d'une étoile à l'autre, jusqu'à ce qu'elles soient reliées par une ligne invisible. Elle souriait, et elle me disait : "Cette constellation-là est très célèbre, Hannah. C'est le Grand Chariot", et je souriais moi aussi, alors que j'avais lu dans le gros livre qui sait toujours tout que le Grand Chariot n'est pas vraiment une constellation, mais se compose des sept étoiles les plus brillantes de la Grande Ourse.

Cette fois, je ne pense pas à maman, mais à Ruth lorsqu'elle a voulu me raconter l'histoire de la petite étoile, à l'hôpital. Je n'aurais pas dû lui crier dessus, juste parce qu'elle est idiote et qu'elle a mal raconté l'histoire.

— Je suis désolée, je dis, alors que Ruth n'est pas là pour m'entendre.

— Pour l'amour du ciel ! dit grand-père, l'air encore plus effaré. Tu n'as pas à être désolée, ma petite Hannah. Ça n'a rien à voir avec toi. Ta grand-mère et moi, nous sommes tous les deux infiniment heureux que tu sois là avec nous. Grand-mère était juste un peu stressée à cause de tous ces gens devant la porte.

— Mais il n'y en a pas tant que ça. Seulement six. Hier il y en avait beaucoup plus.

Grand-père tousse, mais je crois que c'est censé être un rire.

— Exactement.

— Je crois que Ruth serait une bonne grand-mère pour moi, je dis à grand-père quand il a fini de rire. Parfois, elle est un peu idiote et elle ne sait pas compter. Mais elle est toujours gentille.

Grand-père fait une drôle de tête maintenant, comme si j'avais dit quelque chose qu'il ne fallait pas.

— C'est vrai ! je m'empresse de dire. Je ne mens pas ! Il ne faut pas mentir. Elle ne sait même pas combien ça fait, treize moins deux.

— Hannah… dit-il, puis plus rien jusqu'à ce qu'il ait sorti un mouchoir de la poche de son pantalon et se soit mouché. On ne choisit pas sa famille. On ne peut remplacer personne. Ni échanger quelqu'un au moindre problème.

Il froisse son mouchoir n'importe comment avant de le remettre dans sa poche.

— Mais crois-moi, Karin, ta grand-mère, est la meilleure grand-mère qu'on puisse rêver. Elle a juste besoin d'un peu de temps pour s'habituer à tout ça.

— Mon papa disait toujours ça lui aussi, je dis avec un sourire, même si ça me rend tout de suite un peu triste de devoir penser à papa à cause de grand-père.

Grand-père a l'air triste lui aussi, il serre les lèvres tellement fort que sa bouche n'est plus qu'un trait tout fin.

— Tu sais quoi, Hannah ? dit-il au bout d'un moment. Et si on descendait voir grand-mère ? Je suis sûr qu'elle n'est plus fâchée et qu'elle se demande déjà ce qu'on fabrique. On pourrait regarder ensemble quelques photos de ta maman quand elle était petite.

J'acquiesce.

— Une dernière chose, ma petite Hannah. Ne ferme plus la porte à clé, s'il te plaît. Le mieux, c'est même que tu la laisses entrouverte, pour que je sache que tout va bien de ton côté. D'accord ? Tu me le promets, Hannah ?

J'acquiesce une nouvelle fois.

Grand-père sourit, d'abord pour moi, puis en regardant la voûte céleste de maman.

— Le dentiste t'a donné une étoile autocollante. Tu me diras si tu veux qu'on la colle ici.

Je secoue la tête.

— On ne peut pas, grand-père. Sinon la constellation sera fausse.

— Ah bon, dit-il, puis : D'accord, c'était juste une idée.

Lorsque grand-père et moi descendons l'escalier, il y a un gros paquet par terre, et grand-mère est en train de refermer la porte d'entrée.

— Ils sont partis, dit-elle, et elle a l'air contente.

Elle tient une lettre dans la main.

— C'était devant la porte.

— Oui, dit grand-père en lui prenant la lettre des mains. C'est cette journaliste qui l'a déposée tout à l'heure. Mais je pensais qu'elle avait repris le carton quand j'ai shooté dedans.

— Qu'est-ce que c'est ? demande grand-mère.

— Aucune idée.

Ça fait *scritch* lorsque grand-père déchire l'enveloppe.

— Ha, il dit, après avoir lu la carte. Ce sont des affaires pour Hannah et Jonathan. La carte dit :

Nos lecteurs sont nombreux à compatir au destin de vos petits-enfants et à vouloir vous aider. Nous nous sommes permis de rassembler ici les dons qui nous ont été envoyés au cours des derniers jours ou ont directement été déposés à la rédaction. Bien sincèrement, l'équipe du Bayerisches Tagblatt.

— C'est adorable, dit grand-mère en décollant un grand bout de ruban adhésif brun. Viens, Hannah, on va regarder ce qu'il y a dedans.

Je m'approche.

Grand-mère sort un par un les vêtements du carton.

— Regarde, dit-elle, un pull en laine bleu marine dans les mains. Tu crois qu'il plairait à Jonathan ?

— Il aime le bleu. Son pantalon préféré est bleu.

— Alors il aimera sûrement ce pull.

— Encore des vêtements donnés, dit grand-père en froissant la carte, puis : Formidable, alors qu'il n'a pas l'air de trouver ça formidable du tout.

— Matthias, dit grand-mère, toujours occupée à sortir les vêtements du carton, les inspecter puis les répartir en deux piles : une pour moi, une pour Jonathan. C'est quand même gentil, tu ne trouves pas ? Surtout que ces vêtements sont en bon état... Oh, Hannah, regarde ! Il y a quelque chose pour toi.

Elle tire du carton une robe blanche à petites fleurs.

— C'est vraiment toi, cette robe !

Je veux lui demander comment elle le sait lorsqu'elle s'exclame :

— Et là ! Il y a même des jouets !

Elle sort d'abord du carton une pelleteuse en plastique orange avec une pelle noire, mais ensuite... je laisse aussitôt tomber la robe et tends les mains. Grand-mère sourit et me donne la petite boule de poils blanche à taches rousses, avant de se tourner vers grand-père pour lui redire que les lecteurs du *Bayerisches Tagblatt* sont vraiment gentils, tandis que je serre Miss Tinky contre mon cœur, de toutes mes forces. Elle se met aussitôt à ronronner.

— À moi aussi, tu m'as manqué, je murmure en enfonçant mon nez dans son pelage tout doux.

Jasmin

Mon estomac fait un bond, comme si j'avais loupé une marche en descendant les escaliers. La clé qui fouille la serrure, la poignée de la porte qu'on tourne à plusieurs reprises, la résistance, la pression contre mon dos. Les jurons poussés de l'autre côté me décident finalement à me relever, à dégager l'entrée. J'étais assise par terre, le dos contre le battant, les genoux ramenés contre la poitrine, tout le poids de mon corps pour bloquer la porte, défendre mon appartement contre un possible envahisseur.

— Qu'est-ce qui se passe ici ? s'exclame Kirsten lorsque, une seconde plus tard, je la tire par le bras à l'intérieur de l'appartement, avant de lui arracher la clé des mains et de refermer la porte à double tour. Jassy ?

— Elle est venue ici !

— Qui ?

— Cette Maja. Tu sais, celle qui a emménagé au deuxième étage, à la place des Hildner. C'était vraiment flippant.

Kirsten pousse un long soupir, ôte son manteau.

— Je suis là, maintenant, dit-elle, sans plus me prêter attention.

On dirait moi autrefois, quand je vivais encore chez ma mère. Quand je croyais que c'était mon devoir d'être là, alors qu'à chaque moment, j'avais l'impression qu'on me versait du plomb dans les entrailles.

— Je me suis bien débrouillée pendant ton absence, j'explique à Kirsten qui accroche son manteau à la patère.

Je ne veux pas être un poids pour elle comme ma mère l'a été pour moi.

— Vraiment. Si tu préfères rentrer chez toi, aucun problème. Et puis il faut sûrement que tu retournes travailler. Ils ont besoin de toi au club, surtout le week-end.

— C'est bon, Jassy, j'ai compris, marmonne-t-elle avant de se tourner vers moi. Alors ? Qu'est-ce qui s'est passé avec Maja du deuxième ?

J'ai un instant d'hésitation.

— Jassy ?

Kirsten me caresse la joue.

— Purée, tu es brûlante.

Son regard exprime soudain une sincère inquiétude.

— Tu t'es énervée ?

J'acquiesce.

— Maja. Elle est venue m'apporter mon repas.

Je décris à Kirsten son comportement étrange, sa désagréable insistance. Le moment où elle m'a dit : "Je suis désolée, Jasmin. Il n'y en a que pour une personne." Je ne voulais plus qu'une seule chose, soudain : partir, fuir cette femme. J'ai reculé, je suis sortie en titubant de la cuisine, tandis que Maja déposait mon assiette sur la table avant de me suivre. Elle ne s'est pas jetée sur moi, non, ses pas étaient lents, réfléchis. Elle avait les mains levées, tentait de m'apaiser.

"N'ayez pas peur, Jasmin. Je sais que vous avez vécu des choses horribles. Des choses que personne ne semble comprendre. N'est-ce pas, Jasmin ?"

Maintenant que j'étais dans le couloir, je devais prendre une décision – à droite, vers le salon, où se trouvait mon portable, pour appeler à l'aide. Ou à gauche, vers la chambre, où je pourrais m'enfermer.

"On se sent très seule, quand personne ne nous comprend, n'est-ce pas ?"

À gauche, j'ai décidé.

"Qu'est-ce que vous me voulez, Maja ? Qu'est-ce que vous faites ?"

"J'aimerais vous écouter, Jasmin."

Je me suis cognée contre le meuble à chaussures.

"Ça fait du bien, de parler, Jasmin. Faites-moi confiance."

Kirsten secoue la tête, incrédule.

— Et puis ?

— Et puis j'ai couru dans la chambre et je me suis enfermée à clé. Elle a frappé plusieurs fois à la porte, a essayé de me convaincre de sortir. Je lui ai hurlé de disparaître, sinon j'appellerais la police. Elle a seulement dit : "Ça ne vous aidera pas, Jasmin." Ensuite j'ai entendu la porte de l'appartement. Elle était partie.

— Elle était partie, répète Kirsten d'une voix monocorde, les yeux réduits à deux fentes. Tu es sûre que ça s'est passé comme ça ?

— Oui ! Évidemment que je suis sûre ! j'explose, mais Kirsten se contente de hausser les sourcils. Je ne suis pas folle, dis-je plus calmement. D'accord, peut-être qu'il était absurde de croire de c'étaient les enfants qui m'avaient écrit les lettres. Tu avais raison, c'était sans doute un taré qui voulait me faire peur. Mais cette Maja…

Kirsten a tiqué.

— Comment ça, *les* lettres ? Il n'y en a qu'une.

— Non, dis-je, penaude. Il y en a eu une deuxième hier.

Je prends mon sac à main, sors les deux enveloppes de la poche latérale pour les donner à Kirsten. La première contient celle qu'elle connaît déjà.

— *Dis la vérité*, lit-elle sur la deuxième, avant de commenter, les sourcils levés : Bien sûr.

Elle me rend la lettre avec son enveloppe.

— Pourquoi tu ne me l'as pas montrée ?

Je ne réponds pas.

Kirsten éclate d'un rire un peu amer.

— Tu me demandes un peu beaucoup, là, je ne sais pas si tu te rends compte ?

— Je ne voulais pas que tu t'inquiètes encore plus, c'est tout. Je me suis dit qu'il valait peut-être mieux en parler d'abord avec le Dr Hamstedt. Et elle m'a assuré qu'il était impossible qu'elles viennent des enfants.

Kirsten soupire.

— Ce qu'elle sait parfaitement puisqu'elle est la psy des enfants, et non la tienne, comme tu me l'as fait croire.

— Oui, dis-je, hésitante.

— Je t'ai accompagnée là-bas hier soir parce que j'ai cru que tu étais au bord de la crise de nerfs.

Kirsten secoue la tête, incrédule. Un silence s'installe, puis elle m'annonce :

— Jassy, ça ne marche pas comme ça. Je ne peux pas rester ici si tu ne me fais pas confiance.

— Mais non. Je te fais confiance.

Elle rit une nouvelle fois.

— Pas du tout ! Tu gardes les choses gênantes pour toi. Mais je ne suis pas stupide, Jassy. Ne me sous-estime pas.

Je recule instinctivement d'un pas.

— Je me souviens parfaitement du moment de ta disparition. Comme par hasard, on venait juste de se disputer, toutes les deux. Et tu avais ton sac de voyage avec toi, je n'ai pas oublié. Ton sac noir avec les fermoirs argentés. Que je n'ai pas évoqué deux jours plus tard, en allant signaler ta disparition à la police. Parce que je voulais qu'ils prennent cette recherche au sérieux. Parce que je me disais que ce serait peut-être même salutaire s'ils te retrouvaient dans une chambre d'hôtel quelque part, si la police te retrouvait, et pas moi, puisque c'est sans doute ce que tu avais imaginé.

— Qu'est-ce que tu essaies de me dire, là, Kirsten ? Que j'ai organisé ma disparition ?

Ma bouche est sèche. *Allez, fais-toi du souci pour moi, trouve-moi, ramène-moi à la maison.*

— Je n'avais certainement pas prévu de me faire séquestrer dans une cabane et torturer pendant quatre mois par un psychopathe !

— Je n'ai jamais dit ça.

— Mais qu'est-ce que tu dis, alors, Kirsten ? Que je suis une menteuse ?

— Que ton penchant pour le drame t'attire toujours des ennuis, voilà ce que je dis. Et que tu ne te rends pas compte des absurdités que tu sors. D'abord tu accuses deux gosses malades de te menacer, et maintenant c'est la voisine du deuxième qui te harcèle.

— Mais c'est exactement ce qu'elle a fait ! Maja est venue ici et elle m'a harcelée, parfaitement, harcelée.

Kirsten a un mouvement de tête indéfinissable. Puis elle se précipite vers la porte d'entrée, tourne la clé dans la serrure, ouvre la porte à la volée, l'envoyant cogner contre la commode, et sort en trombe.

Mon cœur s'arrête.

— Non… s'il te plaît… ne pars pas…

Je la supplie d'une voix presque inaudible. La frayeur a avalé ma voix, et lorsque j'entends les pas de Kirsten dévaler les escaliers à intervalles brefs et décidés, je comprends que ce que je me disais il y a un instant encore n'est pas vrai. Je ne me débrouillerai pas sans elle, j'ai besoin d'elle.

Je sors à mon tour, suis Kirsten dans les escaliers. Chaque marche fait exploser la douleur dans mes côtes, j'ai le souffle court.

Tu n'es qu'une ingrate, Lena.

— Kirsten, attends… Je sais que tu ne voulais pas dire ça ! Je suis désolée ! Je suis vraiment désolée, pour tout !

Je la rattrape au deuxième étage, où je comprends enfin qu'elle n'avait pas l'intention de partir. Plantée devant la porte de Maja, elle m'adresse un signe de tête déterminé puis appuie sur le bouton de la sonnette.

— On va lui demander ce que c'est que ce délire.

La sonnette vibre. On entend un mouvement dans le couloir.

— Mademoiselle Grass, mademoiselle Thieme ! Ça fait une éternité ! s'exclame en ouvrant la porte, non pas Maja, mais Mme Hildner, qui n'a jamais déménagé.

Jasmin

Je vois littéralement que Kirsten se met à cogiter, de plus en plus intensément, jusqu'à ce qu'elle écarquille soudain les yeux. Sans prêter attention à Mme Hildner, toujours sur le seuil de sa porte, et fort surprise, elle tourne les talons et, sans une explication, se met à remonter les escaliers quatre à quatre. Mme Hildner sort sur le palier pour suivre Kirsten des yeux, perplexe, puis revient sur le seuil et me regarde, attendant visiblement une explication.

— Nous… je…, je bégaie.

— Maman ? Qui c'est ? demande une petite voix en arrière-plan.

Le jeune fils des Hildner apparaît sur le seuil et s'accroche à la jambe de sa mère.

J'ai le nom de Maja sur le bout de la langue, mais sans Kirsten à mes côtés, j'ai honte d'être venue ici, je me sens irresponsable, cinglée. Qu'est-ce que Mme Hildner va penser de moi si je lui parle de Maja ? Il n'y a pas de Maja ici, c'est évident. Je bricole une explication dans ma tête, une histoire de machine à laver en panne, je suis venue demander à Mme Hildner si nous pouvions éventuellement utiliser la sienne un de ces jours.

— Je voulais juste vous demander…

Tout à coup, le regard de Mme Hildner s'illumine.

— C'est à cause de cette Mlle König qui rôde ici ces derniers temps ?

— Cette… ?

— Vous pouvez me demander, mademoiselle Grass.

Le ton de Sonja Hildner est presque agressif.

— Vous pouvez me demander si je lui ai parlé ! Bien sûr que non ! Et mon mari non plus ! Nous ne ferions jamais une chose pareille ! Nous ne lui avons pas dit un mot, pourtant, elle nous a travaillés au corps.

Elle sourit, avec une pointe de fierté, me semble-t-il.

— Elle nous a même proposé de l'argent, mais ça ne marche pas avec nous ! Vous avez vraiment suffisamment souffert comme ça, mademoiselle Grass.

Dans son visage, la fierté cède la place à la compassion.

— Maman ? De quoi vous parlez ? intervient le fils de Mme Hildner en tirant sur la jambe de son pantalon.

— Lenny, arrête, s'il te plaît. Maman est en train de discuter avec Mlle Grass.

Lenny marmonne quelque chose d'incompréhensible, puis lâche sa mère et s'éloigne dans l'appartement. Sonja Hildner le suit des yeux, lui demande de ranger ses jouets.

— Je ne comprends pas… dis-je, essayant de capter son attention.

— Oui, cette Mlle König ! Avec nous, elle est tombée sur un os. Mais on dirait qu'elle a quand même trouvé une victime.

Elle fait la moue.

— Pardon. *Victime* n'est pas un mot approprié. En tout cas…

— Kirsten !

À peine deux minutes plus tard, je l'appelle et l'écho de son prénom résonne dans la cage d'escalier. Le sang afflue à ma tête tandis que je remonte les marches le plus vite possible.

— Kirsten !

D'une main, je me cramponne à la rampe, de l'autre je tiens mon flanc, mes côtes cassées qui palpitent douloureusement sous l'effort.

— Attends !

Je sais exactement ce qui est en train de se passer deux étages plus haut. Je vois Kirsten, furieuse, arpenter l'appartement d'un pas nerveux, des insultes aux lèvres, sans but d'abord, jusqu'à ce qu'elle se rappelle le post-it sur le réfrigérateur.

Lorsque j'arrive dans l'appartement, elle est bel et bien en train de composer le numéro du post-it rose sur son téléphone portable.

— Non, Kirsten, ne fais pas ça !

Je me jette sur elle, lui arrache le papier des mains.

— Jassy, qu'est-ce que tu fais ? Donne-moi ce numéro, je vais lui demander de s'expliquer !

Elle fait mine de vouloir reprendre le bout de papier, que je tiens froissé dans mon dos, dans mon poing fermé.

— Kirsten, attends !

Je suis à bout de souffle.

— Je sais tout ! Écoute-moi !

— Mme Bar-Lev ?

Les yeux de Kirsten semblent vouloir sortir de leurs orbites, elle est bouche bée. Son expression donne un visage à mes sentiments, un visage effaré, stupéfait. Et pourtant… Ne m'en doutais-je pas depuis longtemps ? Mme Bar-Lev servant le café dans son salon à un journaliste. Suçotant un biscuit avec ses fausses dents en livrant incidemment ses observations sur cette pauvre jeune femme bien trop maigre du quatrième, qui ne se lave plus les cheveux et porte des vêtements tachés. Dont le visage dit absolument *tout*. Mme Bar-Lev qui a vu là l'occasion d'arrondir sa maigre retraite en se faisant un peu d'argent de poche.

— Alors cette Maja est journaliste ?

J'acquiesce.

D'après la description de Sonja Hildner, la jeune femme en question ne peut être que Maja. Environ trente-cinq ans, les cheveux teints en roux avec une frange asymétrique. Apparemment, elle était bien décidée à sonner à toutes les portes de l'immeuble jusqu'à trouver l'interlocuteur approprié, et elle est tombée au deuxième étage sur la récalcitrante Sonja Hildner, puis sur la réceptive Mme Bar-Lev.

Kirsten se met à taper sur son portable, cette fois, elle cherche Maja sur internet. Fébrilement, et sa fièvre à elle, je le constate avec soulagement, semble éteindre mon prétendu penchant pour le drame.

— C'est elle, s'exclame-t-elle en agitant son téléphone. Maja König, *Bayerisches Tagblatt*, rédaction de Munich. Munich, Jassy ! Tu ne vas pas me dire qu'elle a fait le chemin tous les jours jusqu'à Regensburg pour t'apporter ton déjeuner ? Elle doit être complètement obsédée par ton affaire !

Elle me tend le téléphone, l'écran éclairé par la photo de Maja.

— On va d'abord aller dire deux mots à Mme Bar-Lev, et puis on appellera la police.

— Sonja vient de me dire que Mme Bar-Lev est bien chez son fils en ce moment, dis-je d'un air absent en contemplant la photo de Maja.

Maja König, une jeune femme en chemisier blanc, col relevé, qui adresse un sourire charmant à l'objectif. Je lis à Kirsten le bref CV en légende :

— "2004, Stage ; 2005-2008, Formation à la rédaction ; 2008-2011, Rédactrice junior ; depuis 2011, Rédactrice « Société »."

— Bon, alors on appelle la police tout de suite, dit Kirsten. Mentir aux gens pour s'introduire chez eux, c'est sûrement un délit. Ils ne sont pas censés avoir un code de déontologie, les journalistes ?

— Je ne sais pas, Kirsten. Après tout, elle n'a pas encore écrit d'article. Mais si on lui colle la police aux fesses ?

J'esquisse la une invisible devant moi :

— *Entrave à la liberté de la presse : la victime prévient la police. Jasmin G. a-t-elle quelque chose à cacher ?*

— Mais ce n'est pas possible, des méthodes pareilles ! Tu ne dois pas être la première à qui elle fait ça…

Soudain, les paroles de Kirsten ne sont plus qu'un brouhaha étouffé : une pensée vient de traverser mon esprit tel un éclair, et je sursaute intérieurement.

— Les lettres ! je souffle.

— Quoi ?

— C'est Maja ! La première est arrivée le jour où elle m'a apporté mon repas pour la première fois. C'est même elle qui me l'a montée, elle l'avait soi-disant trouvée dans la boîte aux lettres.

Je porte la main à ma bouche, effarée.

— Qu'est-ce qu'elle me veut ?

— Une interview, pardi !

— Elle se donnerait tout ce mal pour ça ?

Kirsten hausse les épaules.

— Tu ne sais pas combien ça vaut actuellement, une interview exclusive de toi. Peut-être qu'elle a essayé de te pousser à bout pour que tu lui livres une story à sensation.

Elle secoue la tête.

— Franchement, Jassy. On appelle ce commissaire Giesner, dit-elle en me prenant la main. Il faut qu'on le fasse, de toute façon, tu le sais.

J'acquiesce.

— La reconstruction faciale.

Kirsten acquiesce à son tour.

— Plus tu repousseras l'échéance, plus ce sera difficile pour toi.

— Non, on va faire autre chose. On va appeler Maja. On va découvrir ce qu'elle veut.

— Jassy, soupire Kirsten.

— Et après, on appelle Giesner. Satisfaite ?

Maja décroche dès la deuxième sonnerie.

— Allô ?

La voix est très aimable.

— Maja ? Oui, c'est Jasmin Grass.

— Mademoiselle Grass ! En voilà une surprise ! Vous allez mieux ? Je crois que je vous dois des excuses pour ce matin. On dirait que je vous ai fait peur…

— Non, non, ça va, je l'interromps. Ce n'est pas votre faute. Vous vouliez juste être gentille, et j'ai surréagi. C'est *moi* qui vous dois des excuses.

Kirsten, assise en tailleur à côté de moi sur le canapé, lève les yeux au ciel.

— Comme vous le savez, je ne vais pas très bien en ce moment.

— Oui, dit Maja, d'une voix compatissante. Mon offre tient toujours, évidemment, Jasmin. Si vous avez besoin de parler à quelqu'un…

— Oui, Maja. J'ai besoin de parler à quelqu'un.

— Eh bien, c'était rapide, constate Kirsten une fois que j'ai raccroché. Qu'est-ce qu'elle a dit ?

— Qu'elle était au travail, mais qu'elle pouvait passer après. Vers neuf heures, neuf heures et demie.

— Donc là, elle est en train de courir dans le bureau de son chef pour se vanter d'avoir obtenu une interview exclusive, résume Kirsten, dont le sourire me dit que finalement, l'idée lui plaît à elle aussi.

S'il n'avait tenu qu'à elle, nous nous serions contentées d'appeler Maja pour lui demander des comptes, et je sais aussi qu'elle s'en serait chargée à ma place. Qu'elle l'aurait fait volontiers, que ç'aurait été pour elle une soupape bienvenue pour évacuer la pression de ces derniers jours et de toute cette situation. Mais je ne voulais pas risquer que Maja nous raccroche au nez. Qu'elle s'en tire en appuyant sur une touche. Pas après être allée si loin, pas après avoir usé d'un prétexte fallacieux pour entrer chez moi. Pas après avoir infiltré les derniers mètres carrés qui me donnaient un sentiment de contrôle et de sécurité, alors que je n'ai déjà plus vraiment ma place dans ce monde. Il fallait que Kirsten le comprenne.

— Probablement, dis-je en souriant moi aussi, alors que je n'ai pas du tout envie de sourire.

Kirsten me prend la main.

— Et maintenant…

Et maintenant.
Je prends une profonde inspiration.

Hannah

Grand-père est descendu à la cave chercher les vieux albums photo.

Lui et grand-mère se sont encore disputés. Et ça ne les a pas du tout dérangés que je sois à côté et que j'entende tout. Grand-père était en colère parce que grand-mère a rangé les albums photo à la cave. Il trouve que les photos de ma maman quand elle était petite n'ont pas à être reléguées dans un carton, et surtout pas à la cave, parce que la cave est un peu humide et que ça pourrait abîmer les photos. Grand-mère a répliqué qu'il ferait mieux de passer ses coups de fil comme il le lui avait promis.

"Mais oui, j'appellerai Mark tout à l'heure", a marmonné grand-père avant de descendre à la cave.

Grand-mère est dans la buanderie.

Elle m'a expliqué qu'il fallait d'abord laver les vêtements des gens avant de les porter, et qu'elle allait laver les affaires du carton tout de suite, comme ça, je pourrais peut-être déjà en porter certaines demain. Elle a voulu prendre ma robe aussi, mais je ne l'ai pas lâchée. D'abord elle m'a regardée bizarrement, alors je lui ai presque dit que c'était la mienne et donc qu'on n'avait pas besoin de la laver, mais ensuite elle a dit : "D'accord, tu peux déjà l'essayer, on la lavera plus tard." Sûrement parce qu'elle ne voulait pas avoir encore plus d'ennuis avec grand-père. Lui, il sait maintenant que Ruth pourrait être ma grand-mère. Alors grand-mère Karin a intérêt à faire un effort et à bien se comporter. Et je crois qu'elle a compris, parce qu'il a suffi que je crie une seule fois, quand elle a voulu emmener Miss Tinky dans la buanderie. "Cette bestiole est tout usée et toute sale…" Mais elle n'est pas allée plus loin ; ma voix de lionne a sauvé Miss Tinky. Je trouve que grand-mère a quand même un peu raison, mais Miss Tinky est bien trop faible pour passer à la machine à laver. Alors il fallait que je protège Miss Tinky, que je sois là pour elle. Comme Miss

Tinky a été là pour moi, elle qui a si souvent été punie à ma place, à la maison, quand je renversais quelque chose ou que je faisais une bêtise quelconque. Une fois, elle a même passé toute une nuit devant la porte de la cabane à cause de moi.

Grand-père est à la cave, grand-mère dans la buanderie, et moi dans la chambre de maman. La porte est entrouverte, comme grand-père m'a demandé de le faire.

Je me suis changée, et je suis belle. Je tourne devant le miroir sur la porte de l'armoire. Miss Tinky est couchée sur le lit de maman, derrière moi.

— Regarde, Miss Tinky, je lui dis, et je tourne encore plus vite pour elle, et ma robe tourne très haut.

Mais Miss Tinky dodeline juste un peu de la tête, elle a l'air fatiguée. Je m'assois à côté d'elle, la prends sur mes genoux.

— On était toujours assises comme ça devant le poêle à bois. Tu te souviens, Miss Tinky ?

Je lui gratte la tête. Elle est encore toute raide et froide, mais ce n'est pas étonnant. Elle a dû passer plusieurs heures dehors, dans le carton de vêtements, avant que grand-mère ne le rentre dans la maison.

— Tu as vu les belles étoiles là-haut ?

Je désigne le plafond.

— C'est maman qui les a faites pour nous. Elle savait qu'on viendrait ici.

Je ferme un œil et dessine du doigt les lignes invisibles qui forment le Grand Chariot.

— Si tu veux, je te raconte une histoire, Miss Tinky.

Miss Tinky miaule tout doucement.

— Bon, alors écoute bien. Il faut toujours bien écouter. Ce n'est pas poli de ne pas bien écouter. Mais tu le sais, pas vrai, Miss Tinky ? Bien : Il était une fois deux étoiles. Une grande étoile rouge très brillante, et une petite, dont la lumière était encore un peu floue. Elles étaient meilleures amies. Le jour, elles dormaient pour se reposer, et dès que la nuit tombait, elles partaient batifoler dans le ciel. La petite étoile admirait beaucoup sa grande et belle amie rouge et faisait de son mieux pour émettre elle aussi la plus belle lumière possible. Un soir – le jour était à peine gris, la nuit prenait son temps –, une énorme explosion tira la petite étoile de son sommeil. Effrayée, elle regarda partout autour d'elle, mais sans découvrir la raison de ce bruit assourdissant. À côté d'elle, elle entendit sa grande amie rouge lui dire d'une voix calme : "Tout va bien, ma petite étoile. N'aie pas peur. Dors encore un peu. Je te promets que je brillerai particulièrement fort cette nuit, rien que pour toi." Et c'est exactement ce qu'elle fit : à partir de cette nuit-là, sa grande amie brilla plus fort que jamais, plus fort que les autres étoiles de toute la galaxie, et la petite étoile l'aima et l'admira encore plus. Mais une nuit, lorsque la petite étoile se réveilla, son amie avait disparu. La petite étoile, prise de panique, regarda tout autour d'elle, mais ne trouva pas son amie. Elle se mit à avoir vraiment peur, et plus encore lorsqu'elle se rendit compte qu'elle était enveloppée d'un brouillard inquiétant. La petite étoile éclata en sanglots, son amie lui manquait, et elle se sentait terriblement seule. Car les autres étoiles étaient beaucoup trop loin pour trouver une nouvelle amie parmi elles, et de toute manière, aucune ne pourrait jamais remplacer sa chère grande amie rouge. C'est alors qu'une voix retentit dans le brouillard, une voix qui ressemblait à celle de son amie : "Mon heure était venue, petite étoile. J'avais épuisé toutes mes forces, et je me suis éteinte."

"Mais ce n'est pas possible ! s'exclama la petite étoile. Ces dernières nuits, tu as brillé plus fort que jamais !"

"Oui, dit la voix. C'est ainsi avec la mort. Quand nous autres étoiles avons épuisé toute notre énergie, nous devenons ces géantes rouges qui brillent très fort. Et puis nous explosons."

La petite étoile s'effraya de ce mot cruel.

"Alors moi aussi je veux exploser ! dit-elle de sa voix butée, sa voix de lionne. Maintenant, tout de suite ! Je préfère être morte que d'être seule et sans toi pour le restant de mes jours."

"Mais tu n'es pas seule, dit la voix de son amie. Tu vois le brouillard qui t'entoure ? C'est mon esprit, et de lui va naître une myriade de nouvelles étoiles. Elles vont avoir besoin de toi, tu seras leur grande amie, leur protectrice et leur modèle."

"Mais comment est-ce que je vais faire ? demanda la petite étoile. Moi aussi, je suis petite, et ma lumière est floue. Comment pourrais-je être leur grande amie et leur modèle ?"

“Enfin, regarde autour de toi ! Les nouvelles étoiles ne sont encore que de minuscules grains de poussière dans le brouillard. Imagine comme tu dois leur paraître déjà grande et lumineuse !”

La petite étoile trouva que la voix avait raison. Les nouvelles étoiles étaient même encore plus minuscules que des grains de poussière, si minuscules qu'elle ne les avait pas encore remarquées.

“C'est moi, maintenant, la grande amie, répéta-t-elle, émue, en regardant le brouillard autour d'elle qui, s'il lui faisait peur il y a encore un instant, était maintenant plein de promesses merveilleuses. Et je serai une bonne et grande amie”, promit la petite étoile, qui se mit à briller comme jamais – encouragée par cette nouvelle responsabilité et la certitude que l'esprit de sa meilleure amie resterait toujours auprès d'elle. La responsabilité, au cas où tu ne le saurais pas encore, Miss Tinky, ça veut dire faire en sorte de faire les choses comme il faut.

Puis je souris et j'annonce :

— Fin.

Ruth a sûrement cru que je ne connaissais pas cette histoire. Alors que je la connais depuis longtemps, de ma maman, et sans Dieu. Sans Dieu qui intervient dans l'histoire, elle est beaucoup mieux.

Je monte mes jambes sur le lit et me roule en boule, Miss Tinky dans les bras.

— N'aie pas peur, je lui chuchote à l'oreille. C'est pour bientôt.

Jasmin

Il est déjà presque sept heures. J'attends pour ouvrir que les coups contre la porte deviennent insistants, et que je reconnaisse la voix de “Cham” de l'autre côté du battant :

— Mademoiselle Grass, c'est le commissaire principal Frank Giesner.

Il est accompagné du policier qui m'a ramenée à la maison avec ma mère la semaine dernière. Je les fais entrer.

— Bonsoir, monsieur Giesner, dit Kirsten, qui sort de la salle de bains et serre la main à "Cham", puis à l'autre policier.

"Cham" salue Kirsten, me remercie de l'avoir rappelé et accepté de le recevoir ce soir. Je m'excuse de ne pas avoir été disponible hier, reconnaissante qu'il ne dise pas devant Kirsten qu'il a déjà essayé plusieurs fois de me joindre sur mon portable. C'est l'une des raisons pour lesquelles j'ai fini par accepter de le voir aujourd'hui. J'ai estimé que si je continuais à l'ignorer, ce n'était qu'une question de temps avant qu'il se pointe ici à l'improviste. Comme ce n'était qu'une question de temps jusqu'à ce que Kirsten me prenne sur le fait à refuser ses appels. Surtout après m'avoir entendue téléphoner à Maja tout à l'heure, elle n'aurait sans doute pas compris pourquoi, d'un côté, j'étais si décidée à attirer la journaliste dans mon appartement pour la remettre à sa place, tandis que je continuais à me défiler quand il s'agissait d'aider à faire progresser l'enquête. Après tout, c'est moi, l'affaire, c'est nous deux, Lena. J'aimerais qu'il ne s'agisse que de toi. Je veux t'aider à trouver le repos. Aider à te retrouver. Je sais que tu comptes sur moi, et j'essaie d'y puiser de la force. Je pense à ton rire, à la légèreté de cette photo prise sur le vif, à un moment où tu étais heureuse, où tu ne pouvais pas imaginer ce que nous allions toutes les deux subir.

— Asseyons-nous, propose Kirsten en se dirigeant vers le salon.

Lorsque "Cham" passe à côté de moi pour la suivre, je remarque la mince chemise en carton vert coincée sous son bras gauche. Elle doit contenir le portrait, le résultat de la reconstruction faciale.

"Tu verras, ça sera rapide, m'a assuré Kirsten tout à l'heure pour me donner du courage, pour que j'arrive à faire l'effort sur moi-même nécessaire à composer le numéro de « Cham ». C'est juste une formalité. Tu vas regarder ce portrait, identifier le type, dire : Oui, c'est lui. Et ce sera fini. Tu n'as pas besoin d'en dire plus. Tu as supporté ce visage pendant quatre mois, Jassy. Tu as survécu. Alors ces quelques secondes nécessaires à Giesner pour son enquête, tu y arriveras sans problème." Je voulais bien la croire, mais je ne devais pas avoir l'air vraiment convaincue, parce qu'elle a ajouté : "Crois-moi, tu iras beaucoup mieux après. C'est le premier pas pour nous, pour qu'on puisse continuer." *Pour nous* était l'élément principal de cette phrase.

— Ce n'est certainement pas facile pour vous, mademoiselle Grass, dit "Cham" en prenant place à côté de Kirsten sur le canapé.

Il pose sa chemise en carton devant lui sur la table basse. Je m'efforce d'ignorer son regard, il jauge mon apparence négligée, le même sweat-shirt taché, le même pantalon de jogging qui poche aux genoux que je portais déjà hier lors de mon rendez-vous avec le Dr Hamstedt, et qui semblent confirmer qu'il ne faut pas présumer de mes forces.

— Mais vous comprenez, j'espère, que nous ne pouvons malheureusement pas vous épargner cette étape.

— Oui, ça va.

Je réprime un gémissement de douleur en m'asseyant dans mon fauteuil en cuir.

— Finissons-en, dis-je en regardant Kirsten, qui m'encourage d'un signe de tête.

"Cham" acquiesce lui aussi, puis sort le portrait de sa chemise, me le tend. Je respire profondément, je respire pour calmer ma fréquence cardiaque qui s'accélère, mon cœur qui pompe, qui pulse, dont la puissance augmente jusqu'à ce que je ne la sente plus seulement dans ma poitrine, mais dans mon corps tout entier. Le portrait est entre mes mains, j'étudie le visage, ses traits, stupéfaite, terrifiée. Mon index suit les lignes. Son image surgit dans ma tête, se superposant de manière presque angoissante à son portrait sur cette feuille A4, elle se brouille devant mes yeux, le portrait se mêle à la réalité, des fragments de souvenir résonnent dans ma tête comme des coups de feu, je suis emportée. C'est un maelstrom qui me happe, m'arrache, je ferme les yeux, et quand je les rouvre, je suis de retour dans la forêt.

L'accident. Des couleurs vives explosent devant moi. La douleur. Le sol dur et froid. Quelqu'un se penche au-dessus de moi. Sa voix : "Merde. Vous êtes blessée ? Vous m'entendez ?"

Je cligne faiblement, j'ai du sang dans l'œil. Son visage ne cesse de se brouiller.

“Vous m’entendez ? J’appelle une ambulance, OK ? Ça va aller.”

J’essaie d’acquiescer, n’y arrive pas. Mes paupières tremblent.

“Il faut que vous restiez consciente, d’accord ? Ohé ? Vous m’entendez ?”

— Mademoiselle Grass ?

Une voix lointaine, dans une autre réalité. Celle de “Cham”.

— Laissez-lui donc un instant, demande une autre voix.

Celle de Kirsten.

Les phares qui m’aveuglent, la douleur qui me rend ivre. L’homme, le conducteur de la voiture, qui se penche sur moi. L’image floue de sa main dans sa veste. “J’appelle les secours, vous m’entendez ? L’ambulance va arriver.” L’espace d’une seconde, je me détends. Si je meurs maintenant, je mourrai en liberté. Et cet homme m’aura sauvée. Et je vénère le visage de mon sauveur…

— C’est lui, mademoiselle Grass ?

Autre chose, soudain. Un bruit comme un sifflement qui fend l’air. Je connais ce bruit. Je l’ai entendu tout à l’heure, je l’ai provoqué moi-même, en ramenant mon bras en arrière avant de frapper, avec la boule à neige. Et je connais le bruit qui va suivre. On dirait celui d’une pastèque qu’on fait tomber par terre – *bam !* Voilà le bruit que ça fait quand on défonce le crâne de quelqu’un. Je cligne des yeux, effarée. Au début, le conducteur est encore penché sur moi, au second clignement, il s’effondre. Son visage tout près du mien, si près que je devrais sentir son souffle sur ma peau. Je ne sens rien, il ne respire pas. Ses yeux grands ouverts, fixes. J’essaie de crier, n’y arrive pas. Pas ici, pas maintenant. Ailleurs, oui. Mon cri résonne dans le salon, déchire les images. Je me recroqueville dans mon fauteuil, me mets à trembler, comme si je faisais une crise d’épilepsie, tout se crispe. Kirsten se lève d’un bond. Elle me prend dans ses bras, je me débats, j’envoie des coups de poing, mon visage est bouillant, mouillé, ma peau me brûle.

— Jassy ! Tout va bien, tu es en sécurité. Tu es à la maison, je suis là. Jassy, tu m’entends ?

— Vous le reconnaissez, mademoiselle Grass ?

Oui, je le reconnais. Et je crie – de terreur. Et je pleure – mon sauveur. Et je me débats – contre ce que ça signifie. Kirsten me serre plus fort encore.

— Laissez-la donc, monsieur Giesner ! Vous ne voyez pas dans quel état elle est ?

Tu ne vas pas bien. Tu as besoin d'aide.

Retour. Je cours. Sur la parcelle envahie de hautes herbes de la cabane, dans la forêt environnante. Les branches griffent ma peau, je ne vois presque rien dans l'obscurité. Là, soudain, derrière moi. Un craquement ?

— Est-ce que c'est l'homme qui vous a enlevée, mademoiselle Grass ?

J'aurais juré avoir senti une odeur de soupe.

J'aurais juré ne l'avoir frappé qu'une fois.

Son visage en lambeaux, rouge, tout est rouge.

Une chambre sans poignée de porte. *Pour votre propre sécurité, mademoiselle Grass.*

— Respire, Jassy, calme-toi. Je suis là, tout va bien. Essaie de respirer.

C'est juste une formalité. Tu vas regarder ce portrait, identifier le type, dire : Oui, c'est lui. Et ce sera fini. Tu n'as pas besoin d'en dire plus.

— Je suis avec toi, Jassy. N'aie pas peur. C'est fini.

Je cligne des yeux. Sens le cœur de Kirsten qui bat, fort, régulier. Ses bras qui me serrent contre elle. Sa chaleur. Alors j'entends ma propre voix qui dit :

— Oui, c'est lui.

Matthias

Hannah est couchée sur son lit, elle dort. Elle ressemble à un ange, comme ma petite Lena. Mis à part cette vieille peluche dans ses bras, qui vient du carton de dons des lecteurs du *Tagblatt*, comme cette robe toute délavée, l'image est parfaite. Nous n'avons pas eu le temps d'aller faire du shopping aujourd'hui, mais je me promets que demain, j'emmènerai Hannah en ville pour la rhabiller et lui acheter un jouet neuf. Bon, peut-être que j'irai sans Hannah, pour éviter une émeute au centre commercial. Mais il faudrait que je sois sûr que Karin se contrôle, si je les laisse seules à la maison pour une heure ou deux. Je déploie prudemment le dessus-de-lit sur le corps frêle de Hannah en murmurant :

— Bonne nuit, ma chérie.

Je regarde une dernière fois le petit ange endormi, puis je tire la porte, la laissant juste entrouverte. Karin est allée voir une amie de son cours de yoga à Gilching, la ville voisine, sans doute pour se plaindre de moi.

Je suis en train de descendre l'escalier lorsque la sonnerie de mon portable, qui me parvient depuis le salon, me rappelle qu'elle a peut-être une raison d'être mécontente. J'ai oublié d'appeler Mark. J'accélère ma descente, pour éviter que le son perçant ne réveille Hannah.

L'écran du téléphone indique *Gerd Brühling, bureau.*

— Allô ?

Mon ton est sec, mais c'est le seul mot que je peux placer : Gerd attaque immédiatement. Est-ce que je ne suis pas un peu fou, pour qui je me prends, il me manque vraiment une case, je ne suis vraiment qu'un vieil imbécile que la colère rend aveugle, je ne sers à rien, pire, je suis dangereux. Je comprends le sens des mots, mais pas vraiment le problème de Gerd.

— Bon, les insultes, c'est fait, dis-je, profitant de la première respiration qu'il semble s'accorder depuis le début de sa tirade. Maintenant, tu pourrais avoir la gentillesse de me dire de quoi il retourne ?

— Tu t'es plaint de notre travail au journal ! souffle Gerd, que ses accusations ont clairement mis hors d'haleine.

Je l'imagine assis à son bureau, avec son ventre qui tend sa chemise mal boutonnée, et sa grosse tête écarlate.

— L'article d'aujourd'hui dans le *Bayerisches Tagblatt* !

— Et alors ?

— Salaud ! siffle Gerd avant de m'en citer un long passage. *Les deux unités de police en charge de l'enquête,* entre parenthèses : *Cham et Munich, tâtonnant toujours dans le noir presque trois semaines après la spectaculaire évasion de la victime Jasmin G., nous estimons de notre devoir, et de notre responsabilité d'informer notre lectorat qu'un portrait-robot a été établi, qui pourrait contribuer à l'identification du ravisseur présumé. Pourtant, les autorités refusent de le publier : elles semblent craindre un surcroît de travail si la population participe à l'identification de l'inconnu. Un témoin anonyme a fait part à notre rédaction d'une déclaration qu'il aurait entendue de la part de l'un des enquêteurs : "Nous aurions une multitude de pistes et cela nous prendrait beaucoup trop de temps de toutes les examiner." On préfère donc renoncer à mettre la population à contribution, même si cette décision risque de ralentir la résolution de l'une des affaires les plus abominables de ces dernières décennies, au détriment de l'intérêt des victimes et de leurs familles.*

L'homme neutralisé par Jasmin G. avant sa fuite, et dont on ne connaît toujours pas l'identité, serait également lié à la disparition de la jeune party girl munichoise Lena Beck, entre parenthèses *23 ans à l'époque. Le* Bayerisches Tagblatt *désapprouve ouvertement la décision de la police de garder pour elle de précieuses informations qui, avec votre aide, chers lecteurs, chères lectrices, pourraient permettre de retrouver Lena Beck*... Tu imagines un peu la situation ici ? Les téléphones qui sonnent sans discontinuer, mais pas parce que des cinglés croient avoir reconnu le type quelque part, non, juste pour se plaindre ! Ça n'arrête pas depuis ce matin ! Tu crois que je n'ai rien de mieux à faire ? Chercher ta fille, par exemple ? Ce n'est pas ce que tu attendais de moi ? Au lieu de ça, il faut que je m'occupe d'âneries pareilles ! Regarde ta montre ! Tu as vu quelle heure il est ? Et je suis toujours au bureau pour prendre des appels qui ne servent à rien !

— Il faut bien que quelqu'un fasse quelque chose, je marmonne, mais apparemment, Gerd n'a pas encore fini.

— Nous faisons tout ce que nous pouvons, Matthias ! Nous faisons tout pour retrouver Lena ! Mais nous n'arriverons à rien si tu sabotes notre enquête en montant cette feuille de chou et avec elle toute la Bavière contre nous !

— Qu'est-ce que tu veux que je te dise, Gerd ? Que je suis désolé que tu fasses quelques heures supplémentaires ? Non, je ne suis pas désolé ! Il était temps qu'on vous mette un bon coup de pied au cul ! Maintenant, vous avez intérêt à obtenir des résultats, ou la population pourrait bien définitivement perdre foi en vous et en tout le système !

— Dis-moi, tu te préoccupes encore de ta fille, ou tu fais ça au nom d'un foutu principe ?

— Pour qui tu te prends ?! j'aboie dans le téléphone. Est-ce que tu ne devais pas venir montrer le portrait-robot à Karin, comme Giesner m'avait dit que tu le ferais ? Est-ce que tu ne devais pas te pointer ici à huit heures tapantes ce matin pour – je souffle avec mépris – interroger les *proches* ? Tu étais où, hein ? Puisque tu prends cette enquête tellement au sérieux ? Et si Karin avait reconnu le type ? On saurait peut-être enfin où il faut chercher Lena !

Gerd émet une sorte de grognement.

— Dis-moi une dernière chose, Matthias. Que je sache à quoi m'en tenir : est-ce que tu t'es aussi empressé d'aller répéter à ta rédaction de merde que Mark Sutthoff était venu passer un test ADN ?

— Il est venu… quoi ?

Je me laisse tomber sur l'un des deux canapés du salon, à la place exacte où Mark s'est assis mercredi dernier, se faisant servir une tisane par ma femme.

— Bon, tant mieux.

Gerd pousse un soupir de soulagement, me dit au revoir.

— Non, Gerd, attends, ne raccroche pas ! Je suis désolé de m'être plaint à Rogner. Il faut que tu me dises pourquoi vous avez fait passer un test ADN à Mark !

— C'est ça, oui.

Gerd éclate d'un rire mauvais.

— Non, Gerd, vraiment ! Je n'en parlerai à personne, je te le jure sur la tête de ma petite-fille !

Gerd ne répond pas. L'espace d'un instant, on n'entend plus rien d'autre que le léger bruissement de la ligne.

— Crois-moi, j'ai vite regretté d'avoir refait confiance à ce Rogner. Pour me remercier, il m'a envoyé une meute de journalistes qui m'attendaient devant chez moi quand je suis rentré du centre de traumatologie avec Hannah.

Gerd ne dit toujours rien. Bruissement de la ligne.

— S'il te plaît.

Je n'abandonne pas.

— Mark a débarqué chez nous il y a deux jours. Il nous a dit que vous aviez sollicité son aide, mais pas qu'il devait faire un test ADN.

— Oui, enfin, si on veut, dit Gerd puis, après une pause : Jure-le, Matthias. Pas un mot, à personne.

— Oui ! Je veux dire : non ! Je ne dirai pas un mot, promis. Allez, dis-moi.

Gerd soupire une nouvelle fois, et l'espace de quelques secondes je crains sérieusement qu'il ne cède pas, puisque ma fiabilité, depuis la publication de cet article, doit lui paraître aussi durable que l'encre sur le papier journal que l'on brouille, les mains moites de colère. Oui, c'est vrai. Je n'ai rien trouvé de mieux à faire, juste après ma conversation avec Giesner devant le centre de traumatologie, que d'appeler la rédaction du *Bayerisches Tagblatt* pour me plaindre auprès de l'assistante de Rogner des insuffisances de la police. Mais trop de choses ont déraillé. Au cours des quatorze années où on aurait dû chercher Lena sans relâche, et maintenant que toutes les pièces du puzzle sont étalées sur la table. Car personne ne semble vouloir se donner la peine de les remettre en ordre, et je ne peux pas laisser faire ça. Comment est-il possible qu'on ait un coupable et un lieu du crime, mais qu'on soit incapable de trouver la victime ? Comment est-il possible qu'on n'interroge pas le témoin principal, puisque c'est bien ce qu'est Jasmin Grass, jusqu'à ce qu'elle dise enfin tout ce qu'elle sait ? Pourquoi n'a-t-on jamais élucidé le délit de fuite du conducteur après l'accident, pourquoi n'a-t-on creusé que dans un malheureux rayon d'un mètre et demi autour de la cabane ? Alors qu'on aurait dû retourner toute cette putain de forêt ! Je m'attends vraiment à ce que Gerd m'envoie balader, cette fois. Qu'il ait appris de son collègue Giesner, buté au point de me refuser de photographier le portrait-robot pour ma femme, même quand j'ai prétexté le risque d'une crise cardiaque. Alors que ça n'aurait pas changé grand-chose, finalement. Puisque j'ai quand même contacté la rédaction du journal. La seule différence, c'est qu'au lieu de râler au téléphone, je leur aurais envoyé le portrait-robot. Ils l'auraient imprimé dans l'édition d'aujourd'hui, et peut-être que la population aurait déjà pu livrer de précieuses informations. Heureusement pour moi, Gerd n'est pas aussi buté que Giesner. Heureusement pour moi, Gerd est toujours Gerd, mon ancien meilleur ami, mon compagnon de pêche, le parrain de ma fille. Et c'est ce qui le fait flancher, une fois encore.

— Bon. Comme tu le sais, nous sommes tenus de vérifier les liens de parenté, même s'ils semblent évidents. Comme nous avons été obligés de prouver celui de Lena avec les enfants. Eh bien, il y a un problème.

Une crispation dans ma poitrine, une idée insensée. Hannah, finalement, n'est pas ma petite-fille. Tout cela n'était qu'une grossière erreur. Je me rends compte que je suis en train de secouer la tête. *Ce n'est pas possible, ne t'inquiète pas, Hannah est bien ta petite-fille. Elle ressemble à ta petite Lena comme deux gouttes d'eau.*

— Eh bien voilà, Matthias.

Elle ressemble à ta petite Lena comme deux gouttes d'eau.

— Nous n'avons trouvé aucun lien de parenté entre les enfants et le cadavre de la cabane.

Affaissement soulagé de mon cœur. Bien sûr que Hannah est ma petite-fille, tout va bien.

— Ce qui veut dire…

— Ce qui veut dire que le mort, dans la cabane, n'est pas le père biologique des enfants. C'est absolument exclu.

— Mark Sutthoff, je souffle dans le téléphone, sans vraiment comprendre ce que ça veut dire.

— Giesner a eu l'idée de tester M. Sutthoff, puisque Lena a continué à le fréquenter jusqu'au moment de sa disparition. Officiellement, ils étaient séparés depuis un moment, mais si tu te souviens, l'analyse des textos sur son portable a établi qu'ils étaient de nouveau en contact et avaient décidé de donner une nouvelle chance à leur relation dès que Mark rentrerait de son voyage en France.

— Continue, dis-je, les dents serrées.

— Eh bien, nous avons simplement fait le calcul. Nous ne connaissons pas la date de naissance exacte des enfants, nous devons donc nous fier à leurs propres déclarations, ainsi qu'aux estimations des médecins. Si Hannah a bien treize ans, et étant donné que Lena a disparu il y a treize ans et neuf mois, il n'y a que deux possibilités : soit Lena est tombée enceinte juste après son enlèvement, et Hannah est née prématurée, soit Lena était déjà enceinte lorsqu'elle a été enlevée.

— De Mark Sutthoff, dis-je, me plaquant la main sur la bouche.

— Oui, dit Gerd, qui ne paraît pas vraiment convaincu. Seulement, l'ADN du mort ne correspond pas non plus à celui de Jonathan, qui a à peu près deux ans de moins que Hannah.

— Et alors ? L'ADN de Mark correspond ?

— Nous ne le savons pas encore. Nous n'aurons pas les résultats du labo avant lundi.

— Putain, Gerd. Si c'est Mark le père, alors…

Les mots me manquent, tandis que le sens se concrétise, se concrétise, et me tombe dessus comme un poids de plusieurs tonnes, me coupant le souffle.

Bon Dieu, je le tenais. Je le tenais bel et bien.

Mes mains sur son col. Son dos plaqué contre le mur. Son visage écarlate.

Où est-elle, espèce de salaud ?

Je le tenais, à un moment où Lena était forcément encore en vie.

— Oui, se contente de dire Gerd.

— Mais alors, l'homme de la cabane, c'est qui ?

— Ce *serait* qui, Matthias, OK ? Qui serait l'homme de la cabane ? Tant que nous n'avons pas les résultats du labo, tout cela est purement théorique, tu comprends ? Tant que nous n'avons pas les résultats, Mark Sutthoff est un témoin qui nous aide aimablement à exclure une hypothèse. Et pour être honnête, je ne pense pas que les résultats seront positifs. Il aimait beaucoup Lena, et puis c'est un type plutôt sympathique, non ? Il m'a même demandé l'adresse de Jasmin Grass pour pouvoir lui envoyer une carte. Je ne la lui ai pas donnée, bien sûr, mais ça montre bien quel genre de personne il est…

— Mais quand…

— *Si*, me corrige Gerd. Alors l'homme de la cabane ne serait pas le bon. Ou bien il y aurait eu plusieurs ravisseurs…

— Et Mark Sutthoff aurait été l'un d'entre eux.

Je retrouve au-dessus de l'arcade sourcilière la douleur lancinante que j'ai ressentie lors de la visite de Mark, avant-hier.

— Nous serons bientôt fixés. Mais…

Gerd hésite.

— Mais ?

— Écoute-moi, Matthias. Va chercher Karin, je veux lui parler.

— Impossible. Elle est chez une amie.

— OK, alors appelle-la, d'accord ? Dis-lui de rentrer à la maison. Je ne veux pas que tu restes seul et que tu fasses quelque chose qu'on pourrait tous regretter. Tu me l'as juré sur la tête de ta petite-fille…

Gerd continue à me bassiner – ne fais pas de bêtises, dis à Karin de rentrer. Le regard fixe, je n'entends plus vraiment ce qu'il dit. J'ai beau tourner le dos à l'entrée, je sens sa présence. Celle d'une ombre que je vois à présent, du coin de l'œil, glisser vers la porte.

Jasmin

Une partie de moi s'est isolée, recroquevillée sur elle-même dans une pièce sombre, exiguë, aux murs épais, infranchissables, tandis que le reste de ma personne est toujours assis dans le salon avec Giesner et Kirsten, à qui je viens de mentir. Ce n'est pas mon ravisseur sur le portrait de Giesner, c'est le conducteur de la voiture qui m'a renversée. Et lentement, très lentement, le sens de ce constat infuse dans ma conscience.

— Il y a encore une chose dont je voudrais vous parler, mademoiselle Grass, dit "Cham" en cliquant sur son stylo pour faire disparaître la pointe.

Il vient de noter, avec l'autre policier pour témoin, que j'ai formellement identifié mon ravisseur.

Mon ravisseur, qui n'est pas mort. Je comprends que les choses se sont réellement passées comme je le croyais lorsqu'on m'a emmenée à l'hôpital. Je ne l'ai frappé qu'une seule fois, et non plusieurs, comme le croit la police, si fort que la boule à neige s'est brisée. Une seule fois, une pauvre et inutile fois.

— Un instant, intervient Kirsten. Malgré tout le respect que je porte à votre travail, monsieur Giesner, je crois que Jassy en a assez fait pour aujourd'hui. Je pense qu'elle devrait aller se reposer.

La boule à neige s'est brisée quand je l'ai lâchée après l'avoir frappé, quand je l'ai laissée tomber par terre.

Allez, les enfants ! On y va !

— Ça va aller, Kirsten.

— Tu es sûre, Jassy ?

Maintenant, oui. Je n'ai pas rêvé, j'ai bien entendu des craquements dans le sous-bois quand je courais dans la forêt. Il m'a suivie, il a assommé le conducteur de la voiture et l'a déposé à sa place dans la cabane. C'est exactement ce qui a dû se passer. Puis il lui a réduit le visage en bouillie, l'a rendu méconnaissable, tandis que Hannah partait avec moi à l'hôpital.

— Oui, je suis sûre.

L'étrange sentiment que j'ai eu en entendant la voix de Hannah dans l'ambulance refait surface. Hannah qui n'avait rien à faire là. Et je me demande pourquoi. Pourquoi a-t-il laissé l'ambulance m'emmener ? Pourquoi ne m'a-t-il pas tuée, comme il a tué le conducteur de la voiture ? Après l'avoir frappé, après m'être enfuie, je devais pourtant l'avoir plus que mérité à ses yeux.

— Bien, mademoiselle Grass.

Mais non, il ne m'a pas ramenée de force dans la cabane ni traînée dans la forêt pour m'y laisser crever. Il a même envoyé Hannah avec moi.

— N'hésitez pas à me dire si vous avez besoin d'une pause.

J'acquiesce, absente.

Pourquoi ? Pourquoi est-ce qu'il n'a pas pris les enfants, pourquoi est-ce qu'il ne s'est pas tiré ? Il savait qu'il y aurait forcément une enquête de police, que je succombe à mes blessures ou que je m'en sorte et que je puisse témoigner. Il savait que la police finirait par trouver la cabane, forcément, sinon il n'y aurait pas déposé à sa place le conducteur de la voiture. Alors pourquoi ? Pourquoi ?

— OK, bien. Alors poursuivons, mademoiselle Grass. C'est presque fini.

Il me semble que "Cham" sourit, mais je ne peux pas répondre à son sourire, mes traits semblent engourdis.

— Est-ce que le prénom Sara vous évoque quelque chose ?

Il y avait donc déjà eu une Sara. Le troisième enfant que ton mari avait toujours voulu avoir. Tu le lui avais donné depuis longtemps, Lena. On pense que le bébé est mort. Il voulait remplacer son troisième enfant mort comme il voulait te remplacer toi. Une partie de moi, celle qui est recroquevillée dans la pièce sombre, exiguë, a des pensées qui s'affolent. L'autre, qui est restée avec "Cham" et Kirsten, est complètement vide, n'est plus qu'une enveloppe, un *dummy* à mon effigie qui répond silencieusement aux questions, incapable de prononcer les mots. Bien sûr que je sais pourquoi. Ce n'est pas si compliqué que ça à comprendre. Ton mari est vivant. Ton mari m'a laissée en vie. Ton mari a un plan. "Cham" se met à évoquer les résultats des tests ADN, qui sont la preuve indéniable qu'ils n'ont pas la bonne personne. Mais ils n'ont pas compris, ils ne peuvent pas comprendre, puisque je me tais. Si ça se trouve, "Cham" envisage même une erreur, une pollution qui aurait faussé les résultats du laboratoire. Ses mots deviennent un brouillard qui m'enveloppe, plus oppressant à chaque seconde. Ma respiration se fait de plus en plus courte, saccadée. Comme si je pouvais chasser ainsi ce que je viens de comprendre, et qui est si terrible. L'espace d'un instant, ça fonctionne. Puis la chaleur se remet à monter en moi, une chaleur impitoyable, suffocante. J'étouffe.

Il faut que tu le dises. Ouvre la bouche. La police peut t'aider.

Personne ne viendra t'aider. Tu n'as plus que nous désormais. Pour toujours toujours toujours.

Ton mari est vivant. Ton mari m'a laissée en vie. Ton mari a un plan. Et il va venir me chercher. Soudain, le *dummy*, sur son fauteuil de cuir, se disloque.

Papa ! Maman fait une crise !

Matthias

Une ombre qui passe dans l'entrée.

Je tourne la tête, comme au ralenti, entends la porte qui se referme. Mon portable me glisse des mains, tombe avec un bruit sourd sur le tapis. Je bondis du canapé. Mes pas, que je voudrais rapides, sont lourds. Ce que ça signifie. Mon cœur. Ma main attrape le bouton de la porte. Je l'ouvre à la volée. Dehors, il fait déjà sombre, seuls les réverbères dessinent de petits îlots de lumière sur l'asphalte noir. Mon regard fuse au loin. J'ai juste le temps de la voir. Hannah, à peut-être trois cents mètres, qui monte dans une voiture. Et la haute silhouette noire qui claque la portière passager derrière elle. Pétrifié, je regarde l'homme qui se dépêche de faire le tour pour monter de son côté.

— Hannah, dis-je d'une voix rauque, presque inaudible.

Le moteur, la voiture qui démarre. Qui roule. Qui s'en va. Alors seulement je sors de mon état de choc, je me précipite au bas des marches, vers le portail ouvert, vers la route, en hurlant :

— Mark ! Non !

Mais Mark et Hannah ne sont déjà plus que deux points rouges dans l'obscurité.

Jasmin

Il fait trop sombre. Depuis que je suis sortie de l'hôpital, il faut toujours qu'une lampe soit allumée quelque part. Kirsten le sait. Tout ce qui est sombre devient la réserve de la cabane, la sensation douloureuse des bras tendus sur le côté, des poignets attachés à un lavabo, devient la sphère noire, anxiogène, dans laquelle mes pensées ne trouvent pas le repos, devient l'angoisse, l'attente du moment où il reviendra me tuer. Je cligne des yeux, il fait toujours noir. J'essaie de récapituler ce qui vient de se passer. "Cham" est venu ici. Il m'a montré le résultat de la reconstruction faciale. Je lui ai menti, je n'ai pas identifié le bon. "Cham" a dit que l'ADN des enfants ne correspondait pas à celui du cadavre qu'on a trouvé dans la cabane. Il m'a demandé si je pouvais me l'expliquer. À moi-même, oui, bien sûr, je pouvais me l'expliquer, mais pas à lui. Trop grande la peur qu'il me prenne pour une folle. Trop grande la peur qu'après tout ce qui m'est arrivé, je puisse bel et bien être folle. Et comment réagirait Kirsten à une nouvelle histoire dramatique ? Jusqu'où pouvais-je encore aller avec elle ? J'ai dû tomber dans les pommes, quelque chose en moi a disjoncté, a choisi le chemin le plus facile, la perte de conscience momentanée. Comme dans la cabane. Combien de fois le plafond s'est-il renversé, le sol s'est-il mis à onduler, la pièce s'est-elle retournée dès que je me sentais dépassée ? Comme j'étais reconnaissante, chaque fois, de glisser dans cette obscurité salvatrice, de céder à une "crise", comme disait Hannah.

Je sens un oreiller à côté de moi. Kirsten m'aura mise au lit après que je me suis effondrée devant "Cham" et elle. Voilà donc où nous en sommes, ça en dit long. Il ne leur est pas venu à l'idée d'appeler un médecin, ou carrément une ambulance. On considère qu'il ne faut plus me prendre au sérieux. Que je ne suis pas malade, hystérique tout au plus. J'imagine Kirsten qui me relève avec des gémissements étouffés, assurant à "Cham" qu'il n'y a aucune raison de s'inquiéter. C'est la nervosité, j'ai passé les deux derniers jours à redouter le moment où j'allais être confrontée au portrait de mon ravisseur. Et puis j'étais en manque de sommeil, de repos. *Elle ne va pas bien. Elle a même fait pipi au lit, vous savez ?* J'imagine la réaction de Cham. Qui ne manque pas d'insister sur l'importance de séances régulières avec ma psy, le remède universel pour quelqu'un dans ma situation, bien évidemment.

Car je recommence, n'est-ce pas ? Quand je réfléchis sérieusement à ce que les autres peuvent penser de moi, je suis absurde, en fuite illusoire dans ma tête. Je recommence, j'essaie de refouler, de ne pas voir ce qui est en train de se passer, de faire abstraction de la panique qui tambourine dans ma poitrine, la panique de l'obscurité qui m'entoure.

Je cligne des yeux une nouvelle fois, l'obscurité demeure, une obscurité absolue, sans contours. Je tends la main à la recherche de l'interrupteur de la lampe de chevet. Je le trouve, j'appuie. *Clic*, toujours l'obscurité. Un son étranger s'échappe de ma gorge, rien de puissant ni de vraiment sonore, non, plutôt un son étouffé, comme une respiration oubliée qui exigerait d'être reprise. Je me redresse dans le lit. Tourne la tête vers l'endroit où, entre les lamelles du store, un reste de lumière de réverbère devrait entrer dans la chambre. Rien, rien que l'obscurité et mon cœur qui pompe.

— Kirsten ?

Je tends l'oreille, attends une réponse. Qui ne vient pas. Je tends l'oreille dans l'espoir d'entendre un bruit quelconque. Rien. Le silence, l'obscurité, mon cœur qui pompe. Alors je me dis que c'est un rêve – je sais que c'est un rêve. Mais j'ai tout de même du mal à me calmer. À m'accommoder de cette étouffante obscurité, de cette absence totale de repères, qui me rappellent la réserve. Le jour de mon enlèvement. Je me recouche, je ferme les yeux, inspire l'odeur familière de mon appartement, un reste de parfum de Kirsten, de freesia, qui persiste sur l'oreiller. Je vais le supporter, ce rêve.

Je ne le supporte plus. J'ouvre les yeux, nouvel espoir, de nouveau déçu, obscurité totale. Je me redresse une nouvelle fois. Je tâtonne jusqu'au bord du matelas, rampe au ralenti, un bras devant moi, jusqu'à la porte de la chambre. Je me relève tout doucement, tâtonne à nouveau, à la recherche de la poignée, cette fois. Je la tourne. Elle grince, comme toujours. Une fois, deux fois, tout un tas de fois de plus en plus vite, jusqu'à ce que je comprenne que je ne peux pas ouvrir la porte. Je suis enfermée. Je tends la main vers le mur à côté, vers l'interrupteur du plafonnier. *Clic*, toujours l'obscurité. Re-*clic*, obscurité. Je me mets à tambouriner contre la porte.

— Kirsten ! Qu'est-ce que ça veut dire ? Laisse-moi sortir !

Je cogne contre la porte, je crie, perplexe, un rêve, un mauvais rêve. C'est alors que j'entends un petit rire à l'autre bout de la pièce. Son rire à lui.

Puis cette question.

— Comment ça va, Lena ?

Matthias

Plus vite. Vitevitevitevitevite.

À cent quatre-vingts, l'aiguille se met à trembler. Cette vieille bagnole ne peut pas aller au-delà.

Où est-ce qu'il l'a emmenée ?

Un éclair. *Gerd !* Les mots de Gerd, tout à l'heure, au téléphone. *Il m'a même demandé l'adresse de Jasmin Grass pour pouvoir lui envoyer une carte. Je ne la lui ai pas donnée, bien sûr, mais ça montre bien quel genre de personne il est…*

Le genre qui est capable de trouver l'adresse de Jasmin Grass même sans l'aide de Gerd. C'est à la portée de tout le monde, il suffit de quelques clics sur internet. Je plisse les yeux pour mieux voir au loin. Mais l'autoroute est vide, obscure. Nulle trace de feux arrière.

Et s'il l'emmenait ailleurs ?

J'ai perdu un temps précieux en courant à l'intérieur chercher mes clés de voiture. J'ai perdu des années entières en attendant que la porte du garage s'ouvre, puis d'autres encore en manœuvrant la voiture en marche arrière jusque sur la chaussée. Presque quatorze années.

L'avance de Mark est impossible à rattraper.

Je n'ai pas perdu de temps à prendre une veste ou enfiler des chaussures. J'appuie sur l'accélérateur en pantoufles.

J'aurais dû perdre un peu de temps et récupérer mon portable qui gît, inutile, sur le tapis du salon.

Pas de téléphone. Aucune possibilité d'appeler à l'aide. Aucun soutien.

Je suis seul.

Je l'avais.

Mes mains sur son col. Son dos plaqué contre le mur. Son visage écarlate.

Où est-elle, espèce de salaud !

Je l'ai laissé partir.

Dans ma tête, je l'entends me parler de la vallée de la Marne, *une région magnifique, des paysages fabuleux*, espèce de menteur. Il s'est foutu de nous. A même avoué qu'il avait une fille. Hannah. Comment ai-je pu ne pas voir clair dans son jeu ?

"Papa."

Une petite voix aiguë sur la banquette arrière. Dans le rétroviseur, je ne distingue que ses cheveux blonds et ses yeux brillants qui se détachent sur l'obscurité.

"Il faut que tu m'aides, papa."

— Je sais, ma chérie, dis-je d'une voix étouffée.

"Cette fois, il faut vraiment que tu m'aides."
— Oui, ma petite Lena, je sais.
Je m'essuie les yeux du revers de la main lorsque la chaussée menace de devenir floue.
— Je viens t'aider. Cette fois, je ne te laisserai pas tomber, promis.
"Mais il faut que tu te dépêches, papa."
Deux cents. L'aiguille tremble, la vieille Volvo donne tout.

Jasmin

— Où est Kirsten ? je dis d'une voix rauque.
— Elle ne viendra pas, dit sa voix. Personne ne viendra.
Je tape du plat de la main contre la porte en hurlant :
— Kirsten ! Au secours !
— Ça suffit, siffle sa voix. Tu ne voudrais pas que les voisins s'inquiètent.
Je continue à taper, à tambouriner, je hurle encore plus fort, secoue la poignée qui ne cesse plus de grincer. L'instant d'après, je sens sa main qui se referme plusieurs fois dans le vide – il a autant de mal que moi à s'orienter dans cette obscurité complète – avant de trouver sa cible, de s'écraser sur mon nez, ma bouche, fort, trop fort, m'empêchant de respirer. Son corps, une résistance dans mon dos, sa main sur mon visage. Je me débats, donne des coups de pied contre la porte, me sens tirée en arrière, je tombe, atterris durement, il m'a jetée au sol. J'éclate en sanglots, de peur, de douleur, de perplexité.
— Ouvre la porte. S'il te plaît.
Silence.
— Allume la lumière. S'il te plaît.
Quelque part dans l'obscurité, sa voix qui dit :
— Ce n'est malheureusement pas aussi simple, Lena. J'ai débranché les fusibles.
Je rampe en arrière jusqu'à sentir un mur derrière moi. Je me relève prudemment, touche le mur, un bruissement, une feuille de papier, un des articles que j'ai punaisés au mur. Je tends l'autre main, dans le vide. Où est-il ?

— Comment est-ce que tu as fait ? Qui t'a aidé à tout organiser ?

— Aidé ? Moi ?

Il éclate de rire, le son vient de ma droite.

— Personne, Lena. Je suis Dieu. Je n'ai besoin de l'aide de personne.

Des pas qui s'approchent lentement, un murmure :

— Je peux même revenir d'entre les morts.

Je longe le mur, m'éloigne de lui, les articles de journaux bruissent sous mes doigts.

— Je ne nie pas que tu as frappé un grand coup avec cette boule à neige. Si ça peut te consoler. Ça m'a valu un traumatisme crânien, j'ai même dû me mettre en maladie.

Je tremble, il rit.

— Mais voyons le côté positif des choses. Ça m'a donné un peu de temps pour préparer tout le reste.

— Tu as tué le conducteur de la voiture, je souffle dans l'obscurité.

— Et toi ? Tu étais prête à me tuer. Donc tu n'es pas meilleure que moi, tu ne crois pas ? Mais pour être honnête, je suis étonné que tu n'aies compris que maintenant. Je te croyais plus maligne, vraiment.

— Hannah… je murmure.

Mes jambes sont en coton, *ressaisis-toi*, continue, longe le mur, plus que quelques pas.

— Tu as dit à Hannah de me suivre.

— Non, elle t'a suivie d'elle-même, en fait. Vous aviez même une sacrée avance. Et avec le coup que je venais de recevoir sur la tête, je n'étais pas dans les meilleures conditions pour vous rattraper. Heureusement, tu t'es jetée sous cette voiture.

Un bref silence dans l'obscurité, puis je l'entends sourire.

— Mais je vois que tu attends la résolution de l'énigme. Comme dans un film, n'est-ce pas ? Où on verrait ce qui se passe après l'accident, sous forme de flash-back du point de vue du méchant. On le verrait défigurer son double, rassembler quelques affaires, dire à son fils d'attendre là et d'essuyer toutes les surfaces, tandis que lui va cacher la voiture de l'autre côté de la frontière. Son sourire suffisant, parce qu'il sait très bien qu'avant que la police le trouve, il sera loin.

Nouveau rire, à ma droite, trop près, je tends la main, rien.

— Tu peux t'imaginer un truc du genre, si tu veux. Mais nous n'avons pas beaucoup de temps, ma chérie.

— Alors le méchant est revenu pour finir le travail, pour tuer le personnage principal.

— Le personnage principal ?

Juste devant moi. Je me fige. Son souffle sur mon visage.

— Tu es bien sûre de toi, ça me plaît. Que tu le croies ou non, j'aimais quand tu me résistais. Mais non, n'aie pas peur. Si j'avais voulu te tuer, je l'aurais fait depuis longtemps. Sur le lieu de l'accident, par exemple. Pourquoi crois-tu que j'ai appelé les secours ? Tu as survécu parce que je le voulais.

Ma main fuse vers la droite, saisit le cordon du store, tire dessus d'un coup sec. Une ouverture, large d'une main peut-être, et dans la lueur du réverbère son sourire.

— Ou plutôt : parce que c'est ce que voulait ta fille.

Hannah

Papa m'a dit de faire un dessin. Pour ne pas que je m'ennuie pendant qu'il réveille maman. Il m'a apporté exprès un bloc à dessins et des crayons gras tout neufs dans une boîte en métal. Ils sont encore vraiment grands, plus grands que mon index, et il y a même trois teintes différentes de rouge, carmin, vermillon et bordeaux. Il m'a aussi donné une barre énergétique, tout à l'heure dans la voiture, et pour la première fois, j'étais vraiment contente. Tellement que je l'ai même trouvée un peu meilleure que d'habitude. Mais j'avais faim, aussi. Chez mes grands-parents, je n'ai eu que du pain et du beurre à manger. Papa m'a complimentée parce que j'ai tout bien retenu. Encore mieux qu'il ne l'avait espéré. Il a dit qu'il trouvait ça étonnant. J'aime bien qu'on me complimente, alors je pense que je peux être fière de moi. Mais d'un autre côté, je me demande si mon papa a douté de moi, par moments, parce que "étonnant", ça ne veut pas seulement dire “impressionnant”, mais aussi “inattendu”. Et ce ne serait pas juste, c’était tout de même mon idée, tout ça. Lui-même, au début, il ne pouvait pas en avoir, des idées, vu qu’après la grosse bêtise de maman il était couché par terre comme s’il était mort, à faire une grosse tache de sang sur le tapis. Maman a ouvert la porte de la cabane et elle a dit avec sa voix de lionne “Allez, les enfants ! On y va !”, mais Jonathan et moi, on réfléchissait encore. “Venez, maintenant ! Il faut partir !” Jonathan est tombé à genoux, à côté de papa, sur le tapis plein de sang. Maman est partie en courant.

J’ai dit à Jonathan qu’il fallait nous séparer. D’un côté, le tapis était sale, il fallait le nettoyer. C’est important, la propreté. De l’autre, maman nous avait dit de venir avec elle, et il faut toujours faire ce que disent les adultes.

“Regarde ce qu’elle a fait, Hannah”, a chouiné Jonathan au beau milieu de mes réflexions. Je ne savais pas s’il parlait de papa, toujours couché par terre, immobile, ou de sa boule à neige, cassée, dont il tenait un éclat dans la main.

“Donne-moi ça !” Je lui ai pris l’éclat de verre des mains et l’ai mis dans la poche de ma robe, pour ne pas qu’il se blesse. Les objets pointus peuvent être très dangereux, et il y avait déjà suffisamment de taches sur le tapis. Puis je lui ai dit que j’avais terminé de réfléchir. Lui allait nettoyer le tapis, et moi je suivrais maman.

J’étais rapide, mais je ne l’ai rattrapée qu’après le grand choc. Elle était couchée au milieu de la route, les yeux fermés, et un inconnu, à genoux par terre, était penché au-dessus d’elle. Je l’entendais lui parler.

Soudain, il y a eu un craquement derrière moi. C’était papa, qui avait une tache rouge sur le côté de la tête. Et notre tisonnier dans la main. Il a mis le doigt sur ses lèvres et a fait “Chut !”, puis il m’a prise par l’épaule et m’a chuchoté à l’oreille, par l’entonnoir à secrets : “Assieds-toi ici, et ferme les yeux, Hannah.”

Je me suis assise dans les broussailles et j’ai fermé les yeux, comme papa me l’avait dit. J’ai juste cligné quelques fois, en douce. J’ai cligné après le *bam !*, et en entendant des bruits de feuilles et de branches qui craquent à côté de moi quand papa a déposé l'inconnu dans les broussailles. Mais après, j'ai rouvert les yeux complètement. Je ne voulais pas manquer ce qui allait se passer avec maman.

Papa l'a prise sous les bras, sa tête était de travers et se balançait sur son cou, et ses jambes traînaient sur l'asphalte quand papa l'a tirée elle aussi vers les broussailles. Alors je suis sortie de ma cachette et j'ai dit avec ma voix de lionne : "L'ambulance !"

Papa a eu peur, il a failli laisser tomber maman.

"L'homme a dit qu'il voulait appeler une ambulance. L'ambulance ne la trouvera jamais si tu la déplaces !"

"Hannah."

Papa a reposé maman sur la route, est revenu me voir. Il s'est accroupi devant moi et il a passé la main sur mon visage. Le sien était tout mouillé, la sueur rouge traçait des lignes entre son front et son menton, et colorait déjà le col de sa chemise.

"Tu ne sais pas ce que tu dis, ma chérie."

"Si ! a dit ma voix de lionne. Une ambulance est un véhicule automobile équipé pour donner les premiers secours et utilisé pour transporter des personnes malades ou blessées vers un hôpital, point."

"Oui, Hannah, c'est vrai, mais…"

"Et un hôpital est un établissement où on soigne par assistance médicale des maladies ou des blessures !"

"Ce n'est pas aussi simple, ma chérie…"

"Il faut appeler l'ambulance !"

"Hannah, tu vois bien ce qu'elle a fait." Il parlait de la sueur rouge sur son visage, de la boule à neige.

"C'était juste une bêtise. S'il te plaît, papa." Il faut toujours dire s'il te plaît et merci.

Papa s'est mis à faire les cent pas en se frottant le front, barbouillant encore plus la sueur rouge sur son visage.

"Si tu veux, il a dit soudain. On va la faire emmener à l'hôpital."

Le monsieur inconnu avait un portable dans la poche de sa veste. Un portable est un téléphone sans fil qui fonctionne presque partout. "Je vais appeler les secours, mais après il faut qu'on retourne vite à la cabane préparer nos affaires."

Mais je ne voulais pas préparer mes affaires. Et encore moins *partir*, comme disait papa. Je lui ai expliqué que c'était absurde, si l'hôpital guérissait maman et qu'on partait, parce qu'on ne profiterait pas du tout d'une maman en bonne santé si on n'était pas là. Je commençais presque à me dire que papa était un peu idiot, s'il n'avait toujours pas compris que je voulais garder maman. C'est vrai que je n'aurais jamais pensé moi-même que je voudrais garder celle-ci. Quand elle est arrivée chez nous, j'ai eu peur que ce soit encore une de celles avec qui ça ne fonctionnerait pas. Elle avait vraiment bien l'air d'une maman, elle avait la cicatrice, les longs cheveux blonds et un visage très pâle. Papa avait fait un gros effort avec elle, parce qu'il faut toujours faire un effort, surtout pour ses enfants. Peut-être aussi qu'il était un peu énervé, parce que Jonathan et moi, on n'arrêtait pas de lui dire qu'on voulait une nouvelle maman, pour qu'on ne se sente plus aussi seuls à la maison quand papa partait travailler. Un peu énervé, ça ne veut pas dire se mettre vraiment en colère et se mettre à crier et à distribuer des punitions, tout en n'étant pas content que plus personne ne veuille lui parler. D'autant qu'on avait vraiment mérité une nouvelle maman. On avait été très gentils, Jonathan et moi. On avait toujours bien fait nos devoirs comme il fallait, et j'étais vraiment sérieuse en jurant que j'avais appris de l'histoire avec Sara. Mais quand papa nous a enfin donné raison et que la nouvelle maman est arrivée et qu'elle était couchée sur notre canapé, elle n'avait même pas l'air contente d'avoir été choisie. Alors que les enfants sont le plus grand des cadeaux, et qu'il faut vraiment être reconnaissant d'en avoir. Apparemment, elle ne l'a compris que le jour où le système de circulation est tombé en panne et où on a failli mourir étouffés. Mais ça ne fait rien, au moins, elle a compris. Il y a des gens qui ont besoin de plus de temps, ce qui n'en fait pas des mauvaises personnes, tout au plus des idiots. Ils apprennent avec un temps de retard, comme Jonathan, qui n'a su vraiment lire qu'à quatre ans.

"Bon, a dit papa une fois qu'il avait compris. Mais je vais avoir besoin de ton aide. Concentre-toi, Hannah. Tu vas y arriver ? Tu vas y arriver, n'est-ce pas ? Tu es une grande fille, maintenant. Bon, alors écoute-moi bien…"

Il a ôté sa veste au monsieur inconnu et me l'a posée sur les épaules pour que je n'aie pas froid dans cette nuit glacée. On ne peut pas bien se concentrer quand on a froid. Et puis nous avons parlé ce que je devais faire, et j'ai vraiment fait de mon mieux, ce qui n'était pas toujours évident. Puisqu'on n'a pas le droit de mentir. Mais on ne peut pas non plus faire comme Jonathan et ne rien dire du tout, sinon les gens pensent soit qu'on est malade et ils vous donnent des cachets, soit qu'on a quelque chose à cacher, et ils deviennent méfiants, et finissent par faire échouer tout votre plan. J'avais beau savoir que je faisais tout comme il le fallait, parfois, j'avais peur que papa ait changé d'avis. Puis je me suis dit qu'il avait modifié le plan sans m'en parler et qu'il avait mis grand-père dans la confidence, puisque grand-père parlait soudain de me ramener à la maison. Malheureusement, j'avais tort, et je me suis bien emmêlé les pinceaux. Je n'étais même pas sûre que c'était vraiment papa qui était dans le jardin de mes grands-parents la nuit dernière et qui avait jeté des gravillons contre la fenêtre de l'ancienne chambre de maman. Ç'aurait tout aussi bien pu être une de ces personnes qui étaient dehors quand je suis arrivée le matin, avec leurs appareils photo, qui "rôdaient", comme disait grand-mère. Mais dès le lendemain, aujourd'hui, donc, le paquet qui contenait ma robe et Miss Tinky est arrivé, et là j'ai su que le moment était venu. Nous allions enfin être de nouveau une famille, et avoir une nouvelle maison. Papa a dit que maman nous attendait. On dirait qu'elle était un peu fatiguée, d'attendre, je veux dire, parce qu'elle a dû aller s'allonger un moment. Mais ce n'est pas grave, parce qu'il faut toujours bien se reposer avant de faire quelque chose d'important. Alors papa m'a emmenée dans la cuisine de l'appartement de maman, il a pris une bougie sur le bord de la fenêtre et il l'a allumée pour que j'aie suffisamment de lumière pour dessiner pendant qu'il va réveiller maman. Il m'a dit qu'il avait dû débrancher les fusibles pour le courant électrique, pour éviter qu'elle souffre de la lumière quand elle se réveillerait. Les problèmes de rétine, c'est de famille, chez nous. Malheureusement, il fait vraiment sombre dans la cuisine, maintenant, et dans le reste de l'appartement, il fait tout noir. Maman aurait mieux fait de choisir des ampoules plus faibles pour ses lampes. Enfin, la lumière de la bougie est suffisante pour distinguer entre les trois tons de rouge de ma boîte à crayons. Parce que je suis en train de dessiner la femme couchée par terre dans la cuisine, et il me faut clairement du carmin. Ce n'est pas vrai que cette couleur vient du sang de la cochenille. Il s'agit plutôt d'un acide qu'elle sécrète pour se protéger des prédateurs. Pour obtenir cette couleur, on fait sécher puis cuire les cochenilles dans un mélange d'eau et d'acide sulfurique. Mais ça reste la meilleure couleur qu'on puisse utiliser pour dessiner du sang frais. Pour du sang plus vieux, on peut aussi prendre du bordeaux, et pour du très très vieux, le mieux c'est de prendre du marron.

Jasmin

Une étrange couche semblable à un ciment, un mélange d'horreur et d'émotion, recouvre mon visage et le fige.

Il le voit.

— Malgré tout ce que tu as fait, les enfants t'aiment toujours.

J'acquiesce. Je comprends. L'éclat de verre que Hannah m'a donné à l'hôpital. Qui, je le saisis maintenant, n'était pas une menace, mais une consolation. Ce moment où elle m'a dit qu'elle avait tout bien retenu. Elle parlait de la mission que son papa lui avait confiée.

— Pourquoi n'es-tu pas parti avec les enfants ? Pourquoi les avoir lâchés dans ce monde qu'ils ne sont pas en mesure de comprendre ?

Je pense à Hannah, la petite zombie, dont personne ne comprend le sourire. Aux histoires horribles qui ont été imprimées dans les journaux, à la vérité et aux mensonges. À ces regards inquisiteurs auxquels les enfants sont livrés eux aussi. Deux victimes tragiques de plus. Et soudain, j'ai les larmes aux yeux. De honte, de compassion, de tous les sentiments qui remontent à la surface en cet instant. Je pleure, sur nous tous.

Il tend la main vers mon visage, efface une larme du pouce. Je le laisse faire.

— Je sais, ce n'était pas idéal. Mais il fallait bien que quelqu'un s'occupe d'eux, entre-temps, non ? J'ai une vie en dehors de la cabane. Comment est-ce que j'aurais pu expliquer la présence soudaine de ces deux enfants ? Et puis, il me fallait un peu de temps pour préparer la suite. Démissionner, résilier le bail de mon appartement. Nous chercher une nouvelle maison. De quoi est-ce que ça aurait eu l'air si j'avais disparu du jour au lendemain ? Qu'est-ce que les gens auraient pensé ?

J'essaie de l'imaginer en train de vivre sa deuxième vie, comme un acteur de la société normale, un homme qui entre dans un supermarché le plus normalement du monde pour acheter des verres à dents bleus et roses. Je n'y arrive toujours pas, impossible.

— Et maintenant ? Qu'est-ce qu'on fait ? On va chercher les enfants et on disparaît ?

— J'ai déjà Hannah. Il faut juste aller chercher Jonathan.

— Et comment veux-tu t'y prendre ?

— Apparemment, tu n'as pas encore eu vent de l'émouvante collecte du *Bayerisches Tagblatt*. Deux grands cartons remplis de vêtements, de livres et de jouets offerts par les lecteurs du journal. L'un des deux a été envoyé à la clinique. Jonathan y aura reconnu son pantalon préféré, ainsi que son t-shirt rouge. Il sait que nous venons le chercher.

— Tu ne peux quand même pas entrer dans la clinique et embarquer un enfant.

— Mais je n'aurai pas besoin d'entrer. Chez les Beck non plus, je n'ai pas eu besoin d'entrer. C'est Hannah qui est sortie.

— Hannah, je souffle. Où est-elle ? Je veux la voir.

Il penche la tête, son regard.

— S'il te plaît, j'ajoute, croyant comprendre son invitation muette.

Il faut toujours dire s'il te plaît et merci.

— S'il te plaît. Laisse-moi voir ma fille.

Il me regarde encore un moment, il m'observe, la tête penchée sur le côté, avec ce regard. Puis il éclate de rire, de ce rire de pure cruauté que je lui connais. Une seconde plus tard, il a saisi le cordon du store à côté de moi, un bruit sec et l'obscurité est revenue dans la pièce, totale. Il me prend par le bras et me jette dans la chambre, dans l'obscurité.

— Tu es vraiment pitoyable, m'assène sa voix. Faire semblant de t'intéresser aux enfants.

Des pas, j'entends des pas qui traversent lentement la pièce, puis un bruit métallique, quelque chose qu'on jette par terre. La clé de la chambre.

— Alors qu'en réalité, tu n'en as rien à faire.

Je glisse sur les genoux, explore le sol à tâtons, en petits gestes paniqués.

— Tu les as laissés écrire ces mensonges dans les journaux. Tu les as laissés dire de Hannah qu'elle était handicapée. Tu aurais pu donner une interview pour rétablir la vérité. Tu aurais au moins pu te plaindre à la rédaction.

La clé. Je l'ai. Je continue à ramper, en serrant la clé dans ma main.

— Des abus sexuels, ces mots en lien avec les enfants ! Ces suppositions ! Je ne les ai jamais touchés ! Tu le sais parfaitement ! Je n'aurais jamais fait une chose pareille !

Sa voix qui tonne au-dessus de moi, ses pas qui semblent venir de toutes les directions à la fois. J'atteins un mur, je ne sais pas lequel.

— Quelle mère tu es pour tolérer qu'on écrive des choses pareilles ! Quelle mère tu es pour ne pas te battre pour tes enfants ! Tu n'es pas allée les voir une seule fois !

L'armoire, je touche l'armoire. Ça y est, je sais où je suis. Où je dois aller.

— Tu n'es pas une mère ! gronde la voix.

La porte, le trou de la serrure. J'enfonce la clé dedans, elle glisse, tombe par terre.

— Tu ne mérites rien de tout ça !

Tandis que ma raison saisit par bribes ce qui est en train de se passer – les fusibles débranchés, la boucle qui se boucle, moi qui me réveille, livrée à lui et à l'obscurité, comme le premier jour dans la réserve de la cabane, la pièce sombre comme avertissement, démonstration de son pouvoir absolu, il est toujours Dieu, ma vie est toujours entre ses mains, il fait toujours le jour et la nuit, même ici, dans mon propre appartement, dans le monde réel, la liberté qui n'est qu'illusion tant qu'il existe lui, Dieu –, je finis par remettre la main sur la clé, fais une deuxième tentative. Elle est dedans, je la tourne, saisis la poignée, elle grince, la porte est ouverte, je me précipite dans le couloir sombre, referme la porte derrière moi, m'appuie contre le battant tandis que j'essaie de remettre la clé dans la serrure de l'extérieur. Je sens la résistance de l'autre côté, il pousse contre la porte, la clé tombe une nouvelle fois par terre. Je la laisse où elle est, tant pis, il faut que je sorte, que je sorte de l'appartement, que je me sauve, dans la cage d'escalier. Je suis presque arrivée à la porte d'entrée, plus que quelques pas, quand la voix dit, juste derrière moi :

— Tu es sûre de vouloir partir sans ta copine ?

Matthias

La Volvo monte sur le trottoir devant l'immeuble de Jasmin Grass. D'une main, j'ouvre déjà la portière, tandis que je coupe le moteur de l'autre. Je bondis hors de la voiture, me précipite vers la porte. Une vieille dame vient de disparaître dans l'entrée et pousse un couinement effrayé lorsque je m'engouffre derrière elle par la porte entrouverte, manquant tomber sur la valise qu'elle a posée juste derrière.

— Appelez la police, je lui ordonne en la prenant par les épaules.

Elle tremble.

— Vous entendez ? Il faut que vous préveniez la police, tout de suite !

Je la lâche, cours vers l'escalier. Jasmin Grass habite au troisième ou au quatrième étage, je le sais pour avoir examiné le tableau des sonnettes il y a un moment déjà.

Et si tu t'étais trompé ?

Et s'il ne l'avait pas emmenée ici ?

Alors je l'aurais une nouvelle fois laissé m'échapper.

Je chasse mes doutes, me concentre sur les marches.

Au troisième, aucune sonnette au nom de Jasmin Grass, il faut que je monte encore, encore un étage. La sueur coule dans mon cou, mon vieux corps raide souffre de la violence de l'effort. J'arrive au quatrième. Je jette un œil aux deux premières sonnettes, toujours pas. Puis, enfin, je trouve le bon appartement, et reste une seconde figé. La porte. Elle est entrouverte. Hannah, me dis-je aussitôt.

"Ne ferme plus la porte à clé, s'il te plaît, lui ai-je demandé, pas plus tard que ce matin, lorsqu'elle s'était enfermée dans l'ancienne chambre de Lena. Le mieux, c'est que tu la laisses entrouverte, comme ça, je sais que tout va bien." Hannah, brave petite, qui fait toujours ce qu'on lui dit. Je respire profondément, puis je pousse doucement la porte et j'entre dans l'appartement.

Le couloir est sombre, mais je distingue de la lumière dans une pièce. J'entends des voix étouffées. Je continue à avancer, je ne suis plus qu'une pulsation. Cette fois, je vais attraper Mark. La douleur qui monte dans ma poitrine me dit que ce sera peut-être bien la dernière chose que je ferai, mais ça m'est égal. Cette fois, ma petite Lena, je ne te laisserai pas tomber. Je longe le mur au plus près sur les derniers pas, pour éviter de projeter une ombre qui avertirait Mark de ma présence. Les voix sont plus claires, à présent.

— Nous pouvons toujours être une famille.

Ce doit être Jasmin Grass.

Quelqu'un pousse un long soupir, un homme, Mark.

Un silence s'ensuit. Puis, sans prévenir, si soudainement que mes jambes manquent me lâcher de frayeur, une chaise racle contre le sol, un bruit, un cri aigu ; et je sors à découvert, prêt à en découdre avec lui.

Jasmin

C'est la fin, nous en sommes tous conscients.

Ma cuisine, notre cuisine, autrefois un lieu de rire, de convivialité, le cœur de notre appartement, est devenue un lieu de douleur, une sphère de colère, de peur, de désespoir, de tristesse. Il n'y a plus d'issue, pas même celle que Dieu avait prévue en s'introduisant dans mon appartement cette nuit pour venir me chercher. Le moment semble hors du temps, dans cette pièce, le monde s'est arrêté de tourner.

Il y a un instant encore, tout se précipitait.

Lui qui me poussait dans le couloir sombre, vers la cuisine où Hannah, assise à table, dessinait à la lueur d'une bougie. Dessinait une nature morte : Kirsten, silencieuse, tordue, immobile sur le carrelage. Avec un torchon de vaisselle à carreaux en guise de bâillon dans la bouche, et du sang sur le visage. Du sang qui coulait de sa tempe, sur ses paupières fermées. Kirsten qui était morte, ou simplement inconsciente. Ce qui n'est parfois pas évident à dire au premier coup d'œil, comme je l'ai appris entre-temps.

Hannah, qui m'avait saluée d'un "Bonjour, maman" plutôt enjoué. Moi, figée sur le seuil, et tremblant de partout, grelottant comme sous l'effet d'un froid intense ; un froid qui m'empêchait de respirer, qui m'avait saisie et s'était mis à me secouer.

"Assieds-toi", a-t-il dit avant de disparaître dans le couloir. Je l'ai entendu ouvrir la boîte à fusibles, puis le claquement de ceux-ci quand il les a remis un à un dans leur position d'origine.

"Kirsten", j'ai chuchoté.

Kirsten n'a pas réagi.

"Je t'ai dit de t'asseoir." Il est entré dans la cuisine, a complimenté Hannah pour son dessin, allumé la lampe au-dessus de la gazinière.

"Je ne le dirai pas une troisième fois."

Je me suis approchée de la table d'un pas hésitant, me suis assise. À ma gauche, à un demi-mètre de moi à peine, Kirsten gisait par terre, immobile, en sang.

"Voilà, c'est bien", a-t-il dit avec un sourire satisfait.

Je me suis efforcée de soutenir son regard, de ne pas me laisser distraire par le bloc à couteaux sur le plan de travail derrière lui. De ne pas me laisser distraire par Kirsten, dont j'aurais dû chercher le pouls, que j'aurais dû sauver ou pleurer. Elle a dû lui ouvrir la porte, sans se méfier, tandis que j'étais au lit, que je dormais. Et il l'a neutralisée.

"Je ne voulais blesser personne", a-t-il dit, comme s'il lisait dans mes pensées.

"Je sais. C'est ma faute."

"Exactement."

"C'est pas grave, maman", a dit Hannah, levant les yeux de son bloc à dessins.

J'ai reconnu les coins de sa bouche imperceptiblement levés ; sa façon de sourire. "C'était juste une erreur idiote."

J'ai reniflé.

"Oui, Hannah, tu as raison."

Un gémissement, Kirsten.

"Tu vois." Il l'a entendu, lui aussi. "C'est une petite chose résistante, elle vit encore."

"S'il te plaît, laisse-la tranquille, j'ai articulé difficilement. Elle n'a rien à voir là-dedans. J'ai fait une erreur, beaucoup d'erreurs." Du coin de l'œil, je perçois un mouvement, Kirsten, qui n'est plus qu'à une coudée du seuil de la porte. Je me déplace sur ma chaise pour éviter qu'il la voie.

"Je vous ai déçus. Je suis désolée."

"Vraiment ?"

"Peut-être que je peux me racheter. Nous pouvons toujours être une famille."

Je ne sais pas à quel moment exactement il s'est rendu compte que Kirsten rampait vers la porte de la cuisine. S'il observait sa pitoyable tentative depuis le début, s'en amusant peut-être en son for intérieur. S'il n'attendait que le moment où ses doigts tremblants toucheraient le seuil. Ou s'il venait juste de s'en rendre compte, moins parce qu'il avait vu Kirsten que parce qu'il avait compris que j'essayais manifestement de gagner du temps. Une fraction de seconde et il a fait le tour de la table, s'est jeté sur Kirsten et l'a ramenée au milieu de la pièce en la tirant par les cheveux. Une fraction de seconde et j'ai bondi de ma chaise, me suis mise à tambouriner de mes poings sur son dos, à envoyer des coups de pied dans ses jambes, à hurler. Une fraction de seconde et Kirsten était de nouveau à terre, poussant des râles de douleur. Une fraction de seconde et je gisais à côté d'elle, balayée du revers de la main comme un insecte importun. C'est alors seulement que je me suis aperçue de la présence d'un autre homme, qui s'effondrait au même moment sur le seuil, une main sur la poitrine, les yeux écarquillés, le visage cireux, les traits accusés, déformés par l'effroi. Il ne l'avait pas attaqué, lui, il n'en avait pas eu besoin. Ce qu'il venait de comprendre avait eu raison de lui. "Rogner ?" a-t-il soufflé.

Un sentiment s'est engouffré dans la pièce et m'a frappée, telle une énorme vague, glaciale. J'avais déjà entendu ce nom, mais j'avais oublié où.

"Monsieur Beck, s'est contenté de dire Rogner, bien, bien."

C'est la fin, nous en sommes tous conscients.

Rogner lui aussi, sans doute, qui ouvre à présent le premier bouton de sa chemise, comme si son col était devenu trop étroit. Matthias Beck, Kirsten et moi sommes alignés contre le mur gauche de la pièce, assis par terre, impuissants, apathiques, faibles, tous les trois. Rogner n'a même pas une arme pour nous tenir en respect. Il n'en a pas besoin. Matthias Beck a fait un malaise, je crains que ce ne soit le cœur. Son visage est toujours blême, crispé, il appuie son poing droit sur sa poitrine. Kirsten, assommée par Rogner tout à l'heure, a une plaie à la tête qui ne cesse pas de saigner. Je presse sur la plaie le torchon qui lui servait de bâillon, tandis que sa tête repose sur mon épaule. Et moi, la cause de tout ça, la cause de toute cette souffrance, je ne suis pas en état de me rebeller, de me jeter sur lui, de faire quoi que ce soit, d'essayer, au moins. Rogner m'a jetée par terre dans la chambre, puis dans la cuisine, réveillant une douleur insupportable dans mes côtes, comme juste après l'accident, chaque respiration me transperce comme un coup de couteau. Et je me déteste. C'est moi qui devrais nous tirer de là, ne serait-ce que pour me racheter, même si j'y laisse la vie.

Rogner fait les cent pas devant nous. Il réfléchit, je le vois sur son visage. Il réfléchit à la fin. Il va devoir tuer Matthias Beck et Kirsten, il n'y a pas d'autre solution. Quant à moi, je ne suis pas sûre. Peut-être qu'il veut toujours m'emmener, pour Hannah. J'aurais dû m'en douter. Je ne cesse de penser que j'aurais dû m'en douter. Que j'ai perdu un temps précieux à m'apitoyer sur mon sort et à soupçonner les enfants. J'aurais dû m'en douter, de tout. Je le connais, pourtant.

— Écoute.

Je fais une nouvelle tentative.

— Je viens avec vous, OK ? Je peux toujours être ta femme, et une bonne mère. Mais il faut que tu laisses partir Kirsten et M. Beck.

Rogner se retourne d'un bloc. Il éclate d'un rire sec, sans joie.

— Ne sois pas ridicule. Évidemment que tu viendras avec nous, si je le veux.

Il vient tout près de moi, me regarde droit dans les yeux.

— La question, c'est si moi je le veux encore, *Jasmin*.

Je déglutis plusieurs fois, tandis que Rogner recommence à arpenter la pièce, perdu dans ses pensées. De droite à gauche et retour, sans cesse, comme un lion en cage, un animal sauvage, imprévisible. Soudain, mon regard s'arrête sur l'horloge du four à micro-ondes. Une pensée me traverse l'esprit. Maja. Je l'avais complètement oubliée. Maja qui doit venir ici après le travail. Qui viendra, c'est sûr, car elle ne peut pas se douter que le seul but de mon appel était de l'attirer chez moi pour lui sonner les cloches. Elle doit se dire que je vais vider mon sac, lui livrer la matière de l'article de sa vie. Elle est en retard, c'est vrai, elle avait dit qu'elle serait là vers neuf heures, neuf heures et demie, et il est déjà presque onze heures, mais si, elle va venir, c'est sûr, il faut qu'elle vienne. Maja pourrait nous tirer de là. La nervosité rend ma respiration plus courte. Je vais devoir crier, hurler le plus fort possible dès que je l'entendrai à la porte. Je sais que je n'aurai qu'une poignée de secondes avant qu'il me frappe ou me fasse taire d'une manière ou d'une autre, avant qu'il tende le bras vers le bloc à couteaux peut-être, qu'il en prenne un, me l'enfonce dans le ventre. Mais je l'utiliserai, cette poignée de secondes. Je mettrai toutes mes forces dans mon appel au secours, en espérant que Maja réagisse tout de suite, qu'elle appelle la police. Je suis tirée de mes pensées en sursaut lorsque la main de Rogner me saisit le menton, déviant mon regard fixe de l'horloge pour que je le regarde, lui.

— Je suis désolé, Jasmin, dit-il avec un rictus. Elle ne viendra pas.

J'essaie de saisir le sens de ses paroles, en vain. L'expression de perplexité sur mon visage semble l'amuser. Il lâche mon menton et me tapote la tête comme si j'étais un chiot stupide.

— Je sais que tu as donné rendez-vous à Maja. Mais tu vas malheureusement devoir te contenter de moi…

— Je ne comprends pas…

— Ah là là, quelle déception, n'est-ce pas ? Là encore, je t'aurais crue plus maligne. Mais si ça peut te consoler : Maja non plus n'a pas compris tout de suite. C'est elle qui m'a remplacé quand j'étais en maladie. Et mis à part quelques articles que je désapprouve tout autant que vous, d'ailleurs, monsieur Beck, mais qui en mon absence sont passés quand même, je dois dire qu'elle a plutôt fait du bon boulot. Sous ma houlette, bien entendu. Elle a commencé par sympathiser avec ta voisine. Cette Mme… comment s'appelle-t-elle, déjà ? Bah, peu importe. Elle s'est montrée plutôt loquace, elle s'est empressée de lui raconter qu'elle te préparait tes repas, parce que tu n'avais personne d'autre. Et quand elle a décidé de partir chez son fils, elle s'est fait du souci pour toi. Qui allait te faire à manger ? Alors Maja lui a dit qu'elle s'en chargerait volontiers.

C'est comme s'il me jetait un verre d'eau froide en pleine figure. C'est lui qui a mis Maja à mes trousses. À distance, il savait à tout moment comment j'allais. Il s'est moqué de moi.

— Ça veut dire que…

— Lars Rogner, se présente-t-il, formel, non sans une pointe de déception. Rédacteur en chef du *Bayerisches Tagblatt*. Il faut vraiment que tu lises un peu plus le journal, Jasmin.

Nouveau rictus, et je comprends soudain pourquoi son nom me semblait familier. Il a écrit toute une série d'articles sur toi, Lena. Peut-être même la plupart des articles publiés sur toi. Quel plaisir cruel ça a dû être pour lui.

— À la décharge de Maja, poursuit-il, elle a vraiment cru que le but de ses efforts était d'obtenir cette interview. Son rôle consistait à sympathiser un peu avec toi pour gagner ta confiance, et à te garder à l'œil. Elle était tout excitée que tu l'appelles aujourd'hui pour lui proposer de vous voir. Brave petite. Mais elle a dû se rendre à l'évidence : désormais, c'est l'affaire du chef.

J'imagine un open space, des gens derrière de minces cloisons grises, au téléphone, fébriles. J'entends le bruit de tous ces doigts qui tapent énergiquement sur les claviers. Je vois Maja dans son chemisier blanc au col relevé qu'elle portait sur la photo de la page consacrée à la rédaction sur le site internet, et j'ai du mal à croire qu'il nous aurait suffi, à Kirsten et moi, de scroller encore un peu pour tomber, très probablement, sur une photo de Lars Rogner. Nous aurions informé la police et Rogner serait en garde à vue, menottes aux poignets. Et puis je l'imagine arpenter les couloirs de la rédaction à la recherche de quelqu'un qu'il pourrait coller à mes trousses, et son choix se porte sur Maja, parce que c'est quelqu'un de motivé, qui veut faire carrière, et que pour couronner le tout, elle n'est peut-être pas insensible à son charme. Elle ne se doute pas une seconde qu'elle n'est pas en train d'œuvrer pour sa carrière, mais devient un élément de son jeu. Elle se réjouit, je le crains, se sent honorée. Il l'a choisie.

— Tu l'as… ?

— Oh, je t'en prie, dit-il en levant les mains devant lui. Maja est au bureau, elle fait des heures supplémentaires. Elle n'était pas la seule chez les Beck hier, lorsque Hannah est sortie de la clinique. Et quand on perd l'exclusivité d'une histoire, il faut se donner du mal ensuite pour se démarquer de la concurrence. Je lui ai suggéré de contacter ton ancien chef à l'agence de publicité. Ils se sont rencontrés cet après-midi. J'ai appris que tu avais été licenciée trois semaines avant ta disparition, parce que du jour au lendemain, tu n'étais plus allée travailler. D'après lui, tu n'as pas supporté la séparation avec ta copine. Mais peut-être que ça faisait un moment que ça ne tournait plus vraiment rond chez toi. Tu as eu une enfance difficile, n'est-ce pas ? Après la mort de ton père, tu as vécu plusieurs années en foyers avant que ta mère te reprenne à la maison. Sympathique, ta mère, par ailleurs. Sympathique, et éprouvée. Apparemment, tu as été – comment l'a-t-elle formulé, déjà ? – une enfant *difficile*.

Rogner fait claquer sa langue en signe de désapprobation ; je prends plusieurs inspirations en émettant une sorte de râle.

— C'est si important, d'être bien éduquée, pas vrai ? Enfin bon, l'article doit absolument paraître demain, Maja a encore pas mal de travail. Disons donc qu'elle a eu un empêchement.

— Si j'étais vous, je me tirerais vite d'ici, dit Kirsten d'une voix froide.

Sa blessure ne lui a rien ôté de sa force et de sa détermination, personne n'y changera rien. Pas même un Dieu en colère.

— Car si Maja sait que vous êtes ici…

Il balaie l'argument d'un geste brusque.

— Et alors ? Qui dit que j'ai interviewé Jasmin ce soir ? Peut-être que dans la version officielle, je ne viens que demain matin pour trouver quelques cadavres. J'ai plusieurs possibilités.

— Il n'ira nulle part tant qu'il ne m'aura pas dit ce qui est arrivé à ma fille, gronde Matthias Beck.

C'est la première phrase qu'il prononce depuis que, reconnaissant Rogner, il s'est effondré sans force sur le seuil. Ton père, Lena. Je peux à peine imaginer à quel point ce constat ronge son cœur. Il est cité dans de nombreux articles de Rogner, il devait être constamment en contact avec lui, avec le ravisseur de sa fille, ignorant, inconscient, plein d'espoir.

— Silence ! tonne Rogner.

Se reprenant aussitôt, il soupire, saisit une chaise et s'installe juste devant nous, tel un cruel général qui viendrait de faire trois prisonniers. Il semble à l'affût.

— Je vous ai toujours respecté, monsieur Beck. Énormément. Je dirais presque que je vous ai admiré. Vous vous êtes battu comme un lion pour Lena et votre famille. Vous avez échoué, bien entendu, et souvent, vous avez fait des choses absurdes.

Il éclate de rire.

— Mais vous n'avez jamais abandonné. J'aimais tellement lire vos e-mails, cette colère, cette obstination. Vous m'avez menacé cent fois de ne plus me parler. Et puis finalement, c'était plus fort que vous. Vous reveniez toujours vers moi, avec une plainte, une information, une piste, toujours dans l'espoir de faire avancer les choses. Vous êtes un père, monsieur Beck, un vrai père. Vous devriez me comprendre, au fond, non ? Un vrai père obéit à une nécessité.

— Vous êtes un monstre, souffle Beck, portant de nouveau la main à sa poitrine.

— Et vous êtes ici, monsieur Beck ! Qu'est-ce que ça dit de vous ? Vous savez parfaitement que vous ne récupérerez jamais Lena. Mais de toute manière, vous l'avez remplacée par Hannah.

Rogner fait un salut de comédien.

— Nous ne sommes pas si différents, vous et moi, monsieur Beck.

— Dites-moi ce que vous avez fait de ma fille, espèce de salaud !

Un rictus passe sur le visage de Rogner.

— Vous ne savez pas de quoi vous parlez, monsieur Beck. Cette fille que vous avez défendue pendant des années n'a jamais existé. Nous avions une liaison. Voilà quel genre de femme était votre fille. Elle avait une liaison avec un homme marié.

Son sourire s'élargit, il affiche un air de défi.

— Qu'est-ce que vous dites de ça, monsieur Beck ?

— C'est un mensonge !

— Non, ce n'est pas un mensonge, réplique Rogner, c'est la vérité. Supporterez-vous de connaître la vérité, monsieur Beck ? dit-il, penchant la tête sur le côté, feignant la compassion. Est-ce que votre cœur malade va tenir le coup ?

Du coin de l'œil, je vois Matthias Beck serrer les mâchoires.

— Oui ?

Rogner sourit de toutes ses dents puis, subitement, son visage s'assombrit. Je connais cette expression. C'est la dernière chose qu'on voit avant que son poing ne s'abatte sur vous, avant qu'il vous assène un implacable coup de pied, la dernière chose qu'on voit avant l'explosion de la douleur, avant l'obscurité totale.

— Une petite menteuse, pourrie gâtée, farcie de l'argent de papa comme une oie de Noël bien grasse. Irresponsable, inconstante, ne respectant rien ni personne. Voilà qui était cette fille pour qui vous avez envoyé un jeune homme à l'hôpital, dont vous avez falsifié les notes.

Il penche la tête de l'autre côté, vérifie l'effet de ses paroles.

— Vous vous souvenez sûrement de notre première rencontre, monsieur Beck ? Comme vous étiez fier en me montrant les relevés de notes de Lena ! L'étudiante modèle ! Mon photographe en avait même fait quelques clichés, et je n'avais aucune raison de douter des performances de Lena, jusqu'à ce que je rencontre sa tutrice. Qui m'a appris que votre fille atteignait péniblement la moyenne. Mais vous le saviez, n'est-ce pas ?

Rogner secoue la tête, un sourire aux lèvres.

— Depuis le début, vous avez menti pour votre fille. C'est là que je me suis dit que nous allions bien nous amuser tous les deux. Et ç'a été le cas, n'est-ce pas, monsieur Beck ? Moi, en tout cas, je me suis vraiment bien amusé.

— Continuez, marmonne Beck. Je veux savoir. Tout.

Rogner émet un grognement. Observe Beck. Semble réfléchir.

L'espace d'un instant, je reprends espoir. Je prie pour que sa réaction soit celle que je crois. Quand on veut fuir, on n'a pas le temps de raconter une longue histoire. Quand on a quelque chose à perdre, on garde pour soi les choses inracontables.

— Comme vous voudrez, monsieur Beck.

J'entends sa voix, je ferme les yeux.

C'est la fin.

— Quand nous nous sommes rencontrés, Lena était en fin de première année. Sans doute était-ce une velléité de voler de ses propres ailes, ou du moins d'être épargnée par les commentaires désagréables de sa mère, toujours est-il qu'elle a fait une demande de stage à la rédaction. J'ai vu dès l'entretien que Lena n'avait pas l'étoffe d'une journaliste. Le monde autour de Lena Beck n'existait pas, Lena Beck était le monde. Du moins, c'était ce qu'elle croyait. Je lui ai tout de même donné sa chance. En guise d'essai, elle devait rédiger un article sur un sujet donné pour la semaine suivante. Elle ne l'a pas fait, évidemment, dit-il avec un petit rire. Lorsque je l'ai appelée pour lui demander où elle en était, elle m'a dit qu'elle avait changé d'avis, qu'elle préférait se concentrer sur ses études. Quelle affreuse gamine, me suis-je dit. Mais je n'arrivais plus à me la sortir de la tête. Cette légèreté, qui m'évoquait un fragile petit oiseau, cette insouciance, c'était aussi désagréable que fascinant.

Rogner secoue à nouveau la tête, perdu dans ses souvenirs, cette fois.

— Et de fil en aiguille… Mais nous devions être prudents, puisque j'étais marié. Avec Simone. En douze ans, je ne l'avais jamais trompée. J'avais promis ma vie à Simone, et je prenais ça très au sérieux. Jusqu'à ce que je rencontre Lena. Au début, nous ne nous retrouvions que pour quelques heures, mais bientôt, ça ne nous a plus suffi. Nous avons commencé à passer des week-ends ensemble. Je disais à Simone que j'étais en déplacement pour le travail. Quand on est journaliste, on est souvent sur les routes, ma femme n'avait aucune raison de se douter de quelque chose. J'ai emmené Lena dans la cabane, qui existait déjà quand j'étais enfant. Je suis originaire de la région de Cham. La cabane… J'y jouais depuis tout petit. Je faisais semblant d'y vivre. C'est vraiment un coin magnifique. Dommage que tu ne l'aies jamais vu à la lumière du jour, dit-il en se tournant vers moi avec un air mélancolique qui ne m'attendrit pas une seconde. La cabane est envahie par la nature, c'est un lieu qui semble hors du temps et de l'espace. Auquel on ne peut pas accéder en voiture. Du moins, jusqu'à ce que la police s'y fraie un chemin que la nature n'avait pas prévu. Avant cela, il fallait se garer à cinq cents mètres, près d'un sentier, et parcourir le reste à pied, se frayer un chemin dans la forêt. J'y voyais quelque chose d'originel. De romantique, même, quand je marchais main dans la main avec Lena, que nous avancions côte à côte vers ce lieu secret, enchanté, qui n'appartenait qu'à nous. Nous y étions tranquilles, en sécurité, loin du monde. La cabane était assez délabrée à l'époque. Nous l'avons retapée, aménagée ensemble.

Il me regarde. Sourit.

— C'est Lena qui a choisi le tapis du salon.

Tu l'as aidé à construire ta propre prison, Lena.

Je regarde Matthias Beck. Une veine a enflé sur son front. Il écoute, parfaitement silencieux. Mais je me doute que ce n'est qu'une question de temps. Il ne va pas pouvoir supporter ça longtemps.

— Je ne vivais plus que pour nos week-ends dans la cabane. Et elle aussi, du moins, c'est ce que je croyais.

Rogner se passe brusquement les mains dans les cheveux. Il les retire d'un geste tout aussi brusque, laissant ses cheveux en désordre.

— Mais je me trompais. Elle s'est mise à inventer des excuses pour ne pas me voir. Elle n'avait pas le temps, elle devait réviser pour ses examens. Aller à un anniversaire. Son père, sa mère, sa grand-mère, c'était toujours l'anniversaire de quelqu'un. Elle ne décrochait plus quand je l'appelais sur le portable que je lui avais acheté exprès. Je m'en étais acheté un aussi, je ne voulais surtout pas que Simone découvre quelque chose.

Il souffle d'un air à la fois méprisant et perplexe. Je sens qu'il se laisse emporter toujours plus loin par son récit, que son récit se change en expérience qu'il est en train de revivre.

— Mais pour qui elle se prend ? gronde la voix dans la pièce. Pour qui elle me prend ? Je suis le meilleur journaliste du pays, je le vois, quand on me ment. Elle ment. Donc je la suis. Et j'ai raison. Elle revoit son ex-petit ami. Alors que je viens de parler à ma femme. Que je lui ai enfin tout dit, comme Lena le voulait. C'est elle qui voulait que je fasse un choix. J'ai dit à Simone que j'allais la quitter. Que je voulais vivre avec Lena.

Il s'interrompt. Quelque chose se passe à ce moment, je le sens. Il a l'air infiniment vieux, soudain. C'est peut-être mon imagination, ou un angle défavorable, la pâle lueur de la lampe au-dessus de la gazinière qui déforme ses traits.

— C'est pour ça, dit Matthias Beck, qui vient manifestement de comprendre quelque chose.

Rogner acquiesce.

— Je n'ai pas pu empêcher que certains journaux en parlent. Heureusement, dans notre métier, on ne s'étend pas trop sur les suicides, de peur d'encourager de pauvres âmes désespérées.

Il se passe la main sur le front, d'un geste las, dans l'espoir, peut-être, de chasser ces images de sa tête, en vain.

— Monoxyde de carbone. Elle a transporté le barbecue dans la salle de bains, a tout calfeutré, puis elle y a fait brûler du charbon de bois. C'est moi qui les trouve en rentrant du travail. Ils sont dans la baignoire, Pascal dans les bras de Simone, on dirait presque qu'ils dorment. Mais ils ne dorment pas. Ils sont morts.

Sa main retombe. Une expression traverse son visage, comme s'il venait d'avoir une idée.

— Lena est tout ce qu'il me reste. Je ne perdrai plus jamais le contrôle. Il ne se produira plus jamais un tel malheur, je te le promets, Pascal. Papa fera toujours bien attention, maintenant.

L'espace d'un instant, le silence est total, se charge d'une tension à peine supportable. Comme si un gaz invisible, mortel, flottait dans la pièce, comme ce jour-là dans la salle de bains de Rogner. Puis il s'éclaircit la gorge, et on dirait qu'il revient du passé, vers nous, dans cette cuisine, où se déroule cette fin inévitable.

— Lena n'a même pas eu peur, quand je l'ai interceptée sur le chemin de chez elle, ce soir-là, après la soirée étudiante. *Hé, Lars*, elle a dit en riant. Elle puait l'alcool et l'herbe. *Ça fait une éternité.* Treize jours exactement. Treize jours, au cours desquels j'avais enterré ma famille et réaménagé la cabane. Lorsque je l'ai emmenée là-bas, elle a cru que je plaisantais. Elle pensait que c'était un jeu, peut-être même quelque chose de sexuel. Un petit jeu en guise d'adieu. Jusqu'à ce que je lui raconte pour Simone et Pascal. Là, elle a compris. Elle a compris qu'elle ne ressortirait plus jamais de la cabane. Pour la première fois de sa vie, elle allait devoir prendre ses responsabilités, j'y veillerais.

— Vous… vous avez écrit des articles sur elle, dit Matthias Beck, incrédule.

Rogner le regarde, et je constate que toute souffrance a disparu de son visage. Il sourit, même.

— C'était ma façon d'attirer votre attention sur le genre de personne qu'était réellement votre fille. Et puis ça me permettait de rester au plus près de l'enquête. C'est important, quand on commet un crime et qu'on n'a pas spécialement envie d'être démasqué.

Je vois que Matthias Beck est en train de lutter. La veine sur son front palpite, il bouge les lèvres sans émettre un son. Mais une question, une question bien précise veut absolument sortir – même si nous savons probablement tous que ce sera la dernière.

— Pourquoi l'avoir tuée ?

Rogner s'appuie contre le dossier de sa chaise en soupirant, rejette la tête en arrière.

— Vous pensez que j'ai tué Lena, commence-t-il, posément. Mais ce n'est pas vrai. C'était un accident, peu après la naissance de Sara. Notre petite. Au début, elle n'arrêtait pas de pleurer…

Hannah

Il faut toujours bien écouter, surtout quand c'est papa qui parle. Ça fait déjà un bon moment que j'ai posé mon crayon rouge. Mais c'est aussi parce que mon sujet a bougé. La femme n'est plus couchée par terre, mais assise contre le mur entre grand-père et maman. Pour les taches sur son visage, il me faudrait le crayon bordeaux maintenant, pour le carmin c'est trop tard. Papa lui a cogné la tête très fort contre le mur du couloir, une fois qu'elle nous avait ouvert la porte. Si fort que ça a même vraiment fait *bam !* Mais peu importe la taille de la plaie, le sang, ça sèche très vite. Ça s'est développé comme ça au cours de l'évolution. Quand on est blessé, une coagulation rapide augmente les chances de survie. On a eu une maman à la maison, elle était hémophile. Elle a saigné carmin presque trois jours sans s'arrêter. Heureusement, on l'avait couchée sur une bâche en plastique, sinon elle nous aurait tout sali. Bref, en tout cas, papa vient de raconter l'histoire triste, celle du petit garçon dans la baignoire. C'était mon frère, comme Jonathan. J'ai bien écouté, même si je la connaissais déjà. Papa me l'avait racontée après l'histoire avec maman et Sara. Il a pleuré, et il m'a dit qu'il fallait toujours chérir sa famille, sinon on la perdait. Il a sûrement dit ça parce que je n'aimais pas Sara, et j'ai eu vraiment honte de moi. Maintenant, il parle de Sara à grand-père, maman et l'autre femme, il leur dit que dès qu'elle est née, elle n'a fait que pleurer. Et puis pas longtemps après, elle s'est aussi mise à tousser. Heureusement que ça n'a pas duré longtemps. Je me souviens comme j'étais contente, la première fois qu'elle a arrêté de pleurer, je me suis dit qu'on allait enfin pouvoir dormir toute la nuit. Maman a dit "Ce n'est pas bon", mais ce n'était pas vrai. Le sommeil est même très bon, et surtout important, parce qu'il permet au corps de se régénérer. "Il faut l'emmener à l'hôpital !" Ça faisait déjà plusieurs jours qu'elle disait ça à papa, mais papa disait : "Ce n'est rien, juste un petit rhume. Elle va s'en remettre." Maman en restait là en principe, mais pas ce soir-là. Elle a insisté, elle a dit que Sara avait une pneumonie. Une pneumonie est une inflammation aiguë ou chronique des poumons, causée par une infection due à une bactérie, un virus ou un champignon. Papa a dit à maman qu'elle n'était pas médecin. Et qu'elle n'était pas une bonne mère, non plus, si elle n'arrivait pas à soigner Sara. Maman s'est mise à pleurer, avec le son.

En principe, les adultes doivent toujours enfermer les enfants dans leur chambre avant de se disputer. Mais peut-être qu'ils n'avaient pas prévu de se disputer, et puis papa avait déjà dit : "Ça suffit, maintenant !" Mais maman pleurait quand même, et même de plus en plus fort.

"Mais qu'est-ce qui se passe ?" m'a chuchoté Jonathan, caché avec moi derrière la porte de leur chambre. On venait de finir de se brosser les dents quand on a entendu des éclats de voix.

"C'est encore Sara qui fait des problèmes", j'ai répondu en chuchotant moi aussi.

"J'ai dit : ça suffit !" La voix de lion de papa. Jonathan a rentré la tête dans les épaules.

"S'il te plaît, je ne suis pas obligée de venir avec toi, a pleurniché maman. Je peux rester ici. Mais emmène-la à l'hôpital."

Papa a saisi maman par le bras.

"Si tu n'arrêtes pas tout de suite", il a soufflé.

"Elle a de la fièvre !"

"Elle va s'en remettre."

La salive de maman l'a touché en plein visage. Et elle aussi, elle avait une voix de lionne.

"Tu es vraiment immonde ! Laisser mourir ta propre fille ! Elle ne passera pas la nuit !"

Papa a voulu calmer maman. Elle n'avait encore jamais fait une crise aussi grave. Il l'a tenue par le cou. Ça aidait, quand elle avait une crise.

Je me suis tournée vers Jonathan, et je lui ai dit : "Viens, on se met déjà au lit." On avait prévu de rester éveillés jusqu'à ce que maman vienne nous lire notre histoire du soir. Mais dès qu'on s'est couchés, on s'est endormis. C'est parce qu'on avait beaucoup de sommeil en retard à cause de toutes ces nuits que Sara avait passées à pleurer. Mais cette nuit-là, un beau silence s'est fait.

C'est exactement ce qu'est en train de dire papa :

— Mais cette nuit-là…

Jasmin

— … un silence terrible s'est fait.

Rogner soupire tristement, marque une pause.

— Je sais, ça n'aurait pas dû arriver, reprend-il. Une seconde fois. Une seconde fois, je n'ai pas fait attention. J'ai échoué. Comme vous avez échoué, monsieur Beck. Comme tout bon père de famille échoue de temps en temps.

— Je ne vous permets pas, gronde Matthias Beck, qui semble en proie à de violentes douleurs.

Rogner hausse les épaules, mais ce n'est pas de l'indifférence, plutôt le geste d'un homme qui est arrivé à la fin de son histoire et se demande ce qu'il y aurait encore à dire.

Le silence envahit la pièce, un silence interrompu par un drôle de petit bruit. Tous les yeux se tournent vers Hannah, qui s'est mise à sangloter en émettant de petits hoquets.

— Elle croit toujours que c'est sa faute, explique Rogner en se levant de sa chaise. Parce qu'elle n'aimait pas le bébé. Alors qu'elle ne s'était pas encore habituée à la nouvelle situation, c'est tout.

Je le regarde passer derrière Hannah, déposer un baiser sur ses cheveux.

— Ce n'est pas ta faute si Sara est tombée malade. Rien de tout ça n'est ta faute, ma chérie.

Matthias Beck a du mal à respirer. C'est difficile à supporter, mais c'est sans doute comme ça. C'est de l'amour. Même malade, déformé, mal compris, ça reste de l'amour. C'est cet amour qui nous anime. Qui fait de nous des monstres, chacun à notre façon.

— Lars, dis-je, réprimant un haut-le-cœur.

C'est ainsi qu'il s'appelle, Lars. C'est son prénom, et c'est la première fois que je le prononce.

Kirsten tente de me retenir. Prend mon bras. Chuchote :

— Jassy, non.

Je me dégage de son étreinte. Me redresse. Lars Rogner est ici par amour. Par amour pour sa famille. Je suis debout, mes genoux tremblent. Mais je suis debout. Il ne m'a pas empêchée de me lever. Il n'a pas esquissé l'ombre d'un geste. Il m'observe. Je fais un premier pas vers lui, hésitante. Il me laisse faire. J'en fais un deuxième.

— Je veux rentrer à la maison.

— Ce n'est pas la peine, Jasmin, rétorque-t-il d'un ton sarcastique. Tu sais bien que c'est fini.

Je secoue la tête.

— Si c'était vraiment fini, tu ne serais pas venu ici. Et tu n'aurais jamais emmené Hannah avec toi. Tu as dit que tu voulais que Lena assume enfin ses responsabilités. Mais toi aussi, tu as des responsabilités, Lars. Envers tes enfants, envers moi. Hannah veut que nous soyons de nouveau une famille. Pas vrai, Hannah ?

Son regard se tourne vers sa fille, qui acquiesce timidement.

Ma hanche effleure le plan de travail. Encore deux ou trois pas, et je serai juste devant lui.

— Moi aussi, je veux que nous soyons une famille.

Il plisse les yeux.

— Quelle tentative pitoyable, Jasmin.

Mais il ne se jette toujours pas sur moi. Alors je sais que j'ai raison. C'est l'amour.

Plus qu'un pas.

Un geste.

— À l'hôpital, ils ont vu que j'étais enceinte.

Lars Rogner penche la tête sur le côté. Me jauge. C'est le meilleur journaliste du pays, il sait quand on lui ment. Et il s'en rend compte. Mais lorsqu'il ouvre la bouche pour m'asséner son verdict, seul un gémissement étouffé s'en échappe.

Ma hanche effleure le plan de travail.

Plus qu'un geste vers le bloc à couteaux.

Et l'espoir qui attache son regard au mien. Qui l'a rendu aveugle, en ce moment précis ou depuis toujours.

Ses lèvres qui s'amincissent. Ses pupilles qui tremblent. Ses yeux qui disent qu'il ne peut pas y croire. La douleur aiguë, brûlante dans son ventre. Lars Rogner n'est plus génial, il n'est plus Dieu. Il n'est plus qu'un être humain comme nous tous, avec cette étincelle d'espoir en nous qui nous fait tomber dans le panneau des tentatives les plus pitoyables.

En arrière-plan, le chaos. Kirsten qui crie. Matthias Beck qui hurle.

Nous les occultons.

Il n'y a plus que lui et moi au moment où j'enfonce, dans son ventre, le couteau qui coupe tout, même la viande.

Matthias

— Non ! Ne faites pas ça !

Je rampe jusqu'à Rogner, qui gît sur le sol. Il respire encore, faiblement.

— Dites-moi où est Lena !

Je presse mes mains à l'endroit où la tache rouge s'étale, avalant à toute vitesse le tissu blanc de sa chemise.

— Je vous en prie.

Rogner émet un râle.

— Appelez une ambulance ! je hurle à Jasmin Grass, restée pétrifiée à côté du corps qu'elle regarde, le couteau toujours à la main.

— J'ai promis à sa mère que je la ramènerais à la maison.

Un sourire s'esquisse sur le visage livide de Rogner.

— De père à père. Je vous en prie.

La respiration de Rogner est de plus en plus courte. Ses paupières se mettent à clignoter.

J'ôte mes mains de son ventre.

Il a raison, j'ai échoué.

Quelqu'un touche mon épaule. L'amie de Jasmin Grass.

— Laissez-moi ! je hurle.

— Le petit bois, articule Rogner, la voix rauque. Derrière votre jardin. Elle adorait cet endroit.

— Le jardin ? Vous voulez dire notre jardin près de Germering ? Le jardin de grand-mère Hannah ?

Rogner bouge faiblement la tête, je l'interprète comme un oui.

J'acquiesce à mon tour, fébrile.

— Dans le bois de Germering, derrière notre jardin, c'est ça ?

— À la lisière, confirme Rogner dans un souffle. Pour qu'elle voie les hortensias.

— C'est là que vous les avez enterrées ? C'est là que je trouverai Lena et Sara ?

— Elle adorait ces hortensias, dit Rogner, les paupières tremblantes. Elle les adorait.

Je ne sais pas vraiment pourquoi, mais je dis :

— Je sais.

Un sourire bien net éclaire alors le visage de Rogner. Puis sa tête bascule sur le côté, les yeux dans le vide. Je suis assis par terre à côté de lui, j'ai son sang sur mes mains, sur ma chemise.

Après 4 842 jours.

Ciao, papa ! À un de ces jours !

C'est une vague qui me frappe, qui traverse brusquement mon corps, mes épaules se mettent à trembler, et je sanglote, je pleure mon enfant. Comme à travers un voile, je vois Hannah qui s'est levée de sa place à la table de la cuisine et s'assoit de l'autre côté de Rogner. Elle prend son bras gauche, flasque, le déplie. Puis elle se couche par terre, dans ses bras. Elle pose la main sur sa poitrine, la tête sur son épaule. Elle murmure :

— Bonne nuit, papa.

Et elle ferme les yeux.

Découverte macabre près de Germering

Germering (MK) – Hier dans l'après-midi, dans un bois près de Germering, les cadavres de trois femmes et d'un nourrisson ont été exhumés d'une tombe commune. D'après le commissaire principal Gerd Brühling, il s'agit notamment des corps de Lena Beck, étudiante munichoise disparue depuis 2004, et de sa fille nouveau-née.

On ne sait encore rien de l'identité des deux autres femmes. Toujours selon le commissaire principal Brühling, le premier examen légiste réalisé sur place a permis d'établir que les deux inconnues seraient mortes de mort violente.

Les causes du décès de Lena Beck et de sa fille ne sont toujours pas clairement établies. Les corps ont immédiatement été emmenés à l'Institut médico-légal de Munich pour autopsie. "Nous faisons tout notre possible pour identifier les deux inconnues, a déclaré Brühling. Elles laissent très certainement une famille, et leurs proches ont le droit de savoir ce qui leur est arrivé."

Jasmin

— Plutôt sobre, tu ne trouves pas ?

Kirsten repose l'édition d'aujourd'hui du *Bayerisches Tagblatt* et attrape la corbeille à pain. Le bas de son visage a désenflé, seuls les restes d'un hématome bleuâtre apparaissent encore en transparence sous la peau. Quant à la plaie ouverte que lui a value l'agression de Rogner, elle guérit bien. Ignaz se frotte contre mes jambes en ronronnant bruyamment, comme s'il était mû par un petit moteur. Mon appartement, le "lieu du crime", est toujours sous scellés. Je vis donc chez Kirsten, "provisoirement".

— Que veux-tu qu'ils écrivent ? Que leur journaliste star est un tueur en série ?

L'idée qu'il y a eu encore deux autres femmes me donne des sueurs froides. La police les identifiera sûrement bientôt, mais on ne saura peut-être jamais avec certitude pourquoi elles sont mortes. Peut-être se sont-elles défendues plus résolument, peut-être ont-elles davantage lutté pour leur vie que moi. Peut-être se sont-elles opposées si violemment au Dieu en colère qu'il s'est vu contraint d'employer l'ultime moyen de faire la démonstration, à lui-même et à ses enfants, de son pouvoir absolu. À moins qu'elles ne soient mortes parce qu'à ses yeux, elles n'étaient pas assez convaincantes dans le rôle de Lena. Quand j'y réfléchis, je me souviens de mon premier jour dans la cabane, quand je me suis réveillée sur le canapé après m'être évanouie dans la réserve.

Tu sais quel bruit ça fait, quand on défonce le crâne de quelqu'un, Lena ? Le même que quand on fait tomber une pastèque par terre. Bam !

Comme j'avais sursauté à ces mots, ne doutant pas une seconde que ce n'étaient pas des menaces en l'air. Qu'il avait déjà entendu ce bruit horrible. Plusieurs fois, comme je le sais maintenant. Mes pensées vont aux familles des deux jeunes femmes, qui doivent apprendre à vivre avec ces vides. En acceptant qu'elles ne connaîtront sans doute jamais les raisons. Je sais combien c'est difficile, inhumain, presque. À moins, bien sûr, que Hannah et Jonathan arrivent un jour à en parler. Mais il faudrait d'abord qu'ils soient en mesure de comprendre les événements différemment. Le Dr Hamstedt pense que c'est possible. Elle compare le regard que les enfants portaient sur le monde depuis la cabane à ce qu'on voit par le trou d'une serrure. À présent, la porte est ouverte, juste entrebâillée pour l'instant, pour éviter de les surmener. Mais plus on leur ouvrira cette porte avec le temps, plus leur regard s'élargira. Elle pense qu'un jour, ils réussiront à remettre les choses en perspective, même si ça peut prendre encore un certain temps et que ça signifiera admettre que leur père était un assassin.

Je n'ai pas besoin de me demander s'il jouissait de ce qu'il faisait. Il aimait ça, évidemment. Il aimait être Dieu, avoir ce pouvoir sur la vie et sur les êtres. Il aimait torturer. Peut-être que ça n'a pas toujours été le cas. Peut-être que perdre sa femme et son fils lui a détraqué le cerveau, l'a rendu fou. Désormais, il n'avait plus que toi, Lena, qu'il aimait et haïssait tout à la fois, pour ce qui était arrivé par ta faute. La situation a dérapé, ce n'est pas comme ça qu'on dit ? La situation a terriblement dérapé.

— Oui, dit Kirsten, me tirant de mes pensées. Parce que c'est exactement ça. Est-ce qu'ils ne doivent pas la vérité à leurs lecteurs ? C'était bien leur journaliste star, qui a lui-même écrit sur l'affaire, ce qui est complètement aberrant. Et ses collègues qui se croient si futés ne se sont rendu compte de rien.

— Écrire ce genre de choses n'est pas spécialement bon pour les affaires.

— Les autres journaux le font bien, réplique Kirsten en haussant les épaules, avant de mordre dans son croissant.

Elle a raison, Lena. Les médias sont littéralement obsédés par notre histoire. Et ça va probablement durer encore un moment. Jusqu'à la prochaine "affaire criminelle la plus abominable de ces dernières décennies". Car c'est ainsi qu'ils nous appellent. Les demandes d'interviews se multiplient, il y a même une offre pour en faire un film. Nos rôles seraient joués par des actrices connues et on passerait en prime time. Ça te rassurera peut-être de savoir qu'ils se désintéressent peu à peu de tes enfants, que c'est de nouveau toi qui es au centre de l'attention. Ça ne te fait plus rien, maintenant. Mis à part le *Bayerisches Tagblatt*, qui fait amende honorable en ne te qualifiant plus que d'"étudiante", partout ailleurs tu es désormais la jeune maîtresse sulfureuse qui a largement contribué à son funeste sort. C'est une question de morale, évidemment. On ne doit pas fréquenter un homme marié.

Tout le monde affirme que Lena Beck n'était pas celle que l'on croyait, et la plupart des gens te prennent de haut. Mais ils ne savent pas de quoi ils parlent, Lena. Tu étais une mère qui a tout fait pour ses enfants. Tu étais forte. Forte et courageuse, par amour pour tes enfants, jusqu'à la mort. Et je t'admire pour ça. J'irai voir tes enfants, je te le promets. Pas tout de suite, nous avons tous besoin d'un peu de temps. Je sais qu'ils vont s'en sortir. Ils ont les meilleurs thérapeutes. Tes parents sont là. Et moi aussi je serai là, bientôt.

— Jassy ? Tu pleures ?

Kirsten repose son croissant sur son assiette.

— Non, ça va, dis-je en reniflant.

— C'est fini, dit Kirsten avec un sourire. Pour de bon, cette fois.

Elle prend ma main, nos doigts s'entrelacent.

— Oui, dis-je en souriant à mon tour. C'est fini.

Lars Rogner est mort.

Deux minutes à peine après que je lui ai enfoncé le couteau dans le ventre, la police débarquait dans l'appartement. Mme Bar-Lev les avait appelés. À cause de cet inconnu à l'air complètement confus qu'elle a croisé dans l'entrée de l'immeuble ce soir-là en rentrant de voyage.

Ton père, Lena.

On peut dire ou écrire tout ce qu'on veut sur Lars Rogner, il aura au moins eu la décence de lui raconter ton histoire.

De ne pas l'emporter dans la tombe, de ne pas le faire souffrir davantage.

En revanche, il a emporté une autre histoire. Et ça aussi, même si ça peut paraître étrange, je le prends comme une preuve de décence.

C'est l'histoire d'une autre jeune femme inconstante. Qui s'était disputée avec son ex-petite amie et prévoyait de disparaître dramatiquement. Aller à la gare, prendre le premier train, peu importe sa destination, au milieu de la nuit, sans prévenir personne. Partir, éteindre son portable, faire peur à sa copine, lui jouer un tour. Voilà ce qu'elle avait prévu, jusqu'à ce qu'elle atterrisse dans un bar, sur le chemin de la gare, pour boire de quoi lui donner le courage d'aller jusqu'au bout. Et dans ce bar, il y était aussi. Et c'était elle qui lui avait payé un verre. Et c'était elle qui, non seulement avait bu avec lui, mais s'était assise sur ses genoux. Et c'était elle qui lui avait glissé à l'oreille : "Et si on allait chez toi ?"

— Qu'est-ce qu'il y a ? demande Kirsten en plissant les yeux.

— Rien. Plus rien.

Plus rien qui n'ait d'importance.

Lars Rogner est mort, et je prends mon petit-déjeuner avec la femme que j'aime.

— On pourrait passer au supermarché tout à l'heure ?

— Bien sûr, répond Kirsten, tu as besoin de quoi ?

Je souris.

— D'une coloration. Il est temps de me débarrasser de ce blond.

Les journaux sont d'accord sur un point, Lena : Jasmin G. a survécu. Et je commence à croire que c'est la vérité. La réjouissante vérité.

Matthias

C'est une journée de fin octobre comme sur une carte postale. L'air est doux. Les arbres donnent toutes leurs forces avant l'hiver, montrent leurs plus belles couleurs. Karin dit que la lumière est dorée. Que c'est un après-midi parfait pour une promenade. Elle refuse d'abandonner.

Nous savons pourtant parfaitement tous les deux qu'aujourd'hui encore, je ne sortirai pas de la maison. Je suis assis en face d'elle à la table de la salle à manger. Devant moi, sur mon assiette, une part de gâteau qui ne me dit rien. Je suis en pyjama, avec mon épais peignoir en éponge bleu marine, mes pantoufles. Je ne suis pas rasé, pas coiffé. Comme hier. Comme avant-hier. Comme tous les jours de cette semaine, où je ne fais rien d'autre qu'arpenter la maison. Parfois je m'arrête pour avaler quelques bouchées fades à table. Ou je m'allonge sur le canapé pour faire une sieste. Ou je vais réfléchir dans l'ancienne chambre de Lena, qui est de nouveau vide. Comme moi. Hannah est partie. Retournée au centre de traumatologie. Le Dr Hamstedt dit que sa thérapie fait des progrès, maintenant que l'histoire a été racontée, qu'elle est connue, qu'on a le bon angle d'approche. Jonathan aussi fait des progrès. Karin a dit qu'il était vraiment joyeux lors de sa dernière visite. Qu'il l'appelait déjà mamie.

— Tu veux encore du thé ? me demande Karin avec un sourire encourageant.

Je secoue la tête. Repousse mon assiette. Je me lève, lui dis que je remonte dans la chambre de Lena. Elle me laisse partir sans faire de commentaires.

Gerd a appelé hier. Ils ont analysé les empreintes digitales sur les deux lettres que Jasmin Grass avait confiées à la police ; et ce sont les miennes, évidemment. Gerd a dit qu'il verrait ce qu'il peut faire. Parce que ce serait ma deuxième inculpation. Et même si Jasmin Grass renonce à porter plainte contre moi – elle l'a dit –, j'ai tout de même entravé l'enquête. À partir de quatre-vingt-dix jours d'amende, on a un casier judiciaire, a ajouté Gerd, puis, avec un soupir : "Mais pourquoi, Matthias ?"

Moi aussi j'ai soupiré, soupiré, c'est tout. Je ne trouve plus les mots. Je croyais que Jasmin Grass avait quelque chose à cacher. Je croyais que les lettres pourraient la faire parler. Lui faire un peu peur. Lui rappeler Lena, qui avait le droit de connaître la vérité. Peut-être aussi que je ne croyais rien du tout. Que j'étais de nouveau aveuglé par la colère et inutile, et ce vieil imbécile que j'ai toujours été. J'ai glissé les lettres dans la boîte aux lettres de Jasmin Grass en allant au centre de traumatologie. Gerd a voulu savoir comment j'avais trouvé son adresse. J'ai ri dans le combiné. Ah, Gerd, naïf, bon vieux Gerd. C'est à la portée de tout le monde, il suffit de quelques clics sur internet.

"Tu ne nous as pas vraiment facilité les choses, Matthias."

Non, je sais, je suis un cas désespéré.

"Bon, mais cette fois, tout est fini, a dit Gerd à la fin de notre conversation, puis : On devrait peut-être retourner pêcher, tous les deux. Tu te souviens ? Comme avant."

J'ai dit "Oui, peut-être" et : "Au revoir, Gerd."

Tout est fini.

J'entre dans l'ancienne chambre de Lena. Le lit est fait, le fauteuil à sa place devant le bureau. Sur le bord de la fenêtre, les deux orchidées que Karin entretient avec amour.

Tout est fini, je suis censé être en paix.

Je m'installe sur le lit de Lena, sous la voûte céleste.

4 842 jours.

Pendant tout ce temps, j'ai cherché ma fille, j'ai cherché des réponses, persuadé de trouver la paix si je n'en avais ne serait-ce que quelques-unes.

4 842 jours résumés finalement en un récit d'une dizaine de minutes. C'est tout ce qu'il aura fallu à Rogner.

C'est tout ?

Oui, c'est censé l'être, et ça sonne faux. C'est frustrant. Qui suis-je, maintenant ? Que reste-t-il de moi ? Que reste-t-il, si Lena est morte, si Hannah est partie ?

Le Dr Hamstedt a dit que nous pouvions voir les enfants deux fois par semaine, le mardi et le vendredi, de quinze à seize heures. Qu'avec le temps, on pourrait élargir les horaires de visite, mais que pour l'instant, surtout avec ce qui venait de se passer, les enfants devaient se concentrer sur leur thérapie. Karin trouve ça "raisonnable".

Je suis couché sous la voûte céleste.

Je pense à Hannah.

Ma petite Hannah…

J'imagine comment ce serait si j'étais de nouveau traversé par la vie. S'il pouvait y avoir de l'espoir, une perspective. Je me lèverais en sachant soudain ce que j'ai à faire, et ce serait comme une révélation. J'irais dans la chambre, je choisirais des vêtements dans l'armoire. Puis dans la salle de bains, où je prendrais une douche pour la première fois depuis plusieurs jours. Je me raserais. Je me peignerais convenablement. Puis je descendrais, et Karin, dans la cuisine, en train de faire la vaisselle, serait contente de me voir habillé, propre, revenu à la vie. Elle reprendrait espoir en me voyant. L'espoir d'une promenade par un lumineux après-midi d'automne. Je l'embrasserais sur la joue et je lui dirais "Je passe juste au bureau consulter le répondeur", et Karin se prendrait à espérer encore davantage. Nous y arriverions. Nous aurions encore quelques belles années ensemble. Ce serait différent, c'est vrai. Mais nous aurions toujours notre couple et, enfin, des certitudes. Je lui adresserais encore un sourire avant de quitter la cuisine, de traverser l'entrée, d'ouvrir la porte du garage, de m'installer dans ma voiture. La porte du garage s'ouvrirait, je sortirais en marche arrière. Je n'irais pas au bureau.

J'irais à Regensburg. Au centre de traumatologie. Voir Hannah.

Je m'imagine que je la prendrais par la main, que nous sortirions du bâtiment, traverserions le parking. J'attacherais sa ceinture sur la banquette arrière. Puis j'irais m'asseoir à l'avant. Je démarrerais.

"Viens, on s'en va loin, très loin, papi", dirait-elle de sa petite voix aiguë.

Alors je lui ferais un sourire dans le rétroviseur et je lui dirais : "D'accord, ma chérie."

Je suis allongé sous la voûte céleste…

Je pourrais…

Nous ne sommes pas si différents, vous et moi, monsieur Beck.

ÉPILOGUE

Lena, septembre 2013

Notre monde a des murs figés. Pas de fenêtres, pas de portes. Notre monde est petit. Vingt-quatre pas, en posant le talon d'un pied contre les orteils de l'autre, de la bibliothèque à la cuisine. Notre monde a des règles, des punitions, et un temps propre.

L'enjeu, c'est le pouvoir.

Tu crois que tu nous as enfermés. Que nous sommes tes prisonniers. Isolés de tout, du dehors et des gens. Que nous t'appartenons, à toi seul.

Oui, l'enjeu, c'est le pouvoir.

Le tien, tu l'exerces entre quatre murs figés et sur vingt-quatre pas.

Je sais combien tu aimerais que je prononce ton nom. Tu me supplies littéralement de le faire, comme avant, gentille, excitée, admirative ou, au moins, polie. Mais je ne te ferai pas ce plaisir. Tu peux me rappeler notre bonheur passé autant que tu veux. Tu peux me frapper, m'insulter, me faire mal de toutes les façons possibles. Pour moi, tu es devenu un inconnu, et je te le ferai sentir jusqu'à la fin. Ça, c'est le pouvoir. C'est le mien, et il est inépuisable.

Tu crois que tu nous as enfermés ?

Tu n'es qu'un pauvre détraqué, inconnu, si dans tout ça tu ne vois qu'une prison. Chaque fois que tu tournes le dos, je fais pousser une fleur, tout un champ de tournesols lumineux. Je peux créer des buissons entiers d'hortensias, avec des fleurs grosses comme des choux, si je le veux.

Et je le veux. Chaque fois que tu nous laisses seuls ici, je fais entrer le monde entre ces quatre murs. Je crée des secrets et de l'intimité. Je fais des sorties avec notre fille, tandis que notre fils dort à poings fermés après son lait chaud au miel, et rêve de voler. J'emmène Hannah dans notre jardin, voir les hortensias. Je lui présente ses grands-parents, je fais grimper des coccinelles sur le dos de sa main. Tu crois que nous sommes ici, enfermés, consignés. Alors que nous sommes à Paris ou au bord de la mer, ou à tous les endroits que tu crois nous dérober en fermant la porte à clé, en occultant les fenêtres.

Le pouvoir, inconnu.

Je peux insuffler la vie à ce chat en peluche. Je peux inonder la pièce de lumière. Je peux décrocher les étoiles. Et un jour, je le sais, mes enfants verront tout ça, autrement que par mes yeux, mes récits. Un jour, ils sortiront d'ici, ils sortiront dans le monde.

Ça s'appelle l'espoir, et il est en mon pouvoir de ne jamais le laisser s'échapper.

Tu ne nous possèdes pas, pas vraiment.

C'est ta prison. Pas la nôtre.

REMERCIEMENTS

Un immense merci à Caterina Kirsten, mon agente, sans qui ce livre n'existerait pas. Chère Caterina, je n'oublierai jamais à quel point tu t'es battue pour moi, à mes côtés. Que notre voyage dure encore de nombreuses années, avec autant de nouveaux livres.

Je tiens également à remercier chaleureusement Georg Simader, Vanessa Gutenkunst, Lisa Volpp et Felix Rudloff – pour votre soutien, l'expérience incroyable de lire pour la première fois en public, et le verre de schnaps juste au bon moment.

Il était une fois une petite autrice qui s'était mise à pleurer à chaudes larmes lorsque son agente l'avait appelée, tant elle était heureuse, et n'en croyait pas ses oreilles… Tout cela, c'est aussi vous, Claudia Baumhöver et Bianca Dombrowa. Je tiens absolument à vous redire ici – à vous et à tous ces gens formidables de motivation et d'enthousiasme – combien j'apprécie votre travail et votre engagement, et combien je vous suis reconnaissante de cette période si particulière de ma vie.

Enfin, à ma famille : j'espère que je vous dis suffisamment souvent ce qui remplirait ici un nombre insensé de pages – j'espère que vous le savez, tous les jours. Vous êtes ma raison d'être.

OUVRAGE RÉALISÉ
PAR L'ATELIER GRAPHIQUE ACTES SUD
ACHEVÉ D'IMPRIMER
SUR ROTO-PAGE
EN AVRIL 2021
PAR L'IMPRIMERIE FLOCH
À MAYENNE
POUR LE COMPTE DES ÉDITIONS
ACTES SUD
LE MÉJAN
PLACE NINA-BERBEROVA
13200 ARLES

DÉPÔT LÉGAL
1re ÉDITION : MAI 2021
N° impr. : 98152
(Imprimé en France)